인소의 법칙

16

인소의 법칙

유한려 지음 솔 그림

BOOK

제76조. 이별은 왜 항상 예기치 못한 식인 걸까요

이별은 왜 항상 예기치 못한 식인 걸까요

은지호는 파티가 열리고 있는 홀로 빠르게 돌아왔다.

물론 울면서 달려가는 함단이의 모습이 신경 쓰여 쫓아가 보긴 했지만, 그녀가 엘리베이터에 탈 무렵 이게 다 무슨 소용인가 싶어져 그만두고 말았다.

무엇보다도 그녀를 붙잡는다 한들, 도대체 무슨 말을 할 것인가?

뭔가 오해가 있는 것 같다, 내가 너와 나예리를 비교해서 뭐 하나라도 나을 게 있냐고 말한 것은 다름이 아니라 이득 문제였다. 너와 사귀는 것이 나예리와 약혼하는 것보다 내 미래에 도움이 되지 않는다는 것 정도는 너도 알고 있을 것 아니냐? 집안만 아니라면야 나도…….

그런 말 따위를 구구절절 늘어놔 봐야 꼴이 우스워질 뿐이고, 게다가 그 발언의 정확한 의미를 안다고 해도 함단이가 화를 내면 더 냈지 마음을 풀 것 같진 않았다. 아니, 그러긴커녕 그때야말로 뺨이나 맞지 않으면 다행일 것 같았다. 그래서 은지호는 그 모든 것을 그만두고 미련 없이 돌아왔다.

그러나 걸음을 내디딜 때마다 그에 관한 생각이 끊임없이 떠오르는 것은 어쩔 수 없었다.

우는 모습 정말 굉장했었지. 이제 정말로 날 영영 안 볼 생각인가? 함단이가 나오는 모임에는 앞으로 영원히 초대될 수 없는 건가? 그런데 나는 나한테 도움도 안 되는 생각을 왜 계속해서 하고 있지?

어쩌면 오늘뿐만 아니라 한동안 이런 상태가 계속될지도 모른다는 불길한 예감에 사로잡힐 무렵이었다.

갑자기 들려온 인기척에 고개를 든 은지호는 태연히 인사했다.

"아, 건이 형. 오셨어요."

몹시 담담한 그 태도에 유건도 눈을 접으며 웃었다. 친동생을 보듯 다정한 눈빛인 데 비해 내뱉는 말은 그렇지 않았다.

"내가 말만 걸어도 네 얼굴이 새파랗게 질리던 게 엊그제 같은데……. 재미가 없어졌구나."

"저도 한 살만 지나면 벌써 어른이니까요."

어른이 되어도 당신에게 계속 당하고 살 것 같냐는 뜻이었다. 그러자 어깨를 으쓱한 유건이 다시 물었다.

"말이 나온 김에 좀 물어보자, 학교는 요즘 어떠니? 1년밖에 안 남은 학교생활, 즐겁게 하고 있니?"

말은 그렇게 했지만, 유건이 실제로 묻고 있는 것은 하나였다. 그가 사랑해 마지않는 막냇동생 유천영이 최근 학교에서 어떻게 생활하는지 말 좀 해 보란 거였다.

발해 그룹과 한울 그룹의 후계자끼리 사이가 나쁘다는 흉흉한 소문이 돌아서는 안 되었기에, 유건과 은지호는 속으로는 서로를 어떻게 생각하건 겉으로는 꽤 잘 지내는 것처럼 보이기 위해 노력하고 있었다.

그래서 기껏 묻는 게 자기 막냇동생 학교생활 어떻게 하는지에 대한 얘기라니. 은지호는 내심 어처구니없어하면서도 할 말을 머릿속으로 정리했다.

2학년 때 국어 교사를 맡으셨던 분이 그대로 올라와 3학년 국어 교사 겸 담임 선생님이 되었는데, 그가 등교 첫날 유천영을 보며 '얼굴 좀 자주 보자.'고 했다는 얘기는 꼭 해야지.

조금 고자질하는 것 같지만 알 게 뭔가? 권은형도 고등학교 3학년 때만큼은 유천영을 신경 쓰지 않고 지낼 권리가 있었다. 그리고…….

은지호는 다시 고개를 들어 여전히 웃고 있는 유건을 보았다.

함단이에 대한 얘기는 반드시 해야겠지. 사실 그가 제일 알고 싶어 하는 것도 바로 그 부분일 테니까.

그러나 생각은 그렇게 하면서도, 은지호는 어째서인지 함단이에 대한 얘기는 쏙 빼놓고 전하고야 말았다. 그러자 그의 얘기를 듣던 유건의 눈빛이 점차 '장난해?' 하는 것처럼 변해 갔다.

이대로는 위험하다고 생각한 은지호는 화제를 돌렸다.

마침 묻고 싶은 것도 있었다.

"그러고 보니, 건이 형."

"응?"

"제가 최근 누군가에게 제가 줄 수 있는 가장 높은 조건을 제시한 적이 있는데."

그러자 유건의 눈에 금세 다시 흥미롭다는 빛이 떠올랐다.

"거래에 관한 얘기니?"

"일단은 그래요."

담담히 수긍한 은지호가 말을 이었다.

"그런데도 상대가 그걸 거절한 것에 대해, 그걸 거절하면 달리 떨어질 게 없는데도 그것을 거절한 것에 대해서 어떤 뜻으로 받아들여야 할까요?"

고개를 기울인 은지호가 덧붙였다.

"실은 처음부터 그걸 원하지 않았는데, 원하는 척을 했던 것뿐일까요? 아니면……."

은지호는 함단이에게 미안한 마음은 물론 가지고 있었지만, 그것과 별개로 '내가 좋아하는 사람은 사실 네가 아니다'는 발언을 염두에 두고 있었다.

자신과 나예리가 함께 있는 것을 보았을 때 그녀의 반응을 생각하면 그럴 가능성은 없었지만, 그래도 혹시…….

은지호는 문득 미간을 좁혔다. 함단이가 좋아하는 게 정말 자신이 아니라면 친구 두 명을 잃을 고민도, 약혼녀를 잃을 고민도 하지 않아도 되니 분명히 좋은 일일 텐데. 그런데 어째서 그 가정을 떠올리는 것만으로 이렇게나 심란한 기분이 드는 건지.

그 말을 들었을 때 도가 넘게 화내며 쏘아붙인 것에 대한 후회와, 역시 그때 확답을 얻어 낼 걸 그랬다는 모순되는 감정이 동시에 들었다.

그때였다. 잠자코 얘기를 듣던 유건이 불쑥 말했다.

"지호야, 너……."

"네?"

"네가 그 거래를 통해 얻어 내려 했던 게 돈이나 물건 같은 유형의 것이 아니라, 무형의 것이었니? 이를테면 감정 같은 것."

"제가 그걸 갖길 원해서 거래를 청했던 건 아니고, 단지 곤란한 상황을 피하고 싶었을 뿐이지만."

그렇게 말하며 은지호가 고개를 끄덕이자, 유건은 묘한

표정이 되어 대답했다.
"상대가 무형의 것을 걸었는데 넌 유형의 것을 걸면 안 되지. 그래 놓고 상대가 그걸 거절하니 처음부터 그걸 원하지 않았다고 오해하다니……."
입술을 매만지던 유건이 다시 은지호를 보며 물었다.
"지호야. 그것보다도 너, 정말로 네 쪽에서는 그 제안이 받아들여지길 원치 않는 게 확실하니?"
"네? 네, 당연하죠."
은지호는 한 점 고민해 볼 여지도 없다는 듯 대답했다. 그러자 비로소 유건의 눈에서 염려의 기색이 사라졌다.
다시금 묘한 미소를 떠올린 그가 말했다.
"그래. 지호야. 우리 같은 부류가 돈으로 살 수 있는 걸 갖고 싶어지는 건 아무 문제가 안 돼. 하지만 돈으로 살 수 없는 걸 원하게 됐을 때, 그때야말로 우리에게는 가장 위험한 순간이 아니겠니……."
"그런 건 걱정하지 마세요. 그보다도 이제 슬슬 남들이 수상하게 여기지 않을 만큼은 지난 것 같은데, 어떠세요?"
은지호가 이제 그만 친한 척하란 것을 돌려 말하자, 귀엽다는 듯 웃은 유건이 손을 내밀어 은지호의 머리를 쓰다듬었다.
헤어스프레이가 손에 묻어 독한 냄새가 날 텐데도 굳이 저런 짓을 한다는 것은 그만큼 그의 심기를 거슬렀다는 뜻이었다. 과연, 쓰다듬는 손에 담긴 힘이 범상치 않았다.

애써 아무렇지 않은 얼굴로 손길을 참아 내는 은지호에게 유건이 다정히 속삭였다.

“걱정돼서 기껏 친절하게 충고해 줘도 이런 태도라니. 역사상 원로들의 충고를 무시했던 젊은 군주들의 말로가 대체로 어땠는지를 생각하렴.”

“걱정 많은 원로들에게 발목 잡혀 뜻을 다 펼치지 못한 젊은 군주들의 얘기도 만만치 않게 아는데요.”

“하여간 귀엽지 못하긴.”

마지막까지 감정을 담아 머리를 쓰다듬던 손을 꾹 누른 유건이 비로소 은지호를 놓아주었다. 헝클어진 머리칼을 대강 정리한 은지호는 입속으로 투덜거리며 돌아섰다.

이 파티장 어디에서도 함단이의 모습을 찾을 수 없다는 것을 그가 깨닫게 된 것은 그로부터 그리 오랜 시간이 지나지 않아서였다.

은지호는 쉴 새 없이 눈을 굴렸다. 유천영의 곁에도, 권은형과 반여령의 곁에도, 하다못해 윤정인이나 김 쌍둥이의 곁에도 함단이는 그림자도 보이지 않았다. 의아해하던 것도 잠시, 그는 곧 깨달았다.

하긴, 그런 말을 듣고 다시 파티장에 돌아올 수 있을 리 없다. 아마도 그대로 집에 갔겠지.

아니, 하지만……. 위화감을 느낀 그의 시선이 다시 유천영을 향했다.

유천영은 어째서 이 자리에 남아 있는 거지? 함단이가 가겠다고 말했다면, 그는 분명 조금이라도 더 같이 있기 위해 직접 데려다주겠다고 제안했을 텐데. 그가 이 자리의 누구에게도 관심 없다는 건 어렸을 때부터 자명했던 사실이니까.

머릿속을 계속 충동질하는 불안의 근원이 무엇인지 도무지 알 수가 없었다. 이렇듯 근거도 없는 불안감에 사로잡혀 보기는 난생처음이었다. 굳이 말하자면 데자뷰에 가까웠다. 이다음 분명히 안 좋은 일이 일어날 거라는 것을, 머리가 아닌 몸은 알고 있는 듯한 느낌…….

하지만 함단이가 이 파티에 온 건 분명히 이번이 처음이었다. 그도 그럴 게 몇 달 전까지만 해도 자신은 그녀와 교류는커녕 대화조차 나눠 본 적이 없었으니까. 그런데 어째서?

이성적으로는 말이 되지 않는다는 걸 알고 있으면서도 몸은 이미 움직이고 있었다.

은지호가 빠르게 홀을 가로질러 걸어가 유천영의 팔을 붙잡자, 이쪽을 의아하게 돌아본 유천영의 얼굴이 금세 시큰둥해졌다.

그런 그에게 은지호가 다급하게 물었다.

"너 함단이한테 무슨 연락 못 받았냐?"

"네가 갑자기 함단이를 왜 신경 써?"

양심이 있으면 테라스에서 그런 분탕질을 쳐 놓고 이제 와 신경 쓰는 척하지 말란 거였다. 그러나 은지호는 굴하지 않고 다시 말했다.

"딴말하지 말고, 함단이한테 무슨 연락 못 받았냐고. 핸드폰만 확인해 보면 되는 문제잖아."

계속되는 은지호의 독촉에 비로소 불길한 표정을 지은 유천영이 겉옷 안주머니에서 핸드폰을 꺼냈다. 메신저를 확인한 그가 다시 은지호를 보며 말했다.

"없어. 아무 연락도."

"그래……."

"왜 그러는……."

다소 초조하게 되묻는 유천영을 등진 은지호가 이번엔 반여령과 권은형에게로 향했다.

둘은 흔치 않게도 뭔가 실랑이하고 있는 듯 표정이 별로 좋지 않았다.

그러나 은지호를 본 순간 둘 다 표정을 바꾸었다. 그를 보면 늘 그랬듯 얼굴을 찡그리는 대신 드물게 놀란 표정을 지은 반여령이 물었다.

"은지호, 너 상태가 왜 그래?"

"안색이 너무 안 좋은데."

그렇게 말한 권은형이 당연하다는 듯이 손을 뻗어 은지호의 이마에 댔다. 사촌 동생이라도 간호하듯 곰상스러운 몸짓이었다. 이윽고 그의 이마에서 손을 떼어 낸 권은형이 고개를 갸웃했다.

"열은 없는데……."

"너희 함단이 못 봤어?"

은지호는 더 기다리지 못하고 물었다.

그 말에 반여령과 권은형이 일제히 눈을 크게 떴다.

"단이? 그러고 보니 단이가 안 보인 지 꽤 됐네. 어디 갔지?"

"지금 단이 때문에 안색이 이렇게 안 좋은 거야? 둘이 무슨 일 있었어?"

차례로 날아온 반여령과 권은형의 대답을 듣고 은지호는 그 자리를 벗어났다. 뒤에서 어디 가는 거냐는 외침이 들려왔지만 대답하지 않았다.

왜지? 왜 이렇게 불안한 거지? 여전히 이유도 원인도 알 수 없는 불안감에 사로잡힌 은지호는 무작정 홀을 나왔다. 함단이가 탔을 엘리베이터를 타고 내려가며, 그는 시간이 믿을 수 없이 길게 늘어나는 느낌을 받았다.

마침내 로비에 도착하자마자 머리 색만으로 그를 알아보고 우르르 인사를 건네 오는 사람들을 그는 못 본 척했다. 대신에 그는 그들이 아는 사람이 자신이 아닌 것처럼 입구를 향해 멈추지 않고 계속 걸었다.

그렇게 입구 바깥으로 나와 여전히 빽빽하게 늘어선 차와 맞닥트린 그는 입속으로 중얼거렸다. 함단이는 어디 간 거지?

사실 이런 식으로 무작정 나온다고 해서 함단이와 마주칠 수 있다는 보장은 어디에도 없었다. 그녀가 정말 호텔 바깥에 있는지 아닌지도 확실치 않을뿐더러, 호텔 바깥에 있다고 해도 진작 집으로 돌아가 버렸을 쪽이 확률이 더 높지 않은가.

방학이 끝나고 나서 학교에서 다시 볼 거라 기대하며 다시 호텔로 돌아가는 게 마땅한데, 어째서 그렇게 하지 않는 건지. 걸음마다 그런 의문을 되새기며 천천히 나아가던 은지호의 눈앞에 마침내 익숙한 인영이 나타났다.

도로 너머의 인적 드문 택시 승강장을 본 그가 걸음을 멈추었다.

* * *

"최유리……?"

놀라서 멍하니 내뱉다 말고, 나는 아차 했다.

이전 세계에서 최유리와 나는 단연 둘도 없는 원수지간이었지만, 지금 세계에서 그녀와 나는 별 접점도 없는 사이일 터였다.

왜냐하면, 최유리가 나를 납치했던 건 내가 반여령의 친구였기 때문이고, 또 은지호가 나를 좋아했기 때문이니까.

그 생각에 잠시 입술을 깨물던 나는 고개를 내저었다. 지금은 전혀 상관없게 되어 버린 사실을 떠올려 봐야 아무 쓸모도 없었다. 무엇보다도 방금 그 일을 통해, 나는 내가 좋아하던 사람이 이미 이 세계에 없다는 사실을 인정하기로 했다.

전에 관리자도 말한 적이 있듯, 우리를 이루는 반절이 우리에 대한 다른 사람들의 기억이라고 한다면 나머지 반절은 바로 우리 자신의 기억일 테지.

그러니 아무리 지금 이 세계의 은지호가 내가 알던 그 은지호라고 해도, 내게는 완전히 다른 사람으로 여겨질 수밖에 없는 것이다.

그런 생각을 하던 내게 작은 중얼거림이 들려왔다.

무심코 고개를 든 나는 초점 없는 한 쌍의 눈동자가 나를 향한 것을 보고 바짝 굳었다. 표정 없이 나를 바라보는 그녀의 입술 사이로 혼잣말이 쉴 틈 없이 흘러나왔다.

"왜, 왜 싫지? 처음 보는데……. 분명히 처음 보는데……. 그런데 왜 싫지?"

"……."

"왜 싫은 거지? 왜……. 아니면 지금 내 상황 때문인 건가?"

내가 아무 말 없이 보는 가운데, 그녀가 덜덜 떨리는 손을 들어 스스로 팔을 감쌌다. 레이스 밑단에 덮인 자신의 무릎을 내려다본 그녀가 계속 말했다.

"파티장에 들어가서 대화를 나누긴커녕 입구에서 쫓겨나서? 그래서 그것 때문에 화가 나서 모르는 사람한테까지 화가 나는 걸까? 내가 지금……."

그 말을 듣고서야 나는 최유리가 왜 이런 차림으로 이곳에 홀로 앉아 있었는지, 그 이유를 알 수 있었다.

그건 다름이 아니라, 그녀가 한울 그룹의 파티에 초대받지도 않았는데 왔다가 쫓겨났기 때문이었다.

그리고 나는 문득 생각했다. 어쩌면 내가 알던 과거에서 최유리가 일으킨 안티 카페 사건이 지금보다 축소되었던 건, 실은 시선과 소문에 익숙하지 못한 나를 배려해서였을까? 확실히 내 기억에는 최유리가 파티장에 출입 금지당해서 곤란을 당했던 기억은 없다.

그러나 이제 달라진 과거에서는 안티 카페 사건에 내가 엮여 있지 않았으니, 사대천왕과 반여령이 칼을 뽑는 데 망설일 이유가 없었을 것이다. 그러니 최유리의 만행을 그녀의 가족들에게 알리고, 더불어 파티 참석 불가 명단에까지 이름을 올린 거겠지.

거기까지 생각을 마친 나는 다시 최유리를 보았다. 그녀의 눈이 이유 없는 적대감으로 타오르는 것을 보고 있자니 이 자리에서 달아나야 한다는 생각이 강하게 들기는 했다.

그러나 나는 한창 울음을 쏟아 내고 난 뒤였다. 이 세계에 돌아온 뒤 가장 비참하게 느껴진 순간이었고, 그러니만큼 그 어느 때보다도 눈물을 미련 없이 쏟아 냈는데 몸에 남은 힘이 있을 리 없었다.

과거가 통째로 바뀌었는데도 나에 대한 분노를 여전히 잊지 않은 최유리의 집념이 조금 당황스럽기는 했다.

또 한편으로는 이런 생각도 들었다. 원한이나 증오는 누군가를 좋아하는 마음보다 강한 걸까? 그러지 않고서야, 은지호에게 나에 대한 감정이 티끌만큼도 남지 않았는데 최유리가 이럴 수는…….

바로 그때였다. 도로 너머에서 날아온 외침이 우리 사이의 정적을 깨트렸다. 의아하게 고개를 든 나는 맞은편 텅 빈 길 위에 서 있는 은지호의 모습을 보고 일순 숨이 막혔다.

쟤가 왜 여기에? 결코 기쁨 따위는 아니었다. 기쁨 따위를 느끼기에는 지금까지 그와 나 사이에 있었던 일이 너무 컸다.

빠르게 걸음을 옮겨 내게 다가온 그는 옆의 최유리는 보이지도 않는 것처럼 나를 보고서만 내뱉었다.

"일어나."

이상할 정도로 낮은 목소리였다.

나는 이해할 수 없는 상황에 가만히 눈을 찡그렸다.

"이런 곳에서 안 올지도 모르는 차 기다리지 말고, 내가 보내 주는 차 타고 집에 돌아가. 그편이 훨씬 안전……."

이어지는 말을 멍하니 눈을 깜빡이며 듣고만 있던 나는

불쑥 자리에서 일어났다.

그와 마찬가지로, 최유리가 옆에 있다는 것조차 잊은 내가 소리를 높였다.

"나예리와 비교 운운할 때는 언제고, 왜 이제 와서 내 안전 어쩌고 하면서 난리야? 너 내가 나한테 다시는 말 걸지도, 가까이 다가오지도 말란 말 못 들었어? 이해를 못 한 거야, 아니면 내 요구 따위는 못 들어주겠단 거야?"

나는 얼굴을 있는 대로 찡그리며 쏘아붙였다.

이렇게 말해도 지금까지 늘 그래 왔듯이 뻔뻔하게 굴 거라고만 생각했는데, 그는 뜻밖에도 얼굴에 처음으로 난처함을 드러내며 말했다.

"그런 거 아니야. 그런 게 아니라……. 됐으니까 일단 따라와. 너 차 타는 모습은 보고 가야겠으니까. 물론, 내가 완전히 신뢰할 수 있는 차에."

그러면서 내 손목을 잡으려는 그의 시도를 나는 휙 소리 나게 피했다. 내가 이를 악물며 말했다.

"웃기지 마. 너 진짜…… 사람 기만하는 데도 정도가 있어."

그러자 비로소 은지호의 얼굴이 큰 폭으로 일그러졌다. 그가 나 못지않게 화난 목소리로 대답했다.

"기만? 정체도 모를 것한테 수시로 목숨 위협당하는 사람을 집에 안전하게 돌려보내려는 게 기만이야? 이런 건 보통 기만이 아니라 도의라고 해!"

"그래도 그렇지, 너한테 고백한 사람한테 고백을 거절하고 나서 바로 이런 식으로 구는 건 너무하다고 생각 안 해? 네가 보내 준 차를 타고 가면서 내가 무슨 생각을 할지, 무슨 기분을 느낄지는 생각 안 해?"

다시금 얼굴을 굳히는 그의 앞에서 나는 기어이 참지 못하고 눈물을 훔쳤다.

내가 말을 이었다.

"나 오늘 이미 충분히 비참해서 더는 이런 감정 느끼기 싫어. 그러면 금방이라도 터질 것 같으니까. 그러니까 제발……. 나를 조금이라도 너와 같은 사람으로 생각한다면 제발 이러지 마."

그리고 나는 두 손을 뻗어 그를 밀쳐 냈다. 그리 강한 힘을 담지 않았는데도 그의 몸은 어이없을 만큼 쉽게 떠밀렸다.

내가 울면서 다시 말했다.

"너 진짜 보기 싫어. 제발 내 앞에서 사라져. 좀 사라지란 말이야……."

아니면 네가 차라리 다시 책 속 인물이 되었으면 좋겠어. 별처럼 차갑고, 아름답고, 결코 닿을 수 없다고 해도 그 사실이 내게 상처가 되지 않는.

다행히 그는 내가 입속으로 중얼거린 말을 전혀 듣지 못한 것 같았다. 다만 하염없이 눈물을 쏟아 내는 내 모습을 물끄러미 보던 그가 다시 손을 뻗어 나를 잡았다. 나는 이번에는 뿌리치지 않았다.

그가 이번에는 내 옆을 힐끗 보았다. 그는 최유리의 존재에 대해서도 진작 눈치채고 있었던 모양이었다.

그리고 입을 연 그가 목이 꽉 막힌 것 같은 목소리로 말했다.

"알았어……. 나를 보기 싫다는 네 마음은 이해해. 내가 너라도 그럴 거야."

느닷없는 그의 부드러운 말투에 나는 잠시 굳어 버렸다.

"그래도 네가 안전하게 돌아가길 바라는 내 마음도, 조금은 이해해 주면 안 되냐……. 네가 여기에서 안전하게 못 돌아가면 나 진짜 평생 면목 없어. 나 자신한테도."

조금의 시간이 지난 뒤에 나는 고개를 끄덕였다. 그의 애원하는 말투에 기분이 풀린 게 아니라, 내가 내 목숨 갖고 그를 협박이라도 한 것 같아 기분이 좋지 않았다.

은지호가 나를 얼마나 이상한 사람으로 보고 있는진 모르겠지만, 설령 내가 그런 식으로밖에 그에게 인상을 남길 수 없다고 해도 그러고 싶진 않았다.

그러다가 일이 잘못되어 그에게 죄책감으로 기억되느니, 차라리 보란 듯이 행복해지는 모습을 보여 주고 싶었다. 내 옆에 있는 사람이 그가 아니라고 해도.

결국 자리에서 일어나 그를 따라 걸음을 옮기며, 나는 내 뒤에 끈덕지게 달라붙는 시선을 애써 무시했다.

최유리가 은지호와 나 사이에 있었던 일을 대부분 알게 된 것은 예상치 못한 일이었지만, 그 순간만큼은 정말이지 말하지 않고는 견딜 수가 없었다.

그래도 아마 괜찮겠지. 왜냐하면 은지호가 나를 좋아하고 내가 그걸 눈치채지 못했던 예전 상황과는 달리, 지금은 내가 은지호를 좋아해서 고백까지 했지만 차인 상황이니까. 그러니 최유리가 내게 동병상련을 느낄지언정 질투를 느낄 이유는 전혀 없었다.

우리 앞에 검은 차 한 대가 도착하자 은지호가 곧바로 내 손목을 놓았다.

그제야 나는 그가 내 손목을 내내 잡고 있었다는 것을 깨달았다. 눈물로 젖은 촉감이 찝찝했을 법도 한데 그는 여태 그런 내색을 하지 않았다.

그가 열어 준 차 문 안으로 몸을 밀어 넣으며 내가 말했다.

"안녕."

"안녕."

"약속 지켜. 이제 다시는……."

은지호가 아무렇지도 않게 내 말을 받았다.

"다시는 너한테 아는 척하지도 말고, 말을 걸지도 말고, 네가 우리 집에 올 거라 기대하지도 말라는 거지?"

나는 얼굴을 살짝 찡그렸다. 내가 은지호의 집에 가는 건 분명 그저 다 함께 모여 공부하기 위해서였는데, 그의 표현을 듣자니 왠지 그것이 꼭 그와 나 둘만의 약속이라도 됐던 것처럼 들렸다.

뿐만 아니라, 친구의 친구일 뿐이던 우리 사이에 뭔가 다른 거라도 있었다는 듯이.

그러나 이별의 과정이 더 이상 길어지는 것도 싫어 나는 재빨리 대답했다.

"그래."

그러자 무슨 생각을 하는지 알 수 없는 눈으로 나를 빤히 보던 은지호가 조용히 대꾸했다.

"알겠어. 약속 지키도록 노력할게."

"노력하는 게 아니라, 꼭 지키라고."

내가 으름장을 다 놓기도 전에 그는 문을 닫아 버렸다. 저게 무슨 태도야? 황당해서 씩씩거리던 나는 기사분에게 집 주소를 알려 드리고는 차 시트에 몸을 묻었다.

창밖으로 스쳐 지나가는 야경을 보며 나는 입속으로 중얼거렸다.

"아, 이제 정말……."

이제 정말 끝이야.

* * *

잠이 든 우주인을 맞이한 것은 여느 때와 같은 풍경이었다. 밝고 환한 실내, 귓가에 흐르는 거슬리지 않을 정도로 부드러운 팝송.

그는 턱을 괸 채 미동도 하지 않고 앉은 자리에서 가만히 기다렸다. 늘 한시도 가만히 있질 못하는 그로서는 흔치 않은 일이었다.

얼마 안 가 카페의 문이 열리고, 예의 노트를 품에 안은 여자가 다가와 우주인의 맞은편 의자를 끌어다 앉았다. 그 때를 기다려 그가 입을 열었다.

"저기."

놀란 듯 커진 채 자신을 향하는 검고 맑은 두 눈을 보며, 그는 시선이 처음 마주쳤을 때와 같은 떨림을 느꼈다.

떨림을 능숙하게 숨기고, 의자 등받이에 몸을 기댄 우주인은 애써 태연히 물었다.

"그쪽. 도대체 정체가 뭐야?"

한동안 침묵이 흘렀다. 서로를 대화가 가능한 상대로 생각하고 있다고는 결코 믿을 수 없을 만큼 긴 침묵이었다.

결국 우주인은 방금 그녀와 눈이 마주쳤다는 사실조차 잊고, 다른 가능성을 떠올리기 시작했다.

역시 이건 내 꿈이고, 이 꿈속 등장인물들은 모두 나를 볼 수 없는 게 아닐까? 그럼 저 여자가 나를 볼 수 없는 것도 당연한 일이니까.

아니면 반대일지도 몰라. 내가 저 여자를 내 꿈속 인물이라고 여기고 있는 것처럼, 저 여자도 나를 똑같이 자기 꿈 속 인물로 여기고 있는 거야.

그러니 내게는 전혀 아랑곳하지 않고 제 할 일만 하는 거지. 어차피 꿈속이란 걸 알고 있으니까…….

그가 거기까지 생각했을 때, 변화가 일어났다. 잠에서 깬 것처럼 흠칫한 여자가 잠시 입술을 달싹이더니 미소 지었다. 마치 마른 대리석 표면이 부서지고 그 사이로 사람의 얼굴이 나타나듯이, 그 변화는 놀라웠다.

넋을 잃고 쳐다보는 그에게 그녀가 말했다.

"이제야 말을 걸어 주셨네요."

저게 무슨 소리람? 우주인이 대번에 뚱한 표정을 짓는 것도 아랑곳하지 않고, 머리카락을 귀 뒤로 넘긴 그녀는 말을 이었다.

"이 꿈을 꿀지 말지 그 자체가 당신에게 달려 있다 보니, 의사소통을 하는 데도 당신의 허락이 있어야 했나 봐요."

테이블 위에서 두 손을 맞잡고 쑥스러운 듯 꼼지락대던 그녀가 다시 고개를 들더니 쾌활하게 웃었다.

"아무튼, 이제라도 얘기할 수 있게 돼서 정말 다행이에요."

"그게 무슨 소리야?"

"기대했던 것보다도 일찍 저를 불러 주셔서, 조금 슬펐지만 많이 기뻤어요."

"그러니까, 그게 대체 무슨 소리냐니까."

우주인이 답답한 나머지 재차 물음을 던지던 바로 그 순간이었다.

갑자기 지축이 크게 뒤흔들렸다. 카페의 테이블들은 위에 있는 물건들을 금방이라도 쏟아 낼 것처럼 덜컹거리고, 창틀마다 끼워진 유리창도 깨질 것처럼 세게 진동했다.

여자가 아차 한 표정으로 자리에서 일어나며 말했다.

"이런, 딱 한 시간 자고 일어날 생각으로 알람을 맞춰 둔 게 하필이면 이런 때……. 오늘 당신이 제게 말을 걸어 줄 거라고는 상상도 못 해서."

"뭐?"

"오늘은 여기까지만 해요. 다음에도 당신이 제게 먼저 말을 걸어 주세요. 그럼 제가 알고 있는 것들을 전부 말씀 드릴게요."

어차피 현실로 가지고 돌아갈 수 없을 텐데도 그녀가 습관처럼 노트와 필통들을 다급하게 챙기는 것을 보던 우주인은 불쑥 손을 내밀었다. 손목이 붙들리자 놀라서 이쪽을 보는 그녀에게 그가 말했다.

"잠깐. 그 전에, 적어도 이 꿈을 꾸게 되는 조건이 뭔지는 말해 주고 가."

"네?"

아무것도 모른다는 듯, 눈을 동그랗게 뜨는 그녀에게 우주인이 답답하다는 표정으로 물었다.

"방금 네가 그랬잖아? 이 꿈을 꾸는 것 자체가 네가 아닌 나에게 달려 있다고. 그 조건이란 게 뭐야?"

설득력을 더하기 위해 그는 다시 말했다.

"그 조건이라는 걸 알아야 내가 다시 이 꿈을 꿀 수 있을 거 아니야?"

물론 그 조건이라는 걸 몰랐을 때도 이 꿈을 매일같이 꾼 걸로 보아 그 조건이라는 것은 애초에 알 필요도 없을 테지만, 이렇게 말한다면 그녀도 차마 무시하지는 못할 것이다.

과연, 난감한 듯이 눈을 깜빡이던 그녀가 푹 한숨을 내쉬었다.

"도대체 뭔데 그러는데?"

우주인이 답답하다는 듯이 캐묻자, 왠지 민망한 듯이 딴 곳을 보며 계속 뜸 들이던 그녀가 마침내 입을 열었다. 그녀가 겨우 한마디를 내뱉었다.

"팔찌."

"뭐?"

"팔찌 안을……."

그때, 그들이 있던 곳으로 계속 다가오던 커다란 소용돌이가 마침내 주위 모든 것을 삼켰다. 카페 벽이 부서져 날아가며 그 너머에서 하얀빛이 쏟아지고, 그 빛이 자신과 여자 또한 삼키는 것을 보며 우주인은 잠에서 깼다.

한동안 천장을 보며 멍하니 누워 있다가, 몸을 벌떡 일으킨 그는 시계를 확인했다. 잠든 지 고작 한 시간 정도밖에 지나지 않아 있었다.

하필이면 꿈속에서 여자가 말했던 시간과 교묘하게 같은지라 기분이 찜찜했다. 하지만 그런 건 자신의 무의식이 시간의 흐름을 세고 있었다는 것 따위로 설명 못 할 것도 아니었다. 그리고 그는 자신의 손목을 내려다보았다.

손목에는 그가 가지고 다닌 지 고작 몇 달 남짓 되었을 뿐인 팔찌가 걸려 있었다. 그러나 스트레스를 받거나 불안한 마음이 들 때마다 팔찌를 매만지는 습관이 있어서인지, 팔찌는 몇 년은 가지고 다닌 것처럼 너덜거리고 해져 있었다.

그걸 보던 그가 문득 중얼거렸다.

"내가 이걸 어디에서 얻었더라?"

당연히 샀거나 받았거나 둘 중 하나일 텐데, 산 기억은 전혀 없었다. 애초에 은지호만큼이나 미신을 믿지 않는 그는 소원 팔찌 같은 것을 돈 주고 사지도 않거니와, 그럴 만큼 간절한 소원도 없었다.

그렇다면 당연히 산 것이 아니라 받은 걸 텐데, 받은 기억 또한 없다는 게 문제였다. 자신의 기억력에 이런 일이 가능하기나 한 걸까?

고민 끝에 그는 방의 불을 켜고 서랍을 뒤져 커터 칼을 꺼냈다. 도대체 왜 내가 그 여자애의 말을 순순히 따르고 있는 건지는 모르겠지만……. 그렇게 뇌까리며, 그는 날이 잔뜩 녹슬고 무뎌진 커터 칼로 소원 팔찌를 끊어 냈다. 소원 팔찌 역시 상당히 낡고 해진 덕에 어렵지 않게 끊어 낼 수 있었다.

그는 마침내 소원 팔찌 안에 세로로 길게 접힌 종이쪽지가 들어 있는 것을 발견했다. 쪽지를 꺼내어 펼쳐 본 그의 표정이 묘해졌다.

쪽지에 유난히 작고 가지런한 글씨로 적힌 것은 단 한 문장이었다.

[제가 보고 싶어지면 꿈에서라도 만나러 와 주세요.]

제77조. 꿈과 현실의 교차점

꿈과 현실의 교차점

한울 그룹 창립 기념일 파티에 다녀온 바로 다음 날, 나는 사대천왕과 반여령이 있는 단톡방에 공부 모임에 더는 나가지 못한다는 것을 알렸다.

핑곗거리야 차고 넘쳤다. 나는 가장 먼저 거리상의 이유를 댔고, 그다음에는 내가 내내 독학해 와서 누구와 함께 공부하는 것에 익숙지 못하다는 것을 들먹였다. 물론 그것은 사실이 아니었지만, 적어도 이 세계에서는 사실이었다.

방식이 안 맞을지도 모른다는 예감은 있었지만 시행착오 삼아 한번 해 보았다고 하니, 은형이나 반여령은 아쉬워하면서도 더는 잡지 않았다.

다만 유천영과 주인이는 어렴풋이 다른 이유가 있을 거라 짐작하는 듯한 눈치였지만, 그들도 적어도 대놓고는 뭐라고 하지 않았다. 덕분에 나는 수월하게 공부 모임에서 탈퇴할 수 있었다.

그 뒤로는 내 삶이 이렇게 재미없었나 싶을 만큼 단조로운 생활이 반복되었다.

나는 2층의 내 방에서 공부하는 틈틈이 스트레칭을 하고, 가끔 답답해질 때면 외출하는 대신 테라스로 나가 바깥 풍경을 구경했다. 그럴 때마다 버스 정류장에서 얼마 떨어지지 않은 곳에 모르는 차가 주차되어 있는 것이 눈에 띄었다.

처음에는 별일 아니겠지 하고 넘겼지만, 지난 6년간 인터넷 소설 속에서 살아온 덕에 갈고닦은 감이 난리를 치는 통에 어느 날 아빠에게 물어보았다.

"아빠, 혹시 저 차 누구 건지 알아? 우리 이웃 사람이라든가."

"아니. 누구 차도 아니라데. 아빠도 이상해서 며칠간 지켜봤는데 차 번호가 계속 바뀌더라."

"그래?"

나는 다시금 유리창 너머로 어렴풋이 비치는 형체를 노려보며 최악의 가정을 떠올렸다. 혹시 최유리가…….

아니, 하지만 어차피 최유리가 아니더라도 나는 관리자 때문에 외출할 수 없는 처지인데 뭐. 게다가 이쪽 부근에 있는 집이 우리 집뿐인 것도 아니고.

그렇게 내가 바깥 외출을 최대한 자제하며 지내는 동안, 남은 절반의 방학마저 흘러가 버리고 마침내 개학이 다가왔다.

* * *

고등학교 3학년 2학기는 첫날부터 1학기와는 분위기 자체가 달랐다.

1학기 때 이미 친해졌으니 훨씬 왁자지껄한 건 당연하지만, 그런 와중에도 몇몇은 상당히 날이 서 있다는 게 느껴졌다.

개학 첫 주에 평가원 모의고사가 끼어 있다는 것 또한 모두의 신경을 날카롭게 한 이유 중 하나였다.

당연한 말이지만, 날이 서 있는 사람에는 나도 포함되었다.

그도 그럴 게 일단 방학 동안 은지호에 관리자에 최유리까지, 신경 쓰이는 일이 너무도 많았고, 그뿐만 아니라 주인이와 아리가 어떻게 되고 있는지도 몹시 궁금했다.

주인이에게 메신저로 물어볼 생각을 안 한 건 아니었지만, 그와 내가 무슨 사이라고 이러나 하는 생각이 자꾸만 들어서 결국 관두고 말았다.

그러다 보니 공부에 집중이 되지 않은 것은 당연했다. 시간이야 많이 들였지만, 과연 효율이 얼마나 있었을지…….

9월 평가원 모의고사 날, 시험이 끝나자마자 답안지를 받아 가채점하던 내 입에서 탄식이 흘러나왔다.

"엄마야……."

탐구 과목까지 채점을 마친 나는 남들이 볼까 두려워 차마 시험지 앞에 적지도 못하고 외워 둔 점수를 입속으로 되뇌었다. 어디 보자, 그러니까 지금 내 총점이…….

겨우 고개를 든 나는 애써 희망차게 중얼거렸다.

"이번 모의고사가 많이 어려웠나?"

그래, 대대로 평가원 모의고사는 당해 수능 경향을 반영해 왔으니까. 이건 올해 수능이 불수능이 될 거란 예고지, 절대 내 수능 점수가 불바다가 될 거란 예고가 아닐 거야…….

그러나 얼마 안 가 윤정인이 나눠 준 가채점 점수와 전교 등수가 적힌 쪽지를 받은 나는 처참한 심정으로 눈을 감았다.

말도 안 돼, 전교 등수가 내려가다 못해 결국 세 자리를 찍다니…….

나는 이마를 책상에 박고 한참이나 고개를 들지 못했다. 난다 긴다 하는 애들만 모여 있는 이 학교에서도 나는 여태껏 전교 50등을 벗어나 본 적이 없었다. 내가 공부를 너무 못하면 사대천왕과 반여령과 비교당할까 봐 평소에도 이 악물고 노력한 결과였다.

하지만 지금은 수능이 목전에 닥쳤으니 간절함이 그때보다 덜하진 않을 텐데. 그런데 어째서…….

아, 그건가.

"이제는 더 이상 가장 높은 곳을 노릴 필요는 없으니까."

내가 한국 대학교에 가고 싶어 했던 가장 큰 이유는 다름 아닌 반여령과 사대천왕이었다. 그러니 그들과의 사이가 달라진 지금, 내 마음 또한 달라지는 것이 당연했다.

게다가 솔직히 말해서, 과거가 바뀌기 전에도 내가 역대 모의고사 점수 중에 가장 높은 점수를 수능 때 받지 않는 한 한국 대학교에 가기는 어려웠는걸. 인근의 다른 대학이라면 또 모를까.

그래, 과거가 바뀐 이후부터 대강 짐작하고 있었던 일이잖아. 그냥 받아들이자. 겨우 현실을 인정한 나는 시선을 느끼고 고개를 돌렸다. 김 쌍둥이가 멀지 않은 곳에서 걱정스러운 눈으로 나를 보고 있었다. 그 정도로 내 표정이 많이 안 좋은 모양이었다. 하긴, 좋을 리 없지…….

청소 시간, 잠깐 틈을 타 김 쌍둥이와 함께 구석진 곳으로 간 나는 내 전교 등수가 적힌 쪽지를 슬그머니 보여 주었다. 평소 그들에게만은 내 전교 등수를 털어놓았었기에 가능한 일이었다.

몹시 놀란 표정으로 차마 위로조차 하지 못하는 그들에게 내가 말했다.

"아니야, 나 생각보다는 괜찮아. 그냥 담담해."

애초에 반여령과 사대천왕과 사이좋게 하는 대학 생활은

진작부터 물 건너갔으니까.

"그보단 부모님한테 어떻게 말할지가 벌써 걱정이야."

그 말에 김혜힐이 겨우 정신을 차리고 대답했다.

"아, 너희 어머니는 성적 많이 신경 쓰셨었지."

"응. 그래도 한 번 크게 싸우고 나서는 뭐라고 하지 않으시는데……. 아무래도 고3 가까워지니까 전보다는 더 신경 쓰실 것 같아서."

"혼낸다고 더 잘하게 되는 게 아닌데, 너 열심히 하는 거 아시면서 왜 그러시나 몰라."

김혜힐이 조금 분한 듯이 투덜거리는 말에 나는 비로소 작게 웃었다.

그래도 고단한 고3 생활에 이런 성적 변화까지 탁 터놓고 말할 수 있는 친구가 있어서 다행이었다.

덕분에 나는 한결 가벼워진 마음으로 교실로 돌아가 자습에 집중할 수 있었다.

다음 날도, 그다음 날도 비슷한 나날이 계속되었다. 적어도 평가원 모의고사 성적표가 나오기 전까지는 그랬다.

마침내 정식 성적표가 나온 날, 나는 더는 미룰 수 없다는 생각에 비장한 마음으로 집으로 향했다.

그러나 거실에서 유난히 피곤해 보이는 부모님과 마주치자, 평일보다는 주말에 말씀드리는 게 더 좋겠다는 생각이 들었다. 성적표가 나올 때마다 전쟁이 벌어지던 집에서 자란 사람 특유의 생존 본능에 가까운 직감이었다.

그렇게 해서 내가 가방 안쪽 주머니에 고이 접어 두었던 성적표를 마침내 꺼내어 1층으로 내려간 것은 일요일 정오였다.

날씨, 좋음. 시각 열두 시, 좋음. 부모님 기분, 좋음. 철저히 확인을 마친 나는 성적표를 등 뒤에 숨긴 채 쭈뼛거리며 부모님에게 다가갔다.

"엄마, 아빠. 저기."

"응?"

소파에 앉아 있던 엄마와 아빠가 동시에 나를 돌아보았다. 내가 기어 들어가는 목소리로 말했다.

"나, 보여 줄 거 있는데……."

너무 화내면 안 돼. 내가 덧붙인 말에 엄마가 의아하게 물었다.

"뭔데 그래?"

심호흡한 나는 마침내 그들 앞에 성적표를 내밀었다.

예전 같았으면 성적표를 내밀고 당장 뒤돌아 내 방으로 가서 문 닫을 준비를 했겠지만, 이번에는 그러지 않았다. 고등학교 2학년 때, 내가 이 세계에서의 기억을 되찾은 직후의 싸움 뒤로 부모님이 성적에 대해서 크게 관여하지 않는 것은 우리 집의 암묵적인 관례가 되어 있었기 때문이다.

그러나 내내 성적표에 꽂혀 있던 시선을 든 엄마가 베일 듯 싸늘한 눈으로 나를 쳐다보았을 때, 나는 뭔가 크게 잘못되었음을 깨달았다.

엄마가 차가운 말투로 물었다.

"네가 지금 제정신이야?"

"어, 엄마."

내가 떨리는 목소리로 불렀지만, 엄마는 조금도 들리지 않는 것처럼 말을 이었다.

"이런 걸…… 이런 걸 지금 성적이라고 가져온 거야? 네가 진짜 제정신이야?"

엄마는 기어이 내 성적표를 바닥에 던져 버렸다. 그러더니 무슨 생각을 한 것인지, 허리를 굽혀 그것을 다시 줍더니 내 앞에서 갈기갈기 찢었다.

성적표가 두 겹으로, 네 겹으로 찢겨 마침내 작은 조각이 되어 흩뿌려지는 광경을 나는 못 박힌 듯 서서 쳐다보았다. 그러던 내 귀에 엄마의 날카로운 말이 다시 꽂혔다.

"고등학교 3학년이면 더 올리지는 못할망정, 적어도 현상 유지는 해야 할 거 아니야. 어차피 수능에서 재수생들 때문에 한 계단씩 떨어진다고 말 많던데."

이를 부득부득 갈던 엄마가 소리를 높였다.

"너는 엄마가 이런 거 다 모를 줄 알지? 엄마도 다른 학부모들이랑 얘기 가끔 해. 너 지금 성적으로도 서울권 안심할 수 없는 거 다 안다고."

"아, 아니야. 엄마. 그런 게 아니라……."

나는 더듬거리며 애써 말을 해 보려 했다.

내가 엄마에게 부러 그런 얘기를 하지 않은 것은 어차피 성적을 올려야 하는 건 나이니 딱히 엄마가 신경 쓸 필요는 없다고 생각해서였지, 결코 숨기려 한 것은 아니었다.

애초에 나는 엄마에게 내 성적으로 갈 수 있는 대학들에 대해 터놓고 얘기해 본 적도 없었다. 아직은 시기상조였으니까.

그런데 나는 어째선지 성적표가 나올 때마다 꼬박꼬박 갖다 바쳤음에도 지금까지 형편없는 성적을 숨겨 온 애로 둔갑해 있었다.

내가 말을 꺼내려던 찰나, 엄마가 한발 앞서 말했다.

"너 방학 때 공부 진짜 한 거 맞아? 솔직히 말해. 했어, 안 했어? 제대로 했으면 성적이 이렇게 나오는 게 말이 돼? 전교 등수 세 자리? 내가 기가 막혀서."

엄마가 더욱 낮게 깔린 목소리로 말했다. 엄마는 화가 나면 목소리가 높아지기보다 오히려 낮아지는 버릇이 있었다.

"너 학교 친구들하고 공부 모임 하러 간다던 그것도 사실은 공부하러 간 거 아니었지? 바른대로 말해."

나는 다급히 입을 열었다.

"아, 아니야, 엄마. 나 그거 진짜 공부하러 간 거 맞아. 내가 애들 이름도 다 얘기했잖아. 우리 학교 전교 1, 2등이랑 반장까지 있다고. 다들 적어도 나보다는 공부 잘하는 애들이라고 내가 말했잖아. 엄마도 얘기 들어 보더니 좋다며? 도움 많이 될 것 같다고, 괜찮다고."

숨도 쉬지 않고 쏟아 낸 나는 말을 마치자마자 입술을 깨물었다.

내가 낮은 성적을 받았을 때, 엄마가 내가 노력하는 모습을 바로 옆에서 보았음에도 불구하고 그 원인을 내 불성실과 노력 부족 탓으로 돌리는 패턴이야 익숙했다. 문제는, 이 패턴은 고등학교 2학년 때 이후로는 한 번도 사용되지 않았다는 것이다.

나는 어째서 부모님과 나의 관계가 예전과 그대로이리라고 믿었던 걸까?

고등학교 2학년 때, 내가 성적으로 남들과 비교당해 온 일에 대해 부모님께 화낼 수 있었던 것은 어디까지나 사대천왕과 반여령이 내 옆에서 계속 힘을 실어 주었기 때문이었다.

즉, 어쩌면 지금 부모님과 나의 사이는…….

내가 생각하기가 무섭게 엄마의 낮은 목소리가 다시 들려왔다.

"적당히 너랑 수준 맞는 애들하고 했어야지. 뱁새가 황새 따라가려다가 가랑이 찢어진 거 아니야, 지금."

나는 언뜻 숨이 막혔다. 방금 엄마의 입에서 쏟아져 나온 것이 말이 아니라 유리 조각 같았다.

그렇게 내 귀로 쏟아져 들어온 유리 조각들은 아직 상처가 채 아물지도 않은 가슴을 난도질했다.

앞서 내 가슴에 상처를 새겨 둔 사람은 다름 아닌 은지호였다.

'내가 나예리 말고 너를 택할 이유가 없잖아.'

'네가 가진 것 중에 뭐 하나라도 나예리와 비견될 만한 게 있어?'

그의 목소리가 귓가에 떠오르는 것과 동시에 엄마의 목소리가 그 위에 겹쳤다.

"그 공부 모임에 여령이가 끼어 있다는 데서부터 불안했어. 여령이인가 그 애도 너처럼 학원 하나 안 다니고 혼자 하는데 전교 1등이라며. 그런데 너는 왜 그래? 엄마가 너를 부족하게 낳아 줬어, 지원을 덜 해 줬어?"

그 말을 들은 순간 더는 참을 수가 없었다. 이 자리에 계속 서 있다간 내가 딛고 선 곳이 썩은 나무판자라도 되는 것처럼 금방이라도 부서져 내릴 것 같았다. 그렇게 해서 떨어진 구덩이는 너무 검고 깊어서, 다시는 헤어 나오지 못할 것 같은 그런 예감이 들었다. 이윽고 발끝에서 시작된 진동으로 온몸이 벌벌 떨리기 시작했다.

나는 문득 뒤돌아 현관문으로 향했다. 등 뒤에서 당황한 듯한 엄마, 아빠의 목소리가 날아왔지만 무시하고 계속 달렸다.

현관문을 쾅 소리 나게 닫은 나는 한달음에 언덕길을 달려 내려갔다. 내가 발을 뗄 때마다 내 핸드폰이 주머니에서 묵직하게 흔들렸다.

언덕길을 운동화도 아닌 슬리퍼를 신고 달려 내려가는데, 반여령 같은 운동 신경의 소유자가 아닌 한 구르게 되는 것은 당연한 일이었다. 발목이 삐끗하고 접질리는 느낌이 들었을 때는 이미 시야가 기울어 있었다.

나는 그대로 옆으로 쓰러져 두 바퀴 정도를 굴렀다. 아스팔트 바닥에 쓸린 종아리에서 강한 통증이 느껴졌다. 겨우 몸을 일으킨 나는 다친 곳을 감싸 안고 비명을 질렀다.

"아야야."

그때, 갑자기 멀지 않은 곳의 차 문이 덜컥 열렸다. 무심코 그쪽을 바라본 나는 얼굴을 굳혔다.

기다렸다는 듯 문을 연 것은 다름 아닌 내가 얼마 전부터 수상하게 여기던 바로 그 차였다. 그리고 그 차에서 아무리 봐도 경호직에 종사하는 것으로밖에 보이지 않는 남자가 내리는 것을 본 순간, 나는 마침 맞은편에서 다가오는 버스를 향해 절뚝거리며 달렸다.

"저기, 이봐요! 치료 정도는 하고 가는 게……."

안절부절못하며 외치는 모습이 나쁜 사람 같진 않다는 생각이 들었지만, 나는 곧 힘차게 고개를 내저었다.

언제는 뭐 나쁜 사람이 이마에 '나쁜 사람'이라고 쪽지라도 써 붙이고 나타났나.

세상일이 그렇게 단순하게 돌아가지 않는다는 건 현실은 물론이고, 소설 속인 이 세계에서조차 당연한 이치였다.

마침 버스 정류장이 인근이라, 버스 기사 아저씨는 나를 성질이 급해 기다리지 못하고 뛰어온 학생 정도로 이해한 것 같았다.

지갑을 안 가져왔다는 생각에 사색이 되던 것도 잠시, 나는 핸드폰 애플리케이션을 이용해 요금을 내는 데 간신히 성공했다. 그리고 나는 창가 좌석에 앉아 검은 차가 창밖으로 멀어지는 모습을 유유히 지켜보았다.

그러다 문득 나를 부르는 소리가 들려 고개를 돌리자, 예닐곱 살은 되었을까 싶은 여자애가 버스가 달리는 와중인데도 내 옆에 서 있었다.

응? 의아하게 눈을 깜빡이는 내게 그 애가 말했다.

"언니, 손에 피나요."

"아."

"안 아파요?"

호 해 줄까요? 앞니 하나가 빠져선지, 잔뜩 새는 발음으로 내뱉는 애를 어느새 다가온 여자가 데리고 갔다.

그러면서 그녀가 말했다.

"미안해요, 학생. 우리 나윤이가 언니들을 너무 좋아해."

“아, 아니에요……. 귀여운데요, 뭐.”

그러자 빙긋 웃은 그녀는 애정이 담뿍 담긴 눈으로 나윤이라는 여자애를 바라보며 그 애의 머리를 쓰다듬었다.

“우리 나윤이, 착하기도 하지.”

그 일상적이고도 따스한 칭찬이 들려온 순간, 나는 울지 않기 위해 아래턱에 힘을 주어야만 했다.

별다른 일을 하지 않아도 칭찬받는 어린아이와 고등학교 3학년이나 된 내 처지를 비교해서 비관하는 것은 정말로 어처구니없는 짓이니까.

그걸 머리로는 알면서도, 방금 내가 엄마에게 들은 말들이 떠올라 눈시울이 뜨거워지는 것은 어쩔 수가 없었다.

반사적으로 눈가를 문질러 닦으려다가, 손에 피가 나고 있다는 것을 깨달은 나는 얌전히 다시 손을 내렸다.

울고 있는 것을 남들에게 들키지 않기 위해 애써 차창 밖으로 고개를 돌렸지만, 이미 소용없었다. 내가 잠옷으로 입는 맨투맨에 운동복 바지 차림으로 절뚝거리며 버스에 올라탔을 때부터 이미 적지 않은 시선이 쏠려 있었다. 내 손과 다리에서 피가 나고 있다는 것도 한몫했을 것이다. 그럼에도 나는 목적지에 도착할 때까지 최대한 담담하게 있으려고 노력했다.

마침내 버스에서 내리자, 그다음부터는 굳이 길을 찾으려고 애쓸 필요도 없었다. 몸이 이미 너무 오래 다녀서 익숙해진 길로 알아서 걸음을 옮기고 있었으니까.

부모님에 대한 생각에서 벗어나기 위해 몇 번 고개를 내젓다 보니, 어느새 나는 아파트 단지 안이었다. 엘리베이터에 올라타자, 전단지와 명함이 다닥다닥 붙은 거울 안에 내 모습이 비쳤다. 그 모습은 마치 거울이 아니라 유리관 속에 갇힌 사람처럼 불안하고, 우울해 보였다. 그리고 마침내 땡 하는 소리와 함께 엘리베이터 문이 스르륵 열렸다.

나는 누군가에게 조종당하는 것처럼 걸음을 옮겨 낯익은 문 앞에 섰다.

나는 쇠문에 달린 문패를 그리운 눈으로 바라보았다.

어째서 목적지에 도착하고 나서야 비로소 내가 어디로 향하고 있었는지를 깨달은 걸까? 이토록 간단한 문제였는데.

내가 그토록 노력해도 아무것도 잘하지 못해도 나를 좋아해 준 사람.

심지어 내 부모님조차 나를 외면하고, 좋은 말 한마디 안 해 줬을 때조차 날 버리지 않았던 사람이 내 인생에 달리 있을 리 없었다.

그러나 당연한 듯 손가락을 들어 벨을 누르려다 말고, 나는 멈칫하며 누군가 찬물을 쏟은 듯한 충격과 함께 정신을 차렸다.

그 옛날 나와 반여령은 서로의 집에 예고하지 않고 드나들어도 될 정도로 가까운 사이였지만, 지금은 아니었다.

심지어 지금은 그럴 만큼 가까운 거리에 살지도 않았다.

옆집이라면 모를까, 이 정도로 먼 거리에 산다면 출발하기 전에 전화를 걸어서 놀러 가도 되는지 묻는 게 당연했다. 가는 쪽에서는 헛수고할 위험을 줄이고, 맞이하는 쪽에서는 영문도 모른 채 손님을 맞는 봉변을 피하기 위해서.

나는 손바닥으로 주머니 안에 든 핸드폰을 굴렸다. 어떡하지? 일단 전화를 걸어 볼까?

그래, 반여령에게서 사라진 건 나에 대한 기억이지 감정이 아니잖아.

전화를 걸어 지금 너희 집 앞인데 잠깐 만나고 싶다고 말하면, 틀림없이 그 애도 기뻐할…….

그러나 나는 얼마 안 가 핸드폰을 매만지던 손을 떼고 말았다. 고개를 떨어트린 내가 어두워진 얼굴로 중얼거렸다.

설령 만난다고 해도, 지금의 반여령과 내가 뭘 할 수 있을까?

수능이 다가오는 어느 휴일에 갑자기 들이닥쳐 묻지도 않은 가정사를 줄줄이 털어놓으며 위로를 구하는 친구라니, 나라면 그런 건 싫을 거야.

남의 가정사를 곁에서 오랫동안 보아 자연스럽게 알게 되는 것과, 갑자기 상대방 쪽에서 털어놓아서 알게 되는 것은 무게 자체가 달랐다.

자칫 잘못하면 반여령에게 원치 않는 마음의 짐을 지워

줄 수도 있다는 생각이 들자, 손가락 끝에서 고작 삼 센티 거리에 있는 벨을 차마 누를 수가 없었다.

몇 번이고 망설이던 내가 결국 한숨과 함께 손을 스르륵 내리던 그 순간이었다.

쇠문 너머에서 높낮이가 다른 목소리가 번갈아 들려왔다.

그리고 내가 미처 반응하기도 전에 쇠문이 벌컥 열리며, 익숙한 얼굴이 나타났다.

여령이의 이목구비를 조금씩만 솜씨 좋게 매만진 것처럼 수려한 남자였다.

그리고 빛이 감돌지 않는 검은 눈동자가 나를 담은 순간, 나는 이미 뒤돌아 달리고 있었다.

여단 오빠가 나를 그의 스토커로 오해하든, 아니면 이 나이 먹고도 벨을 누르고 달아나는 장난을 치려다가 실패한 사람으로 착각하든 상관없었다. 그와 마주치지 않을 수만 있다면!

그러면서 나는 어쩔 수 없이 내 머리를 부여잡고 속으로 비명을 지르고야 말았다.

아아악! 부모님을 피해 친구 집으로 왔더니 이번에는 전 남자 친구와 마주치다니, 이게 대체 무슨 운명의 장난이야!

물론 9월이니 대학교로 치자면 아직은 학기 초고, 게다가 주말이기까지 하니 그가 집에 와 있을 수도 있다는 것을 감안하지 못한 건 내 잘못이지만.

다행히 여단 오빠는 내가 달아나자 반사적으로 손을 뻗긴 했지만, 뒤쫓진 않는 것 같았다.

뒤에서 그가 여령이와 대화하는 소리가 들려왔다.

"왜 그래, 오빠?"

"집 앞에 모르는 사람이 있어서."

"뭐?"

둘의 대화를 들으며 나는 식은땀을 흘렸다.

한 가지 사실만은 분명히 알 수 있었다. 지금 내 뒷모습을 여령이에게 들키기라도 한다면 난 끝장이란 것을.

물론 아는 사람은 물론이고 모르는 사람에게도 대체로 긍정적인 여령이가 나를 오해할 리는 없지만, 문제는 내가 정체를 들킬 경우 여령이에게 꼼짝없이 붙들려 다친 손을 치료받을 수밖에 없다는 거다.

그렇게 되면 멀지 않은 곳에서 여단 오빠가 그 모습을 지켜볼 게 분명했다. 당연하지, 그가 어떻게 끔찍하게 아끼는 여동생을 처음 보는 여학생과 단둘이 집에 있도록 두겠는가?

그러다 그가 만약 나에 대한 감정을 떠올리기라도 하면…….

그런 상상을 하며 정신없이 달리다 보니 어느새 엘리베이터 앞이었다. 문제는 엘리베이터가 1층에서 도통 올라올 생각을 안 한다는 거였다.

여단 오빠와 여령이는 나를 뒤쫓을 생각까지는 없는 것

같았지만, 혹시나 운이 나빠서 내가 엘리베이터를 타기 전에 그들과 마주치기라도 하면?

나와 여단 오빠의 인연이 다시 시작되냐 마느냐의 문제를 이런 불확실한 확률에 맡길 수는 없었다.

결국, 나는 엘리베이터를 기다리다 못해 직접 계단으로 향했다. 반 층쯤 올라가고 나서부터는 아예 슬리퍼를 벗어 한 손에 들고 맨발로 걷기 시작했다.

그런 노력이 성과를 거두었는지, 아래층에서는 인기척이 따라오지 않았다. 두어 층쯤 맨발로 올라간 나는 그제야 슬리퍼를 도로 신고 걸음을 옮겼다.

옥상 문이 보일 때쯤에야 나는 내가 한참 전부터 다쳐 있었다는 사실을 자각했다.

고작 긁힌 상처에서 피 조금 난 것 갖고 빈혈이 오진 않겠지만, 이 아파트로 오는 길 대부분이 언덕길로 돼 있어선지 벌써부터 다리에서 힘이 쭉 빠져 비틀거렸다.

어깨에 온몸의 체중을 싣다시피 해서 겨우 뻑뻑한 문을 열어젖힌 나는 안으로 들어갔다.

탁 트인 하늘과 녹색 일색으로 칠해진 옥상 바닥을 보자 비로소 숨이 트였다.

그러고 보면 유천영과 단둘이서만 몇 번 와 봤지, 이렇게 혼자 오는 건 처음이었다.

마지막으로 온 이후로 벌써 얼마 만이지? 나는 하늘을

올려다보며 생각했다. 마지막으로 왔을 때가 이사 가기 직전이었으니 3월 말이나 4월이었을 텐데, 그럼 벌써 반년은 된 셈이군.

그리고 겨우 옥상 가장자리로 다가간 나는 난간에 기대어 숨을 골랐다.

"휴우. 진짜 놀랐다……."

한참 동안 숨을 고르던 내가 마침내 중얼거렸다.

정말이지, 하필 그 사람을 그 순간에 그런 식으로 마주칠게 뭐람? 평소 스치듯이라도 보고 싶다고 생각하며 지나가는 사람마다 살필 때는 코빼기도 보이지 않더니.

나는 더러워진 바지의 무릎 쪽과 그럭저럭 피가 멎은 내 손을 보며 새삼 어이없다는 얼굴을 했다.

그래도 여단 오빠와 마주친 것에도 단 한 가지 장점은 있었다.

바로, 그에 관한 생각이 우후죽순 떠오르면서 부모님에 대한 생각은 거의 떠오르지 않게 되었다는 점이었다.

그리고 바닥에 웅크려 앉은 나는 다리를 감싸고 무릎에 턱을 묻었다.

내가 여단 오빠와 헤어진 것을 결코 후회하지 않기로 한 것과 별개로, 그에 관한 생각을 아예 하지 않기란 불가능했다.

그는 내 첫사랑, 내 첫 연애 상대였으며 심지어 첫 이별

상대이기까지 했으니까.

그가 나와 헤어진 직후 대학교라는, 내가 전혀 모르는 세계로 떠나 버렸다는 것도 한몫했다.

새로운 계절이 올 때마다 나는 어쩔 수 없이 궁금해졌다. 내가 없는 곳에서 그의 봄이, 여름이, 가을이 어땠을지.

조금 과장해서 말하자면, 나는 매체에서 나오는 모든 대학생의 모습에 그를 대입해 보았다.

또, 역 앞이나 술집 앞에서 취한 채로 크게 떠들거나 웃고 있는 대학생 무리를 볼 때마다 서울 어딘가에서 그도 저러고 있을지도 모른다고 상상하기도 했다.

술에 취해서인지, 특별한 사이가 아닌 것 같은데도 유난히 얼굴을 가까이하거나 서로 얼싸안고 말을 주고받는 남녀를 보면 여단 오빠에게도 그런 사람이 생겼을 것 같아서, 안도감과 약간의 상실감이 동시에 들었다.

거기까지 생각한 나는 상처가 난 두 손으로 얼굴을 감싸며 중얼거렸다.

"……잘한 거겠지."

여단 오빠의 나에 대한 기억은 내가 지우길 잘했다고 생각한 거의 유일한 기억이었다. 아무렴, 나에 대한 기억이 있는 편보다는 없는 편이 그가 스무 살을 훨씬 즐겁게 날 수 있을 것이다.

그럼에도 지금 이 순간 발목 밑에 칼바람이 든 듯 시려오는 것은, 그 덕분에 내 인생에서 가장 추웠던 시기를 춥지 않게 났기 때문일까?

두 집 부모님이 함께 대만으로 가 버리시는 바람에 여령이네 할아버지 집에서 맞이했던 설날 아침, 그가 내 머리를 말려 주다 말고 내게 기습처럼 입 맞췄던 일. 부모님과 싸운 밤 베란다에서 그와 나누었던 대화. 또, 그가 나를 데리러 오던 수많은 밤과 함께 카페에서 만나 공부를 하던 주말들.

그런 기억들을 두서없이 떠올리는 동안, 내 머리 위의 하늘이 차차 붉어졌다.

어깨 위로 내리는 붉은 햇살 덕분에 간신히 그 사실을 깨달은 내가 주머니에서 핸드폰을 꺼냈다. 시간은 어느새 다섯 시에 가까워져 있었다.

"다섯 시밖에 안 됐는데 벌써 하늘이 저렇게 되나……?"

무심코 중얼거리는 것도 잠시, 곧 내가 아직도 여름의 기준에서 벗어나질 못했다는 것을 깨달은 나는 헛웃음을 흘렸다.

방학의 반 이상을 집에만 틀어박혀 보냈으니 계절 감각이 무뎌진 것도 당연한 일이었다.

가을은 여름보다도 해가 짧으니, 어서 집으로 들어가거나 적어도 밝고 사람 많은 곳으로 가지 않으면 안 된다. 그러지 않으면 나는 관리자에게 비명횡사 당할 테니까…….

그러다 나는 문득 자리에서 일어나던 것을 멈추었다.

다소 비약적이라고 할 수 있지만, 지금까지 한 번도 떠올리지 못한 가설이 내 머릿속에 떠올랐다.

잠시 멍하니 있던 내가 중얼거렸다.

“만약 관리자가…….”

만약 관리자가 나를 죽였을 때, 다른 방식으로 죽었을 때와는 달리 나에 대한 기억 자체가 이 세계 사람들의 머릿속에서 지워지는 거라면?

관리자가 나를 끈질기게 없애려 하는 이유는 다름이 아니라 내가 이 세계에 존재해선 안 되기 때문이었다.

살아 있는 게 아니라 존재 자체가 문제가 되는 것이므로 가능성은 충분했다.

다음 순간 태연히 내 머릿속을 스치고 가는 극단적인 가능성에 나는 전율했다.

그럼 그냥 이대로 사라져 버려도 상관없지 않나? 아무도 내가 사라진 것을 신경 쓰지도, 날 찾지도, 심지어 슬퍼하지도 않을 텐데.

정말로 집에 들어가는 일이 관리자를 만나는 것보다 안전하다고 할 수 있을까?

집에서는 여전히 내 성적, 어쩌면 내 존재 자체에 화가 나신 부모님이 나를 기다리고 있을 것이다.

그렇다면 차라리 관리자에게 죽으면 나에 대한 모두의

기억이 사라지는지를 일단 그에게서 확인하는 편이…….

그러다 말고 나는 다시 입술을 깨물었다.

아니야, 남들 신경 쓰지 않고 단둘이 대화를 나눌 상황쯤이 되면 정답이 뭐건 간에 관리자가 결코 나를 놓아줄 리는 없겠지.

폐교에서도 내가 그를 피해 달아날 수 있었던 건 내가 아니라 노아리의 힘 덕분이었으니까. 그녀가 작가로서 가진 세계를 넘나드는 힘.

하지만, 나에 대한 기억이 사라지지 않아도 그건 그것 나름대로 괜찮지 않을까? 급기야 그런 생각마저 들기 시작했다.

지난 몇 달 동안은 매일이 산산조각 난 것을 간신히 그러모아 겨우 몸을 일으키는 그런 나날들이었다.

그러나 그렇게 매일같이 겨우 몸을 일으켜 봐야, 결국 나를 기다리고 있던 건 뭐였지? 다시 절망하고, 산산이 흩어진 조각들을 다시 모으기 위해 애쓰는 나날…….

여기서 어두워질 때까지 기다리기만 하면 그 무의미한 노력을 내가 아닌 다른 누군가가 대신 끝내 줄 거라는 선택지가 이토록 매력적으로 느껴지긴 처음이었다.

마침내 마지막 붉은빛을 토해 낸 해가 산 아래로 천천히 가라앉았다. 그때까지도 나는 옥상을 떠나지 않았다.

바람이 불었다. 이 옥상에서 유천영과 함께 있을 때도 간혹 불곤 하던 차갑고 음산한 바람이었다. 그러나 나는 여전히 그 자리에 머물러 있었다.

나는 다만 그 자리에 웅크려 앉아 두 손으로 다리를 감싸 안고, 누가 오길 기다리기라도 하듯이 옥상 문을 노려보았다. 이제 얼마 안 가 내가 기다리는 존재가 저 문을 열고 나타날 것이란 생각에 심장이 두근거렸다.

그로부터 더 기다리기를 십 분쯤, 마침내 쇠문 너머에서 텅텅거리는 발소리가 울렸다.

주말, 그것도 저녁 시간에 굳이 이런 곳을 찾을 사람은 아무도 없기에 나는 마음을 굳게 다졌다. 자칫하면 내게 무슨 일이 일어났는지도 모르고 모든 것이 끝나 버릴 수도 있었다.

그러나 끼익 소리와 함께 마침내 옥상 문이 열리고, 전혀 예상치 못한 얼굴의 등장에 나는 입을 벌렸다.

"……함단이."

얼마나 급하게 달려온 건지, 거친 숨을 토해 내는 은지호가 거기에 있었다.

멍하니 그를 보던 나는 정신을 차리자마자 가장 먼저 핸드폰부터 확인했다. 혹시나 반여령이 내 뒷모습을 보고 은지호에게 연락한 건 아닐까?

하지만 그녀에게서 온 메시지라고는 주말 잘 보내고 있냐는 평범한 내용뿐이었다. 그 외에는 죄다 8반 친구들에게 온 것으로, 마찬가지로 일상적인 얘기 외에는 적혀 있지 않았다.

그리고 그 외에 은지호로부터 수십 통의 부재중 전화가 찍혀 있었다. 가만히 핸드폰을 보며 그 사실을 확인한 나는 다시 은지호를 돌아보고서 물었다.

"네가 여기는 어떻게 알고 온 거야?"

내 적개심 가득한 말투에도 그는 전혀 놀라는 내색을 하지 않았다. 대신에 그는 그럴 줄 알았다는 듯이 손을 내밀며 차분하게 말했다.

"내려가자. 사람 많은 곳, 밝은 곳으로 가자."

"갑자기 왜……."

"출입이 철저하게 통제되는 놀이 기구에도 마음대로 들어왔던 사람인데, 이런 평범한 아파트 옥상이라면 더 쉬우면 쉬웠지 어렵진 않겠지. 그러니까 어서 내려가자."

혹시나 했던 기대가 빗나가자 나는 입술을 깨물었다.

은지호는 최유리와의 사건 이후로 내가 옥상 같은 곳에 있는 것을 몹시 꺼려 했다. 하지만 막무가내던 그때와는 달리 지금의 그는 몹시 차분한 데다가, 이성적인 이유까지 있었다. 여전히 그가 기억을 되찾을 기미는 보이지 않았다.

그러나 그렇다고 해서 모든 의문이 사라진 건 아니었다. 나는 그를 계속 쏘아보며 다그쳤다.

"네가 왜 갑자기 여기에 나타난 거야? 내가 여기에 있는 줄은 어떻게 알고?"

그러자 은지호는 기자 회견에서 원치 않았던 질문을 받은 사람처럼 미간을 찡그렸다.

그 모습을 보던 나는 문득 깨닫는 바가 있어서 다시 물었다. 설마…….

"너, 사람 시켜서 나 감시했어?"

"……."

대답 없이 하늘만 보는 그의 모습에 더욱 어이없어진 내가 소리를 높였다.

"얼마 전부터 우리 집 근처에 주차돼 있던 검은 차, 그거 네가 보낸 거 맞지? 어쩐지, 번호판이 눈에 익을 만하면 바뀐다 했어."

하늘의 빛이 거의 사라진 것을 본 그는 손을 들어 거푸 얼굴을 쓸어내렸다. 그러더니 그가 다시 나에게 손을 내밀며 말했다.

"알았으니까 일단 내려가자. 내려가서 말하자고. 여기에서 가장 가까운 번화가까지 걸어서 15분도 안 걸리잖아."

"싫어. 사람까지 시켜서 날 감시한 사람의 뭘 믿고 같이 내려가?"

"너……."

나를 마주 보던 은지호의 검은 눈이 가늘어졌다. 움찔하는 것도 잠시, 지금 내가 화를 냈으면 냈지 결코 꿇릴 것 없는 입장이라는 생각에 나는 어깨를 당당히 폈다.

내가 다시 말했다.

"네가 무슨 여주인공한테 무슨 일 생기면 아무 데서나 불법 유턴하는 드라마 남자 주인공인 줄 알아?"

물론 그는 사실 드라마 남자 주인공보다 더한 짓도 하는 인터넷 소설 남자 주인공이지만, 일단 그런 사실은 제쳐 두자.

게다가 심지어 지금 은지호가 좋아하는 사람은 내가 아니었다. 남에게 별 관심 없는 그가 좋아하지도 않는 사람을 위해 이렇게까지 나서는 것은 말하자면 개연성 파괴에 가까웠다. 물론, 내가 반여령과 유천영의 친구라는 이유에서 이렇게 나서는 것일 수도 있지만…….

또다시 머릿속을 뒤덮으려 하는 부정적인 감정을 지우려고 애써 고개를 뒤흔든 나는 다시 은지호를 보았다.

내가 말했다.

"넌 나보다 똑똑하니까 이미 알고 있겠지만, 돈 주고 사람 시켜서 민간인 사찰하는 건 범죄야."

"……."

"너 내가 경찰에 신고하거나 하다못해 인터넷에 올리기 전에 이런 짓 그만둬. 나도 너한테 해될 짓은 딱히 하고 싶지 않아. 꼭……."

나는 그 대목에 이르러 잠시 입술을 깨물었다.

"꼭……. 너한테 차였다고 화풀이하는 것 같으니까."

겨우 말을 마친 나는 다시 그를 보았다.

그러나 내가 이렇게까지 얘기했음에도 불구하고 그는 아무런 반응도 없었다. 진작 내 말의 허점을 찾아 공격하고도 남을 시간인데. 물론 방금 내 말에는 한 군데도 틀린 데가 없긴 했지만, 뻔뻔하게 구는 건 원래 그의 주특기가 아닌가?

인내심 있게 기다리던 나는 마침내 날아온 대답에 얼굴을 살짝 찌푸렸다.

"그래, 너희 집 앞에 매일같이 차 주차해 두게 한 것도 나였고, 네가 늦게 들어올 때 차에 불 밝히고 보고하게 시킨 것도 나야."

"너…… 아주 당당하다?"

"그럼 어떡해, 아무리 나라고 해도 가로등을 떼어다 너희 집 바로 앞에 설치할 수는 없잖아."

그 말에 어안이 벙벙해 있던 것도 잠시, 나는 곧 깨달았다. 그는 지금 어쨌건 그 모든 건 나를 걱정하는 의도에서였다고 말하고 있었다.

그러나 어찌 되었건 불법은 불법이다. 여기에서 내가 '아, 우리 지호가 나를 걱정해서 그랬구나! 기특하게도!' 하고 넘어간다면, 그거야말로 내가 인터넷 소설의 인물이 다 됐다는 뜻이지.

그때 은지호가 다시 입을 열었다. 그가 내 생각을 읽기라도 한 것처럼 말했다.

"어쨌든 불법은 불법이란 말을 하고 싶은 거지? 그럼 적어도 네 선에서 알아서 네 목숨을 챙기든가 했어야지."

"뭐……."

어깨를 움찔한 내가 입을 열었다.

그가 내 말을 끊고 다시 말했다.

"평소에 늦게 다니는 거야 야자 때문에 어쩔 수 없다고 쳐. 그런데 방금, 해가 지는 걸 빤히 보면서도 내려가지 않고 홀로 여기 있었던 건 뭐야?"

내가 조용히 어깨만 움츠리는 가운데, 그가 날카로운 시선을 내쏘았다.

"너는 내가 왜 널 감시하고 있다는 걸 들킬 각오를 하면서까지 여기에 올라왔다고 생각해? 네가 아파트 안에 들어갔다는 건 보고받았는데 계속 나오질 않고, 반여령에게 물어봐도 같이 있다는 말 같은 건 나오지 않으니까. 해가 다 져 가니까 혹시나 하는 생각에 올라와 본 거라고. 그랬더니 아니나 다를까……."

"……."

"너, 내가 오지 않았으면 어쩔 속셈이었어? 네가 집에서 뛰쳐나올 때부터 울고 있었다는 건 들었어. 언덕에서 굴렀는데도 집으로 들어가거나 약국으로 가는 대신 굳이 버스에 탔다는 것도."

그의 입에서 그동안 나를 지켜봤음을 알 수 있는 직접적인 애기가 나오자 나는 움찔했다. 그런 나를 그는 거침없이 몰아붙였다.

"마치 누군가로부터 도망치는 것처럼. 그리고 그때 네가 도망치던 상대가 그 수상한 남자는 아니었겠지."

나는 다시 입술을 깨물었다. 내게 민감한 이야기를 저렇게 아무렇지도 않게 하다니.

어쩌면 그는 예전에 이 소설 속에 떨어진 지 얼마 안 되었을 때 내가 이들을 대하던 것보다도 훨씬 더 나를 같은 사람으로 생각하고 있지 않은지도 몰랐다. 그러지 않고서야 어떻게, 당사자 앞에서 저런 말을 담담하게 할 수가 있지?

그때 그가 다시 말했다.

"그럼 백번 양보해서, 반여령네 집에 데려다줄게. 너 애초에 여기 온 거, 반여령 만나서 얘기하려고 했던 거잖아. 아니야?"

"……."

"네가 뭘 그렇게 걱정하는지는 모르겠는데, 내가 본 사람 중에 그렇게 단시간 내에 걔하고 가까워진 건 우주인 빼고 네가 처음이야, 내가 알기로는. 그러니까 괜히 이런 곳에서 서성거리지 말고, 차라리 처음 맘먹었던 것처럼……."

이어진 그의 말에 나는 속으로 실소했다. 중학교 1학년 때 처음 들어 봤던 '걔한테 그렇게 대한 사람은 네가 처음이야!' 따위의 말이 반가워지는 날이 올 줄은 상상도 못 했는데.

하지만 이윽고 고개를 가로저은 내가 대답했다.

"그건 싫어. 여령이한테 방금 있었던 일을 설명하려면 아주 어렸을 때까지 거슬러 올라가서 그사이에 있었던 일들까지 전부 말해야 하는데……. 평화롭던 주말에 갑자기 누가 들이닥쳐서 그런 우중충한 얘기나 늘어놓으면 얼마나 싫겠어?"

그러자 반박하려는 듯 입을 달싹이던 그는 결국 말없이 입을 닫았다. 그에게도 남의 19년 치 가정사를 하루 만에, 그것도 귀중한 주말에 몰아서 듣는 것은 하고 싶지 않은 일임이 분명했다.

그것도 잠시, 그가 고민하다가 작게 중얼거린 말에 나는 휙 하고 고개를 들었다.

"뭐?"

"그럼 나한테 말하라고 했어."

그는 마뜩잖은 듯 미간을 구기고서 대꾸했다.

"나라도 괜찮다면, 들어 줄게. 얼마만큼 공감할 수 있을지, 또 얼마만큼 위로할 수 있을지는 자신 못 하겠지만……. 그래도 괜찮다면, 차라리 나한테 말해."

"……."

"그것보다도 얘기를 나누려면 일단 자리부터 옮겨……."

그때였다. 그를 노려보던 내 눈에 기어이 눈물이 괴었다.

은지호가 상당히 당황한 듯한 표정을 지으며 내게 몇 걸음 다가왔다. 나는 딱 그가 다가온 만큼 물러나며 말했다.

"오지 마."

"뭐?"

"이 이상 다가오지 마. 말하지도 마. 나한테 신경 쓰지도 말고……. 잘해 주지도 마, 제발."

팔등으로 손을 가린 나는 숨을 헐떡이며 말을 이었다.

"알아, 너한테는 별 의미 없는 일인 거…… 네가 말했던 대로 '도의적인 차원'의 일인 거. 그런데, 네가 그렇게 말해도 나는 그렇게 받아들이는 게 안 돼. 자꾸만 다르게 해석하게 돼. 그래서 가끔은 착각인 걸 알면서도 그대로 믿고 싶어져."

"……."

무거운 침묵 속에서 나는 입술을 꾹 깨물었다. 내가 그에게 던졌던 빈말들과 기약 없는 약속들이 실로 고문에 가까웠다는 것을, 이런 식으로 확인하게 될 줄은 미처 몰랐다.

내가 다시 말했다.

"그 짓을 더는 반복하고 싶지 않아. 그러니까 부탁이야, 제발 나한테 더는 이러지 마."

"그럼……."

나를 물끄러미 보던 그가 무표정한 얼굴로 입을 열었다.

가면을 덮어쓰듯, 아까까지의 당황과 난처함을 순식간에 지운 그가 물었다.

"내가 지금 여기서 어떻게 하면 나랑 같이 내려갈래?"

"……."

"해가 거의 지고 있어."

그의 말대로였다. 이제 하늘은 붉은 기도 거의 남지 않은 보랏빛에 가까웠다. 더구나 먹구름까지 몰려와 이미 어둡기로는 한밤중이나 다름없었다.

문득 시야가 밝아지며 인근의 대형 전광판과 빌딩에 일제히 불이 밝혀지자, 나는 더는 대답을 지체할 수 없음을 깨달았다.

내가 여기에서 더 버틴다면, 그는 내 속셈을 눈치채고 둘러업고서라도 날 데리고 내려갈 것이다. 아니, 사실 그런 건 이미 한참 전부터 눈치챘는지도 모르지만.

결국, 한숨을 내쉰 나는 입을 열었다. 은지호만큼은 아니겠지만, 나도 이제 협상에는 어느 정도 도가 터 있었다. 어차피 결과가 마찬가지일 거라면 얻을 수 있는 것은 얻고 손 터는 편이 나았다.

"우리 집 근처에 차 주차해 두는 거 그만둬. 또, 사람 시켜서 날 감시하는 것도. 다시 말하는 거지만, 너 그거 범죄야."

"그래."

긴장한 게 무색해질 정도로 대답은 쉽게 돌아왔다.

그리고 빽빽한 옥상 문을 한 손으로 어렵지 않게 연 그가 내게 눈짓하자, 나는 더는 반항하지 않고 얌전히 그를 따라나섰다.

우리 둘의 움직임을 감지한 센서 등이 주황색으로 불을 밝힌 순간, 나는 아래층으로 향하는 계단에 웅크린 검은 그림자가 일어나려다 말고 다시 앉는 것을 본 것만 같았다.

아쉬움과 안도감이 뒤섞인 기묘한 느낌에 등줄기에 오싹 소름이 돋았다.

내가 나도 모르게 손을 들어 팔을 감싸자, 은지호는 당연한 듯 입고 있던 겉옷을 벗으려 했다.

아니, 방금 상냥하게 굴지 좀 말라는 내 말을 뭐로 들은 거야? 미간을 찌푸리며 그를 올려다본 나는 문득 그의 옷소매를 잡아당겼다. 그가 뭐냐는 듯 나를 내려다보았다.

"옷은 됐고, 나 부탁 하나만 더 들어줘."

"말해."

평소라면 부당 거래라는 사족을 붙일 만도 한데, 그는 다만 그렇게 말했다.

나는 그의 소매를 조금 더 잡고 있다가 말했다.

"십 초만."

"……."

"십 초만 나 좀…… 껴안고 있어 줄래? 엘리베이터 올 때까지만."

방금까지 다가오지도 말 걸지도 말라고 한 주제에 이렇게 말하는 것이 스스로도 어처구니가 없기는 했지만, 어쩔 수 없었다.

여기서 '저것'과 더 눈을 마주치고 있다간 은지호에게 사람도 차도 물리라고 말했던 것을 취소하게 될지도 모른다는 생각이 들었다. 이미 벼랑 끝인데, 한순간의 두려움에 져서 한발 물러날 수는 없었다.

그러자 나를 말없이 내려다보던 은지호의 시선이 문득 내가 보고 있던 곳을 향했다. 설마, 그도 저 존재를 발견한 걸까? 내가 생각하던 찰나, 그가 별다른 말도 없이 불쑥 재킷을 벗더니 내 어깨를 감쌌다.

아, 역시 안 되는 건가? 내가 별다른 아쉬움도 없이 생각하는 찰나, 그가 그대로 내 어깨를 잡아 반 바퀴쯤 돌려세우며 나를 끌어안았다.

그의 한 손이 내 목덜미를, 다른 손은 내 등을 감쌌다. 얼떨결에 그의 품에 코를 박게 된 나는 아무것도 안 보이는 상태에서 눈만 멀뚱멀뚱 뜨고 있다가 고개를 들었다.

우리 둘이 거의 빈틈도 없이 맞닿아 있는 덕에 보이는 거라고는 그의 어깨와 목 일부뿐이었다. 그마저도 우산이라도 쓴 것처럼 어둡게 보였다.

내가 무슨 말을 하려는 찰나, 그의 목울대가 일렁이는가 싶었다. 그러더니 그가 작게 내뱉었다. 꺼져. 나는 그제야 그가 어쩌면 내가 보았던 것과 같은 것을 보고 있을지도 모른다는 사실을 깨달았다.

멍하니 안겨 있던 나는 내 등을 감은 그의 팔에 힘이 들어가자 움찔했다. 그러자 비로소 팔의 힘을 푼 그가 아무렇지도 않게 말했다.

“미안.”

“아니야…….”

그렇게 말하며 무심코 고개를 들었더니, 지나치게 가까이에서 시선이 마주치게 되어서 곤혹스러웠다. 난처하게 눈을 굴리던 나는 마침내 엘리베이터가 도착하자 얼른 그에게서 떨어져 나왔다.

내가 그의 재킷을 어깨에 걸친 채로 총총히 안으로 들어가자, 그 또한 나를 따랐다.

이제 우리 사이에 흐르는 침묵은 익숙한 것이 되었다.

아파트 입구에 이르러서야 그가 다시 말을 꺼냈다.

“데려다줄게.”

“아니, 됐어.”

나는 단번에 사양했다. 조금의 숙고도 없이 흘러나온 대답에 은지호의 미간이 못마땅하다는 듯 찌푸려졌지만, 그가 그렇게 말하며 흘깃거리는 방향에 뭐가 있는지 봐 버린 탓이었다.

그곳에 있던 것은 다름이 아니라 우리 집 근처에서 자주 보던 바로 그 차였다.

나는 나를 감시하던 사람의 차를 얻어 탈 수 있을 만큼

간이 크지 않거든? 누가 들으면 방금은 죽을 각오까지 했던 주제에 무슨 소리냐고 할지도 모르겠지만, 어쨌든.

어쨌거나 그는 더는 권하지 않고 순순히 버스 정류장까지 나를 따라왔다.

마침내 정류장의 벤치 앞에 멈춰 선 나는 계속 입 안에서 맴돌던 말을 꺼냈다.

"나한테 신경 쓰지 말란 말이 환자에게서 인공호흡기를 떼어 달란 말과 비슷하게 들린다는 거 알아."

"안다니까 다행이네."

까칠한 그의 대답에도 나는 그저 쓰게 웃었다. 내가 말을 이었다.

"내가 널 좋아하지만 않았어도 네게 그냥 도와 달라고 했을 거야."

"그럼……."

"알아, 그럼 너를 좋아하는 걸 그만두라고 말하고 싶겠지. 그런데 내가 말하려던 건 이거야. 내가 너를 좋아하는 것도, 이런 위협을 당하게 된 것도 내가 원해서 그런 건 아니잖아. 그러니까 나한테 너무 화내지 말고, 죄책감 느끼지도 말고 신경 쓰지 않아 줬으면 좋겠어."

"……."

"그래, 내가 널 좋아하게 된 건 너한테도 원하지 않는 일이었겠지만, 나한테도 그건 똑같아. 정말이지, 그만둘 수 있었으면 진작 그만뒀을 거야."

갑자기 들이닥친 재앙 같아. 그렇게 말하며 다시 웃는 날 보며 그는 아무런 말이 없었다.

그러다 그가 불쑥 내뱉었다. 전보다 훨씬 무미건조해진 목소리였다.

"그래도 물에 떠내려가는 사람을 못 보는 척하라는 건 못 들어주겠는데."

"다른 사람이라면 모르겠지만, 너한테 건져지면 나는 보따리 내놓으라는 건 물론이고, 죽어 가던 사람 살려 놨으니 책임까지 지라고 할 거야."

그는 또다시 침묵했다.

눈을 내리깐 내가 덧붙였다.

"너를 좋아하게 되니까, 네 책임이 아닌 걸 알면서도 그런 일까지 책임지라고 하고 싶어져. 그렇게 해서라도 네 삶에 내 지분을 남기고 싶단 말이야."

그러자 느릿느릿 입을 연 은지호가 대꾸했다.

"……책임지는 것까지는 어렵지 않아. 다만 네가 다른 사람과 나를 나눠 갖는 걸 허용할 수 있는가가 문제지."

"물론 허용 못 해."

"그럼 여기까지네."

미련 없는 그의 말을 들으면서도 나는 왜인지 마음이 그다지 아프지 않았다.

그에게서 이미 들은 말들이 너무 아팠기 때문에 이 정도는 별거 아닌 것처럼 느껴지는 건지도 모른다. 아니면 이게 결코 끝이 아닐 것이란 예감 때문인지도.

그도 그럴 게 우리는 벌써 이별을 너무 많이 번복해 왔다. 몇 번은 내가 먼저 이별을 고했고, 또 몇 번은 그가 먼저 이별을 고했지만 우리는 결국 또 이 자리에 같이 서 있다.

이게 내가 자꾸만 매달려서인지, 아니면 그가 계속 여지를 줘서인지는 모르겠지만. 아니, 그가 내게 여지를 준 적은 없으니 틀림없이 내가 계속 매달린 탓이겠지. 하여간 이별이 번복되는 것도 이것이 마지막이 되어야만 할 것이다.

다시 한번 다짐을 굳게 다진 내가 고개를 들고 웃으며 말했다.

"안녕. 학교에서 봐. 물론 인사는 하지 말고."

그러자 그가 일순 어이없다는 듯 웃었다. 어쩌면 그도 나와 같은 생각을 한 것 같았다. 이게 우리의 마지막일 리 없다고.

오랜만에 그의 웃는 모습을 보며 나는 생각했다.

하지만 내가 널 웃게 하는 사람이 아니라 곤란케 하는 사람일 뿐이라면, 더욱더 나는 네 옆에 있어서는 안 되겠지. 너를 위해서가 아니라 나를 위해서도. 아무리 우리가 한때 같은 것을, 함께 있는 것을 꿈꾸었다고 해도…….

그때 버스가 도착했다. 나는 방금까지 하던 생각의 잔상을 털어 낸 뒤 허둥지둥 버스에 올라탔다.

"그럼, 안녕."

"응."

이번에야말로 마지막이라는 뜻을 담아 던진 인사에도 은지호는 무미건조하게 대답했다. 버스가 떠나는 것을 지켜본 그가 아파트에서부터 우리를 따라온 검은 차를 향해 돌아섰다. 버스 창문을 통해 그 모습을 지켜보던 나는 천천히 눈을 감았다. 올 때와 마찬가지로, 나는 돌아갈 때도 눈물을 참기 위해 애써야 했다.

* * *

창으로 쏟아진 노란 햇살이 조곤조곤한 목소리와 섞여 흘렀다.

"……그래서 저는 폐교의 문을 통해 이렇게 다른 세계로 왔고, 단이 언니는 원래 세계에 남을 수밖에 없었던 거예요. 단, 당신을 포함한 여러 사람의 머릿속에서 완전히 잊힌 채."

빨대로 유리잔 안의 얼음을 휘휘 젓던 우주인은 그 말이 끝나자마자 입을 열었다.

빨대를 꺼내 티슈 위에 고이 내려놓은 그가 고개를 들며 심드렁히 물었다.

"그걸 지금 나더러 믿으라고?"

단 한 문장이었다. 그럼에도 맞은편의 그녀, 노아리의 얼굴을 일그러지게 하기에는 충분했다.

입술을 하얗게 질릴 정도로 깨문 그녀가 분한 듯 물었다.

"왜 제 말을 못 믿으시겠다는 건데요?"

그녀가 말을 이었다.

"이미 증거는 충분히 댔지 않나요? 제가 한 말들에 대해, 그건 확실히 직접 겪지 않는 한 나올 수 없는 말이라고, 그런데도 당신은 물론 누구도 저를 기억하지 못하니 어쩌면 제 말이 사실일지도 모르겠다고 인정하셨잖아요. 그런데 왜 이제 와서……."

진지하게 말을 잇던 그녀는 우주인이 티슈를 뽑아 열 송이째 장미를 접기 시작하자 미간을 구겼다.

아, 진짜. 마음만 같아서는 꿈이니 물어 줄 일도 없겠다, 그녀는 당장 의자를 들어 테이블이라도 박살 내고 싶은 심정이었다. 제 안에 이런 흉포한 충동이 숨어 있는 줄은 그녀 자신도 전혀 몰랐다.

그때 그녀의 동요를 전혀 모르는 척, 태연히 장미를 접던 우주인이 불쑥 말을 꺼냈다.

노아리는 테이블 아래로 주먹을 부들부들 떨던 것을 멈추고 눈을 동그랗게 뜨며 그를 보았다.

"하지만 네 이야기에는 군데군데 매끄럽지 않은 부분들

이 있어.”

“그래요?”

“응. 그런데 내 생각에는 네가 그걸 깜빡 잊고 말 안 한 게 아니라, 일부러 뭔가를 숨기려고 하다 보니까 그렇게 된 것 같거든?”

“…….”

미간을 좁힌 노아리가 다시 중얼거렸다. 하여간, 이런 예리한 인간 같으니라고…….

전에 이미 한 번 참패한 적이 있으니 단단히 대비해 다시 도전했지만 역시나 결과는 같았다.

자신의 손으로 자신조차 이기지 못할 피조물을 창조한 것에 대해 그녀는 기뻐해야 할지, 슬퍼해야 할지조차 알 수가 없었다.

그리고 우주인이 다시 말했다.

“숨기고 있는 걸 말해. 그러지 않으면 네 말은 믿지 않겠어. 당연히 네 부탁을 들어주지도 않을 거고.”

그에 노아리가 울컥하며 외쳤다.

“그러면 제가 아니라 당신 손해예요! 단이 언니와 친해지고 싶은데 걸리는 점이 많아서 그러지 못하는 게 아쉽다면서요! 먼저 그렇게 말한 건 그쪽이잖아요. 게다가 그쪽도 그쪽이지만, 단이 언니가 지금 혼자서 얼마나 괴로울지는 생각 안 해요?”

그녀의 격분한 태도에도 불구하고 우주인은 어깨를 으쓱하며 태연하게 대꾸했다.

"그래, 네 말마따나, 난 그토록 친해지고 싶었는데도 찝찝함 하나 때문에 지금까지 참을 만큼 인내심이 좋거든? 그러니까 함단이는 물론, 너에 대해서도 티끌만 한 거리낌이라도 남겨 놓고 싶진 않아."

그가 눈을 내리깔고 말을 이었다.

"그러니까 네가 원하는 대로 나를 움직이고 싶거든, 네가 숨기고 있는 게 뭔지 말해. 사실 누가 원하는 대로 움직이는 것 자체도 내 성미에 안 맞거니와, 배후도 모르고 그러는 건 더 싫거든."

그리고 그가 방긋 웃으며 덧붙인 말에 노아리는 이를 부득부득 갈았다.

"어차피 지금 네가 꿈에서나마 소통할 수 있는 사람은 내가 유일하잖아? 아니야? 그것도 이 팔찌란 것 덕분에 겨우겨우."

그를 꼼짝 없이 쏘아보기만 하던 그녀가 마침내 중얼거렸다.

"정말이지……. 일이 이렇게 될 줄 알았다면 결코 당신에게 팔찌를 남겨 놓진 않았을 거예요. 그것도 그런…… 낯부끄러운 문구와 함께."

"널 꿈에서 거의 매일같이 보고 있다는 점에서 낯부끄러운 건 피차 마찬가지니까 그 얘기는 그만두자. 그보다도, 진짜 말 안 할 거야?"

그가 웃는 얼굴 그대로 손을 내밀어 창밖을 가리켰다.

"오늘도 슬슬 오는데? '그거.'"

창밖에서 천천히 다가오는 것은 다름 아닌 '오즈의 마법사'에나 나올 법한 거센 폭풍이었다.

거센 폭풍과 함께 건물이 날아가고 서로의 세계로 헤어지는 두 사람이라, 자신의 머릿속이 이렇게 동화적이었나 싶어 우주인은 내심 감탄스러울 지경이었다.

아니면 내가 아닌 저 애의 영향일지도. 그렇게 생각하며 그가 탁자 위에 팔꿈치를 올린 채 턱을 괴고 노아리를 유심히 보는데, 그녀가 문득 입을 열었다.

아까까지와는 달리 화났다기보다는 겁에 질린 목소리였다.

어째서? 무심코 어리둥절해하던 그는, 다음 순간 들려온 그녀의 말에 그 이유를 깨달았다.

"저는 작가예요."

턱을 괸 자세 그대로 굳어진 그의 앞에서, 체념한 듯 눈을 내리감은 노아리가 재차 말했다.

"제가 바로…… 당신들이 있는 세계와 당신들을 만든 작가예요."

일순 창밖으로 흘러드는 햇살이 차가워진 것만 같았다. 어쩌면 그것은 착각이 아닌지도 몰랐다. 코앞까지 들이닥친 태풍에 지면과 테이블, 유리창이 일제히 흔들리고 있었다.

그럼에도 우주인은 나갈 채비를 하는 대신, 반사적으로 떠날 채비를 하는 노아리의 손을 덜컥 붙잡아 눌렀다.

그가 얼음장처럼 차가워진 목소리로 물었다.

"뭐?"

그가 재차 따졌다.

"누가 뭘 만들어?"

"……."

그를 바라보는 노아리의 눈에는 금방이라도 흘러내릴 듯 눈물이 고여 있었다. 그러나 태도는 그렇지 않았다. 오히려 익히 예상한 일이라는 듯, 입술을 깨물며 입매를 더욱 단단히 굳힐 뿐이었다.

그런 그녀의 모습을 보던 우주인은 문득 깨닫는 바가 있어 다시 입을 열었다.

"너, 나한테 이 사실을 말한 게 처음이 아니지?"

"……."

"그리고 그때는 네가 말하고 싶어서 말한 게 아니었을 거야."

더욱 입을 굳게 다무는 그녀를 보며, 그는 자신의 예상이 맞았음을 확신했다.

이제야 그녀가 그 사실을 그토록 숨기려 했던 이유도, 또 자신의 반응에 저렇듯 담담한 태도인 것도 이해가 갔다.

과연, 자신이 과거 이 사실을 처음 알았을 때 이보다 더 침착하게 반응했을 것 같진 않았다.

지금은 그나마 꿈속이니 그녀는 물론이고, 그녀가 하는 말까지 전부 상상의 산물일지도 모른다는 정신적 방패라도 있지만 그때는 그런 것도 아니었을 테니까.

이 말을 들은 것이 현실에서였다면 어땠을까 하고 상상하니 시야가 새하얘질 정도로 화가 치밀었다.

아무렴, 지금까지 아등바등 버텨 온 삶이 전부 남의 손에서 만들어진 것이며, 가장 원치 않았던 순간에 들이닥쳐 자신을 뒤흔들던 불행조차 사실은 누군가의 재미를 위한 것이었음을 깨달았을 때. 어느 누가 그에 대해 침착할 수 있을까?

마치 자신에게 늘 끔찍한 위기감과 두려움을 안기던 체험이 남들에게는 그저 서커스에 불과했다는 것을 알아 버린 기분.

자신의 모습을 한 번이라도 보고 즐거워했던 사람이라면 모두 끌어 내려 무대 위로 올리고, 자신은 객석에 앉아 그들이 비명 지르고 두려워하는 모습을 보며 한껏 조롱해 주고 싶었다.

물론 가장 위험한 곳을 차지하는 것은 서커스단 단장이 되어야 할 것이다.

그 끔찍한 충동이라니.

그러나 그를 가장 화나게 하는 것은 따로 있었다.

그나마 자신의 삶에 있어 가장 괴로웠던 일은 십 년도 더 전에 일어난 데다가 큰 사건이 터져 준 덕에 모든 것이 돌이킬 수 없게 되기 전에 끝난 반면, 권은형의 경우에는 그렇지 않았다.

권은형은 이미 너무 많은 것을 잃었고, 그중 일부는 결코 돌이킬 수 없었다.

우주인은 그가 스스로 행복해질 수 있을 거라고 믿고 있는지조차 가끔 의심될 지경이었다. 그 때문에라도 눈앞의 사람을 결코 용서할 수는 없는…….

그렇게 생각하다 말고, 그는 문득 모순점을 깨달았다.

애초에 그의 기억 속에는 노아리가 존재하지 않았으니, 소원 팔찌는 그의 무의식을 읽고 그를 여기에 데려다 놓은 것일 터였다. 그리고 그 무의식에는 분명히 노아리가 작가라는 정보 또한 포함되어 있을 것이다.

그렇다면 나는, 어쩌면…….

우주인이 입속으로 조용히 뇌까리던 그때, 노아리가 순응하듯 눈을 감았다.

그녀가 순응하기로 한 것이 그의 분노인지, 아니면 차차 다가오는 폭풍인지는 알 수 없었다.

여전히 사방의 물건들이 거세게 뒤흔들리는 가운데, 그녀가 입을 열었다.

"당신이 저를 더는 보고 싶지 않다면, 지금까지 만난 거로 족해요. 어차피 저도 꿈꾸는 동안 깊게 잠들지 못해서 현실의 피로가 쌓여 가고 있었고, 또……. 전해야 했던 말은 다 전해 드렸으니까."

그녀가 감았던 눈을 천천히 다시 떴다.

"가끔 그런 생각을 해요. 저는 그저 여러분과 여러분이 있는 세계의 이야기를 '우연히' 듣고 썼을 뿐, 결코 제가 여러분을 만들어 낸 게 아니라고……. 게다가 제가 쓴 것과도 모든 게 달라져 버린 지금, 더더욱 여러분께 제가 원하는 결말을 맞도록 강요할 수는 없겠죠."

숨을 느리게 내쉰 그녀가 말을 이었다.

"하지만, 이게 제 이기심보다는 책임감 때문이라는 건 알아주셨으면 좋겠어요. 저는 결코 여러분을 제멋대로 휘두르려는 게 아니라, 그저 여러분이 더 행복해졌으면 하는 마음에……."

그때, 그녀를 물끄러미 보던 우주인이 불쑥 말했다.

"궁금한 게 있어."

"네?"

노아리는 놀란 눈을 들어 그를 바라보았다.

"정말로 네가 우리가 행복해지길 바랐다면, 어째서 이렇게 불행이 넘쳐흐르는 세계에 우리를 태어나게 한 거야? 게다가 이렇게 각기 결함 있는 존재로."

"아……."

그녀는 짧게 신음하며 다시 그의 표정을 살폈다. 다행인지 불행인지, 그의 표정에는 책하는 기미가 없었다.

그제야 안도의 한숨을 내쉰 그녀는 순순히 답했다.

"이렇게 말한다면 어떻게 들릴지는 모르겠지만, 저는 여러분이 불행하기를 바라서 그 불행들을 내린 게 아니에요. 아니, 오히려 여러분이라면 틀림없이 이겨 낼 수 있다고 생각해서. 이겨 내고 더 강해지고 더 행복해질 수 있을 거라고 생각해서 그런 거예요……. 그리고."

노아리가 조금 울 것 같은 얼굴로 덧붙였다.

"당신들이 결함이 있는 존재라니, 그렇게 생각한 적 단 한 번도 없어요. 오히려 제가 생각하기에 당신들은 그 자체로 완전했고, 사랑스러워서……. 그래서 저는 당신들의 얘기를 써 내려간 거예요. 누구도 저에게 시키지 않았는데도, 무언가에 홀린 것처럼……."

그때였다. 마치 사람을 식별하는 기계처럼, 눈도 깜빡이지 않고 그녀를 뚫어져라 보고 있던 우주인이 불쑥 내뱉었다.

"그럼 왜 우리를 두고 이 세계를 떠났어?"

"네?"

일순 당황한 표정을 지었던 노아리가 대답했다.

"그건 이미 말씀드렸잖아요. 제가 원해서 이 세계를 떠난 게 아니라 유천영이, 아니, 천영 선배가 목숨이 위험할 만큼 크게 다쳤었다고. 저는 그분을 살리기 위해서…….”

“하지만, 가는 방법이 있다면 돌아올 방법도 있을 거 아니야?”

“…….”

기다렸다는 듯 입을 다무는 노아리의 모습을 보며 우주인은 노아리가 그 방법을 알 거라고, 최소한 존재 정도는 알고 있을 거라고 확신했다. 그리고 그는 미약한 배신감과 함께 되물었다.

“네가 정말로 우리를 만들었거나, 아니면 그저 우리의 이야기를 받아 적었건 간에 그게 우리를 정말로 사랑해서 그런 거였다면, 어째서 돌아오지 않아?”

그는 손목에 걸린 팔찌를 흔들었다.

“특히 나한테는 이런 것까지 두고 갔으면서.”

“…….”

“너도 어느 정도는 이 세계에 미련이 남아 있었다는 뜻이잖아. 아니야?”

그렇게 말하고 지그시 쏘아보는 우주인의 모습에 노아리는 잠시 입술을 깨물었다.

이윽고 그녀는 입을 열어 보다 어두워진 표정으로 말했다.

“저는 그저…… 한 세계를 ‘제대로’ 살아 내는 것이 어떤 것인지에 대해 생각했을 뿐이에요.”

“뭐?”

"특히 여러분의 모습을 보면서."

우주인이 일순 어안이 벙벙해진 가운데, 노아리는 조심스럽게 눈을 들어 그의 다갈색 눈을 천천히 마주 보았다.

"물론 여러분의 세계에 함께 있는 건 좋았어요. 제가 만든 사람들이 눈앞에서 살아 숨 쉰다는 건 무척 낯설기도 했지만, 역시 그보다는 재미와 신기함이 컸고……. 가끔은 그 세계와 이 세계의 제 가족이 다르다는 것조차 신경 쓰이지 않을 만큼 좋았어요."

노아리가 미미하게 웃으며 덧붙였다.

"게다가 그쪽 세계의 아빠는, 제 원래 세계의 아빠하고는 같은 인류라고 묶기에 미안할 정도로 좋은 사람이었기 때문에."

"……."

"하지만, 그곳에서 지내는 동안 저는 줄곧…… 당신들을 기만하는 듯한 느낌이 들었어요. 왜냐하면."

다시 우주인과 눈을 마주친 그녀가 전보다 낮아진 목소리로 말했다.

"당신들은 당신들이 만들지 않은 세계에서 당신들이 만들지 않은 불행들과 맞서 싸우면서도 늘 최선을 다했으니까. 심지어 그걸 만든 사람이 저라는 것이 밝혀지고 나서도, 제게 아무것도 물으려 하지 않았으니까……. 그랬다면 분명 몇 배는 더 삶이 편해졌을 텐데도."

"……."

"그런데 제가 단순히 미래를 알고 있고, 또 다른 사람은 쓸 수 없는 힘을 쓸 수 있다는 이유로 그 세계에 계속 머무르려 한다면…… 그게 기만이 아니고 뭐겠어요?"

거기까지 말한 노아리가 비로소 마음속의 짐을 조금 덜어 낸 얼굴로 작게 웃었지만, 우주인은 따라 웃지 않았다. 그러자 민망한 듯 볼을 긁적이던 그녀가 다시 말했다.

"그러니까 저도 여러분을 본받아서 그렇게 살아가야겠다고 생각한 것뿐이에요. 제가 만들지 않은 세계에서, 예상치 못한 미래를 때로는 두려워하고 때로는 기대하며, 불행에도 행운에도 너무 크게 흔들리지 않도록 애쓰면서…… 제가 속한 세계를 '제대로' 살아 내야겠다고."

"……."

"하하, 생각해 보면 그렇지 않나요? 자기가 만든 세계에서 살아가며 스스로의 결핍이 채워지고 구원받길 바란다는 건, 자기가 만든 환상 속에 갇혀 살며 구원을 바란다는 거나 다를 게 없는……."

바로 그때였다. 갑자기 우주인이 손을 뻗어 테이블 하나를 사이에 두고 있던 노아리의 손을 불쑥 당기는 바람에, 그녀는 얼떨결에 몹시 가까이에서 우주인과 얼굴을 마주 보게 되었다.

가까이에서 본 금빛 눈은 전류가 도는 것처럼 유난히 맑고 흉흉했다. 그 사실에 대해 그녀가 의문을 떠올릴 틈도 없이, 우주인이 다시 말했다.

"그러니까, 네가 이 세계로 돌아오지 않기로 한 건 결국."

"네?"

"이 세계에서는 네가 결코 제대로 된 구원을 찾지 못할 것 같기 때문이다?"

말을 마치고서도 여전히 흉흉한 우주인의 눈빛을 보며 노아리는 입을 살짝 벌렸다. 일이 무언가 잘못되었음을 직감하고 아무도 없는 카페 안을 두리번거리는 그녀에게 다시 목소리가 날아왔다.

"우리는 우리가 원하든 원하지 않든 이 세계에 내팽개쳐 놓고서, 정작 너는 이 세계에서 구원이란 건 찾을 수가 없을 것 같으니 떠나서 다시는 돌아오지 않겠다? 우리가 네가 내린 불행들을 알아서 극복하고 행복해질 거라고 믿으면서? 그거야말로 우리에 대한 기만이라고 생각하지 않아?"

노아리는 비명처럼 외쳤다.

"그, 그런 게 아니에요! 아까도 말했잖아요. 당신들은 이 세계를 만들지 않았지만, 저는 이 세계를 만들었으니 입장 자체가 다르……."

"하지만, 지금의 이 세계는 옛날에 네가 썼던 이야기와도 많은 것이 바뀌고 뒤틀린 세계라며. 아니야?"

"그건……."

할 말이 없어 입을 다무는 노아리에게 날카로운 물음이 다시 꽂혔다.

"그렇다면, 이 세계조차 네가 만든 세계가 아니라, 그 세계를 바탕으로 새로 창조해 낸 '다른 누군가'의 세계가 아니라는 걸 어떻게 확신하는데?"

"……."

"내기하자."

입을 다물고 방금 들은 말의 가능성을 곱씹고 있던 노아리는 다시 날아온 말에 퍼뜩 고개를 들었다. 내기? 이 타이밍에?

저건 내용을 들어 볼 필요도 없이 거절해야 했다. 노아리가 다급히 입을 열었지만, 그가 더 빨랐다.

"앞으로 2년. 그 안에 내가 너를 찾으면, 얌전히 나와 같이 이 세계로 돌아와."

"……."

"못 찾으면 순순히 놓아줄게. 그때는 네가 말한 대로 너와 나, 각자의 세계에서 최선을 다해 살아가든 대충 살아가든 신경 쓰지 않겠어."

미간에 주름을 잡은 채 그의 말을 듣고 있던 노아리가 입을 열었다.

"왜 그런 내기를 바라는 거예요?"

그녀가 그의 눈을 약하게 쏘아보며 말을 이었다.

“제가 그 세계에서 쓸 수 있는 ‘특별한 힘’이 당신들에게 보험이 될 거라고 생각해서인가요? 유천영에게 사고가 일어났을 때처럼? 미안하지만, 그 세계에서 제 힘이 언제까지 통할지는 알 수 없어요. 영원히 존재할 가능성도 물론 없지는 않지만, 저는 그 소설이 끝날 때가 됐을 때, 그러니까 당신들이 고등학교 졸업할 때쯤을 기점으로 그 힘도 사라지리라고 봐요. 그러니까 저를 데려가도 소용없을…….”

그때, 잠자코 듣던 우주인이 그녀의 말을 끊었다.

“그런 이유가 아닌데?”

“네?”

“네 힘 따위는 사라지든 말든 상관없어. 나는 그저…….”

씩 웃은 그가 말을 이었다.

“네게 소소하게 복수하고 싶을 뿐이야.”

“뭐라고요?”

“아까 내가 말했잖아? 우리의 세계는 이미 네가 쓴 이야기에서 크게 벗어났으니, 어쩌면 네가 아니라 다른 누군가의 이야기가 되었을지도 모른다고. 아니면 그조차 아니거나.”

“그게 왜…….”

난처하게 되묻는 노아리에게 우주인이 여전히 웃으며 말했다.

“네가 멋대로 나를 네 이야기의 등장인물로 등장시켰으니, 너도 한 번쯤은 다른 누군가의 등장인물이 되어 봐야 공평하지 않겠어?"

"……."

"그리고."

말문이 막힌 그녀에게 그가 즐거운 듯 덧붙였다.

"너는 네가 내린 불행들을 통해 우리가 더 강해지고, 행복해지기를 바란다고 했지만, 정말로 그걸 바란다면 그런 자기기만 같은 말 대신 네가 직접 구원해."

"그게 무슨……."

"내가 바라는 건 그거야. 내가 아무것도 말하지 않고 설명하지 않아도 이미 나에 대해 그 누구보다도 잘 알고 있는, 완전무결한 이해자 자체."

"……."

"원래 사람은 타인에게 그런 걸 결코 바라서는 안 된다는 걸 알지만, 너에게만은 그래도 되겠지. 그리고 설령 가능하지 않더라도, 넌 나를 이해하고 받아들여 주기 위해 최선을 다할 거잖아? 나를 이런 존재로 만든 건 다름 아닌 너니까."

할 말을 잃고 입만 뻐끔거리는 노아리를 보며 우주인은 눈을 잔뜩 휘어 웃어 보였다.

결국, 한참이나 고뇌하던 노아리는 작게 고개를 끄덕였다. 때마침 들이닥친 폭풍이 마침내 모든 것을 휩쓸기 시작할 무렵이었다.

테트리스처럼 부서져 흩어지는 벽돌들과 뜯겨 나가는 창

문과 문, 빛 속에서 우주인이 마지막으로 말했다.

"외국으로 도망치지만 마. 전 세계를 무대로 술래잡기를 하라는 건 아무리 나라도 너무 가혹하잖아."

"안 갈게요."

"그럼 됐어."

"그걸로 정말 괜찮아요?"

노아리는 도리어 안쓰러워하는 듯한 표정으로 물었다.

누가 누구에게 할 말인지. 입속으로 그렇게 뇌까리는 우주인에게 그녀가 다시 말했다.

"저, 그쪽 세계와 이쪽 세계에서 성이 다르다는 건 알고 있죠? 이쪽 세계에서는 어머니의 성을 따르니까……."

"그건 상관없어. 날 다시 만났을 때 어떻게 환영할지나 생각해 둬."

"아."

우주인의 자신감 가득한 대답에 노아리가 질색하는 표정을 지었다.

그때, 언제나처럼 모든 것이 빛이 되어 사라지며 두 사람의 모습도 함께 흩어졌다.

* * *

우주인은 눈을 반짝 떴다. 그는 근래 가장 기분 좋게 아침을 맞이했다.

함단이가 자신들과 그토록 빠르게 친해진 이유와, 또 그토록 친숙하게 느껴졌던 것에 대해 납득할 만한 이유를 알아냈으며, 내기 또한 얻어 냈다. 그것도 자신에게 무척 유리한 조건으로.

아무렴, 2년을 들여서 남은 평생을 가질 수 있다면 사실상 불공정 거래가 아닌가? 물론 그의 머릿속에는 혹여나 그가 내기에서 질 수도 있다는 의심은 추호도 없었다.

그리고 그가 가장 먼저 취한 행동은 다름 아닌 은지호를 불러내는 것이었다.

다른 이들과 아무리 친하다고 해 봐야 중학교 들어오고 나서 만들어진 인연. 모두를 불러 놓고 '내가 꿈에서 들은 건데 말이야, 사실 우리가 기억하지 못하는 세계에서…….' 따위의 얘기를 꺼내기에는 아무리 우주인이라도 무리가 있었다.

상대가 함단이더라도 그것은 마찬가지였다. 아니, 오히려 그녀와는 이제 막 서로를 알아 가는 단계이기 때문에, 혹여나 그녀가 자신을 이상하게 여길 짓은 절대로 하고 싶지 않았다.

그러나 은지호의 경우에는 그에게 그런 얘기를 했다가 미치광이 소리를 듣든 말든, 우주인은 그에 대해 조금도 유감을 느끼지 않을 자신이 있었다. 아니, 오히려 그는 은지호와 멀어질 필요성을 요 몇 년간 꾸준히 느끼고 있었다.

그렇듯 신뢰와는 전혀 다른 이유에서, 그는 가장 먼저 은지호에게 연락을 취하기로 했다.

그러나 어째서인지 장장 열 번이나 신호음이 가도록 은지호는 전화를 받지 않았다. 메시지를 보내 봐도 묵묵부답이었다.

결국 낮 두 시부터 시작된 기다림이 저녁 일곱 시가 되도록 이어져 우주인이 거의 포기할 무렵, 누군가 갑자기 현관문을 두드렸다.

의아해하며 문을 열고 나가자 아무리 봐도 집에 들어가는 길에 잠깐 들른 것 같은, 말도 못 하게 피로해 보이는 행색의 은지호가 있었다.

들어가서 얘기할 생각조차 없는 듯, 그가 벽에 반쯤 몸을 기대며 물었다.

"뭐냐?"

"들어와서 얘기해."

"들어가기 싫은데. 그럴 시간도 기력도 없어."

"그럼 그냥 듣지 말고 가든가."

그러자 정말로 주저 없이 돌아서는 그의 등에 대고 우주인이 말했다.

"아, 그런데 이거 함단이랑 관련된 일이다."

그러자 잠시 후, 은지호가 비척비척한 걸음으로 다시 돌아왔다. 거의 언제나 행동거지가 단정한 그가 저럴 정도면 몹시 피곤하기는 한 모양이었다.

은지호가 이를 갈며 대답했다.

"그럼 그렇게 말을 했어야지."

"지금 했잖아, 말."

"너 진짜……."

이를 부득부득 갈며 자신을 노려보는 그를 보던 우주인은 문득 고개를 기울였다.

"너 지금 이렇게 기운 없는 거, 설마 함단이랑 관련 있어?"

"……."

은지호는 대답 대신 한 손으로 이마를 짚으며 다른 손으로 우주인의 등을 떠밀었다. 그런 은지호의 태도를 보며 우주인은 그 태도가 방금 했던 말에 대한 긍정이라는 것을 깨달았다. 그리고 은지호의 손길에 떠밀려 집 안으로 들어가며 그가 생각했다.

어, 그러고 보니 만약 내가 노아리에게서 들은 얘기를 전부 전해 주고 그걸 은지호가 믿는다면, 내가 은지호와 함단이가 잘되도록 도와준 셈이 되는 건가? 앞서 수차례의 고민 상담과 유추를 통해, 그는 둘의 사이가 어디까지 진행되었는지 대략적으로 알고 있었다.

함단이는 은지호에게 고백했거나 혹은 그를 좋아한다는 걸 들켰고, 그에 대한 은지호의 대답은 당연히 거절이었다. 확실히 합리적인 성격의 그가 대뜸 약혼이 내정된, 어디로 보나 실리적인 결혼 상대를 두고 함단이를 택할 이유는 전혀 없었다. 만약 그런 일이 생겼다면 우주인이라도 그가 밤새 손톱 먹은 쥐와 뒤바뀌지는 않았는지 의심해 보았을 것이다.

그러나 은지호는 계속 함단이를 '돌아보았다'. 한 번 선택한 것을 잘 후회하지 않는 그에게 그것은 실로 기이한 일이었다. 그러니 노아리의 얘기를 믿을 수만 있다면야, 그가 자신의 마음이 어디로 향해 있는지를 솔직하게 인정하고 그를 따를 가능성도…….

그러나 우주인은 그로부터 약 한 시간 뒤, 왔던 그대로의 모습인 은지호를 현관에서 배웅하게 되었다.

떠나기 전 그가 남긴 말이 우주인의 귀에 비수처럼 꽂혔다.

"네 꿈 얘기는 인터넷 게시판에나 올려. 바쁜 사람 붙잡고 헛소리하지 말고."

그리고 쾅 닫히는 현관문을 보며, 우주인은 입속으로 중얼거렸다.

내가 진심으로 진지하게 충고하는 건데, 함단이 너는 좋아할 상대를 잘못 골랐어…….

* * *

다음 날, 학교로 가며 우주인은 도대체 누구에게 꿈 얘기를 해야 할지 고민했다.

은지호가 실패했으니 다음으로 고려해 볼 만한 사람은 권은형과 반여령, 유천영 정도인데…….

아무리 상상해도 자신이 그 얘기를 꺼냈을 때 그들이 믿어 주고, 함께 고민해 주는 그림이 머릿속에 잘 그려지지 않았다.

이들에 대한 자신의 신뢰가 고작 이 정도였나 싶어, 새삼 개탄스러워하던 그가 다음으로 떠올린 것은 단연 함단이였다.

노아리는 그녀가 바뀌기 전 과거에 대한 기억을 그대로 지니고 있을지 어떨지 확신하지 못한다고 했지만, 우주인이 볼 때는 거의 100퍼센트였다. 그렇지 않다면 결코 설명할 수 없는 언행이 수도 없이 많았다.

그토록 가까웠던 이들과 하루아침에 남보다도 못한 사이가 되었으니, 함단이는 당연히 고립무원이나 다름없는 심정일 테고, 자신이 손 내밀기만 해도 감동하며 맞잡을 터였다.

하지만, 우주인은 그 장면을 상상하며 여전히 꺼림칙함을 느꼈다. 그 일이 결코 싫다거나 하는 이유가 아니었다.

그보다는, 자신은 아무런 노력도 하지 않고 기억하지도 못하는 예전의 자신 몫을 대신 삼키는 셈이 되니, 개운치 못함과 동시에 그것은 어딘지 '진짜'가 아닌 듯한 느낌이 들어서…….

그러다 말고 이러면 '제대로 살아가겠다'는 노아리의 말을 자기기만으로 치부한 의미가 없지 않느냐고 그는 조소했다.

그러던 그때, 그의 눈에 맞은편 복도에서 다가오는 함단이의 모습이 보였다. 청소 시간이었고, 때마침 복도에는 두 사람 외에 아무도 없었다.

우주인의 시선이 함단이의 손에 들린 파란 쓰레기통으로 향했다가 다시 그녀에게로 향했다. '저걸 들어 주는 척 자연스럽게 말을 걸면 어떨까?' 하는 생각이 순식간에 머릿속에 떠올랐다가 사라졌다.

물론 그 정도야 함단이가 아닌 다른 여자애들에게는 어렵지 않게 할 수 있는 일이지만, 역시 그녀에게만은 어려웠다. 그보다도, 모두가 기억하지 못하는 세계에 대해 혼자만 알고 있다는 티를 내는 것은 역시 아직은 내키지 않고…….

그렇게 생각하다 말고, 우주인은 문득 그녀의 얼굴이 몹시 어둡다는 것을 깨달았다. 마치 금방이라도 발밑 그림자에 녹아 사라질 것만 같은 모습이었다.

지난 주말 사이 그녀의 몸을 구성하고 있는 입자들이 한결 투명해진 듯했다. 바닥으로 내내 내리깔려 있는 그녀의 눈에서는 생기는 물론이고 오기조차 찾아볼 수 없었다.

그리고 힐끗 눈을 들어 그를 바라본 그녀가 아무 반응 없이 그대로 지나친 순간, 우주인은 저도 모르게 입을 열었다. 실로 충동적인 반응이었다.

"어, 엄마."

인적 없는 복도에 그가 꺼낸 두 음절만이 메아리쳤다. 이윽고, 우주인은 방금 저지른 미친 짓을 후회했다.

아무리 노아리에게서 과거에 자신이 그녀를 '엄마'라고 불렀다는 것을 들었다고 해도, 지금의 자신과 그때의 자신은 완전히 다른 사람이었다. 그런데, 갑자기 이렇게 부른다고 해서 기뻐할 리가…….

바로 그때였다. 그를 멍하니 쳐다보던 함단이의 눈에서 눈물 한 줄기가 주룩 흘러내렸다.

한순간 시간마저 멈춘 것 같았다. 우주인이 멍하니 그 모습을 보는 사이, 함단이는 계속 주룩주룩 눈물만 흘려 대더니 급기야 두 손에 얼굴을 파묻고 본격적으로 울기 시작했다.

그녀의 울음이 오열이 되기 전, 우주인은 다급히 그녀를 잡아채 바로 옆문으로 향했다.

제78조. 진정한 제자리라는 건

진정한 제자리라는 건

은지호와 헤어져 집으로 향한 그날 밤, 나는 여령이에게 화면 너머로도 의아함이 가득 전해져 오는 메시지를 받았다.

[반여령 : 단아!!]

[반여령 : 너방금우리ㅣ집ㅇㅣ · ㅍ다녀갔ㅇㅓ??]

[반여령 : 아니오빠ㄱㅣ · 우리집앞에서바ㅆ던사람에대해ㅅㅓㄹ명을하눈ㄷㅓㅣ]

[반여령 : 아무래도너인거야]

[반여령 : 진짜다냐갔어??왜말도없ㅅ시]

반여령은 갑작스러운 내 방문에 의심을 느끼기보다는, 그저 내가 말도 없이 다녀갔다는 것이 아쉬운 모양이었다.

그나저나 여단 오빠는 도대체 어떻게 반여령이 나라는 걸 알 수 있을 정도로 자세히 설명을 한 건지 모르겠네. 내가 그렇게 특색 있는 외모가 아닌 건 둘째 치고, 꽤 짧은 시간 동안 마주치지 않았나, 우리?

그리고 나는 곧바로 손가락을 움직여 답장을 보냈다.

전에 은형이에게 내가 반여령과 같은 아파트에서 산 적이 있다는 얘기를 미리 해 둬서 다행이었다.

[함단이 : 아 나 잠깐 예전 살던 아파트 갔다가]

[함단이 : 갑자기 옆집 문이 열려서]

[함단이 : 놀라서 도망쳤는데]

[함단이 : 혹시 너희 오빠 너랑 닮았어?]

[반여령 : 웅엄ㅊ청!!]

[반여령 : 난잘 모류겠눈 · 데 애들이 그렇태]

[함단이 : 아 그럼 맞는듯ㅎㅎㅎ;;]

[함단이 : 아 너희 오빠 많이 놀라셨어?? 어떡해]

[함단이 : 미안하다고 좀전해드려ㅠㅠ]

[반여령 : 웅!!!]

그리고 잠시 사라졌던 그녀가 머뭇거리는 기색이 가득 담긴 메시지를 보내왔다.

[반여령 : 저기... 단이야]

[반여령 : 그런데 오빠가 너...]

[반여령 : 울고 있었다는데...]

오타가 있던 게 언제냐는 듯, 띄어쓰기까지 꼬박꼬박 된 그녀의 메시지를 보며 나는 작게 웃었다. 그리고 나는 잠깐 망설이다가 답장을 보냈다. 지금 통화돼?

얼마 안 가 여령이가 전화를 걸어오자, 곧바로 통화 버튼을 누른 나는 핸드폰을 귀에 가져가며 얘길 꺼냈다.

"사실 그때 엄마랑 싸워서 잠깐 집을 나왔었거든. 갈 곳도 돈도 없으니까 자연스럽게 발걸음이 예전 집 쪽으로 가더라고."

내 변명이 끝나자마자 수화기 너머에서 잔뜩 놀란 목소리가 튀어나왔다.

[뭐?! 그럼 지금은 어디야? 벌써 밤이잖아. 갈 데 있어? 날도 갈수록 추워지는데…….]

"아, 지금은 집이야. 걱정 마. 내가 무슨 패기가 있어서 거창하게 가출씩이나 하겠어. 해 지면 재깍 기어들어 와야지."

그러자 여령이가 곧바로 한숨을 내쉬었다. 그녀의 안도감이 내게도 전해질 정도라서 나는 작게 웃었다.

그때, 여령이가 조심스러운 목소리로 다시 물었다.

[어머님이랑은 어쩌다가 싸운 거야?]

그러더니 또 흠칫 놀란 그녀는 다급하게 덧붙였다.

[아, 나는 그냥, 혹시 내가 도와줄 수 있는 건 없을까 해서. 하다못해 듣고 같이 고민이라도 해 주고 싶은데…….]

"아니야, 나야 들어 주면 당연히 좋지. 당연히 좋은데, 네가 일요일 밤에 남의 집 싸움 얘기나 들어서 기분 망칠까 봐."

[아니야! 아, 내 말뜻은 너희 집 싸움 얘기를 듣고 내가 기분이 좋아진다는 게 아니라……. 네가 힘들어하고 있는데 나 혼자 아무것도 모르고 기분 좋게 지내는 건 싫어.]

몹시도 그녀다운 말에 나는 어깨를 움츠리고 작게 웃었다. 그리고 내가 대답했다.

"고마워, 그런데 진짜 별거 없긴 해. 그냥 이번 모의고사 성적 때문에 싸운 거거든. 음, 고3이 부모님이랑 싸우면 다 그런 이유지 뭐."

[아…….]

그리고 여령이가 금세 울먹울먹해진 목소리로 중얼거렸다.

[어떡하지? 내, 내가 방학 때 같이 공부하자고 해서…….]

"무슨 소리야? 아니야, 그런 거. 그건 분명히 내가 나한테 도움 될 거라고 생각해서 결정한 거잖아. 그리고 결정적으로 우리 같이 공부한 시간은 기껏해야 일주일 남짓도 안 됐는 걸 뭐. 나머지 삼 주는 집에서 독학했지. 네 잘못 하나도 없어, 자책하지 마."

[그래도…….]

못내 머뭇거리던 여령이는 불쑥 '잠깐만.' 하고 말하더니 이상할 정도로 조용해졌다. 아무래도 마이크 부분을 엄지로 막은 듯했다.

무슨 일이 있는 거지? 혼자 의아해하던 나는 수화기 너머의 소음이 돌아오자마자 다시 말했다.

"왜? 가족들이 부르기라도 했어?"

[어? 아니, 음…….]

이윽고 들려온 말에 내 눈이 휘둥그레졌다.

[단아, 혹시 너…… 과외받아 볼 생각 있어?]

"뭐?"

[한국 대학교 학생인데, 자기도 고등학교 때 공부한 기억 되살릴 겸 하는 거라 돈도 안 받겠대. 아, 그게 누구냐 하면…….]

그녀의 말을 듣기도 전에 나는 그 답을 알아챘다.

[우리 오빠야.]

짧은 침묵이 흘렀다. 잠시 후, 내가 너털웃음을 흘리며 대답했다.

"한국 대학교 학생이 고등학교 기억을 되살려서 뭐 해? 반수 하실 것도 아니잖아. 한국 대학교가 우리나라에서 갈 수 있는 최고의 대학교인데."

[아, 그, 그건…… 그러게? 진짜 그러네. 잠깐만, 물어보고 올게.]

마치 자기가 지적받은 것처럼 곤혹스러워하던 여령이는

다시 핸드폰 너머에서 사라졌다. 얼마 안 가 외침에 가까운 대답이 돌아왔다.

[원래부터 월세 때문에라도 과외 할 생각 있었대! 우리 오빠 나가 살거든. 그런데 자기가 돈 받고 누구를 가르칠 실력인지 좀 걱정이 돼서 일단 한번 해 보고 싶은 거래.]

나는 여전히 걱정스럽게 물었다.

"아, 그래……? 그런데 나 고3이라 토요일에도 학교 나가서 토요일 저녁이나 일요일밖에 시간 안 되는데. 주말을 투자하기에는 부담스럽지 않으실까?"

[아니래!]

"나도 집이 경기도다 보니까 굳이 서울까지 나오기는 좀……."

[오빠가 간대!]

그 무렵 나는 의자 등받이에 몸을 기대며 중얼거렸다.

오, 이거 완전 훌륭한…… 개수작인데.

물론 여단 오빠가 처음에 댄 이유는 일견 타당해 보였다. 하지만 과외 시간이 주말인 것도 상관없다고 하는 데다가, 심지어 자기가 직접 시간을 쪼개 경기도로 오겠다고 하기까지. 이건 아무리 봐도 개수작이었다.

물론 상대가 다른 누구도 아닌 여단 오빠인 만큼 나도 우아한 단어로 포장하고 싶지만, 달리 마땅한 단어가 떠오르질 않는걸…….

남자는 관심 없는 상대에겐 시간과 돈을 안 쓴다는 것은 유명한 말이거니와, 특히나 여령이를 제외한 누구에게도 관심이 없는 여단 오빠를 생각해 보면 더더욱 그랬다.

그런 그가 처음 보는 나에게 이렇게까지 관심을 보인다면 이유는 단 하나, 나에 대한 감정이 그의 마음속에 무척 강하게 남아 있다는 뜻인데…… 나는 턱을 짚고 중얼거렸다. 하지만 우리가 헤어진 지도 벌써 일 년이 넘었는데, 어째서?

그러다 말고 최유리를 떠올린 나는 놀랍도록 쉽게 납득했다. 그래, 그 최유리도 나에 대한 감정을 잊어버리지 않았는데, 여단 오빠도 그럴 수 있지. 그럴 수 있어.

그리고 나는 웃으며 대답했다.

"감사하지만 괜찮다고 전해 드려."

[응? 진짜?]

"응. 아무래도 나는 혼자 하는 게 더 체질에 잘 맞는 것 같아서."

방금은 이번 시험 점수가 내 자습 결과라고 말한 주제에, 나는 금세 말을 바꿨다.

다행히 여령이는 그런 내 말의 모순점에 대해서는 눈치채지 못한 듯, 잠시 조용해지더니 다시 이렇게 말했다.

[아, 단아. 그럼 오빠가 메시지로 가르쳐 주는 건 괜찮냐는데.]

"뭐?"

[혼자 공부하다가 모르는 거 있으면 사진 찍어 보내면 메

시지나 전화로 설명해 주겠대.]

"아아……."

나는 고개를 모로 기울였다.

어째서 가르쳐 주는 사람이 가르침을 받는 사람에게 부탁하는 형국이 됐는지 알 수가 없지만.

급기야 산에서 밭을 갈던 어린 시절의 용사에게 '자네는 백 년에 한 번 태어날까 말까 한 천재야! 제발 자네를 가르치게 해 주게…….' 하고 말하는 스승의 모습을 상상하던 나는 고개를 끄덕였다.

"그래……. 정말 괜찮으시다면. 답장 천천히 해 주셔도 된다고 전해 드려."

[응! 그럼 전화 끊고 오빠 연락처 보내 줄게.]

얼마 안 가 정말로 여령이에게서 여단 오빠의 연락처가 도착했다. 사실은 이미 외우고 있어 받을 필요도 없었는데.

너무나 익숙한 그 숫자들을 눈에 담던 나는 겨우 연락처를 저장했다.

'여단 오빠'라고 저장하려다 말고 그냥 '반여단'이라고 저장했다. 여단 오빠라고 저장하면 전처럼 너무 가깝게 느껴질까 봐. 그도 루다나 유천영처럼, 내가 내 발로 버티겠다는 결심조차 무너지도록 충동질하는 존재가 될까 봐 두려웠다.

내가 내 발로 버티는 것을 포기하고 쓰러지더라도 그 밑에 기다리고 있는 것은 추락이 아닌 그들이 짜낸 그물이었다. 그렇기에 나는 가끔 모든 것을 포기하고, 차라리 그들에게 전부 맡기고 싶은 유혹을 참을 수가 없었다. 그런데 거기에 여단 오빠까지 더해진다면, 내가 정말 참을 수 있을지 걱정돼서.

문득 은지호와 오늘 헤어지기 직전에 나누었던 대화를 떠올린 나는 무겁게 한숨을 내쉬었다.

그때, 등 뒤에서 작게 문 두드리는 소리가 났다. 나는 고개를 돌리며 말했다.

"네, 나가요."

결국 그날 밤, 내가 모의고사를 망치고 혼나던 도중에 말도 없이 집 밖으로 뛰어나간 것도 모자라, 다시 돌아와서도 공부하기는커녕 정신 못 차리고 친구와 통화나 하는 것이 마음에 안 들었던 엄마와 나는 2차전을 벌였다.

다음 날, 나는 거의 자지 못해 혼미한 정신으로 등교했다. 잠이 부족한 것도 부족한 거지만, 스트레스 때문에 신경이 무척 예민해져 있어서 별 게 다 거슬렸다. 가령 슬리퍼를 신으려고 바닥에 떨어뜨렸는데 슬리퍼 한쪽이 뒤집힌다거나, 누가 열어 둔 사물함 모서리에 팔을 긁힌다거나, 종이에 손을 베인다거나 등등.

개중 최악은 내 청소 담당인 쓰레기통을 쓰레기장에 거꾸로 털다가 누가 씹었는지 모를 껌이 내 손에 붙었을 때였다.

윽, 이것만은 진짜 싫어……. 소리를 지를 기운조차 없어서 나는 그냥 눈을 내리깔고 왔던 길을 터덜터덜 되돌아갔다.

내가 유난히 인적 드문 특별활동실의 빈 복도를 가로지르는데, 맞은편에서 다가오는 형체 하나가 문득 눈에 띄었다.

저녁에 가까워져 불을 켜지 않은 실내가 어둑어둑한데도 그의 주위에만 밝은 오라가 떠다니는 것 같았다. 다름 아닌 주인이였다.

손을 들어 아는 척이라도 하려다가, 문득 내 손에 문제의 껌이 묻어 있음을 떠올린 나는 그냥 그대로 있었다.

차차 가까워지고 있는데도 인사하지 않는 나를 보면서도 그는 아무런 반응이 없었다.

아, 혹시 그가 내게 바라는 건 이렇게 아무 말 없이 그냥 지나치는 건가? 나도 오늘만큼은 나를 싫어하는 누군가에게 들이댈 기운이 없으니 차라리 잘됐다 싶었다.

내가 그대로 그를 지나치던 찰나, 대뜸 뒤에서 부름이 날아왔다.

"어, 엄마."

나는 뒤를 휙 돌아보았다. 주인이가 과거가 바뀌고는 난생처음 보는 당황이 가득한, 그러니까 딱 또래 애들이 내보일 법한 표정으로 서 있었다.

그리고 내가 그의 말뜻을 헤아린 순간, 울음이 터진 것은 정말로 불가항력이었다.

울음을 터트리는 나를 두고 한동안 안절부절못하던 주인이가 이내 내 손목을 잡고 과학실로 향했다. 그와 내가 처음으로 진지한 대화를 나눈 곳도 이곳이었는데, 참으로 공교롭다는 생각이 들었다.

나를 안에 세워 두고 일단 불부터 켠 주인이는 난처한 표정으로 아직도 울고 있던 내게 물었다.

"오늘 상태가 왜 그래? 꼭 건들면 터질 사람처럼……. 아니, 실제로 터졌지만. 무슨 일 있어?"

그렇게 말하며 와이셔츠 소매로 계속 내 눈가를 닦아 주는 주인이에게 나는 하지 말란 뜻으로 고개만 내저어 보였다. 그리고 나는 눈물에 젖어 있던 입술을 간신히 뗐다.

"네가 방금 날 그렇게 불렀잖아."

"뭐?"

"엄마라고."

그가 이번에도 부정하면 어쩌지 싶었다. 유별난 기억력 때문에 자기가 한 행동을 결코 기억하지 못할 그가 아닌데도, 그런 적 없다는 듯 천연덕스럽게 '내가 뭐? 언제?' 같은 말을 한다면 그대로 죽어 버릴 수도 있을 것 같았다. 희망 고문도 정도가 있지. 게다가 하필이면 이런 순간에.

그때 그가 대답했다.

"그건……으음……. 내가 전에 널 그렇게 불렀다는 얘기를 들어서."

"뭐? 대체 누구한테?"

"아니, 그런데 내가 널 그렇게 불렀다고 운 거야? 정말로? 싫어서?"

나는 힘차게 고개를 도리질했다. 그러자 한결 오묘한 표정을 짓는 그에게 내가 대꾸했다.

"좋아서……."

"뭐? 그…… 그치만 나는 열아홉이나 된 남자앤데? 그런 나한테 엄마라고 불리면 기분 이상하지 않아? 나만 한 아들이 있으려면 네 나이가……."

급기야 머릿속으로 나이를 셈해 보는 듯한 그에게 나는 다시 고개를 내저었다. 내가 울먹거리며 말했다.

"아니야, 나는 너무 좋아. 제발 계속 그렇게 불러 줘."

"도대체 왜?"

"넌 귀여우니까 괜찮아."

"……."

일순 할 말이 없다는 듯한 표정으로 입을 다물었던 그가 한숨과 함께 다시 말을 꺼냈다.

"엄마."

"응."

"엄마……."

그는 잠시 혼란스러운 듯한 표정으로 천천히 입가를 매만졌다. 이어서 그가 다시 나를 보며 말했다.

"엄마. 이제야 말하는 거지만, 전에 엄마가 파티에 왔을 때 가르쳐 준 방법은 효과가 있었어."

"그럼……."

"지금까지 숨겨서 미안해. 내가 상대를 진짜라고 믿기까지 상당한 시간이 걸렸거든. 사실, 지금도 내가 단순히 내 무의식이 만들어 낸 헛소리를 믿고 있을 가능성을 아예 의심하지 않는 건 아니야."

그의 말뜻은 결국, 그가 꿈에서 들은 말을 어느 정도는 사실로 믿고 있다는 뜻이었다. 내가 덜덜 떨리는 입술로 내뱉었다.

"그럼 역시, 아리가……."

"엄마도 그 애를 알아?"

주인이가 한층 커진 눈으로 나를 보았다. 나는 고개를 끄덕이고는 가라앉은 목소리로 말을 이었다.

"그 애가 '원래 세계'로 돌아가기 전……. 아니, 네가 어디까지 들었는지 몰라서 이런 말을 하기가 조심스럽네. 하여간 멀리 떠나기 전, 너에게 팔찌를 줬어."

그러면서 나는 그의 손목에 걸린 낡은 팔찌로 시선을 떨어트렸다.

"그리고 내가 모두의 기억 속에서 지워지기로 결정 났을 때, 그 애는 '마지막 안배'를 남겨 두었다고 했어. 그게 뭐였는지 그때는 알 수 없었지만……."

"이 팔찌 안에 들어 있던 쪽지에 적혀 있던 건 단 한 문장이었어. '제가 보고 싶어지면, 꿈에서라도 만나러 와 주세요.'"

그 말에 나는 비로소 굳어졌던 얼굴을 풀며 웃었다.

유천영의 사고 때문에 우리가 갑작스럽게 헤어지게 된 것은 아무리 그녀라고 해도 예상치 못했을 테니, 당연히 그녀는 언젠가 돌아가게 되면 누군가에게 줄 생각으로 그것을 미리 만들어 내내 품고 다녔을 것이다. 그리고 그 소원 팔찌에 적혀 있던 문구는 다름 아닌…… 나는 이제야 베일에 싸여 있던 그녀의 속마음을 조금이나마 안 것 같았다.

그때 주인이가 내게 다시 물었다.

"그 애와 나는 어떤 사이였어? 그동안 있었던 일은 거의 다 들었지만, 그 애와 내가 어떤 사이였는지는 정말로 알 수가 없어서…… 서로 이용하는 사이였을 뿐이라는데, 어디 그 말을 믿을 수가 있어야지."

비로소 고개를 든 내가 대답했다.

"글쎄, 나는 너희가 함께 있는 자리에 끼어 본 적이 몇 번 없어서 잘 안다고는 못 하겠지만……."

그리고 힐끗 그의 눈치를 살핀 내가 물었다.

"솔직하게 말해도 돼?"

"응."

"네가 좀 매달렸어."

주인이는 잠시 미간을 좁힌 채 아무런 대꾸도 하지 않았다. 잠시 후에야 간신히 입을 열어 '아, 역시…….' 하고 중얼거리며 마른세수를 했을 뿐이었다. 나는 그런 그를 보며 작게 웃었다.

주인이가 투덜거리듯 말을 이었다.

"그래, 역시 이상하다고 생각했어. 고작 서로 이용하는 사이였을 뿐인데 꿈속에서 매일같이 마주치다니, 그건 아무래도 불가능……."

그러다 말고 아차 하며 나를 돌아본 그가 부끄러운 듯한 표정을 짓는 걸 보고 나는 다시 웃었다.

그리고 내가 말했다.

"그래도, 아리도 널 특별하게 생각했기 때문에 너에게만 그 팔찌를 남긴 게 아닐까?"

그러자 주인이가 비로소 조금 밝아진 얼굴로 되물었다.

"엄마한테도 아무것도 안 남겼어?"

"응."

"아, 좋아하면 안 되겠지? 미안."

"아니야, 괜찮아."

키득거리며 말하던 나는 그가 꿈에서 아리에게 들었다는 얘기에 대해 자세히 전해 들었다.

과연, 이 세계에서 함께한 시간이 짧은 만큼 완벽하진 않았지만, 그녀는 자신이 알고 있던 바를 온전히 전달하기 위해 최선을 다했다. 그녀의 말을 전달하는 주인이에게서도 의심하는 낌새는 전혀 찾아볼 수 없었다.

얘기를 마친 그가 덧붙였다.

"그래서, 다른 애들한테는 차차 얘기하면 될 테니 그렇다고 치고. 엄마랑 친했던 사람들 중에 아직까지 친해지지 못한 건 은지호뿐이지?"

"응, 다른 애들은 다른 소설…… 의 등장인물이니까 날 아예 잊지 않았고. 세부 사건이야 조금씩 다르게 기억하고 있겠지만 어쨌든."

'소설'이라는 데서 무심코 말끝을 흐린 나는 흘낏 주인이를 보았다.

앞서 이 세계가 노아리가 만든 소설 속이라는 것을 알았을 때 제일 격하게 반응한 사람이 주인이였다. 비록 그것이 자신을 위한 것이 아니라 은형이를 위한 마음의 발로였다고는 하지만, 어쨌건 이 사실을 다시 알게 된 건 그에게도 상당히 충격일 게 아닌가.

하지만 그는 뜻밖에도 아무렇지도 않은 표정이었다. 얘기를 들어 보면 그가 그 사실을 알게 된 것은 고작 어제인 것 같던데.

고작 하루 만에 평정을 되찾는 것이 과연 정말로 가능한 일일까? 그런 생각을 하며 그의 얼굴을 걱정스레 살피던 나는 불쑥 들려온 말에 놀랐다.

"엄마. 혹시 오늘 기운 없는 것도 은지호하고 관련이 있어?"

"뭐?"

"아니, 생각해 보면 어제 잠깐 은지호를 만났는데, 걔도 엄마 못지않게 상태가 이상했던 것 같아서."

그가 얼굴을 찌푸리며 투덜거렸다.

"아, 걔한테 우리가 잊어버린 기억들에 대한 얘기를 잠깐 꺼냈는데, 믿을 생각을 아예 안 하는 거 있지. 물론 황당하게 들린다는 건 이해하지만, 그래도 나라면 일단 들어주는 시늉이라도 했을 텐데."

그리고 그가 다시 말했다.

"응? 엄마, 말해 봐. 정말로 은지호와 관련된 일이야?"

"아, 아니야."

나는 곤혹스러워하며 재빨리 손을 내저었다.

"물론 그동안은 걔 때문에 가장 많이 힘들었던 건 맞는데, 어제 일은 아니야. 아니, 오히려 요즘은 그에 관해선 마음이 편해졌다고 해야 하나……."

앞머리를 매만진 나는 옅게 웃으며 말을 이었다.

"몇 번 크게 부딪치고 많이 아프고 힘들어 보고 나니까 오히려 포기가 됐어. 요컨대 슬픔의 다섯 단계 있잖아? 분노, 부정, 타협…… 또 뭐더라?"

"우울 및 수용."

"아, 맞아! 딱 그 단계야. 처음엔 화도 나고 현실 부정도 해 보고 다 해 봤는데, 안 되니까 타협하게 되고, 그러다가 결국 그냥 받아들이게 되더라고……. 이렇게 포기할 수 있었던 거면 그동안 왜 그렇게 힘들어했나 싶어."

그렇게 말하며 내가 다시금 웃자, 주인이는 그런 나를 보며 복잡한 표정을 지었다.

이윽고 그가 진지한 기색으로 입을 열었다.

"솔직히 은지호를 설득할 자신은 나도 없어. 걔는 우리 중에 가장 이성적이고 계산적으로, 어쩌면 나보다도 더 그렇게 사는 놈이니까. 하지만 다른 애들한테 먼저 이 얘기를 해서 믿도록 하고, 다 같이 은지호를 설득해 본다면 가능성이 아예 없는 건 아니야. 한 사람도 아니고, 모두가 같은 말을 하는데 걔도 들어 볼 만하다고는 판단하겠지."

"으응, 고마워. 하지만 그렇게까지 하지 않아도 돼."

"아니야, 내가 그렇게 하고 싶어서 그래. 엄마가 갑자기……."

그의 목소리가 갑자기 벼랑에서 뚝 떨어지듯 낮아지자 나는 눈을 크게 떴다.

나를 어두운 눈빛으로 바라보던 그는 문득 시선을 내리깔며 말했다.

"엄마가 갑자기, 사라질까 봐 겁나."

"……."

"모르겠어. 왜 갑자기 그런 생각이 들었는지. 상식적으로 이곳에 멀쩡히 존재하는 사람이 사라질 리 없는데, 아니, 물론 노아리의 경우에는 그랬지만……. 도대체 왜 그런 생각이 든 건지 모르겠어. 아무튼 그래."

한 손으로 이마를 잡고 횡설수설하는 그를 나는 빤히 쳐다보았다. 문득 가슴 부근에서 따뜻한 기운이 모닥불처럼 번지는 것 같았다.

나는 입속으로 중얼거렸다. 어쩌면 저것은 내가 3월 2일마다 사라지던 것에 대해 잔상같이 남은 기억 때문일지도 모른다. 아니면, 관리자에게 목숨을 위협당하는 내 처지를 본능적으로 알아차려서?

하지만 둘 중 뭐가 됐든 간에, 그에게는 차마 할 수 없는 얘기였다. 나는 그저 손을 내밀어 그의 손을 붙잡고 말했다.

"주인아, 괜찮아. 난 어디에도 가지 않을 거야."

적어도 그가 방금 말했던 것이 정말로 성공한다면, 그래서 은지호조차 나를 받아들이게 된다면 나는 다시 이 세계에 받아들여질 수 있을 것이다. 그렇기에 나는 확신을 가득 담아 말할 수 있었다.

그러자 잔뜩 흔들리는 눈으로 나를 보던 주인이가 갑자기 내 어깨를 끌어안았다. 사심이 전혀 담기지 않은 담백한 포옹이었기에, 나도 웃으며 그를 마주 안을 수 있었다.

* * *

그날 밤, 여느 때처럼 야자가 끝나고 집으로 가는 버스를 탄 나는 자정이 거의 다 돼서야 정류장에서 내렸다.

버스를 떠나보내고, 비로소 집으로 가는 길을 돌아본 나는 오늘따라 그 길이 달라 보인다고 생각했다.

얼마 안 가 나는 그 이유를 깨달았다. 요 며칠간 은지호가 보낸 검은 차가 씻은 듯 사라져 있었다.

그가 내 안전을 염려해서 그랬다는 것은 사실이었는지, 실제로 검은 차는 내가 언덕길을 올라가는 동안 내내 전조등을 켜 두고는 했다. 그 전조등 빛이 씻은 듯이 사라져 어두운 길은 몹시 낯설게 보였다.

입술을 깨문 나는 힘껏 달리기 시작했다. 그러면서 나는 입속으로 되뇌었다. 괜찮아, 지금처럼만 하면 돼. 검은 차가 나타나기 전에도 나는 계속 관리자를 피해 잘 도망 다녀왔잖아. 내가 쉬지 않고 뛰어서 집에 도착한다면, 관리자도 나를 따라잡지…….

그러나 우리 집 대문 앞에서 나는 그런 내 생각이 모두 착각이었다는 것을 깨달았다. 오늘 관리자는 뒤에서 나를 따라오지 않았다.

오늘 관리자는 집 앞에서 나를 기다리고 있었다.

내가 관리자의 코앞에서 너무 자주 집에 들어갔던 게 문제였을까? 회색 양복을 입고 대문 바로 앞에 서성거리는 그의 모습을 보면서 나는 입술을 깨물었다. 수상한 저 남자의 모습이 거실에서도 보일 텐데도 불구하고 부모님은 아무런 조치도 취하지 않았다. 베란다에서 흘러나오는 TV 불빛을 보아 이맘때면 늘 그렇듯 두 분 다 거실에 계실 것임이 분명한데도. 어째서?

나는 곧 그 이유를 깨달았다.

부모님의 눈에는 관리자의 모습이 보이지 않는 것이다. 관리자를 보는 데 어떤 조건이 필요한 건지, 한 소설의 주연이거나 혹은 그 주연들과 깊은 연관이 있어야만 그를 볼 수 있는 걸까? 어쨌든 지금은 그런 것을 추측하고 있을 때가 아니었다.

그가 나를 발견하기 전에 내가 먼저 그를 발견해서 다행이었다. 나는 최대한 그의 주의를 끌지 않도록 발을 끌며 물러나 바로 뒤에 있던 담장에 몸을 기댔다. 담장 위로 뻗어 나온 나무 그늘이 내 모습을 조금이나마 감추어 주었다.

두근대는 심장을 누르며 내가 생각했다. 집에 무사히 들어가려면 도대체 어떻게 해야……. 부모님께 전화해서 수상한 사람이 나를 쫓아오는 것 같다고, 마중 나와 달라고 할까? 지금 생각으로는 그게 가장 정답에 근접한 것 같았지만, 나는 핸드폰을 들던 손을 곧 다시 내릴 수밖에 없었다.

버스 정류장과 가장 가까운 문은 정문이니, 틀림없이 부모님은 관리자가 서 있는 바로 그 문을 통해 나오실 텐데. 관리자가 만약 우리 부모님이 자신의 목적에 방해가 될 거란 것을 알기라도 한다면? 그는 전에 은지호가 보든 말든 그의 눈앞에서 나를 데려간 적이 있었다.

관계없는 사람에게는 해를 끼치지 않는 것 같았지만, 만약 그게 소설 주연들에게만 베풀어지는 아량 같은 거였다면? 우리 부모님이 관리자에게서 정말 무사할 수 있을까?

그런 가정을 떠올리자 도무지 부모님께 전화를 걸 수가 없었다. 결국 나는 핸드폰을 도로 주머니에 집어넣었다. 그러고서야 나는 정문 반대편에 있는 또 하나의 문을 떠올렸다.

인적 드문 길로 뚫려 있는 그 문은 평소에는 도둑이 들까 하는 염려에 단단히 잠가 놓았지만, 전화를 걸어서 열어 달라고 하는 건 그리 어렵지 않을 것이다. 부모님을 관리자와 코앞에서 마주치게 하는 것보다는 어느 모로 봐도 그쪽이 안전…….

입속으로 되뇌며 정신없이 내달리던 내 눈앞에 또다시 어두운 그림자가 나타났다. 양복을 입은 사람 두엇이 뒷문으로 가는 골목길에 웅크리고 있었다. 나는 바짝 마음을 졸였다. 설마, 또 다른 관리자? 하지만 차차 내게 가까이 다가오는 그들에게는 이목구비가 선명히 존재했다.

아, 그러면 역시 사람인 거겠지? 내가 안도하던 찰나, 누군가 뒤에서 내 코와 입을 붙잡아 눌렀다. 반응할 새도 없이 몸에서 힘이 빠지고, 나는 정신을 잃었다.

*　*　*

지난 일요일부터 은지호는 줄곧 심한 두통에 시달려 왔다.

두통의 시작이 함단이와 옥상에서 마주쳤을 때였는지, 우주인에게서 어처구니없는 꿈 얘기 따위를 들은 뒤였는지는 알 수 없었다. 어쩌면 둘 다인지도 몰랐다.

확실한 건 옥상 문을 열고 난간 근처에 홀로 서 있는 함단이의 모습을 보았을 때, 자신이 필요 이상으로 동요했다는 것이었다. 스스로도 그 이유를 도무지 알 수가 없었다.

그때가 해가 거의 다 질 무렵이었고, 얼마 안 가 함단이를 위협하는 존재가 그들이 있는 옥상에 올라올 것이었다는 점? 아니면 함단이는 그때 분명히 죽을 속셈이었고, 그가 그것을 거의 간파하고 있었다는 점? 아니, 그보다는 그저 함단이와 높은 곳에 함께 있다는 사실 때문에.

단지 그것만으로도 그는 견딜 수 없이 초조했다.

마침내 거래를 마치고, 혹은 뭔가를 포기하고, 머뭇거리는 발걸음으로 이곳으로 다가오는 함단이를 은지호가 성마르게 붙잡아 당기지 않았던 것은 그랬다가는 자신의 손이 떨리고 있음을 들킬까 봐서였다.

옥상에서 내려와 엘리베이터 문 앞에 서자, 언제 그랬냐는 듯 손의 떨림은 빠르게 잦아들었다. 비로소 목덜미의

식은땀이 마르기 시작하며 오한이 샘솟았다.

그때 함단이가 물끄러미 응시하는 곳에서 예의 '얼굴 없는 남자'를 발견했지만 전혀 두렵지 않았다. 오히려 은지호는 그를 향해 꺼지라는 둥의 말까지 쏘아붙일 수 있었다.

그것은 어디까지나, CCTV에는 찍히지 않는 정체불명의 존재조차 함단이와 함께 옥상에 있는 것보다는 두렵지 않았기 때문이었다.

가진 기력을 거의 다 써서 탈진한 채로 은지호는 우주인의 집에 찾아갔다.

전화나 메시지로 얘기할 수 없는 일이라는 것을 보니 시답잖은 일은 아닌 것이 분명하고, 만에 하나 시답잖은 일일 경우에는 오늘로 절교할 것이라 다짐하며. 그것도 어린 시절 이래로 벌써 열 번쯤 번복되어 온 결심이었다.

그리고 우주인과 만난 지 고작 한 시간 정도 만에 그는 씩씩거리며 현관문을 박차고 나왔다.

집으로 돌아오는 길, 차 안에서 그는 우주인과 나누었던 짧은 대화를 내내 곱씹었다.

'그런 생각 해 본 적 없어? 우리가 잠든 사이 어떤 신비로운 힘이 작용해서 이 세계를 바꾸고, 우리 머릿속에서도 분명히 일어났던 일을 꿈속의 일로 만들어 버리거나 아예 지워 버릴 수도 있다는 생각 말이야. 우리가 데자뷰를 느끼거나, 분명히 처음 만나는

사람에게 이해 안 될 정도의 친밀감을 느끼는 건 그 때문이라고.'

'잠 덜 깼어?'

'아니, 나는 엄연히 우리가 살아가고 있는 이 현실에 대해 얘기하고 있는 거야. 함단이가 우리와 알고 지내는 사이가 전혀 아니었는데도 친숙했던 이유, 이상할 정도로 빨리 친해질 수 있었던 이유…… 네가 그 애를 계속 신경 쓸 수밖에 없었던 이유. 궁금하지 않아?'

우주인이 의미심장한 미소와 함께 물었다.

'바로 함단이가 그런 경우라고 하면 어떡할래?'

'뭐?'

'어떤 초자연적인 힘이 우리 다섯 명의 안에서 그 애에 대한 기억을 전부 지워 버린 거라면?'

어안이 벙벙해 있던 것도 잠시, 곧 은지호는 미간을 찌푸리며 대꾸했다.

'말도 안 되는 소리 하지 마. 한 명만 그런다면 모를까, 다섯 명이 동시에 기억을 잃었다고? 그것도 다른 모든 기억은 무사한 채, 한 사람에 대한 기억만을? 무슨 잠꼬대 같은 소리…….'

그러다 말고 그는 문득 함단이를 쫓아다니는 정체불명의 존재에 대해 떠올렸다.

그것만은 확실히 은지호가 지금껏 보아 온 것 중에 제일 '초자연적인 존재'였고, 그런 것이 존재하지 않는다는 그의 확고한 믿음을 크게 뒤흔들었다. 그렇기에 그는 잠시나마 동요하지 않을 수 없었다.

그 짧은 동요를 읽은 우주인이 찌르듯이 물었다.

'우리가 잊어버린 기억들에 대해 내가 조금 얘기해 줄까?'

그 뒤로 이어진 것은 죄다 믿을 수 없는 얘기들뿐이었다.

함단이는 사실 반여령의 소꿉친구였으며, 자신들과는 중학교 때부터 친했다는 것. 그녀가 매년 3월 2일마다 자신들이 없는 세계로 사라지는 바람에, 자신들은 그때마다 그녀를 붙들고자 최선을 다했다는 것.

고등학교 2학년 때 자신이 유천영, 이루다와 동시에 그녀에게 고백했었고, 그녀가 아무에게도 대답해 주지 않는 상태가 올해 여름까지 이어져 왔다는 것.

자신들이 기억하지 못하는 세계에서 유천영은 배우였으며, 그가 촬영장에서 함단이와 관련된 일로 인해 크게 다치자 함단이가 모종의 방법을 써서 그것을 없던 일로 되돌렸다는 것. 그 과정에서 그녀가 모두의 기억 속에서 사라질 수밖에 없었다는 것까지.

얘기가 끝나자마자 은지호가 물었다.

'나더러 그걸 믿으라고?'

'나도 네가 이 모든 얘기를 믿길 바라는 건 아니야. 다만, 네가 함단이에 대해 조금만 더 유한 태도를 보였으면 하는 거지. 네 마음을 인정하기라도 하면 더 좋고. 적어도 확실한 건, 함단이는 그 모든 일을 기억하고 있다는 거야.'

우주인이 잠시나마 연민 어린 표정을 지으며 대꾸했다. 그가 그토록 다감한 표정을 짓는 것을 은지호는 거의 처음 보았다.

'친구를 되살리고 다른 친구들을 슬프게 하지 않기 위해 내린 결정이었는데, 정작 그들 중 아무도 자기를 기억하지 못하다니. 얼마나 슬프고 힘들었겠어?'

'혼자 망상 병에 걸린 게 아니라?'

'네가 뭐라고 말해도 나한테는 증거가 있어. 그러니 나는 그게 사실이라는 걸 믿어.'

그렇게 말한 우주인이 소원 팔찌를 매만지는 모습을 은지호가 눈에 담았다. 그러고 보면, 어디에서 났는지 모를

저 소원 팔찌는 언제부터인가 계속 그와 함께였다.

저기에 정말로 뭔가 사특한 주술이라도 걸려 있는 게 아닐까? 그런 의심을 하던 은지호는 이윽고 돌아섰다.

'그게 뭐건 간에 이미 없던 일이 되어 버렸고, 내가 기억을 떠올릴 방법도 없다면 난 안 믿어. 네가 말한 증거란 것도 분명히 일반론적으로 적용하기는 힘든 거니까 나에게까지 들이밀지 못하는 거겠지. 그럼 그 얘기를 믿어 줄 사람은 다른 데 가서나 알아봐.'

'기억을 되찾을 방법, 있긴 해. 나조차도 시도할 엄두가 안 나는 거긴 하지만.'

'그게 뭔데?'

은지호는 휙 뒤를 돌아보았다. 눈이 마주친 우주인이 소리 없이 입술을 달싹거렸다.

이윽고 그의 입에서 흘러나온 말은 이제까지와 마찬가지로, 아니, 이제까지보다 더욱더 어처구니없는 것이었다.

그에 입꼬리를 더욱 끌어당겨 조소한 은지호는 다시 돌아서며 내뱉었다.

'웃기지 마. 내가 왜 지금은 아무 사이도 아닌 그 애를 위해서 그렇게까지.'

'너 나중에 분명히 후회한다.'

'안 해.'

우주인의 방에서 나와 현관으로 이어진 계단을 내려가며 그는 다시 중얼거렸다.

'할 리 없지. 왜 그런 것을 대가로 치르면서까지 내가…….'

은지호는 갑자기 번쩍 눈을 떴다.

도대체 무엇 때문에 자신이 그때 그 꿈을 다시 꾸게 된 건지 고민하다가, 그는 명치가 아프고 숨이 잘 쉬어지지 않는다는 것을 깨달았다. 이런 증상은 중학교 때부터 유난히 바쁘거나 힘든 날이면 흔히 겪어 온 것이었다.

은지호는 상체를 일으켜 앉고 크게 심호흡하려 노력했다. 그것이 잘되지 않자, 침대에서 일어나 창문으로 다가갔다.

창을 열자, 지난주보다 한결 차가워진 바람이 뺨을 때렸다. 창틀을 세게 쥐고 심호흡하던 그는 비로소 증상이 조금 나아지자, 안도하며 침대로 돌아왔다. 머리카락을 더욱 세게 헝클어트린 그가 중얼거렸다.

"이제는 꿈에서마저 그 애 얘기뿐이야……."

최근 그의 꿈에 함단이가 나오지 않은 적이 없었다.

처음에는 아주 일상적인 일, 가령 그의 옆자리에 앉아서 떠들거나, 나란히 길을 걸으며 얘기하는 모습으로 나오더니, 그녀와 마찰이 생기고부터는 나와서도 눈물만 뚝뚝 흘린다거나 길에 주저앉아 보는 사람이 다 서러워질 정도로 소리 내 울기도 했다.

그리고 어제는…….

함단이를 아파트 옥상에서 데리고 내려왔던 어제는 그에 무슨 영향이라도 받았던 건지, 그녀가 계단에서 굴러떨어지는 꿈을 꾸었다.

급하게 계단 위로 향하던 그는 그만 제때 도착하지 못해 떨어지는 그녀를 받지 못하고, 목이 꺾인 그녀가 원망스러운 눈으로 이쪽을 올려다보는…… 악몽이라는 말로도 모자란 흉몽.

어쩌면 최근의 수면 장애나 여러 가지 증상도 해가 갈수록 과중해지는 책임이나 부담감 때문이 아니라, 그녀 때문이 아닌가 싶을 정도로 끔찍한 꿈이었다.

그런 생각을 하던 그는 갑자기 울리기 시작한 핸드폰 벨소리에 고개를 들었다.

모든 것이 새벽빛으로 푸르스름하게 뒤덮인 방 안에서, 그 소리는 마치 불길한 소식을 알리는 신호 같았다.

도대체 무엇이 이렇게 불안하게 느껴지는지 모르겠다고 생각하며 그는 핸드폰을 확인했다. 다름 아닌 권은형에게서 걸려 온 전화였다.

그래도 우주인은 아니니, 헛소리일 확률은 없겠다고 조금은 안도하며 전화를 받았던 은지호는 이어진 말에 놀랐다.

[지호야, 혹시 오늘 학교 끝나고 단이 본 적 있어? 너는 야자 안 하고 집에 갔으니 훨씬 빨리 들어갔겠지만 혹시나 해서. 그 애를 마지막으로 본 사람이 누구인지 찾고 있거든.]

"네 말대로 학교 끝나자마자 집에 와서 지금까지 자고 있었으니 본 적 없어. 그보다 그건 왜……."

떨떠름하게 되묻는 은지호에게 권은형은 조심스러운 목소리로 말했다.

[단이가 아직 집에 안 들어왔대.]

"뭐?"

은지호는 휙 소리 나게 고개를 돌려 시간을 확인했다. 벌써 새벽 두 시가 넘어갈 무렵인데 이 시간까지 도대체 어디서 뭘…….

권은형이 여전히 조심스럽게 말했다.

[단이 부모님 말씀으로는 어제 모의고사 성적 때문에 크게 싸웠으니까 별일은 없을 거라고, 가출일 거라고 하시는데…… 일단 단이 친한 애들 비롯해서 비상 연락망으로 반 전체에 연락 돌려 보고 있어. 그런데 내 생각에는, 아무리 단이랑 친하다고 해도 일이 커질 걸 알면서도 몰래 재워 주기까지 할 애들은 없잖아. 그래서 걱정이야. 혹시 다른 일이 있는 건 아닐지…….]

"일단 끊어."

[지호야?]

당혹스러워하는 목소리를 무시하고 불쑥 전화를 끊은 은지호는 겉옷부터 챙겼다.

늦은 시간임에도 불구하고 대기하고 있던 기사에게 은지호는 지금 당장 이곳으로 가 달라며 함단이가 사는 집 주소를 말했다.

그는 물론 집 앞에 차를 보내지도 말고, 사람을 시켜 감시하지도 말란 함단이와의 약속을 지킬 셈이었다. 알 수 없는 존재에게 목숨이 위협당해 찬밥 더운밥 가릴 처지가 아닌 주제에 그런 요구를 하는 것이 어이없긴 했으나, 일단 약속은 약속이었다.

그렇다고 해서 그녀의 안전에 대해 모든 것을 놓아 버릴 생각도 없었다.

함단이와의 약속 조건은 '사람이 타고 있는 차를 보내지 말 것'이었으니까, 사람 없는 차를 집 근처에 세워 두는 것 정도는 아슬아슬하게 허용 범위가 아닐까?

그리고 그 차의 블랙박스가 함단이의 집으로 향하는 길을 찍고 있는 것은, 본래 차 정면을 찍게 되어 있는 블랙박스의 특성상 어쩔 수 없는 일일 것이다.

함단이가 알았다면 그것도 범법이라고 외칠 생각을 하며, 은지호는 함단이의 집 앞으로 향하는 내내 초조하게 손가락으로 무릎을 두드렸다.

마침내 익숙한 건물 앞에 도착하자, 훽 뛰어내린 그는 곧바로 전에 사람을 시켜 주차해 두었던 차 앞으로 향했다.

함단이의 집 앞은 이미 몰려든 사람들로 시끌시끌했다. 대문 앞 전등에는 불이 환히 켜져 있었고, 함단이네 부모님으로 보이는 사람들, 경찰들, 그 사이에 이게 무슨 소란인가 싶어 나와 본 동네 주민들과 노민찬 선생님이 껴 있었다.

그들을 아는 체도 하지 않은 은지호는 당장 차 안으로 들어가 블랙박스에 촬영된 영상부터 확인했다.

때마침 그를 알아본 노민찬 선생님이 가까이 다가왔다.

"지호야? 너 여기에는 무슨 일이니?"

아랑곳하지 않고 블랙박스 영상을 돌려 보고 있던 은지호의 얼굴이 서서히 굳었다.

수상한 남자 몇 명이 함단이의 집 앞을 우르르 지나가는 모습이 화면에 포착되었다.

얼핏 봐서는 일전에 귀신의 집에서 함단이를 위협한 수상한 존재와 비슷하게 보이기도 했으나, 그 존재는 CCTV를 비롯한 어떤 전자 기기에도 찍히지 않으므로 아닐 것이다. 그렇다면 저들의 정체는 틀림없이 사람이었다.

그렇게 결론을 내리는 그의 옆에서 노민찬이 유리창을 계속 두드렸다.

"지호야, 지호야?"

그제야 고개를 돌린 은지호는 블랙박스에서 SD카드를 꺼내어 그것을 그대로 그에게 내밀었다.

얼떨결에 SD카드를 건네받은 노민찬이 어리둥절해하며 물었다.

“응? 지호야, 이게 뭐니?”

“함단이네 집 앞에 계속 주차되어 있던 차 블랙박스 영상이에요.”

“아니, 그러니까 이 차에 왜 네가 마음대로 들락날락…… 지호야, 설마 너 차 문 땄니?”

“그 영상에 수상한 남자들이 여럿 나와요. 신원 조회 해 보셔야 할 것 같던데.”

은지호가 다만 그렇게 말하자 그제야 노민찬은 혼란스러운 기색을 지우고 경찰들에게 돌아갔다.

그가 경찰들에게 무어라 말하는 것을 멀리서 지켜보던 은지호는 다시 차로 돌아가 가지고 온 노트북에 방금 블랙박스에서 추출한 영상이 담긴 USB를 꽂았다. 그러면서 그는 핸드폰을 꺼내 우주인에게로 전화를 걸었다.

전화가 연결되자마자 그가 물었다.

“너, 사람 신원 조회도 할 수 있냐?”

[너 내 사촌 동생을 기어이 감옥 보내려고 그러지?]

“함단이와 관련된 일이야. 한시라도 빨리 찾아내야 해.”

물론 경찰들에게 블랙박스 영상을 맡겨 둔 시점에서 자

신의 역할은 끝났음을 인정하고, 얌전히 집으로 돌아가 결과를 기다리면 될 일이지만…… 은지호는 입술을 깨물었다. 그러기에는 뭔가가 몹시도 불안했다.

여전히 머릿속을 거세게 충동질하는 불안감의 원인을 그는 도무지 알 수가 없었다.

파티장에서 사라진 함단이의 모습을 급하게 찾아다니다 기어이 빠른 걸음으로 호텔 바깥으로 향했던 그때처럼.

결국, 함단이의 실종과 관련되어 있다는 말에 더 두고 볼 수 없어진 우주인도 해킹에 특화된 그의 사촌 동생을 깨웠다. 대한민국 최고의 포털 사이트를 뚫은 것이 고작 3년 전의 일이었으니, 지금은 얼마나 더 대단해져 있을지 감도 잡히지 않았다.

과연, 잠에서 깬 지 얼마 안 되어 조금 헤매는가 싶던 그녀는 한 시간도 안 되어 원하는 대답을 내놓았다.

[진흥파라는 강북 일대의 조직원들이야. 그런데 기록에 따르면, 이 조직이 몇몇 기업과 유착 관계가 있는 게 포착되었다고 하거든. 그리고 의심 가는 목록 중에 제일 눈에 띄는 건…… '유성 기업'. 내가 왜 이 말을 하는지는 알겠지?]

은지호는 주저 없이 내뱉었다.

"최유리."

[그래. 파티장 바깥에서 최유리와 함단이가 마주치는 모습을 분명히 본 적이 있다고 말했지? 또, 최유리 앞에서

본의 아니게 민감한 얘기를 다 털어놓게 됐던 것도. 걔가 아직도 너에게 집착하고 있다고 하면, 그 비정상적인 집착을 봤을 때…….]

그때 은지호는 운전석에 타 있던 기사에게 말을 던졌다.

"아저씨, 출발할 준비 해 주세요."

[너 어디 가게?]

당황한 듯한 목소리로 되묻는 우주인에게 은지호가 대답했다.

"너는 네 나름대로 최유리가 갈 만한 곳이나 그 사람들이 탄 차의 행적을 조사해 줘. 나는 나대로 갈 데가 있어."

[거기가 어디인데?]

때마침 운전기사도 물었다.

"어디로 가면 될까요?"

연이어 날아오는 물음에 은지호는 입술을 깨물었다.

파티장에서 함단이를 찾아 나가던 때와 마찬가지로, 그녀를 지금 당장 찾지 않으면 큰일이 날지도 모른다는 불안감에 우주인에게 도움을 청했던 때와 마찬가지로, 이것 또한 지극히 자신답지 않은 일임을 알고 있었다.

아무런 근거도, 이유도 없는 순전한 직감에 의한 추론…….

그럼에도 불구하고, 은지호는 마른침을 한 번 삼킨 다음, 기어이 내뱉고야 말았다.

"학교요."

잠시 침묵이 흘렀다. 이윽고 그를 실은 차가 부드럽게 출발했다.

* * *

나는 눈을 떴다. 목에서 느껴지는 둔한 통증과 묶인 듯 부자유한 손목을 통해 이것이 겪어 본 상황이란 것은 금세 깨달을 수 있었다.

다름 아닌 2년 전, 한울 그룹의 파티에서 돌아오는 길에 여령이와 함께 납치당했을 때도 나는 손목이 뒤로 묶인 채, 맥주 상자가 가득하고 사방이 꽉 막힌 회색 창고에서 눈을 떴다.

이번에는 그래도 눈 뜨자마자 하늘이 보인다는 사실에 감사해야 할까? 그러다 말고 이런 것에 감사할 정도라면 나도 참 갈 데까지 갔다는 생각에 나는 속으로 한숨을 내쉬었다.

그리고 주위를 둘러보던 나는 철조망 사이로 보이는 풍경이 몹시 익숙하다는 것을 깨달았다.

수십, 수백 번은 본 듯한 이 풍경은 분명히, 수업에 집중 안 되고 잠도 안 오는 날에 턱을 괴고 창밖으로 보던 것과 완전히 같았다. 그제야 이곳이 어디인지를 깨달은 나는 흠칫 놀랐다.

그때, 머리맡에서 목소리가 날아왔다. 나는 여전히 철조망을 향해 누운 채로 눈동자만 굴려 그쪽을 돌아보았다.

"깼어? 차라리 깨지 않는 편이 나았을 텐데."

붉은 먼지가 낀 서울의 밤하늘을 배경으로 갈색 단발과 나를 닮은 얼굴이 얼핏 보였다.

조소 깃든 그녀의 눈을 보며 내가 내뱉었다.

"최유리."

그녀는 웃으며 입을 열었다.

"신기하네. 내가 이 학교 다니긴 했어도 1학년 끝나기도 전에 전학 갔는데, 날 어떻게 기억해? 게다가 너랑 나는 같은 반 된 적도 없잖아."

마치 교실이나 길에서 우연히 마주쳐 대화라도 나누듯 일상적인 말투였다.

그리고 눈을 내리깐 그녀가 덧붙였다.

"실제로 나도 널 다시 만났을 때, 처음엔 네가 같은 학교 학생이었다는 것도 몰라봤었고."

"……."

"또, 네가 나처럼 은지호를 좋아했다는 사실도."

그녀의 마지막 말에 나는 몸을 바짝 굳혔다.

역시, 최유리가 나를 납치한 것은 은지호와 관련이 있구나. 그러나 내가 긴장한 것은 그 때문만이 아니었다.

일전에는 장소가 인적 드문 창고였던지라 그녀의 의도를

쉽게 파악할 수 있었지만, 이번에는 장소 선정이 너무나 의외인지라 그녀가 뭘 계획한 건지 도무지 알 수가 없었다.

내가 지금 다니는 학교이자, 그녀도 한때 다녔던 소현 고등학교의 옥상이라니. 도대체 뭘 하려고 날 여기로 납치한 걸까? 예전처럼 간단히 설교나 하고 돌려보내려고? 아니, 하지만 그런 이유였다면 굳이 사람을 써서 납치하지도 않았겠지.

그리고 나는 머릿속으로 시간을 계산해 보았다. 내가 야자 끝나고 집 앞 버스 정류장에 도착했을 때 이미 자정은 지났었고, 우리 집에서 학교까지 차로 이동하는 데 걸리는 시간은 아무리 짧아도 30분. 내가 정신을 잃고 있었다는 것까지 감안하면 지금쯤 아무리 못해도 새벽 두세 시는 되었을 터였다.

그렇다면 앞으로 불과 서너 시간도 안 되어 경비원이나 청소부 등의 사람들이 드나들기 시작할 테고, 조금만 더 있으면 학생들도 물밀 듯이 들이닥칠 텐데. 도대체 여기서 날 데리고 뭘 하려는 거지? 상상해 보려 했지만 여전히 파악이 전혀 불가능했다.

그때였다. 내 상념을 뚫고, 최유리가 내 생각을 읽은 것처럼 물었다.

“내가 널 데리고 뭘 하려는지 궁금해?”

이어진 그녀의 말에 나는 바짝 굳어 버렸다.

"넌 여기에서 뛰어내리게 될 거야. 단, 네 발로."

무거운 침묵이 찾아왔다. 한참 뒤에야 겨우 그녀의 말뜻을 이해한 내가 입을 열었다.

"너……."

"사실, 나는 전학 가기 전에도 너와 아무런 접점도 없었지만 네 이름 정도는 알고 있었어. 왜인지 알아? 다른 애들이 나한테 네 얘기를 많이 했거든. 이유는 단 하나, 너랑 내가 닮아서."

그래도 그렇지, 설마하니 은지호를 좋아하는 것까지 닮았을 줄은 몰랐어. 그렇게 빈정거리는 그녀를 나는 여전히 굳은 눈으로 쳐다보았다.

그녀가 다시 말했다.

"방금 난 널 납치해 온 사람들로 하여금 너를 옥상으로 옮기게 하고, 나 혼자 천천히 계단을 올라왔어. 계단을 오르는 내내 고개를 숙이고서. 이게 무슨 뜻인지 알아?"

의아하게 눈만 깜빡이는 내게 섬뜩하게 웃은 그녀가 말을 이었다.

"내가 CCTV 영상을 잘라 내면, CCTV에는 내 발로 옥상으로 걸어 올라오는 모습밖에 찍히지 않는다는 거야. 그리고 CCTV 화질은 별로 좋지 않은 데다가, 내 얼굴조차 제대로 찍히지 않았을 테고. 심지어 우리는 모르는 사람에게조차 간간이 닮았다는 소리를 듣지."

즉, 그녀의 계획은……. 끔찍한 계획에 경악한 나는 뒤늦게 입을 열었다.

“하, 하지만……. 경찰이 그것만 보고 조사를 제대로 하지 않을 리가 없어. 무엇보다 나는 주변 사람들한테 아무런 말도…….”

“그럴 리가 없긴 왜 없어? 너, 최근에 성적이 크게 떨어졌다던데.”

“…….”

나는 말없이 입술만 얕게 깨물었다. 물론 최근의 내 성적을 아는 것은 김 쌍둥이뿐이었지만, 시험 뒤의 내 반응을 보았다면 다른 이들도 추측해 내기는 어렵지 않았을 것이다.

게다가 교무실을 드나들다가 우연히 그런 얘기를 엿듣는 경우도 있는 만큼, 학생들의 사생활은 생각보다 철저히 보호되지 않으니까.

최유리는 팔짱을 끼며 다시 말했다.

“네가 성적을 비관해서 자살한 거라고 믿지 않을 사람이 과연 그리 많을까?”

그녀의 확신 어린 말에 나는 차마 반박할 수 없었다. 내가 어떻게든 다른 핑계를 꺼내 보려던 그때, 그녀가 갑자기 자신의 주머니를 뒤적거렸다.

이윽고 그녀의 주머니에서 딸려 나온 것은 다름 아닌 내 핸드폰이었다. 심지어 전원이 내내 켜져 있었던 듯, 핸드폰 상단이 밝은 불빛을 뿜어내며 전화가 오고 있다는 사실을 알리고 있었다.

뜻밖의 일에 나는 비로소 얼굴을 펴며 생각했다. 그래, GPS를 이용해 누군가 나를 벌써 추적하고 이리로 오고 있을지도 몰라. 그때 내 표정을 본 최유리가 혀를 차더니 말했다.

"나를 뭐라고 생각하는 거야? 당연히 GPS는 꺼 뒀지."

"……."

"너, 네 핸드폰에 잠금도 안 해 뒀더라. 흔치 않은 일인데."

최유리의 담담한 말을 들으며 나는 그저 입술만 깨물었다. 내가 핸드폰에 잠금을 해 두지 않은 것은 부모님이 내가 비밀을 만드는 것을 싫어하기 때문이었다. 하지만 일이 이렇게 될 줄 알았더라면 절대로 그러지 않았을 텐데. 아니, 물론 그랬더라면 최유리는 내 핸드폰 자체를 아예 켜 보지 않았을 테지만…….

그때, 내 핸드폰을 들여다보던 최유리의 표정이 문득 변했다. 미미하게 미간을 좁힌 채 화면을 바라보던 그녀가 다시 나를 보며 물었다.

"부모님이나 반 친구들이 네게 계속 전화를 거는 건 이해가 가. 하지만…… 그 사이에 은지호가 끼어 있는 건 어째서야?"

그녀가 친절하게도 화면을 내 코앞까지 밀어 준 덕에 나도 똑똑히 확인할 수 있었다. 과연 부모님에게서 온 연락이 수십 통, 반여령과 유천영, 반 친구들…….

그 사이에 은지호가 끼어 있다는 건 크게 놀랄 일은 아니었다. 그는 내가 관리자에게 위협받는 것을 알고 있는 유일한 사람이니까. 도의적 차원에서라도 나를 걱정하는 건 당연한 일이겠지.

그때 최유리가 다시 말했다.

"오늘뿐만이 아니야. 네 통화 기록을 확인해 보니 어제도 은지호한테서 전화가 몇 통이나 왔던데? 집에는 잘 들어갔냐는 메시지까지. 그런 것을 보면 둘이 어제 만났나 봐?"

"……."

대답 없는 나를 보며 그녀가 눈을 가늘게 떴다.

"……참 궁금해. 네가 도대체 나와 뭐가 그렇게 다르다고, 지호가 너만 그렇게 특별 취급일까? 그 애를 짝사랑하는 건 너도 나도 같은데."

뭐가 다르냐 하면, 너와는 달리 나는 평소에 목숨을 위협당하는 처지란 거겠지. 내가 입속으로 투덜거리는 동안, 내 등에 슬리퍼 신은 발을 툭 가져다 댄 그녀가 말을 이었다.

"나한테는 그런 반응 같은 건 보여 주지 않았거든. 전학 가기 전에 마지막으로 불러내서 고백해 봤지만, 싸늘한 대답만……."

그제야 나는 입을 열어 대꾸했다.

"네가 반여령 안티 카페를 만들었다며? 그게 문제였다고는 생각 안 해?"

그러자 그녀가 옅은 미소와 함께 말했다.

"아하, 이제는 제법 말도 잘하네? 내가 어떻게 하든 널 돌려보내 주지 않을 셈이란 걸 눈치챘나 봐? 하긴, 그랬더라면 이보다는 비밀스럽게 일을 꾸몄겠지."

"……."

다시금 입을 다무는 내 앞에서 최유리가 유쾌한 듯 키득거렸다. 압도적 우세를 점한 자의 여유였다.

그러나 그것도 잠시, 그녀의 표정이 천천히 변하기 시작했다. 눈에는 독기가 깃들고, 눈매와 입꼬리는 매섭도록 일그러지며, 그녀는 비로소 우위에서 내려와 나와 같은 위치에 섰다.

모든 것을 바쳐서라도 누군가의 마음을 갖길 원하고, 애원하기까지 했지만, 끝끝내 실패한 패배자의 위치로.

내가 숨마저 멈춘 사이, 입술을 꾹 깨문 그녀가 노기가 깃든 목소리를 토했다.

"왜일까?"

"왜냐니, 뭐가……."

"너도 그 애의 마음을 얻는 데는 실패했지. 나와 마찬가지로."

조용해진 내 앞에서 그녀는 말을 계속했다.

"거절당하고, 기껏해야 미안하다는 말을 얻었을 뿐인데…… 그 애가 지금 널 걱정하는 것도 널 좋아해서가 아니라, 단지 동정심에서 우러나온 것뿐일 텐데."

입술을 깨문 그녀가 덧붙였다.

"그런데도 나는 왜 그게 부러워서 미칠 것만 같을까?"

"……."

"아니면, 사실은 그게 동정심이 아니라 다른 이유에서란 걸 알기 때문일까?"

그때였다. 그녀의 말이 드디어 추리에서 비약으로 넘어가는 것을 듣고, 나는 내내 고민하던 것을 마침내 실행에 옮기기로 마음먹었다.

내가 다급히 입을 열었다.

"최유리, 궁금하지 않아?"

"뭐……?"

의문을 담고 가늘어지는 그녀의 눈동자를 보며 내가 말을 이었다.

"너는 날 처음 본 순간부터 왠지 모르게 나를 무척 싫어했지. 그리고 지금도, 이 일이 완전히 들키지 않을 거란 보장이 없는데도 위험을 감수하고 날 납치하기까지……. 네가 왜 이러는지, 네 스스로도 궁금하지 않아?"

잠시 입을 다물고 혼란스러운 듯한 표정을 짓는 그녀에게 내가 다시 말했다.

"그 이유, 내가 가르쳐 줄 수 있어."

"그게 무슨 소리야?"

"너도 알 수 없는 네 행동의 이유, 내가 다 설명해 줄 수 있어. 스스로도 이유 모를 감정에 휩쓸려 행동하는 게 너도 마음에 안 들지? 게다가…… 이유도 모르고 날 죽인다면, 네 마음도 개운치 않을 테고."

최대한 태연함을 가장하려 했지만, 내 죽음을 입에 담을 때 내 목소리가 떨린 것은 어쩔 수 없었다.

말을 마치고 철조망 바깥을 힐긋 본 나는 생각을 이어 나갔다.

지금은 운동장에 사람은 코빼기도 안 보이지만 앞으로 두 시간…… 아니, 어쩌면 한 시간만 더 벌면 학교 안으로 들어온 누군가가 운 좋게 나를 구조해 줄지도 모른다. 아니면 경찰들이 나를 찾아낼지도 모르는 일이고.

나는 다시 숨을 삼켰다.

물론 은지호가 나를 좋아하지 않는다는 것을 증명해서 적대감을 줄이는 것이 가장 좋겠지만, 관리자의 얘기를 꺼내지 않고 그것을 확실히 하기에는 거의 불가능했다.

그렇다면 차라리, 그녀가 궁금해하고 있을 사실을 속 시원히 밝혀 주는 것도 좋을 것이다. 물론 그것은 관리자에 관한 것만큼이나 믿기 어려운 얘기가 될 테지만.

나는 최유리의 얼굴을 빤히 바라보았다.

어차피 이게 내가 살아 있는 마지막 순간이라면, 내 가장 큰 비밀을 털어놓는 상대가 최유리이든, 그 누구든 그게 뭐가 그리 중요할까?

게다가 다른 애들에게는 상처받을까 봐 쉽게 털어놓지 못했던 얘기였지만, 그녀에게는 달랐다. 그녀가 나를 미쳤다고 오해하든 말든 그 또한 내 알 바 아니었다.

숨 막히는 침묵 속에서 최유리는 한참이나 발만 까딱거렸다.

그러다 마침내 그녀에게서 내가 원하던 대답이 돌아오자, 나는 고개를 돌리며 안도의 한숨을 내쉬었다.

"말해 봐."

그렇게 말한 그녀는 어디에서 났는지 모를 의자를 끌어다 걸터앉았다.

떨리는 마음을 감추려고, 천천히 숨을 들이쉰 내가 비로소 말을 꺼냈다.

"……이상할 정도로 부와 미모, 지성이 몇몇 사람들한테 편중된 이 세계가 이상하다고 생각해 본 적, 한 번도 없어?"

"뭐?"

잠시 아리송한 듯 고개를 기울였던 최유리는 이윽고 화난 표정을 지었다. 아무래도 내가 허튼수작이라도 부린다고 생각한 듯했다.

나는 아랑곳하지 않고 꿋꿋하게 말을 이었다.

"정말 그랬던 적 없어? 세상 사람들의 역할이 태어났을 때부터 이미 나뉘어 있다고 느껴진 적은? 누구는 주연, 또 누구는 조연, 누군가는 아예 엑스트라. 이런 식으로 말이야."

"너 도대체…… 아까부터 무슨 말을 하고 싶은 건데?"

도끼눈을 뜨고 되묻는 최유리에게 내가 대꾸했다.

"내가 이 세계가 소설 속 세계라고 한다면……. 넌 믿을래?"

"……."

잠시 침묵이 흘렀다. 그 속에서 나는 최유리의 눈이 실망감으로 물드는 것을 똑똑히 보았다.

이윽고 밧줄로 묶인 나를 일으켜 세우려 하는 그녀에게 내가 다급히 외쳤다.

"잠깐만! 진짜야, 나는 지금 진지하게 말하는 거야. 정말로 그런 생각 해 본 적, 단 한 번도 없어?"

그러자 나를 붙잡고 있던 손에서 다시 힘이 빠졌다. 나를 놓고 두어 걸음 물러난 최유리가 눈을 가늘게 뜨며 생각에 잠겼다.

이윽고 건조한 목소리가 흘러나왔다.

"……누가 그런 생각을 한 번도 안 해 볼 수 있겠어? 특히, 은지호나 유천영 같은 사람을 어려서부터 이미 접한 사람이라면."

그 말에 나는 작게 안도의 한숨을 내쉬었다. 여기까지 왔으면 내게도 아예 살 가능성이 없진 않은 모양이었다.

그리고 내가 다시 물었다.

"그거 봐, 너도 있지? 그런 생각 해 본 적."

"하지만 그건 누구나 한 번쯤 해 보는 생각이고, 다른 말로 하면 망상일 뿐이야. 그러니까 헛소리 좀 작작……."

나는 날카롭게 그녀의 말을 잘랐다.

"그게 망상이 아니라면 어떡할래?"

"……."

최유리는 눈을 크게 홉뜨고 침묵에 빠졌다.

"그게 망상이 아니라면, 내가 이 세계의 기반이 되는 소설의 내용을 알고 있다면 어떡할래?"

과감하게 저지른 나는 긴장 속에서 그녀의 반응을 기다렸다.

기다림 끝에 '하.' 하고 비아냥거림 가득한 조소가 돌아왔다. 그러나 그녀는 반응과는 달리 내 말을 아예 무시할 생각은 없는 모양이었다.

다시 의자에 걸터앉아 무릎 위에 팔꿈치를 얹고 턱을 괸 그녀가 웃으며 말했다.

"그래, 어디 한번 계속해 봐. 재밌네. 그래서? 그 소설 내용이란 게 뭐였는데."

어쨌건 그녀가 흥미를 보이기 시작했다면 절반은 성공한 셈이었다. 나는 최대한 담담한 척 말을 이었다.

"이 세계에서 여자 주인공은 반여령이야. 반여령을 중심으로 모든 얘기가 전개되지. 그리고 너는 반여령의 가장 친한 친구 역할이야."

그러자마자 최유리가 비웃듯 되물었다.

"너 그 소문 못 들었어? 아니면 방금 네가 네 입으로 했던 말을 까먹기라도 한 거야? 나는 반여령 안티 카페까지 만들었던 사람이라고. 그런데, 내가 그 애의 가장 친한 친구 역할? 그게 말이 된다고 생각해?"

그녀의 냉소적인 반응에도 나는 침착하게 대꾸했다.

"하지만 너, 그 애를 진심으로 좋아해 본 적이 단 한 번도 없어?"

"……."

"그 애와 지내면서 간혹, '이 애한테라면 차라리 은지호를 양보할 수 있을지도 몰라.' 같은 생각. 정말로 해 본 적 없어?"

그렇게 말하면서 나는 원래 세계에서 보았던 소개 글을 떠올렸다.

나도 원작 소설을 읽지 못해 내용을 다 알진 못하지만, 적어도 최유리가 반여령에게 은지호를 양보하려 했던 것은 진짜로 있었던 일이었다. 그러던 최유리가 반여령을 단 한 번도 진심으로 좋아하지 않았을 리 없지.

과연 내 예상이 맞아떨어진 듯, 최유리는 잠시 복잡한 표정을 지었다. 그 틈을 노려 내가 말을 이었다.

"그렇지? 만약 계속 함께했더라면, 그게 언제가 됐든 간에 너는 결국 반여령을 좋아하게 되었을 거야. 네가 만들었다는 그 카페도 네 손으로 지우게 됐을 테고."

"……어디 한번 계속해 봐."

내게 진심을 간파당했다는 것을 인정하기 싫은 듯, 그녀가 있는 대로 인상을 쓰며 대꾸했다. 나는 아랑곳하지 않고 말했다.

"그래, 반여령은 이 소설의 여자 주인공이었어. 그리고 여자 주인공이 있으면 남자 주인공도 있어야 하겠지. 안 그래?"

"그래서?"

나는 여태껏 내내 준비해 온 회심의 말을 내뱉었다.

"이 소설의 남자 주인공들은, 너도 이미 예상했겠지만 은지호와 유천영, 권은형과 우주인. 그렇게 네 사람이야."

짧은 침묵 후, 최유리가 기가 막힌다는 듯 헛웃음을 흘렸다. 그런 그녀에게 내가 다시 말했다.

"그리고 마지막으로, 단짝과 남자 주인공까지 나왔으니 악역이 필요하겠지. 주인공 인생에 고난이 하나도 없으면 재미없으니까."

"그래서 그 악역이란 게 누군데?"

마치 더없는 촌극이라도 보듯 즐겁기까지 해 보이는 그녀의 표정에 대고 내가 말했다.

"나야."

그에 대체로 여유 있던 최유리의 표정이 처음으로 흐트러졌다.

이윽고 그녀가 말도 안 된다는 듯한 표정으로 되물었다.

"뭐라고?"

나는 차분하게 대답했다.

"난 한때 반여령의 소꿉친구였어. 하지만 반여령과 함께 자라는 오랜 시간 동안 내내 비교당하기만 하면서, 나는 점점 삐뚤어지고 끝내는 그 애를 질투하고 미워하게 되지."

"그게 무슨…… 네가 반여령 소꿉친구였다니. 그런 게 가능할 리 없잖아. 왜냐하면 넌—"

미심쩍어하는 그녀의 말을 끊은 내가 빠르게 말했다.

"그래서 나는 중학교에 들어간 뒤로 반여령을 일방적으로 무시해. 어렸을 때부터 제일 친했던 거의 하나뿐인 친구를 잃은 반여령은 당연히 의기소침해지고, 새로운 친구를 거의 사귀지 못하고 중학교 시절을 무척 어둡게 보내지."

"……."

"그리고 고등학생이 되면서, 비로소 반여령은 나 따위는 잊어버리고 새로운 친구를 사귈 결심을 해. 그렇게 해서 그녀가 사귀게 되는 게 사대천왕과…… 너야, 최유리."

우리가 있던 옥상에 침묵이 흘렀다. 미간을 좁힌 그녀가 한참 만에 입을 열었다.

"이해 안 되는 게 있어."

"말해."

"내가 알기로는, 너는 분명히 반여령의 소꿉친구가 아닐 텐데? 그러긴커녕, 넌 최근에야 겨우겨우 반여령과 친해졌다고 들었어. 그런데 어떻게 방금 네가 말한 일이 가능하다는……."

나는 눈도 깜빡이지 않고 답했다.

"그야 당연하지. 내가 이 소설 내용을 의도적으로 바꿨으니까."

"뭐?"

"아까 말했잖아? 나는 이 세계가 반여령을 주인공으로 하는 소설 속이라는 것도, 또 나와 반여령에게 일어날 일도 미리 알고 있었다고. 그런데 만약 네가 나였다면, 정해진 길을 그대로 따라가는 멍청한 짓을 했겠어?"

최유리가 전보다 더 미간이 일그러진 채 다그쳤다.

"잠깐, 그래서 뭐라는 거야? 네가 소설 속 내용을 미리 알아서 반여령과 친해지지 않은 거라면, 그게 어째서 내가 널 싫어할 이유가 되지? 결국 네가 그럼으로써 너와 나 사이의 접점도 완전히 사라진 셈이잖아."

"무슨 소리야? 나는 내가 반여령과 친해지지 않았다는 말은 안 했어."

"뭐?"

사납게 쏘아붙이고 그 여파로 숨을 헐떡이는 그녀에게, 나 또한 쏘아붙였다.

"은지호를 어렸을 때부터 좋아했던 너조차 너도 모르게 반여령이 좋아졌을 정도인데, 내가 그 애를 밀어내는 게 가능했을 것 같아? 그리고 반여령과 친해지고 나니까 자연스럽게…… 그 네 사람과도 가까워지게 되더라고. 반여령을 좋아하지 않으려던 것을 실패한 것과 마찬가지로, 넷 중 누구도 좋아하지 않는 것도 실패했지만."

"……."

"아직도 모르겠어? 나는 네 자리를 내가 빼앗았다는 얘기를 하고 있는 거야."

내 말을 듣던 최유리의 눈에서 잠시 초점이 사라졌다.

그 순간, 나는 손끝에 아슬아슬하게 걸려 있던 밧줄을 마침내 벗겨 내고 자리에서 벌떡 일어났다.

지난 험난했던 세월로 말미암아 이런 상황에서도 침착할 수 있게 된 나는, 묶였다는 것을 깨달은 순간부터 얼마나 세게 묶였는지, 어떻게 묶였는지 파악하려고 애썼다.

혹시라도 묶인 자국이 남아선 안 되기 때문인지, 밧줄과 손목 사이에는 상당히 여유가 있었다. 조금이나마 희망을 얻은 나는 제발 최유리가 눈치채지 못하길 바라며, 또 내가 밧줄을 다 풀기 전에 최유리의 부하가 들이닥치지 않길 바라며 밧줄을 조심조심 풀어냈다.

적어도 최유리의 눈을 피하는 것은 그리 어려운 일이 아니었다. 그녀의 신경을 붙잡아 둘 다른 것이 있다면.

황급히 뒤돌아 달아나며 나는 힐끗 최유리를 보았다. 그래도 최유리가 내 이야기를 진지하게 들어 준 것만은 의외였다.

그것은 나에 대한 기억을 모두 잃어버린 와중에도 분노만은 잊지 않은 그녀의 집념 때문일까? 아니면, 고등학교 때부터 내내 자신의 자리를 빼앗아 온 숙적에 대한 본능 같은 것일지도.

확실히, 만약 나에 의해 세계가 바뀌었을 때 예전 내 자리를 최유리가 대신 차지하고 있었다면, 내가 지금 제정신을 지키고 있었을지는 장담할 수 없었다.

그때 내 등 뒤에서 의자로 추정되는 무언가가 날아왔다. 황급히 그것을 피한 나는 등 뒤에서 날아오는 괴성 섞인 비명에 다시 뒤를 돌아보았다.

"너…… 너 때문이야! 다 너 때문! 너 때문에 내가……."

분노로 인해 더듬거리는 그녀의 말을 들으며 옥상 문손잡이를 잡아당기던 나는 문득 움직임을 멈추었다.

그것은 물론 최유리에게 이제 와서 새삼 동정심 따위를 느껴서가 아니라, 이 문 너머에서 최유리의 부하나 관리자가 나를 기다리고 있으면 어쩌나 하는 불안감 때문이었다.

그때 최유리가 다시 외쳤다.

"기다려! 아직 이해 안 되는 게 있어. 그것만이라도 마저 설명해."

나는 차갑고 녹이 벗겨져 꺼끌꺼끌한 옥상 문손잡이를 움켜쥔 채 뒤를 돌아보았다.

어차피 내 손목을 묶고 있던 밧줄이 풀린 이상, 최유리는 나와 마찬가지로 평균 근력 정도를 가진 여고생일 뿐이니 더 이상 두려워할 필요는 없었다. 물론 그녀가 부하들을 부른다면 상황은 좀 달라지겠지만.

하지만 그녀는 다행히 어디에도 연락할 기미가 없었다. 다만 분한 듯, 몸 양옆에 늘어뜨린 주먹을 부들부들 떨던 그녀가 다시 말했다.

"……그래도 너와 반여령이 친해진 건 3학년 때의 일이고, 내가 반여령과 친해진 건 학기 초야. 그런데 어떻게 너의 일이 내가 반여령과 친해지지 못한 것에 영향을 미쳤다는 거야?"

"간단해. 방금 내가 말했던 건, 이미 이 세계에서는 사라지고 없는 이야기니까."

"뭐?"

"그래. 마치 내가 앞서 쓰인 소설 내용을 미리 알고 바꿨듯이…… 나는 이 세계에서 일어났던 일들을 또 한 번 바꿨어."

나는 금방이라도 어둠에 녹아내릴 듯 투명해 보이는 내

손끝을 바라보며 말을 이었다.

"유천영이 나 때문에 죽을 뻔했거든. 그걸 아예 없던 일로 만들려면 어쩔 수 없었어."

"정말로 그런 일을 할 수 있단 말이야? 네가?"

최유리는 탐욕에 번들거리는 눈으로 물었다. 그녀가 무슨 생각을 하는지 짐작 못 할 바는 아니었지만, 나는 담담하게 대답했다.

"당연히 그럴 리가 없잖아. 나는 너와 같이 이 소설의 일개 등장인물에 불과할 뿐인데. 내 힘만으로 가능했던 일은 결코 아니야. 조력자가 있었고……. 무엇보다 나도 큰 대가를 치러야만 했어."

그럼에도 상관없다는 듯, 그녀가 조바심 내며 물었다.

"그게 뭐였는데?"

"내 존재 자체."

그러자 잠시 싸늘한 침묵이 찾아왔다.

할 말을 잃은 듯한 그녀에게 나는 말을 이었다.

"그래, 나는 내 존재 자체를 대가로 치렀어. 이 소설에 나오는 사람 중에 누구도 나와, 나에 대한 일을 기억하지 못해. 우리가 쌓은 추억들이 모두 없던 일이 되어 버린 거지."

"뭐?"

"그뿐만 아니라, 그 애들과 내가 전에 친했던 것만큼 가까워지지 못하면, 나는 이 세계에서 사라지게 돼."

"뭐?"

"우리 존재의 반 정도는 자기 자신에 대한 기억으로 이루어졌다면, 나머지 반 정도는 우리에 대한 다른 사람들의 기억들로 이루어졌으니까."

나는 말을 이었다.

"그렇게 생각하면 이 세계를 관리하는 '관리자' 같은 존재가, 나와 가장 가깝던 사람들로부터 잊힌 데다가 이 세계에서 이미 사라진 일을 기억하는 나를 불순물이나 오류, 뭐 그런 거로 취급해도 나는 할 말이 없는 거지. 사실 죽음에 가까워졌던 누군가를 되살리는 것 자체가 이미 해선 안 되는 일이었으니까."

그리고 문득 떠오른 생각에 나는 눈을 내리깔며 덧붙였다.

"글쎄……. 하지만 내 존재가 문제가 되는 게 이 세계와 내 기억 사이의 괴리 때문이라면, 어쩌면 죽지 않고도 해결할 방법이 있을지도 몰라. 나도 최근에서야 간신히 생각한 거지만……."

그때 이미 최유리는 내 말은 들리지도 않는 듯, 혼자만의 생각에 빠져 턱을 매만지고 있었다.

그녀가 원하는 것과 치러야 하는 대가 사이에서 고뇌하는 표정을 짓고 있든 말든, 그런 것은 내 알 바 아니었다. 무엇보다 그녀에게는 노아리와 만나는 행운이 허락되지 않을 테니, 그녀가 설령 정말로 원한다고 해도 그것이 이루어질 확률은 없었다.

그랬기에 나는 조용해진 그녀를 신경 쓰지 않고 문을 열어젖혔다. 그녀가 정신이 팔려 있는 사이 한시라도 빨리 공중전화라도 있는 곳에 가서 신고하는 편이 좋을 것 같았다.

그러나 문을 열어젖힌 그때, 나는 짙은 어둠 속에 누군가 서 있는 것을 보았다.

흠칫 놀란 내가 그가 있는 방향을 피해 계단으로 발을 내디딘 순간, 발목이 꺾여 굴러떨어지려는 나를 옆에서 뻗어 나온 팔이 황급히 낚아챘다.

우리는 그대로 함께 계단 밑으로 굴러떨어졌다.

나는 눈을 질끈 감은 채로 내게 찾아올 고통을 기다렸다. 그러나 아무리 기다려도 고통은 느껴지지 않았다.

내 몸을 가득 둘러싼 갑갑한 느낌에, 나는 그제야 누군가가 나를 감싸다시피 하고 있다는 사실을 깨달았다.

설마 관리자가? 아니, 하지만 나를 죽이려고 우리 집 문 앞에서 기다리기까지 했을 정도로 집요한 그가 갑자기 마음을 고쳐먹고 나를 감쌌을 리는 없었다.

그러면 대체 누가……. 그렇게 생각하며 슬그머니 눈을 뜬 나는 여기에서 볼 거라고는 상상도 못 한 얼굴을 마주하고 멍하니 입을 벌렸다.

내가 중얼거렸다.

"은지호?"

은색 머리카락은 옥상 문에서 내리쬐는 달빛에 더욱 파리하게 빛났다.

평소보다도 피로해 보이는 안색과 그늘이 짙게 내려앉은 눈가. 그런 것들을 찬찬히 살피던 나는 뒤늦게 그의 얼굴이 괴로운 듯 일그러져 있다는 것을 깨닫고 다급히 물었다.

"어, 어떡해. 은지호, 너 괜찮아? 다친 데는……."

그렇게 말하며 내가 손을 뻗었다. 나를 밀치고 떨어지는 종을 대신 맞아 피투성이가 되었던 유천영의 모습이 떠오르자, 내미는 손끝이 파르르 떨리는 것은 어쩔 수 없었다.

그가 저항하지 않자 나는 벽에 닿은 그의 뒤통수와 등, 팔 부분을 더듬어 보았다. 어느 곳을 건드려도 피가 묻어 나오지도, 그가 아파하는 기색도 느껴지지 않자, 그제야 마음을 놓은 내가 다시 물었다.

"네가 왜 여기 있어?"

조금 분한 기색이 묻어나는 것은 어쩔 수 없었다.

그가 여전히 눈을 내리감은 채로 대답이 없자, 나는 다시 재촉했다.

"네가 여기에 왜 있어? 내가 여기 있는 줄은 어떻게 알고? 너 설마…… 우리 집 앞에서 차 치우고 사람 시켜서 감시하지도 말란 약속, 안 지켰어?"

물론 누군가 내가 납치당했다는 사실을 기적적으로 깨닫고, 나를 구하러 와 주는 것은 내가 바라 마지않던 일이었다.

하지만 그 상대가 은지호인 이상 나는 결코 속 편히 기뻐할 수도, 고마워할 수도 없었다.

물론 나에 대한 기억은커녕 감정 하나 되살려 내지 못하는 그가 원망스러웠지만, 그것 이상으로 그가 나에게 휘말려 다치는 것을 원치 않았다. 특히 지금처럼, 그가 나를 감싸 안고 계단에서 떨어지는 일 따위는 내가 상상한 최악에 가까웠다.

감았던 눈을 뜨고 나를 지그시 보는 것으로 보아 의식은 명료한 것이 분명한데도, 그는 내 물음에 전혀 대답하지 않았다.

그 모습에 감정이 북받친 내가 다시 다그치려던 찰나, 뒤쪽에서 작은 발소리가 계단을 따라 내려왔다.

"최유리?"

그렇게 말하며 뒤를 돌아보았던 나는 최유리가 가까이 다가와 은지호의 상태를 확인하기는커녕, 그대로 아래층으로 달아나 버리는 것을 보고 황당하다는 표정을 지었다.

물론 나를 납치하려던 시도가 실패한 데다가 그것을 다른 사람도 아닌 은지호에게 들켜 버린 지금, 쥐구멍이라도 찾고 싶은 심정이란 것은 이해가 됐다.

하지만, 어차피 그녀가 범인이란 것을 내가 밝히면 그만인데도 왜 굳이 얼굴을 가린 거지? 내가 만에 하나 은지호에게도, 아무에게도 범인을 말하지 않을지도 모른다는 미약한 희망 때문에?

아무튼 나는 몸을 일으켰다. 이렇게 된 이상 한시라도 빨리 전화가 있는 교무실이나 다른 장소를 찾아 경찰을 불러야 했다.

그리고 구급차도……. 그렇게 생각하며 나는 아직도 벽에 기대어 앉은 은지호를 힐끗거렸다. 옥상으로 향하는 계단은 다른 계단 높이의 반 정도밖에 안 되긴 하지만, 혹시 모르니까 말이야.

그때, 갑자기 아래에서 뻗어 나온 손이 나를 당겼다. 흠칫 놀란 나는 다음으로 흘러나온 은지호의 말에 눈썹을 찡그렸다.

"지금 이 학교에 있는 게, 최유리와 우리 둘뿐인 것 같아?"

"뭐?"

나는 처음에는 은지호가 최유리의 부하들에 대해 언급한 것으로 생각했다. 하지만 뒤이어 들려온 최유리의 비명을 듣고, 나는 그것이 내 착각이었음을 깨달았다.

공포 영화의 주인공이라도 된 듯 예사롭지 않은 비명을 들으며 나는 생각했다. 그렇지, 최유리는 이 소설의 등장인물 중 하나니까…… 그러니까 그녀의 눈에는 관리자가 보일지도 몰라.

그렇게 생각하기가 무섭게 은지호가 내 손을 잡은 채로 몸을 일으켰다.

계단에서 나를 감싸 안고 구른 게 언제였나 싶을 정도로 멀쩡해 보이는 모습에 내가 당황하며 물었다.

"뭘 어쩌려는 거야?"

"여기에서 도망쳐야 해. 적어도 사람 많은 곳으로 가야……."

그렇게 말하는 그의 안색은 전보다 창백해져 있었다. 그도 벌써 몇 번이나 관리자와 접하면서 그 존재의 기이함과 초월성을 눈치챈 것 같았다.

나는 내 손목을 잡은 은지호를 따라 텅 빈 복도를 가로질러 달렸다.

앞서 이곳을 벗어나려던 최유리가 비명을 지른 데다가, 혹시나 그녀를 찾으러 그녀의 부하들이 왔을지도 모르는 일이기에 우리는 그녀가 갔던 계단 반대편으로 향했다.

복도 양옆으로 늘어선 커다란 창문들은 검은 도화지로 막힌 것처럼 빛 한 점 없이 새카맸다. 나는 그것들에 시선을 주는 대신 나보다 앞서 걷는 은지호의 뒷모습만 멍하니 바라보았다.

꿈인가? 문득 그런 생각이 들었다. 꿈에서 이런 광경을 몇 번이나 보긴 했지만, 그때 나와 함께 있거나 내 손을 잡고 이끌어 주던 것은 언제나 김 쌍둥이 아니면 이루다였다. 그런데 지금은 다른 누구도 아닌 은지호가 나와 함께 있다니. 꿈보다도 더 비현실적인 상황이었다.

그때 은지호가 돌연 걸음을 멈추었다. 왜 그러냐고 물으려던 찰나, 계단 밑에서 들려오는 발소리를 들은 나는 황급히 입을 다물었다.

또각또각 들려오는 구두 신은 발소리. 무게가 가볍지 않은 것으로 보아 성인 남성의 발소리가 분명했다. 그리고 양복 차림에 구두를 신은 성인 남성의 모습은 내가 지금까지 보아 온 관리자의 모습과 완벽하게 일치했다.

그가 우리를 보기 전 우리는 황급히 계단을 다시 올라왔다. 하지만 지금부터가 문제였다.

관리자가 내가 어디에 있든 어렵지 않게 나타나던 것을 보면, 그에게는 나의 위치를 완벽히는 아니더라도 꽤 정확하게 파악할 수 있는 능력이 있는 것이 분명했다. 어쩌면 일전에 폐교에서 그가 나와 주인이가 있던 교실에 찾아왔던 것도 단순히 빛을 봤기 때문이 아닌, 침입자의 존재를 감지했기 때문인지도 몰랐다.

그때 주인이와 함께 청소 용구함에 숨었던 것을 떠올린 나는 생각했다. 그래, 일단은 숨을 곳을 찾는 것이 먼저다.

들이닥치더라도 당장 눈에 보이지 않을 그런 곳에 숨는다면, 아무리 관리자라도 함부로 물건들을 헤집고 다니진 못하겠지. 이 세계에 큰 영향을 미쳐선 안 되는 것은 관리자도 나와 마찬가지니까.

그때 은지호의 초조한 목소리가 들려왔다.

"젠장, 교실 문이 다 닫혀 있잖아. 그야 그렇겠지, 하교하기 전에 문을 잠가 둘 테니……."

고개를 들어 보니 과연 복도를 따라 쭉 늘어선 문마다 자물쇠가 달려 있었다. 그 모습을 보며 초조한 표정을 짓는 그의 소매를 내가 잡아당겼다. 나를 돌아보며 뭐냐는 표정을 짓는 그에게 나는 속삭였다.

"빈 교실을 알아."

내게는 이 학교에서 오랜 시간 추격전을 벌여 온 경험이 있었다. 어쩌면 그 역시 빈 교실의 존재를 알지도 모른다고 생각했지만, 그는 예상외로 처음 듣는다는 표정으로 물었다.

"거기가 어디인데? 여기에서 멀어?"

대번에 목소리를 낮추고 속삭이는 그에게 나는 고개를 내젓고 다른 방향으로 손짓했다. 이번에는 내가 그를 앞장서서 끌고 가는 형국이 되었다. 그러는 사이사이 그는 핸드폰을 확인하며 누군가와 연락을 취했다.

우리가 막 빈 교실에 거의 다 도착했을 무렵, 복도 끝 계단에서 검은 그림자가 언뜻 비쳤다. 마음이 급해진 나는 황급히 문을 열어 은지호를 밀어 넣고 뒤따라 안으로 들어갔다. 예상대로 빈 교실의 문에는 자물쇠가 걸려 있지 않았다.

그러나 황급히 창문들과 뒷문의 상태를 확인한 나는 낭패란 표정을 지었다. 이 교실도 다른 교실들과 구조는 크게 다를 게 없어서, 뒷문은 안에서 잠글 수 있지만 앞문은 그럴 수가 없었다. 더군다나 창문들은 전부 잠금쇠가 열려 있어 저것을 짧은 시간 안에 전부 잠그기란 불가능했다.

그때, 바깥에서 드르륵, 탁, 하고 문을 열어젖혔다가 닫는 소리가 났다. 이제 정말 코앞이었다. 나는 와이셔츠 옷깃과 맞닿은 목덜미에서 식은땀이 배어난 것을 느꼈다.

관리자는 특유의 능력으로 내가 이 근처 어딘가에 있다는 것을 알아차린 것이 틀림없었다. 그는 지금 이 근처의 문들을 하나하나 열어젖혀 보고 있었다. 그에게는 문마다 달린 자물쇠도 아무런 상관이 없는 걸까? 마치 이런 괴담 같은 상황이라니.

더 생각할 새도 없이 나는 은지호의 팔을 잡아챘다. 그가 무슨 말을 하려 했지만 나는 말없이 그를 붙잡고 교실 뒤편의 청소 용구함을 열었다.

혹시나 청소 용구함이 열리며 그 안에 가득 틀어박혀 있던 물건들이 쏟아질까 노심초사했는데, 다행히 그 안은 텅 비어 있었다. 그제야 안도한 나는 비로소 은지호를 보며 말했다.

"너 먼저 들어가."

"뭐?"

그는 여전히 당황한 눈치였다. 얼떨떨하게 되묻는 그에게 내가 다시 말했다.

"너 먼저 들어가라고. 네가 나보다 커서 자리가 남을지 어떨지 모르잖아. 만약 안 되면 나는 교탁 밑에 숨든지 할 테니까."

"그럼 내가 밖에……."

"아, 급해 죽겠는데 좀. 일단 들어가."

그렇게 말하며 나는 억지로 그를 떠밀어 넣었다. 아니나 다를까 비좁은 청소 용구함은 은지호 한 명만으로 거의 가득 들어찼다. 하긴, 주인이와 내가 여기에 함께 들어갔을 때는 고등학교 1학년 때였지. 게다가 주인이는 그때도 지금도 은지호보다 체구가 작았고.

그리고 나는 미련 없이 돌아서서 내가 숨을 곳을 찾았다.

사실 오래 찾을 만큼의 여유도 없었다. 관리자가 이 근처의 교실 문을 모두 열어 보고 마침내 여기까지 오는 데는 얼마 걸리지도 않을 것이다. 하나하나 자세히 살핀다면 그나마 오래 걸리긴 하겠지만, 그건 곧 우리가 들킬 확률이 높아진다는 것을 의미했다.

만약 관리자에게 들킨다면 나는 어떻게 되는 걸까? 나는 입술을 꾹 깨물었다. 사방이 가로막힌 곳에 숨는다면 들켰을 때 도망칠 수도 없을 테니, 차라리 창문을 통해 뛰어내리는 것이 나을지도 몰라. 여기는 2층도 아니지만, 잘 찾아보면 하나쯤은 발목이 부러지지 않고 뛰어내릴 수 있는 곳이 있지 않을까?

그런 고민을 하며 내가 창문 쪽을 바라보던 그때, 뒤에서 불쑥 뻗어 나온 손이 내 손목을 잡아챘다. 뭐 하는 거냐고 물을 틈도 없이 나는 비좁은 청소 용구함 안으로 끌려 들어갔다.

탁, 내 코앞에서 문이 닫히자 완연한 어둠이 주위를 감쌌다. 두 사람이 들어가기에는 몹시 비좁은 청소 용구함 때문에, 나는 은지호에게 반쯤 끌어안기다시피 한 자세였다.

눈을 크게 뜨고 잠시 얼어 있던 내가 중얼거렸다. 아, 그래. 뭐, 어쨌건 두 사람 다 몸을 숨겼으면 됐지.

애써 태연한 척 생각한 나는 고개를 내밀어 문틈을 확인했다.

문틈으로 바깥 상황을 확인할 수 있길 기대했지만, 안으로 들어오자 안 그래도 어둡던 시야가 더욱 어두워져서 교실 안의 모습을 살피는 것은 거의 불가능했다. 이대로는 관리자가 들어온다고 해도 그것을 알아차릴 수 있을지조차 의문이었다.

그때 갑자기 귓가에 들려오는 목소리에 나는 흠칫하며 고개를 돌렸다.

은지호가 청소 용구함 천장에 맞닿은 몸을 구부리고 있어, 그와 내가 서로의 숨소리가 들릴 만큼 가까운 건 어쩔 수 없었다. 때문에 그의 말은 거의 내 귀 바로 옆에서 들렸다.

"뭐야? 그 방법이란 거."

난데없는 그의 물음에 내가 눈을 깜빡였다.

"뭐?"

"저 '관리자'란 존재에게서 더 이상 쫓기지 않고 살 방법. 있다고 했잖아, 네가."

그에게서 몹시 담담하게 흘러나온 표현에 나는 소스라치게 놀라 고개를 들었다.

"너 설마, 들었어? 나랑 최유리가 하는 말?"

그가 들어선 안 되는 내용이 상당히 많이 포함된 대화였기에 나는 몹시 걱정되었다. 그러는 내게 은지호가 여전히 태연하게 대꾸했다.

"중간부터는."

미안한 기색 하나 없는 그의 태도가 얄미운 나머지 나는 잠시 인상을 썼다.

하지만 그보다도 더욱 믿을 수 없는 것은, 은지호가 그 대화를 어느 정도 믿고 있는 것 같다는 사실이었다.

물론 지금 우리를 쫓아오고 있는 '관리자'가 보란 듯한 증거로써 존재하지만, 그래도 이 세계가 소설이니 자기가 그 소설 속의 등장인물이라느니 하는 얘기를 믿는 것은 전혀 다른 문제였다.

차라리 그가 앞서 말했던 것처럼 내가 폐가에서 뭔가를 건드려 저 존재가 나를 쫓아오는 거라고 믿는 편이 더 타당했다.

그러나 가까이에서 나를 응시하는 검은 눈동자에서는 한 점의 의심도 느껴지지 않았다.

한참이나 입만 달싹거리던 내가 결국 체념하듯이 입을 열었다.

"그건……."

"그건?"

"어차피 지금 당장은 불가능한 일이야."

나는 짙은 한숨을 담아 대꾸했다.

그러자 은지호의 얼굴이 굳어졌다. 하지만 내 대답은 사실이었다. 적어도 며칠은 시간을 들여야 하는 일이었고, 지금 당장 필요하다고 해서 해낼 수 있는 일도 아니었다.

어차피 설령 가능했다고 하더라도, 나는 아마 그것을 실행하지 않았을 테지만.

내가 생각한 또 다른 방법이란 '반여령과 사대천왕과 친하게 지낸 기억이 없는 나 자신'을 다른 세계에서 불러오는 것이었다. 관리자가 말하길 이 세계 외에도 선택지로 갈라진 무수히 많은 평행 세계가 있다고 했고, 그렇다면 그중에 내가 찾는 세계가 하나쯤은 존재할 테니까.

그렇게 해서 내가 기억하는 과거가 이 세계의 과거와 더 이상 다르지 않게 된다면, 관리자가 나를 죽일 이유 또한 사라질 거라고.

하지만 그렇게 해서 목숨을 부지한다고 해도, 그렇게 해서 살아남은 것이 정말 '나 자신'이라고 해도 될지 알 수 없었다. 실제로 원래 이 세계의 나도, 다른 세계의 나를 불러온 대가로 무려 수년을 망각 속에서 잠들어 있지 않았던가.

그런 생각에 표정이 어두워진 내게 은지호의 다급한 목소리가 들려왔다. 나는 의아하게 고개를 들었다.

"그럼 지금 당장 가능한 걸 말해."

그런 그를 잠시 물끄러미 보던 내가 대꾸했다.

"내가 아닌 네가 해야 하는 일이야."

"괜찮으니 말해."

망설임 없는 그의 대답에 나는 속으로 한숨 쉬었다.

내가 전에 생각한 방법도 터무니없는 것이긴 했지만, 그래도 이 방법에 비하면 오히려 현실성 있을 지경이었다.

이제 남은 방법은 단 하나, 나에 대한 이들의 마음을 과거와 같이 되돌리는 것. 다시 말해 이들의 마음을 과거가 바뀌기 전과 같이 만드는 것.

즉, 그러니까 그건…… 나는 한숨과 함께 입을 열었다.

"그러려면 은지호, 네가 날……."

그리고 나는 두 손을 들어 얼굴을 감쌌다. 지금부터 내가 할 말은 분명히 사실을 기반으로 하는데도, 왜 이렇게 옳지 않은 목적을 이루기 위해 거짓말이라도 하는 듯한 기분이 드는 건지 모르겠다.

아마도 이건 내가 이전에 이미 그에게서 수도 없이 거절당해 왔기 때문이겠지. 살아남기 위해서가 아니라 단지 내 마음을 전하기 위해서, 타이밍이 엇갈려 만나지 못한 우리의 감정을 이제라도 만나게 하기 위해서 했던 말들…… 그에게 지금까지 받기만 했던 것을 이제는 내가 돌려주기 위해서 했던 말들.

나는 입술을 깨물었다. 그런데 그 모든 말들이 수포로 돌아간 지금, 이제 와서 이런다고 무슨 소용이 있을까? 이미 수차례나 거절당한 것을, 갑자기 내가 살기 위해서 필요하다고 해서……. 게다가 이거야말로 은지호가 원한다고 해서 어떻게 할 수 있는 것도 아닐 텐데.

속으로 깊은 회의를 느끼면서도, 나는 끝끝내 입에 남은 말을 내뱉고 말았다.

"네가 날…… 좋아해야 해."

무거운 침묵이 흘렀다. 나는 두 눈을 질끈 감고 비참한 심정으로 기다렸다. 이제까지 들어 왔던, 아니, 어쩌면 그보다 더한 모멸과 비난의 말이 쏟아지기를.

그런데 내게 돌아온 것은 전혀 뜻밖의 말이었다.

나는 귀를 울리는 낮은 목소리에 퍼뜩 고개를 들었다.

"좋아해, 함단이."

은지호가 아주 가까이에서 나를 내려다보고 있었다. 그의 두 눈에 담긴 것은 뜻밖에도 내가 기대했던 불신도, 경멸도 아닌 그저 안타까움이었다.

이윽고 정신을 차린 내가 힘없이 웃으며 대꾸했다.

"노력해 준 건 고마운데, 이건 그렇게 말한다고 해서 어떻게 되는 게 아니야. 너 관리자가 애초에 상식을 벗어난 존재란 거 잊었어? 관리자는 사람의 감정이나 기억 같은 것을 자기 것인 양 알 수 있어. 그러니까 네가 설령 관리자 앞에서 그런 말을 한다고 해도…….”

“좋아해, 함단이.”

그때 그가 내 말이 들리지도 않는 것처럼 다시 말했다. 나 참. 어이없어하며 다시금 입을 열려던 나는 문득 그의 얼굴을 보고 놀랐다.

“어, 뭐야. 너…….”

내가 당황한 목소리로 물었다.

“울었어?”

그렇게 말하며 내가 떨리는 손을 들어 그의 눈가에 가져다 댔다.

아까 같이 계단에서 굴러떨어졌을 때는 그가 다쳤는지, 부상은 얼마나 심각한지를 걱정하느라고 그의 얼굴은 제대로 살피지 않았다.

괴로운 듯 두 눈을 꾹 감고 있던 게 고통을 참기 위해서라고 생각했지, 다른 것을 참기 위해서일 거라고는 생각지 못했다.

그때 은지호가 불쑥 내 어깨에 얼굴을 기댔다.

한 손으로는 내 팔을 붙잡고 다른 팔은 내 등 뒤에 두른, 내 기억 속과 똑같은 자세에 나는 숨을 삼켰다.

그때는 석양빛이 우리 주위를 포진하듯이 가득 둘러싸고 넘실거리고 있었지만, 지금 우리를 감싼 것은 빛은커녕 온통 어둠뿐인 비좁은 실내였다.

그리고 그의 입에서 다시 목소리가 흘러나왔다.

나는 가만히 숨을 죽였다.

"그럼 내가, 너를……."

"……."

"내가 조금만 늦었어도, 네가 계단에서 떨어지는 모습을 볼 뻔했는데……. 그러지 않았더라도 저 관리자란 존재에게 너를 잃을 뻔했는데. 그런데 내가……."

내가 도대체 어떻게, 멀쩡할 수가 있겠어. 작게 덧붙인 말 안에서 숨죽여 들끓는 오열이 느껴졌다.

돌처럼 굳어 있던 나는 가만히 손을 뻗어 그의 등을 감쌌다. 그의 몸은 역시나 예상대로 덜덜 떨리고 있었다.

그가 이 정도의 동요를 이토록 오래 숨겨 왔을 줄은 몰랐다. 이때만큼은 문밖 복도를 오가고 있을 관리자의 존재조차 내 머릿속에서 사라지고 말았다.

그리고 내가 천천히 그의 등을 쓸어내리던 찰나, 내 팔을 잡고 있던 손에 더욱 힘을 준 그가 입을 열었다.

"이해가 안 돼. 네가……."

"……."

"네가 내 것이었던 적도 없는데, 너를 잃어버리는 게 이토록 무서울 수 있다는 게…….”

그가 그렇게 말한 순간, 문밖에서 오가던 발소리가 뚝 멎었다.

그러나 나는 그 발소리보다도, 내 앞에서 흘러나오는 목소리에 더욱 귀를 기울였다.

“머리가, 어떻게 돼 버린 것 같아.”

그렇게 말하며 은지호가 감기라도 앓는 것처럼 열이 뜨끈하게 오른 이마를 내 어깨에 기댄 순간, 나는 똑똑히 들었다.

길이라도 잃은 것처럼 문밖을 서성이던 발소리가 갑자기 뚝 멈췄다. 그러더니 발소리는 그대로 방향을 돌려서, 단 한 번의 머뭇거림도 없이 그대로 멀어지고 말았다.

복도 건너편으로 사라지는 소리에 한참 동안 귀를 기울이던 나는 다시 앞을 보았다. 내 어깨에서 어느새 이마를 떼어 낸 은지호가 내내 눈이 마주치길 기다렸다는 것처럼 나를 보고 있었다.

나와 눈이 마주치자마자 그가 말했다.

“좋아해, 함단이. 어떻게 말하면 믿을지 모르겠는데, 정말로……. 네가 다치지 않았으면 좋겠어. 죽지 않았으면 좋겠어. 사라지지 않았으면 좋겠고…… 이런 말 할 자격 없다는 걸 알지만, 다른 사람한테 가지도 않았으면 좋겠어.”

무겁고 절절한 그의 고백 앞에 나는 그저 한참을 말문이 막혀 있었다.

나를 차가운 말로 내치던 건 언제고, 이제는 숫제 매달리는 듯한 태도라니. 하지만 그의 이 말이 거짓이라면 관리자는 궁지에 몰린 나를 두고 코앞에서 돌아가진 않았을 것이다. 그렇다면 지금 이 말이 전부 진심이라는 건데.

그럼에도 석연찮음을 이기지 못한 나는 입을 열었다가, 다시 닫았다가, 끝내 고개를 끄덕이고 말았다.

은지호는 비로소 안도한 듯한 얼굴로 나를 다시 품에 안았다. 그의 머릿속에서는 좀 전까지 우리를 뒤쫓던 관리자의 존재마저도 잊힌 듯했다. 나를 앞으로 닥쳐올 모든 시련에서 보호하기라도 하겠다는 양, 단단히 안아 오는 그를 마주 안으며 나는 생각했다.

그래, 이것이 그와 나 사이에 최선의 결말인 건 어쩔 수 없겠지. 그는 오랜 시간 부정했지만 끝끝내 나에 대한 마음을 인정했고, 그로 인해 나는 비로소 이 세계에서 온전히 살아갈 권리를 얻었으니까. 그리고 그가 나만이 기억하는 과거의 기억들을 되찾는 일은 결코 없겠지…… 그것이 불가능하다는 것은 이미 앞선 일들로 인해 몇 번이나 확인되었고.

거기까지 생각한 나는 작게 한숨을 토했다.

그러니 네가 나를 잊지 않겠다는 마지막 약속을 끝내 어겼다고 해도, 나는 그런 너를 이해하고 받아들여야만 할 텐데.

그렇게 중얼거리며 나는 그와 마주 안은 손에 남몰래 힘을 주었다.

그런데 왜 이렇게 마음 한구석이 비참하고 공허한지 모르겠어.

마치 너와 둘이 있는데도 혼자 있는 것만 같아. 심지어 너와 마주 안고 있는 지금조차.

그리고 그로부터 얼마 안 가, 은지호의 연락을 받고 찾아온 사람들이 우리를 발견했다.

그때 나는 이미 기력을 거의 다 소진해 반쯤 기절해 있다시피 했고, 은지호 역시 상태가 그리 다르지 않았다.

바닥에 누워 바라본 교실 천장을 마지막 장면으로 나는 정신을 잃었다. 잠에 빠지는 내내 내 귓가엔 어렴풋한 사이렌 소리가 계속해서 맴돌았다.

* * *

내가 다시 눈을 떴을 때는 삼 일이나 지난 시점이었다. 당연한 말이지만 내가 눈을 뜬 곳은 한울 그룹 병원의 병실 중 하나였다.

내가 눈을 뜬 것을 보자마자 눈물을 쏟는 엄마 아빠를 시작으로 나는 다소 어리둥절하게 세상과 재회했다.

한동안은 가까운 친척과 경찰들을 비롯한 여러 방문객을

맞이하느라 정신이 없었다.

그러는 와중 친구들은 한 명도 병문안을 오지 않는 것이 의아해서 물어보았더니, 지금 나와 관련된 사건으로 인터넷이 떠들썩해서 출입이 통제되고 있다는 대답이 돌아왔다. 그 대답을 듣고 나는 입을 떡 벌렸다.

알고 보니 내 사건은 고3의 비극, 수험생 스트레스가 일으킬 수 있는 극단적인 사건으로 방방곡곡에 퍼진 모양이었다.

그나마 피해자인 내 신변은 네티즌에게서 보호되었지만, 가해자인 최유리의 경우에는 그렇지도 못한 모양이었다.

게다가 범인인 최유리가 어째서인지 도주하지도 못하고 기절한 채 소현 고등학교 계단에서 발견된 것도 희대의 미스터리가 되었는데, 나만은 그 이유를 대강 눈치채고 있었다.

보나 마나 나를 죽이러 온 관리자와 마주쳤던 거겠지, 뭐.

당시 나를 납치하여 죽이려다가 실패한 직후였던 최유리로서는, 부하인 줄 알고 다가갔던 남자에게 얼굴이 없는 것을 보고 자기를 단죄하러 온 악마나 저승사자, 뭐 그런 걸로 여겼을 법도 했다.

아무튼 내게 나와 최유리의 사건이 유명해졌다는 얘기를 전한 사람들은 직후, 조심스럽게 내 표정을 살피며 내가 혹시 경기라도 일으킬까 염려하는 눈치였다.

하지만 나로 말할 것 같으면 아주 괜찮았다. 체육 대회

때 영상 찍혀서 거의 백만 뷰를 달성한 적도 있는데, 뭐. 그것도 하필이면 경기 도중 물에 풍덩 빠지는 영상으로. 그때 비하면 양반이지, 뭐.

그렇게 나의 예상외로 관대한 반응에 사람들 모두가 아리송한 표정을 짓고 떠나간 뒤, 마침내 하루 이틀이 더 지나고서야 학교 친구들이 병문안을 왔다.

내가 전혀 아프지 않다는 말까지 전해 들었는지, 그들은 커다란 초코 케이크와 함께 등장했다.

"와! 케이크!"

내가 아픈 기색 없이 곧바로 일회용 포크의 포장을 뜯는 것을 보며, 맞은편 침대에 걸터앉은 윤정인이 어이없다는 듯한 표정을 지었다.

"이야, 이거 진짜 사기꾼이네. 그래도 병원에 계속 입원해 있어야 한다기에 걱정했는데 정말 하나도 안 아파 보이잖아. 너 도대체 왜 병원에 계속 있는 거냐? 너도 학교에 와서 우리하고 같은 고통을 계속 당해야지."

그렇게 말하며 언뜻 괴로운 표정을 짓는 윤정인은 어느 모로 보나 수능 50일 남아서 괴로워하고 있는 훌륭한 고3이었다.

하지만 나는 그의 말을 듣고 빙글빙글 웃고 있던 표정을 집어치우며 포크를 내려놓았다.

내가 토라진 말투로 말했다.

"아, 나 안 먹어."

"엥? 왜 갑자기?"

"취재진이 학교 앞에 진을 치고 있어서 수능 50일 남았는데 학교에 가지도 못하는 내가 불쌍해, 아니면 학교에서 멀쩡히 수업 듣는 네가 더 불쌍해?"

"완전 죄송합니다……. 죄인을 초코 케이크 참형에 처하소서……."

윤정인이 그렇게 말하기가 무섭게 각각 포크와 나이프로 초코 케이크를 시원하게 퍼낸 김 쌍둥이가 그것을 윤정인의 양 볼에 펴 발랐다.

설마 진짜로 할 줄은 몰랐던지 윤정인은 당장 그 자리에서 펄쩍 뛰며 성질을 냈다. 이윽고 윤정인도 반격을 위해 분연히 초코 케이크를 퍼내면서 본격적인 전쟁이 시작되었다.

나는 어느새 초코 케이크를 각자의 얼굴에 펴 발라 주려는 이들로 난리가 난 병실을 어두운 눈으로 바라보다가, 거의 바닥만 남은 케이크를 냠 하고 먹었다. 어쨌든 꽤 유명한 제과점에서 사 왔는지, 초코 케이크는 정말로 맛있었다.

그 틈을 타 내 옆으로 다가온 루다가 침대에 한 다리를 슬쩍 걸치고 걸터앉았다.

"루다야."

내가 그렇게 말하며 반갑게 웃자, 잠시 얼굴이 달아올랐던 루다는 주위를 휘휘 둘러보더니 내 귀에 입술을 가까이

하며 속삭였다.

"이런 쥐가 다 파먹은 것 같은 케이크 말고, 내가 침대 아래에 숨겨 둔 거 있으니까 이따가 애들 다 가면 그거 꺼내서 먹어."

"와, 진짜? 고마워!"

"내가 이 멤버로 케이크를 사 온다고 했을 때부터 이럴 줄 알았지."

자신의 예상이 맞아떨어진 것이 몹시 뿌듯한 듯 의기양양하게 웃던 루다는, 이윽고 병실을 가르며 터져 나온 윤정인의 외침에 안색이 창백해졌다.

"야! 나 말고 이루다 먼저 털어라! 저 배신자는 이 병실 도착하자마자 함단이 침대 밑에 뭐 숨기더라!"

"내, 내가 언제! 증거 있어?!"

일단 버럭 외쳐 놓고서도 루다는 곤란한 듯 입술을 깨물었다. 그런 그의 표정을 놓치지 않은 윤정인이 다시 외쳤다.

"증거는 무슨! 함단이 침대 밑 뒤져 보면 나오는 게 증거지."

"나, 남의 침대 밑을 왜 뒤져? 변태냐?"

"아니, 여기에서 변태가 왜 나와? 너 이제 와서 한국말 어색한 컨셉 밀기에는 너무 늦지 않았냐?"

윤정인과 이루다가 박 터지게 싸워 대는 사이, 김혜우가 '이루다가 침대 밑에 시체를 숨겼어도 반 친구의 입장으로 그냥 넘어가 줘야지!'라고 외치는 바람에 한바탕 웃음이 터졌다. 물론 그 뒤에 김혜우는 제대로 화난 루다에게 뒤통수를 한 대 얻어맞아야 했지만.

윤정인 무리가 한바탕 난리를 치고 떠나고 나서야 비로소 평화가 찾아왔다. 그로부터 몇 시간 뒤, 은지호를 제외한 나머지 사대천왕과 반여령이 병실 문을 열고 빼꼼히 모습을 드러냈다.

아직도 떠들썩한 공기가 떠도는 것 같은 병실 안을 어리둥절한 눈으로 휘휘 둘러본 반여령이 물었다.

"웬 단내가 이렇게 심해?"

아, 그 문제였군. 떠들썩함이 아니라 케이크의 잔상이 남은 거였어.

그리고 나는 웃으며 그들에게 들어오라고 손짓했다.

"이리 와. 너희도 밥 안 먹은 거면 같이 케이크 먹자."

나는 이미 앙상하게 뼈만 남은 초코 케이크를 저 멀리 치워 두고 루다가 침대 밑에 넣어 두고 간 새 케이크를 꺼냈다.

루다 성격상 당연히 작진 않을 거라고 예상했지만, 거의 홀 케이크와 가까운 사이즈를 보고 나는 루다가 나를 저와 같은 대식가라고 오해한 걸까 잠시 고민했다.

윤정인 무리와 마찬가지로 정규 수업 시간이 끝나자마자 다들 저녁도 거르고 뛰어왔으니 몹시 배가 고플 만도 했건만, 아무도 케이크 따위에는 관심이 없는 모양이었다.

대신 유천영은 포크를 나눠 주는 내 앞머리를 쓸어 넘기며 말했다.

"정말 괜찮아?"

전혀 다치지 않았다는 내 말을 이미 들었으면서도, 보이지 않는 곳에라도 흉터가 남진 않았을지 진심으로 걱정하는 눈치였다.

나는 그저 눈을 내리깔며 난처하게 웃었다.

물론 내가 납치당했다는 말에 그들이 받았던 충격은 몹시 컸을 테지만, 글쎄. 내가 이미 과거에 그들과 엮여 납치를 비롯한 오만 가지 사건을 겪은 탓에 별로 아무렇지도 않다고 말할 순 없는 노릇이었다.

오죽하면 내가 그 와중에도 침착함을 잃지 않고 말로 시선을 끌어서 자력 탈출했겠냐고. 인터넷 소설 6년 차가 이렇게나 대단하다니까.

그러던 나는 모두 걱정스러운 표정을 짓고 있는 가운데, 주인이 혼자만 가라앉은 눈빛으로 생각에 잠긴 것을 발견하고 흠칫했다. 설마, 내가 이렇게 아무렇지도 않은 게 내가 그들이 기억하지 못하는 과거에도 납치당한 적이 있기 때문이라는 걸 눈치챈 건가? 물론 몹시 눈치가 빠른 주인이의 특성상 그럴 가능성은 충분하지만. 게다가 그는 이전 세계에서는 은지호가 먼저 내게 고백했다는 것도 알고 있었고.

우리 중에서 가장 분위기를 바꾸는 데 능한 주인이마저 조용해지자 병실 안은 점점 더 깊은 침묵 속으로 빠져들었다. 안 돼, 오랜만에 만나는 건데 이런 분위기로 둘 수는 없어! 마음이 급해진 나는 환자복에 덮여 있던 발목을 살짝 걷어 보였다.

"봐 봐, 나 진짜 괜찮아. 다쳤던 곳이라고는 발목 살짝 접질렸던 것밖에 없다니까? 그것도 내가 계단에서 발을 헛디뎌서야. 당장 걷지 못할 만큼 심각한 것도 아니었고. 치료도 안 받았는데 바로 나을 정도였으니까."

유천영이 여전히 걱정스러운 얼굴로 중얼거렸다.

"그래도 정신적인 부분을 포함해서……."

"아, 거참. 누가 보면 우리 그동안 연락 안 한 줄 알겠다. 하루에도 영상 통화를 수십 번이나 했으면서."

"수십 번까진……."

억울하다는 표정으로 투덜거리는 유천영에게서 고개를 돌린 나는 간이 식탁 위에 올려놓았던 딸기 케이크를 바라보았다. 진작 꺼내 놓았는데도 아무도 손을 대지 않자, 케이크 위에 예쁘게 박힌 딸기도 차차 윤기를 잃고 있었다. 재빨리 케이크를 포크로 한 움큼 떠낸 나는 그것을 주위에 권했다.

"여령아, 아 해, 아."

"너 납치당했다는 말 듣고 처음 보는 건데, 입에 뭐가 들어갈 리가……."

억울하다는 얼굴로 항변하던 반여령은 내가 계속 들이대

자 결국 어쩔 수 없이 입을 벌렸다. 입을 오물거리는 그녀의 표정이 차차 밝아졌다. 그야 그렇겠지, 입맛이 꽤 까다로운 루다가 사 온 케이크인데.

그렇게 생각한 나는 때마침 가까이 있던 유천영의 입에도 케이크를 퍼서 먹여 주었다. 그 또한 마뜩잖은 표정을 짓고 있었으면서도 순순히 받아먹었다.

그때 여령이가 유천영을 향해 조금 비웃는 표정으로 말했다.

"단이 나한테는 딸기 있는 부분 줬는데."

그에 아무렇지 않은 얼굴로 입가의 생크림을 훔친 유천영이 대꾸했다.

"괜찮아. 난 딸기 싫어해."

"딸기를 주는 건 단이한테는 사랑한다는 뜻이거든?"

"여령아, 그거 아니니까 진정해."

그렇게 말한 나는 그 말을 들은 즉시 유천영이 딸기를 찍어 내게 내미는 바람에 그것을 사양하느라 곤욕을 치렀다.

그래도 그 덕분에 그런 우리 모습을 보며 은형이가 병실에 온 이후 처음으로 웃음을 터트렸고, 주인이 또한 킥킥거리며 웃었다.

그리고 우리는 비로소 본격적으로 대화를 나누기 시작했다. 내가 납치당한 것에 대한 얘기가 가장 많이 오갈 줄 알았지만, 뜻밖에 이들은 그 사건에 대해 얘길 꺼내는 것조차 조심스러워했다.

하긴, 게다가 내 납치 사건은 말하자면 명확한 인과 관계가 있다기보단 오히려 우연에 더 가까웠을 테니까. 그 사건의 이유를 정확히 파악하고 있는 것은 아마도 나와 은지호, 그리고 주인이뿐이다.

그래서 우리의 대화는 주로 수능을 한 달 남기고 달라진 우리 반 분위기에 집중되었다. 그 얘기를 듣다 말고, 내가 불쑥 물었다.

"아, 그러고 보니."

"응?"

하나같이 의아한 표정을 짓는 그들 앞에서 내가 말했다.

"은지호는 진짜로 안 왔네. 안 올 거라고 듣기는 들었지만."

내가 그렇게 말하자, 반여령과 나머지 사대천왕이 복잡한 얼굴로 잠시 시선을 교환했다.

그들도 은지호가 내가 발견될 당시 사건 현장에 같이 있었다는 것과(반여령은 은지호가 분명히 범법을 저질렀을 거라 주장했다. 물론 사실이었지만, 나는 함구하는 쪽을 택했다.), 그가 내게 고백했다는 것 정도는 전해 들어서 알고 있었다.

물론 나는 당시에 그럴 정신도 여유도 없었기에 고백에 대답하지는 않았지만, 내 대답이 무엇일지는 다들 이미 짐작한 눈치였다.

문제는 정작 내게 고백한 당사자가 내가 깨어나고 벌써 사흘 동안이나 모습을 드러내지 않고 있다는 점이었다.

다행인지 불행인지, 그것은 비단 내게만 해당되는 사실은 아니었다.

나는 어느새 자습 시간이 되어 다시 잠잠해진 핸드폰을 보며 물었다.

"은지호 걔, 요즘 정말 학교에도 안 나와? 너희한테도 아무 연락도 없고?"

"응. 나 걔가 학교 빠진 건 중학교 때 이후로 처음 봤어……."

여령이가 혼란스러운 얼굴로 답했다.

은형이도 걱정스럽긴 하지만 애써 우리를 안심시키려는 듯한 표정으로 말했다.

"음, 그 당시에 다친 곳도 없었고, 아픈 곳도 딱히 발견되지 않았다고 하니까. 집안 사정 같은 게 있는 게 아닐까? 왜, 지호도 이제 곧 성인이니까, 지호네 아버지께서 슬슬 회사 일에 참여시켜야겠다는 생각을 하셨을 수도 있지……."

"으음…… 하지만 아직 졸업도 안 했는데?"

그렇게 말한 여령이가 나를 바라보았다. 뭔가 아는 거 있냐는 듯한 그녀의 눈빛에 나는 말없이 고개만 내저었다.

그리고 나는 시선을 떨어뜨려 방금 내가 화면에 띄워 둔 은지호의 메시지를 보았다.

[은지호 : 아버지와 상의해서 나예리와 약혼 문제 정리하고 올 테니까 기다려. 그 외에도 이것저것.]

그에게서 왔던 메시지는 이게 다였다.

발신일은 그와 내가 병원으로 옮겨진 바로 다음 날.

그걸 보면 그는 역시 나보다 먼저 깨어났고, 의식도 온전히 되찾았다는 건데.

그런 마당에 그에게 내가 깨어나는 것을 기다리는 것보다도 더 중요한 문제가 있다니?

나는 얼굴을 살짝 찌푸렸다.

은지호가 정말로 마지막으로 말했던 대로 나를 진심으로 좋아하게 되었다면, 이런 일은 말이 안 되지 않나? 그러다 말고 나는 설레설레 고개를 내저었다. 아니야, 이 무슨 유치한 생각……. 게다가 은지호의 진심은 관리자가 돌아간 것을 통해 이미 증명된 거잖아.

그때 왠지 모르게 집요한 시선이 느껴져서 고개를 들자, 은형이의 옆에서 주인이가 나를 향해 애원하는 듯한 눈빛을 보내고 있었다. 마치 나와 단둘이 남아 얘기하기를 간절히 바라는 듯한 눈빛이었다.

나는 그것을 이제야 눈치챈 것을 미안해하며 은형이를 돌아보았다.

"얘들아. 나 단 걸 계속 먹어서 그런지 목이 좀 마른데……."

"아, 빈손으로 올 수는 없으니 주스 세트 사 왔어, 단아. 주스 마셔."

그렇게 말하며 은형이가 내민 것은 내용물이 100퍼센트 과즙임음을 당당히 밝히는 문구가 쓰인, 나무랄 데 없이 훌륭한 문병 선물이었지만 나는 애써 그의 시선을 피했다.

내가 다시 말했다.

"아, 고, 고마워. 그런데, 난 그게 아니라 다른 게 먹고 싶은데. 음, 예를 들면……."

뻔뻔한 내 요구를 듣고도 은형이는 얼굴을 찡그리거나 뭐라고 타박하기는커녕 그가 올 때부터 들고 왔던, 지금은 협탁에 올려진 과일 바구니를 끌어당기며 물었다.

"그럼 내가 과일 깎아 줄게. 뭐 먹을래, 파인애플?"

"우와, 은형이 너 파인애플도 깎을 줄 알아? 멋있다…… 아니, 이게 아니라."

왠지 모르게 경쟁심 어린 표정을 짓는 여령이를 본 나는 황급히 말을 바꿨다.

"나 이온 음료 마시고 싶은데 좀 사 와 줄 수 있어? 여기 병원 아래 마트에서!"

"그야 어렵지 않지. 다른 건 더 필요한 거 없어?"

"음…… 그 외엔 괜찮아! 여령이랑 유천영, 너희도 어서 가서 먹고 싶은 거 골라 와."

"우리?"

갑자기? 떨떠름해하는 그들을 나는 온갖 말을 덧붙여 가며 애써 문밖으로 쫓아냈다.

그러고 나서야 나는 마침내 홀로 남은 주인이를 돌아보았다. 내가 이마의 땀을 닦으며 인사했다.

"안녕, 주인아."

"엄마."

그렇게 말하는 그의 얼굴엔 여전히 옅은 수심이 깔려 있었다.

한편, 그는 아직도 '엄마'라는 호칭을 입에 담는 것에 다소 어색함을 느끼는 모양이었다. 그에게 이제까지의 기억이 없다면 그러는 것도 무리는 아니라서, 나는 그저 고개만 끄덕이고 그를 다시 보았다.

내가 가까이 오라고 손짓하자, 마치 사람을 경계하는 야생 동물처럼 주춤거리던 그가 가까이 다가와 걸터앉으며 말을 꺼냈다.

"엄마……. 엄마가 납치란 큰 사건을 겪었는데도 불구하고 그렇게나 태연할 수 있는 건, 엄마가 이미 그 일을 겪어 본 적이 있기 때문이야? 그것도 우리한테 휘말려서?"

아, 역시나. 그의 어두운 표정의 원인은 역시 그것이었던 모양이었다.

나는 그저 머쓱한 웃음을 지으며 대답했다.

"뭐, 그렇긴 한데…… 그때는 상황이 조금 더 심각하긴 했지만, 나 혼자 납치당한 게 아니라 여령이가 같이 있어 줘서 심적으로는 더 나았거든. 물론 얼떨결에 나랑 같이 납치당한 여령이는 자다가 날벼락 맞은 심정이었기는 했겠지만."

"여령이까지?"

더더욱 복잡한 표정이 된 그에게 나는 애써 가볍게 웃으며 대꾸했다.

"응, 이전 세계에서는 그 사건이 너희한테 거의 트라우마가 되는 바람에 말을 못 했는데, 사실 그때 상황 나한테는 진짜 웃겼어. 최유리가 나랑 여령이를 미끼로 은지호를 불러내려고 했거든? 그런데 여령이는 은지호한테 절대 오지 말라고 하긴커녕 얼른 오라는 둥, 네가 오면 너를 밧줄로 묶어 놓고 역지사지 체험하게 할 거라는 둥……."

내가 키득키득 웃으며 속없이 하는 말에 주인이는 처음에는 어처구니없다는 표정을 짓고 있다가도, 입가에 점차 미소를 떠올렸다.

그것도 잠시, 그는 내 말이 끝나자마자 다시 어두운 표정을 짓더니 말했다.

"엄마는 진짜 우리 때문에 별 고생 다 하고 살았네. 평생 한 번도 안 해 봐도 되었을 일들, 우리 때문에……."

"뭐? 아니야, 아니야. 별 고생도 아니었어. 지금 내가 얘기하면서 웃는 거 안 보여? 나……."

나한테는 그저 다 소중하고 즐거운 추억이라고, 웃는 내 얼굴을 가리키며 그렇게 말하려던 나는 다음으로 들려온 그의 말에 굳어 버렸다.

"엄마……. 엄마는 우리에 대한 기억을 다 지워 버리고 싶었던 적 없어?"

"……."

"나라면 분명 그랬을 것 같은데."

주인이가 눈을 내리깔며 평온한 얼굴로 덧붙였다. 그러나 그의 목소리에 담긴 것은 분명 평온함이 아닌 떨림이었다.

"비록 천영이를 살리는 대가로 엄마에 대한 기억을 우리 모두에게서 지우기로 한 게 엄마 스스로 한 선택이었다고 해도…… 그건 우리와 분명히 다시 친해질 수 있다고 생각했기에 그렇게 했던 걸 거야, 맞지?"

"……."

"물론 여령이나 은형이, 천영이처럼 엄마에게 곧바로 호의적으로 반응한 애들도 있었지만…… 나나 은지호는 아니었지. 게다가, 우리 둘이 엄마를 수상하게 여기게 되면서 내뱉은 말들은 거의 폭언에 가까웠어. 그런데도 엄마는……."

말을 잇기 힘겨운 듯 잠시 입술을 꾹 깨물었던 그가 다시 내뱉었다.

"그런데도 엄마는, 그저 다시 친해져 줘서, 가까워져 줘서 고맙다는 말뿐……."

그러더니 그는 뭔가를 결심한 것처럼 다시 말을 꺼냈다.

"엄마. 엄마만 괜찮다면……."

"주인아."

내가 주인이의 말을 자르자, 그는 고개를 들어 조금 젖은 황갈색 눈동자로 나를 바라보았다.

아무렇지 않게 웃어 보인 내가 말을 이었다.

"네가 무슨 생각 중인지는 알 것 같지만, 난 이대로도 괜찮아. 너희들이 나를 기억하지 못하고 나만이 모든 일을 기억하는 상태가 계속된다고 해도."

"그치만……."

"언젠가 기회가 되면 말을 꺼내 보긴 할 테지만, 다들 믿어 주지 않는다면 그걸로도 괜찮아."

그 말을 들은 주인이가 충격에 젖은 얼굴로 떠듬떠듬 물었다.

"왜? 어째서……?"

이런 반응으로 보아, 그는 내 대답을 듣기 전에 이미 어떤 결심을 내렸던 게 틀림없었다. 그리고 그 결심은 분명 그에게 있어 큰 희생과 각오를 수반하는 것이었으리라.

그의 말을 끊길 잘했다고 생각하며, 내가 다시 말했다.

"비록 너희에게는 없는 기억이라고 해도, 내가 그걸 기억함으로써 너희를 더 좋아할 수 있는 거잖아. 그리고 너희는 누군가 너희를 좋아하면 더 좋아할수록, 그만큼 더 보답해 줄 수 있는 애들이고."

"……."

"그런데 너희를 더 좋아하는 게 어떻게 나한테 짐이고, 불행이 될 수 있겠어?"

"엄마는……."

내 말을 모두 들은 주인이는 입술을 잘근잘근 씹더니, 무릎 위로 떨리는 손을 꽉 쥐며 다시 입을 열었다.

"엄마는 정말…… 대단한 사람이야."

"아니야."

"어떻게 그 모든 일을 겪고서도, 게다가 잊히기까지 하고서도 우리 곁에……."

"그거야, 내가 그때 너희 의견을 구한 것도 아닌데 뭐. 그때 너희와 내가 연락을 주고받을 수 없었던 상황이긴 했지만, 어쨌건 나는 내 독단으로 너희 기억을 지운 거야. 그건 미안하게 생각해."

허심탄회하게 웃으며 말하는 내게 그는 고개를 내저어 보이며 뚝뚝 눈물을 떨구었다.

"아니야. 아니야, 엄마……."

고개 숙여 그와 시선을 맞춘 내가 빙긋 웃으며 다시 말했다.

"하지만 내가 원해서 너희의 기억을 지운 게 아니라 어쩔 수 없이 그랬던 것처럼, 너희도 기억해 내지 않고 싶어서 기억해 내지 못하는 게 아니잖아. 그렇지?"

그제야 주인이는 눈물을 닦아 내더니 작게 고개를 끄덕

이며 내 말에 답했다.

“응, 맞아……. 엄마와 함께했던 시간들은 정말로, 무슨 일이 있어도 잊고 싶지 않았던 순간이었을 거야.”

그가 손으로 젖은 눈가를 문지르며 말을 이었다.

“왜냐하면, 지금조차 그런데…….”

나는 그의 고개를 내게로 끌어당겨 말없이 안았다.

잠시 머뭇거리던 그는 결국 내 어깨에 서투르게 머리를 기대더니, 한참을 그대로 가만히 있었다.

* * *

병원 지하 마트까지 다녀온 은형이와 여령이, 유천영이 도착하자, 주인이는 재빨리 손등으로 눈물을 훔치고는 내 품에서 떨어졌다.

그의 눈가가 벌게진 것을 본 세 사람은 고개를 기웃거리다가도, 우리가 의미심장한 미소만 짓자 말할 만한 화제가 아닌가 보다 하고 생각했는지 재빨리 화제를 돌렸다.

병실에 갇혀 있던 나에게는 달리 새 소식이랄 게 없었기에 대화는 이번에도 주로 네 사람을 중심으로 진행되었다.

내 옆에 걸터앉아 최근 나 없는 학교생활이 얼마나 쓸쓸했는지를 토로하던 여령이가 갑자기 내 어깨에 불쑥 머리를 기대더니 말했다.

"그래서 말인데 단아, 대학 가면 우리 같이 살면 안 될까?"

"응?"

이렇게 갑작스러운 동거 제의라니? 식은땀이 내 목덜미를 타고 흘렀다. 최근 병실에서 드라마를 켜 놓고 보다가 이 비슷한 대사를 들어 본 것 같기도 하고…… 그러니까 연하 박력남에게서.

내 어깨에 더더욱 무게를 실은 여령이가 말을 이었다.

"아니, 왜냐하면, 우리 대학 가면 밤늦게까지 술도 먹고 놀기도 할 거잖아. 우리 같이 살면 그럴 때마다 내가 너 마중도 나가고, 참 좋을 것 같은데……."

괜히 말꼬리를 늘이며 그렇게 말하던 여령이가 여전히 내 어깨에 기댄 채 눈만 치켜떠 나를 바라보았다.

여령이는 고양이같이 눈매 끝이 살짝 치켜 올라간 눈매라 이러면 사나워 보일 수도 있는데, 어쩌면 이런 각도에서도 한결같이 예뻐 보이는지 참으로 의문이었다.

그녀의 애절한 눈빛에 나는 차마 안 된다고 말하지는 못한 채 결국 보류란 대답을 내놓았다. 그에 활짝 웃은 여령이는 행복한 표정으로 다시 내 어깨에 머리를 기댔다.

그러나 그녀의 행복은 오래가지 않았다. 밤 열 시가 되어 이들이 슬슬 집에 돌아갈 시간이 되었을 즈음, 부모님께 내 병실에서 잔다고 허락을 받은 김 쌍둥이가 이곳을 찾아온 것이다.

어디까지나 두 사람이 원래부터 나와 살고 있었기에, 즉 자취하고 있었기에 가능한 일이었다.

그들이 오늘 내 병실에서 잔다는 말을 들은 여령이는 하늘이 무너진 듯한 표정으로 자기도 자고 가겠다고 말했지만, 엄마와 몇 번 통화해 보더니 몹시 침통한 표정으로 병실을 나섰다.

그 이후에도 나는 자꾸만 의심 섞인 눈으로 김혜우를 힐끗거리는 유천영이나, 내 손을 잡고 병실 안전 수칙을 늘어놓는 은형이 때문에 진땀을 뺐다.

그들을 간신히 배웅하고 나서야 나는 병실로 돌아와 '너 평소에도 그러고 살았어?' 하고 묻는 눈빛으로 이쪽을 응시하는 김 쌍둥이에게 어색하게 웃어 보였다.

복도를 제외한 모든 불이 꺼지고, 문틈으로 스며드는 은은한 빛만이 전부인 병실에서 나는 김 쌍둥이에게 관리자에 관한 얘기를 처음으로 털어놓았다.

그들은 그 얘기를 듣고 처음에는 놀랐고, 조금 뒤에는 분노했고, 끝내는 슬퍼했다.

지금은 관리자가 더는 날 노리지 않는다는 것까지 얘기를 끝내자, 이불 위에 있던 내 손을 움켜쥔 김혜힐이 조용히 말을 꺼냈다.

"그래……. 네가 나라도 말을 못 했을 것 같긴 해."

"으응……."

"그도 그럴 게 그 조건이, 다른 무엇도 아니고 '그들과 예전 사이를 회복할 것'이라면……. 게다가 내가 아는 한, 너는 언제나 그 애들을 되찾으려고 최선을 다해 왔잖아. 아마 관리자 같은 존재가 없더라도 그랬을 거야. 내 말이 맞지?"

낮고 부드러운 물음에 나는 작게 고개를 끄덕였다. 그러자 그녀가 다시 말했다.

"이제야 알게 돼서 슬프지만, 이제야 알게 된 게 다행이기도 해. 만약 이 일이 전부 해결되기 전에 알게 되었더라면, 네가 너무 걱정돼서 아무것도 못 했을 거야."

그렇게 말하고 정말로 안도했다는 듯, 입꼬리를 미미하게 끌어 올리는 그녀를 물끄러미 보던 나는 대뜸 그녀의 품 안으로 파고들어 안겼다. 김혜힐도 두 팔로 나를 꼭 안아 주었다. 침대에서 조금 떨어진 곳에 의자를 놓고 앉아서 얘기를 듣던 김혜우가 그런 우리의 등을 번갈아 토닥였다.

마침내 관리자 얘기가 끝나자, 다음으로 나는 은지호에 대한 일도 털어놓았다. 그와 내 사이가 어떻게 진전되었고, 어떻게 위기를 맞았으며 결국에는 어떻게 마무리되었는지.

눈도 거의 깜빡이지 않고 내 말을 듣던 김 쌍둥이는 내 얘기가 끝나자마자 한 명씩 내뱉었다.

"그걸 그냥 받아 줘?"

"반성문 정도는 써 오라고 해."

어쨌건 은지호의 고백이 진심이 아니었음은 의심하지 않는 투였다. 나는 대강 그들이 우리 사이를 인정했다고 생각하기로 하고 말을 이었다.

"문제는 그다음이야."

나는 무심코 핸드폰을 손안에 굴리며 말을 이었다.

"병원에서 깨어나 보니까 약혼 문제는 알아서 정리하겠다고 메시지를 보내 뒀더라고. 내가 아직 고백에 대한 답을 하기도 전인데 말이야."

"응."

"그런데 막상 그러고 사라져서 그 뒤로 아무런 연락이 없더라고."

왜 그런 걸까? 내 진지한 물음에 김혜힐이 고개를 기웃하며 말했다.

"그러게, 이상하긴 하네. 네가 깨어나기 전에 이미 메시지를 보내 뒀다는 건, 역시 은지호의 부상이 너보다 심하지 않았다는 뜻 아니야? 심리적으로도 멀쩡했던 것 같고."

"아무래도 그렇지."

턱을 쓰다듬으며 고민하던 김혜힐이 불쑥 중얼거렸다.

"약혼 무르겠다고 했다가 회장님께 엄청나게 혼나고, 자기 집 방 안에 지금까지 갇혀 있는 건?"

"에이, 설마. 지금이 무슨 시대인데……."

웃으며 손사래 치다 말고, 루다의 사례를 떠올린 나는 돌연 진지해졌다. 저, 정말 그런 걸까? 이 세계가 인터넷 소설 속이라는 것을 감안했을 때 가능성이 아주 없진 않기도…… 그런 내 모습을 본 김 쌍둥이가 들으란 듯이 내 불안을 부추겼다.

"그래, 어쩌면 은한수 회장님이 은지호를 방에 가둬 두고 꼼짝 못 하게 했을지도 몰라."

"은지호가 침대에서 나오지 못하게 방에 악어를 풀어놨을지도 모르지."

둘의 말에 비로소 놀림당하고 있다는 것을 깨달은 나는 품에 안고 있던 베개를 던지며 '너희 다 나가!' 하고 외쳤다. 제법 박력 있게 날아가 바닥에 나뒹구는 베개를 보면서도 김 쌍둥이는 악동들처럼 그저 키득거리며 웃기만 했다.

원망 어린 눈으로 흘겨보는 내게 김혜힐이 눈을 살짝 접으며 말했다.

"아, 미안. 네 표정에서 진지하게 받아들이는 게 보이니까 놀리고 싶어져서……."

그리고 그녀는 뒤늦게 사태를 수습하려는 듯, 내 어깨를 토닥이며 말을 이었다.

"아무튼 네가 아는 은지호는 한 번 말한 건 무슨 짓을 해서든 지켜 낼 애라며. 내가 보기에도 한 번 정한 걸 무를 것 같진 않아. 걔 성격과 자존심에."

"으응."

"그러니까 조금만 더 믿고 기다려 봐. 늦어도 네가 퇴원할 때 즈음이면 연락이 오지 않을까? 혹시 알아? 정말로 회장님 상대로 단식 투쟁이나 농성이라도 하느라 연락 못하고 있을지."

"에이, 설마."

그렇게까지야. 너털웃음 지으며 손을 내젓던 나는 불쑥 어제 봤던 드라마 내용을 떠올리고 다시 불안해졌다. 반여령을 닮은 연하 박력남이 나오던 드라마에 그런 내용도 함께 나왔던 것 같은데.

그러다 시계를 보고 밤이 깊었음을 깨달은 나는 황급히 김 쌍둥이를 눕혔다. 나야 내일도 학교에 안 가니 늦게 자든 말든 상관없지만 김 쌍둥이는 달랐다.

김혜힐과 김혜우는 각각 내 옆과 보조 침대에서 금세 깊은 잠에 빠져들었지만, 나는 그들이 잠들고 난 한참 뒤까지도 핸드폰 액정의 하얀 불빛을 바라보며 오지 않는 메시지를 기다렸다.

* * *

다음 날, 내가 열 시쯤 느지막하게 눈을 떴을 때는 당연하지만 내 곁엔 아무도 없었다.

사람이 누워 있던 게 언제냐는 듯 텅 비어 있는 간이침대에는 잘 개켜진 이불이 놓여 있었다. 김혜힐의 깔끔한 성정을 알 수 있게 해 주는 대목이었다. 김혜힐과 김혜우의 교복 재킷이며 가방이 놓여 있던 자리도 텅 비어 있었고, 그 위로 오후의 햇살이 반짝반짝 빛났다. 그 모습을 침침한 눈으로 더듬어 보던 나는 마침내 자리에서 일어나 나갈 채비를 했다.

"산책이라도 할까……."

지난 며칠 동안 내내 그래 왔듯이, 애들은 빨라도 수업이 모두 끝나고 자습 시작하는 시간이 돼서야 병문안을 오기 시작할 테지. 그러니까 내가 지금 은지호에 대한 생각을 머릿속에서 떨쳐 내기 위해 할 수 있는 일은 기껏해야 독서나 산책뿐이었다.

나는 두 다리를 차례로 침대 아래로 내려 슬리퍼에 발을 꿰었다. 협탁에 있는 스마트폰을 들고 갈까 말까 하다가, 그냥 내버려 둔 채로 문 쪽으로 향했다. 요 며칠간 스마트폰 중독이라도 걸린 사람처럼 스마트폰을 붙들고 살았으니, 이러다가는 전자파 때문에라도 몸이 망가지겠다 싶었다.

뭘 하는 건지는 모르겠지만, 이제까지 연락 한 통 없는 놈 때문에 내 몸이 상하면 아깝지. 암, 그렇고말고. 입속으로 투덜대며 나는 문을 열어젖혔다. 정말이지, 아무리 인터넷 소설의 남자 주인공이라지만 결정적인 순간에만 나타난다는 단점까지 닮을 필요는 없잖아. 그렇게 중얼거리며,

그리고 다시 고개를 든 내 눈앞에 빛에 하얗게 씻긴 복도를 가로질러 걸어오는 인영이 보였다.

일순 아직 잠든 채로, 가장 바라마지 않던 꿈이라도 꾸고 있는 건가 싶었다.

내가 제자리에 못 박혀 움직이지 못하는 동안, 그는 나를 보았을 것이 분명한데도 놀라는 기색 하나 없이 걸음만 조금 빨리해서 내 앞까지 다가왔다.

코앞에 멈춰 서서야 비로소 나를 향하는 그의 시선에도 나는 어쩔 줄 모르고 몰라 멍하니 있었다. 그것도 잠시, 지난 며칠 동안 내 마음에 독처럼 쌓여 가던 초조함이 어느새 화로 변해 들끓기 시작했다.

이곳이 병원임을 감안해 나는 큰 소리만은 내지 않으려고 애써 마음을 다스렸다. 안 돼, 지금까지 어디서 뭘 하고 있었던 거냐고 외치면…… 그러던 찰나, 갑자기 손을 뻗은 그가 다짜고짜 나를 데리고 함께 병실 안으로 들어왔다.

지금 뭐 하자는 거야? 그렇게 물으려던 나는 은지호의 등 뒤로 병실 문이 탁 하고 닫히는 소리에 새삼 긴장해서 마른침을 삼켰다.

은지호의 얼굴이 마지막으로 보았던 것만큼이나 가까운 거리에 있었다.

오후의 금빛 햇살에도 여전히 창백한 색을 띠는 은색 머리카락과 어딘가 아파 보이는 듯한 얼굴. 거뭇한 눈가까지 그대로인 게 아무리 봐도 예전보다 상태가 좋아진 것 같진 않았다. 결국 그 모습에 내 화도 조금은 누그러지고 말았다.

애는 전에 나를 구하러 왔을 때도 그러더니, 요즘은 또 뭘 하고 다닌 거람. 남을 잠 못 이루게 할 거면 자기라도 맘 편히 자든가…… 누가 내 마음을 읽는다면 틀림없이 콩깍지 소리를 할 생각과 함께 내가 입을 열었다.

"은지호, 너……."

"함단이."

내가 채 말을 끝맺기도 전에 은지호가 불쑥 입을 열었다.

"미안해."

나는 조금의 간격도 두지 않고 그렇게 말하는 그의 얼굴을 빤히 쳐다보았다. 왜 지금 나를 보는 그의 눈빛이, 나를 좋아한다고 울면서 인정하던 그때보다도 더 슬퍼 보이는 건지. 내가 한숨을 쉬며 대체 무슨 일이 있는 거냐고 물으려던 찰나, 그가 다시 말했다.

"그동안 너 혼자 그 모든 일을 겪고, 견디게 해서."

그 말을 들은 나는 비로소 어깨의 힘을 풀며 생각했다. 아, 지난 사흘간 도대체 뭘 하기에 나를 한 번도 보러 안 오나 했더니, 그게 다 자기가 나한테 지금까지 퍼부었던 막말들을 되새기고 있어서였다? 그러고 나니 면목이 없어서 차마 날 보러 올 엄두가 안 났고?

하지만 자기 미안함에 대한 대가를 내 초조함으로 치르게 하다니. 이게 말이 된다고 생각해? 네가 그런 식으로 며칠 간 사라지는 바람에 나는 또 온갖 상상에 밤을 지새워야 했잖아. 그렇게 생각하며 내가 그를 노려보는 그때였다.

전혀 생각지 못한 말이 들려왔다.

"기억하겠다는 약속, 지키지 못해서."

"뭐……?"

"정말로 미안해."

내가 그의 말을 이해하는 것보다도 그의 사과가 더 빨랐다.

멍하니 얼어붙어 있던 나는 말을 마치고 입술을 지그시 깨무는 그의 모습에 간신히 입을 열었다.

"너 설마…… 기억이 돌아온 거야?"

나는 그렇게 물으며 떨리는 손을 그의 뺨에 가져다 대었다.

그의 고개를 돌려 나를 억지로 마주 보게 하려다 말고, 나는 문득 무언가 이상하다는 것을 깨달았다.

그도 그럴 게, 물론 은지호가 과거에 우리가 겪었던 일과 거의 똑같거나 비슷한 일들을 겪으며 어떤 충격으로 인해 기억을 되찾는 것은 과연 내가 그동안 바라 마지않던 일이었지만. 나는 그것이 이론적으로 불가능한 일이고, 단지 내 헛된 희망이고 지푸라기에 불과했음을 얼마 전에야 인정했다.

그럼 도대체 어떻게…….

그러다 말고, 나는 문득 얼마 전에 했던 생각을 다시 떠올렸다.

그것은 다름이 아니라, 한때 관리자에게 위협당해 목숨도 정신도 한계까지 몰렸을 때 내가 떠올렸던 방법이었다. 과거 나를 이 세계로 데려왔던 것과 같은 방법…….

현재 이 세계의 과거와 일치하는 기억을 지닌 나 자신을 다른 세계에서 불러오는 일.

물론 그 과정에서 현재의 내가 얼마나 남을지는 알 수 없었다. 과거 반여령과 비교당하는 것이 괴롭고 반여령을 미워하게 되는 것이 두려워 다른 세계의 나를 불러냈던 '이 세계의 나'처럼, 운이 좋다면 모든 기억을 유지한 채 남을 수도 있을 것이다. 하지만 그렇지 못한다면, 그것은 곧 지금 내 자아의 소멸을 의미했다.

그래도 그것만으로 괜찮다고. 이제나저제나 죽을 거라면 한번 시도라도 해 보는 게 나을 거라고 생각했는데……. 은지호가 나를 좋아하게 되었다는 것을 솔직하게 인정하고, 그로 인해 관리자가 스스로 발길을 돌리면서 그럴 필요는 사라졌다.

그런데 왜…… 그 길을 내가 포기한 지금, 어째서 이번엔 네가…… 나는 그렇게 생각하면서 미간을 한껏 구겼다.

은지호는 나와는 달리 이 세계의 배제 대상이 아니었다. 그의 기억은 지금 이 세계의 것과 비교해 어떤 결함도 없었다. 게다가 그는 미래를 위해서라면 자기감정을 배제하고 불필요한 것을 냉정하게 잘라 낼 정도로, 그 자신과 미래 모두를 중하게 여겼다. 그런데 네가 왜…….

왜 네가 나 대신 이미 사라져 버린 과거 속의 너 자신을 불러온 거야.

그의 어깨를 짚은 채로 끝끝내 고개를 떨구던 나를 이번에는 그가 붙잡았다.

내 턱을 들어 가까스로 시선을 맞추게 하며, 은지호가 물었다.

"네가 전에 나한테 했던 말 기억해?"

"그게 무슨……."

울음이 북받쳐 말을 잇지 못하는 나에게 그가 다시 말했다.

"네가 좋아했던 건 내가 아니라 내가 모르는 사람이라고. 네가 좋아하는 사람은 나인 게 분명한데도, 굳이 그렇게 말했었잖아."

"……."

"네가 그렇게 말한 이유를 나중에야 알았어. 네가 좋아했던 건 지금의 내가 아니라, 내가 기억하지 못하는 과거의 나 자신이었다는 걸."

여전히 우느라 말이 없는 나를 더없이 부드러운 눈길로 내려다보며 그가 덧붙였다.

"네가 좋아하는 건 기억을 잃고 네게 함부로 군 내가 아니라, 너를 좋아하고 그간 함께한 모든 기억을 가지고 있는 나라는 걸."

"……."

"그러니까 너는 내 고백을 받고서도 그런 표정을 지을 수밖에 없었을 거고, 나는…… 과거의 나를 네게 돌려주기 위해선 단 한 가지 방법이 있다는 걸 떠올릴 수밖에 없었던 거겠지."

그 말에 그가 그걸 결심하게 된 경위를 짐작한 나는 얼굴을 일그러뜨리며 숨을 죽였다.

한참 만에 내가 중얼거렸다.

"왜 네가……."

울면서 말하는 나를 보면서도 그는 그저 미미하게 웃었다.

"너를 만나기 전의 나에게 말하면 절대 믿지 않겠지. 내가 이 세계의 것이 아닌 사람과, 이 세계의 것이 아닌 기억을 얻기 위해…… 이 세계에서 사라지는 걸 바라게 될 수도 있게 된다는 걸."

그런 그를 보며 내가 다시 중얼거렸다.

"네 기억을 멋대로 지운 건 나였는데, 왜 네가, 네가 대신……."

내 말이 들리지 않는 것처럼 그는 태연하게 웃으며 말을 이었다.

"한때 내가 감히 말한 적이 있지. 네가 내 미래에 아무런 도움도 되지 않는다면, 너와 함께할 이유가 없다고. 그게 턱도 없는 오만이었다는 걸 이제야 인정해."

그리고 말문이 막힌 내게 그가 마지막 말을 건넸다.

"너를 잃는 것보다는 나를 잃는 게 더 나을 것 같아서, 그러기로 했어."

거기까지 말한 그가 쓰게 웃었지만, 나는 차마 따라 웃을 수가 없었다.

나는 다만 그의 눈을 뚫어져라 쳐다보았다. 그가 혼자서 그런 결심을 내리기까지의 고통이나 고뇌의 흔적이 그 눈 안에 남아 있기라도 할 것처럼.

내가 이 세계에 불려 왔을 때 그나마 평정을 유지할 수 있던 이유는, 이 세계는 어차피 소설 속이니 마음만 먹으면 이 세계의 등장인물들과 무관한 삶을 살 수 있으며, 또한 소설 속 인물에 불과한 이들에게 결코 내 진심을 주지 않아도 된다는 일종의 방종 때문이었다.

그러나 그는 이 세계가 소설이라는 것과 자신이 소설 속 존재에 불과하다는 것, 그리고 그가 기억하는 과거가 모두가 아는 과거와 다르다는 것까지 모두 안 채로 살아가야만 한다.

한때 내가 이 세계에서 안고 살았던 부유감을 그는 나보다 몇 배는 더 되는 크기로, 더구나 나 말고는 말할 사람도 없이 안고 살아가야 한다. 그것이 안 그래도 비상식적인 것을 잘 받아들이지 못하는 그에게 얼마나 큰 혼란이고 충격이 될지.

그런데도 너는…….

내 충격과 비탄이 가득한 시선 속에서도 은지호는 모르는 척 웃으며 나를 끌어안았다.

그는 나처럼 눈물을 흘리거나 울상을 짓는 대신, 옅게 웃으며 속삭였다.

"내 전부가 네 것이 아니면 안 된다던 널 위해, 내 과거와 현재까지도 전부 버리고 왔어. 그러니 이걸로 용서해 줘."

그가 내 손을 잡아 자기 뺨에 기댄 채 말을 맺었다.

"그리고 다시는 나한테서 돌아서지 마. 지금 이 세계에서 나와 같은 과거를 아는 건, 오로지 너뿐이니까."

에필로그(상)

에필로그(상)

수능이 끝나고 약 삼 주 뒤의 몹시 추운 겨울날, 우리는 약속대로 소현 고등학교 옥상에서 모였다.

주말인 데다가 방학이기까지 해서 우리 외의 사람은 눈을 씻고 찾아봐도 없었다.

여령이는 처음에는 내가 혹시나 트라우마성 발작이라도 일으키지 않을까 염려하는 눈치였지만, 내가 장담했던 대로 트라우마는커녕 눈곱만큼의 동요도 보이지 않자 비로소 안심하며 작업에 들어갔다.

추운 것은 둘째 치고 바람이 무척 세기까지 해서, 촛불은 켜면 또 꺼지고 다시 켜면 또 꺼졌다. 급기야는 촛불 백 개에 불이 제대로 붙는 것보다도 라이터 기름이 다 떨어지는 게 더 빠르지 않을까, 그런 걱정에 나는 지금 당장 편의점이라도 다녀와야 하나 고민했다.

아니, 하지만 아직 1월 1일이 지나지 않았으니 우리는 법적 성인이 아닌데, 담배도 못 피우는 나이에 라이터가 왜 필요하냐고 물으면 어떻게 대답하지?

솔직하게 대답하기에는 여령이가 민망해할 것 같은데…… 그러면 거짓말로 '불장난하려고요?' 아니, 아무리 봐도 그쪽이 훨씬 신고당할 사유인데.

그런 고민을 하느라고 나는 내 옆으로 은지호가 다가오는 것도 눈치채지 못했다. 바로 옆에 다가오고서야 인기척을 느낀 내가 고개를 들자, 내게 몸을 숙인 그가 작게 속삭였다.

"지금 저 하트에 불 들어온 모양이 꼭 반여령과 권은형의 미래 같다. 그렇지 않아?"

"하하."

나는 어색하게 웃었다. 옥상 정중앙에 놓인 두 사람 정도가 들어갈 만한 하트를 이루는 촛불에는 불이 딱 절반 정도만 켜져 있었다. 도대체 어떻게 하면 저렇게 될 수가 있는 건지. 달리 할 말이 없어 계속 웃기만 하던 내 귓가에 반여령의 외침이 날카롭게 꽂혔다.

"야! 은지호! 너 말 다 했어?!"

"내가 무슨 말을 했는지 거기에서 들리긴 하냐?"

"보나 마나 또 그런 말 했겠지 뭐! 제발 차여라, 은형이가 아깝다, 나를 평생 감당해야 하는 권은형은 무슨 죄냐 뭐 그런 말들!"

"내가 그렇게 말할 때마다 말도 안 된다고 한 주제에 잘도 기억하고 있는 걸 보면 찔리긴 했나 봐?"

"너 조용히 안 해?!"

반여령과 은지호가 독이 바짝 오른 고양이와 근엄한 척하는 대형견처럼 으르렁 왈왈 정신없이 싸워 대는 동안, 머리끝부터 발끝까지 검은 옷을 입어 멀리서 보면 개미처럼 보이는 유천영은 혼자 부지런하게 촛불에 불을 켜고 다녔다.

물론 그 시도는 여전히 부질없어서, 촛불 다섯 개를 켜면 그중에 셋 정도는 바로 불이 꺼졌지만.

그러는 그의 옆에서 주인이는 홀로 턱을 매만지며 '그냥 LED 촛불 같은 거 사 오면 안 되나?' 하고, 유일하게 상식적인 소리를 하고 있었다. 내가 보기에도 이대로 가면 은형이가 오기로 한 저녁까지도 승산이 없을 것 같은데?

주인이의 아이디어를 거리낌 없이 훔친 나는 당장 그것을 반여령에게 전했고, 그렇게 허락을 얻어 낸 우리는 당장 인근 대형 마트로 날 듯이 뛰어갔다.

그러나 LED 촛불이란 게 생각보다 흔한 물건이 아니었다. 마트 서너 개를 도는 동안 줄줄이 허탕 치고, 결국 빈손으로 돌아온 우리는 다시금 촛불 되살리기에 최선을 다했다. 그러는 내내 은지호가 '나 같은 고급 인력을 이런 데 쓰다니…….' 하고 투덜댄 것은 물론이었다.

반여령은 평소라면 그런 그에게 건방진 말 좀 하지 말라고 충고했을 것이지만, 오늘만큼은 그의 도움이 꼭 필요하기 때문인지 가만히 있었다.

마침내 저녁 8시가 되어, 우리는 고생한 보람이 있게 그럭저럭 예쁘게 반짝거리는 주황 촛불들 속에서 은형이를 맞이할 수 있었다.

"와……."

우리와 함께 먹기 위함인지, 초코 롤 케이크이며 사이다 등, 온갖 먹을거리를 바리바리 싸 들고 왔던 은형이는 눈앞에 펼쳐진 광경을 보고 손에 든 봉지를 툭 떨어트렸다.

과연 나라고 해도 같은 학교 친구들이 잠깐 옥상에서 보자는데, 치킨 시켜 먹는 것 외에 별다른 용건을 기대하지 않을 것 같긴 했다.

더욱 문제인 것은, 그의 뒤에서 은미 또한 두 눈이 휘둥그레진 채 촛불로 만들어진 길 양옆에 사열식 하듯 서 있는 우리와, 길 끝의 촛불로 만들어진 하트 안에서 통기타를 들고 서 있는 반여령을 번갈아 보고 있다는 점이었다.

은미의 눈이 이 이상 커질 수 없을 만큼 커져 있는 것을 본 나는 당장 반여령에게 수신호를 보냈다.

여령아, 빠꾸, 빠꾸. 아무리 그래도 그렇지, 미래의 시누이 앞에서 프러포즈 장면을 고스란히 보일 셈이니?

그러나 공부를 제외한 일에는 수신율이 형편없는 반여령

의 안테나는 오늘도 내 신호를 수신하는 데 실패했다.

그리하여, 우리는 동상처럼 우두커니 얼어 있는 은형이와 은미 앞에서 반여령이 누구에게 하는지도 모를 프러포즈 하는 것을 실시간으로 지켜보게 되었다.

설상가상으로 반여령의 선곡은 아무리 들어도 90년대쯤에 유행하던 멜로디의, 아빠 덕에 옛날 노래를 제법 잘 아는 나조차도 이름을 알 수 없는 정체불명의 곡이었다.

'무엇과도 바꿀 수 없이 소중한 너'라는 후렴구가 다섯 번쯤 반복될 무렵 나는 그저 이마를 짚고 있었고, 주인이는 맞은편에서 쓰러질 듯 웃느라 정신이 없었으며, 유천영은 TV 속에서 나오는 연속극이라도 보듯 시큰둥한 눈으로 그 장면을 보고 있었다.

마지막으로 은지호로 말할 것 같으면, 그는 은형이를 향해 무슨 저주의 주문이라도 읊는 양 '제발 뒤돌아 그대로 나가. 제발…….'이라든가 '나사 우주인 양성 프로그램에 지원해……. 반여령에게서 벗어나려면 지구를 벗어나는 게 답이야.' 같은 말을 계속 중얼거리고 있었다. 덕분에 내 심란함은 더욱 커져만 갔다.

그러는 사이, 마침내 보는 사람이 다 심란해지는 여령이의 프러포즈가 끝났다.

연주를 마친 그녀는 기타를 등 쪽으로 돌려 메더니, 병정처럼 씩씩하게 은형이의 앞으로 걸어갔다.

마침내 걸음을 멈춘 그녀가 반짝거리는 눈으로 물었다.

"은형아, 수능 끝날 때까지 기다려 줘서 고마워. 그리고 이게 그동안 고민해 왔던 내 대답이야. 너만 괜찮다면, 나랑…… 사귀어 줄래?"

바깥에 오랫동안 나와 있어서 코와 뺨이 붉어진 채, 세찬 겨울바람에 검은 머리카락을 휘날리며 그렇게 말하는 반여령의 모습은 물론 몹시 사랑스러웠지만, 나는 옆에서 은지호가 계속 '제발 돌아서서 그대로 도망쳐, 권은형……. 지금이 마지막 기회야.' 하고 중얼거리는 바람에 도무지 눈앞의 장면에 집중할 수가 없었다.

그리고 숨 막히는 침묵과 몰아치는 찬 바람 속에서 한참을 굳어 있던 은형이는, 마침내 정신을 차리고 힘없이 웃으며 입을 뗐다.

"여령아, 나는 좋아. 물론 너무 좋지만……."

"와아!!"

그동안 은형이의 은근하고 꾸준한 표현을 통해 결과를 익히 예상했을 것임에도, 마치 깜짝 선물이라도 받은 것처럼 통 튀어 올라 목을 껴안는 여령이 때문에 그의 다음 말이 묻혔다.

"제발 다음에는 이런 건 차라리 내가 준비하게 해 줘. 이게 뭐야, 너 손도 다 트고……."

여령이에게 목이 졸려 말을 끝맺지 못한 그는 결국 한숨을 내쉬며 여령이를 마주 안았다. 그래도 그런 그의 얼굴이 적잖이 만족스러워 보여 나 또한 안도하듯 웃고 말았다.

그리고 우리는 반쯤 녹아 바닥에 흐르는 촛불의 잔해들을 부지런히 치우고, 미리 준비한 신문지를 깔고 둘러앉았다.

은형이가 사 온 롤 케이크와 과자를 나눠 먹으며 우리는 또다시 떠들어 댔다.

"꼭 결혼까지 가서 세간 살림 다 깨 먹으면서 살아라."

가장 먼저 은지호가 악담 아닌 악담을 퍼부었다. 어처구니없어하며 웃는 내 옆에서 반여령이 손을 내밀어 은지호를 콱 꼬집었다.

팔을 꼬집히고 조용해지는 은지호의 옆에서 이번에는 유천영이 말했다.

"그래도 애들 앞에서는 싸우지 마. 애들이 보고 겁먹으니까."

"세간 살림 얘기에 이어서 이제는 애들 얘기야?"

붉어진 얼굴로 입만 뻐끔대는 여령이 옆에서 주인이가 키득키득 웃으며 지적했다.

한편, 그 말을 들은 내가 되물었다.

"애들이 보고 배워서가 아니라?"

"그건 아닌데. 그냥 경험담이야."

"아……."

과연, 환상적으로 안 맞을 것 같은 유건과 유신의 성격을 떠올리며 잠시 복잡한 표정을 짓던 나는 이윽고 다시 여령이를 돌아보고는 표정을 바꾸었다.

내가 활짝 웃으며 말했다.

"난 둘 사이에 자식 생기면 여령이를 닮은 딸이었으면 좋겠어. 그럼 내가 대모도 해 주고 맨날 예뻐해 주고 머리도 땋아 줄 텐데."

그러자 그녀는 은지호나 유천영 때와는 달리, 금세 감동한 표정을 지으며 나를 꽉 껴안았다.

"단아! 대모 해 준다는 말 꼭 지켜야 해! 꼭이야!"

"그래서, 아까부터 우리가 너무 김칫국 마신다는 생각은 나만 하는 거냐?"

은지호의 투덜거림을 계기로 우리는 일제히 먹는 것에 집중했다.

마침내 과자 봉지와 롤 케이크 상자가 깨끗이 바닥을 드러내자, 밤이 되면서 기온이 더 떨어지기 시작했다. 이제는 정말로 바깥에 더는 못 있겠다고, 카페라도 들어가자는 얘기가 나올 무렵 휘안이가 옥상으로 찾아왔다.

노아리가 앞서 장담했던 때로부터 반년가량이 지난 지금, 은미와 휘안이는 훌륭한 한 쌍의 커플로 거듭나 있었다.

특유의 공손함으로 우리에게 90도로 꾸벅 인사한 휘안이가 은미를 데리고 사라진 뒤에, 우리도 바닥에 펼쳐져 있던 신문지를 줍고, 종이컵과 일회용 접시를 한데 모으며 내려갈 채비를 했다.

그때, 그들과 함께 자리를 부지런히 정리하다 말고 문득 손을 멈추고 허리를 바로 세운 내가 말했다.

"저기."

"응?"

대수롭지 않은 말이었음에도 불구하고 모두의 시선이 내 쪽으로 쏠렸다.

그 모습들을 보며 다시 심호흡한 내가 작게 내뱉었다.

"나, 할 얘기가 있는데."

"뭔데?"

의아한 듯 되묻는 여령이와 은형이의 뒤로 나는 주인이와 잠시 시선을 교환했다. 그는 가만히 고개를 끄덕이기만 했다.

이 얘기가 그들에게 큰 혼란을 줄 것이 분명하기에, 이 얘기를 털어놓는 것은 적어도 수능이 끝난 다음이라고 그와 나 사이에 이미 정해 놓은 바 있었다.

그리고 다시 앞을 바라본 나는 짧게 심호흡하고 말했다.

"이건…… 너희들이 기억하지 못하는 6년, 또 그동안의 3월 2일들에 관한 이야기야."

"뭐?"

여전히 전혀 모르겠다는 얼굴의 그들 앞에서 나는 다시금 말을 이었다.

"결코 짧지 않은 얘기가 될 테지만…… 괜찮다면 끝까지 들어 줄래?"

그리고 몇 번 심호흡한 나는 마침내 그토록 숨겨 왔던 얘길 꺼냈다.

말을 잇는 내내 심장이 세게 뛰었다. 너무 세게 뛰어서 조금 두려울 지경이었다. 이 떨림은 처음 은형이와 유천영에게 이 얘기를 꺼냈던 3년 전, 3월 2일 전날과도 전혀 달랐다.

하긴, 그때는 전화로 말했지만, 지금은 직접 얼굴을 맞대고 말하고 있으니까. 그들이 그때와 달리 지금은 나와 고작 몇 달 안 사이란 것을 제외하고도.

끝내 내가 너무 긴장한 나머지 숨도 잘 쉴 수 없는 지경에 이르자, 나는 그만 눈을 질끈 감아 버렸다.

아, 어쩌지……. 나는 되뇌었다. 말하는 도중에 말을 멈추고 싶진 않았는데. 혹시나 내가 말을 중간에 지어내고 있어서 시간이 걸리는 거라고 오해받고 싶진 않았으니까.

이들이 날 그런 식으로 오해할 사람이 아니란 걸 알지만서도, 지금 내가 하는 얘기는 나 스스로도 너무 어처구니가 없어서…… 과연 아무리 이들이 나를 좋아한다고 해도, 이들의 인내심이 뛰어나다고 해도 내가 하는 말을 있는 그대로 믿어 줄지는.

그때였다. 갑자기 양옆에서 누군가가 각각 나의 양손을 붙잡았다.

의아해하며 느리게 눈을 뜨는 내게 은형이가 차분한 태도로 말했다.

"단아, 괜찮아. 계속 듣고 있을 테니까, 편하게 말해."

"……."

"힘들면 중간에 쉬어도 되고…… 많이 쉬어도 돼. 언제든지 다시 시작해도 되니까, 너 편한 대로 얘기해. 네 말 안 끊고 기다릴 테니까. 얼마든지 기다릴 수 있어."

그의 말을 마지막까지 들은 나는 다시금 질끈 눈을 감았다.

전에는 차마 이들의 반응을 두 눈 뜨고 볼 자신이 없어서였다면, 이번에는 달랐다. 울지 않기 위해서였다.

여전히 눈을 질끈 감은 채 숨을 고르는 내 손등에 다시 누군가의 손바닥이 달라붙었다.

남들보다 자그마한 손과 어린아이처럼 따뜻한 체온을 통해, 나는 그것이 누구의 손인지 잘 알 수 있었다.

내가 어렸을 때부터 가장 많이 잡아 온 손이었고, 내가 힘들 때마다 나를 가장 많이 이끌어 준 손이었고.

또 내가 세상에서 혼자인 것처럼 느껴질 때마다 가장 많이 곁에 있어 준 손이었다.

다시 눈을 뜨자, 놀랍도록 가까이 붙어 서서 나를 따뜻한 눈길로 내려다보는 여령이가 보였다.

나와 눈이 마주치자, 그녀는 금방이라도 녹아내릴 듯 부드러운 목소리로 말했다.

"단이야, 네가 무슨 말을 하든 나는 너 안 놔…… 아니, 못 놔줘."

"……."

"넌 내 가장 소중한 친구란 말이야."

조금 엄포 놓는 듯한 그녀의 말을 들으며, 나는 결국 작게 웃어 버렸다.

정말이지, 반여령이 내가 아는 사람 중에 가장 박력 있는 사람이란 것은 결코 그 누구도 부정할 수 없을 것이다.

간신히 용기를 얻은 나는 다시 말을 이었다.

이어지는 내 말에 그들은 때로는 미소 지었고, 때로는 심각해졌고, 때로는 슬픈 표정을 지었다.

한편 말하는 나도 때로는 웃기도 하고, 때로는 얼굴을 굳히기도 하고, 때로는 숨도 못 쉴 정도로 두려움에 떨거나 슬퍼지기도 했다.

그럴 때면 언제나 누군가의 손이 기다렸다는 듯 내 손을 붙잡았고, 부드러운 손길로 내 어깨나 등을 도닥이기도 했다.

마침내 모든 말이 끝나자, 나는 참았던 숨을 들이쉬며 이들의 반응을 기다렸다.

그토록 두려워하며 밤마다 뒤척거렸던 순간이었지만, 지금은 결코 두렵지 않았다. 내가 말하는 내내 이들이 하는 말과 행동들, 나를 붙잡아 주는 손에 담긴 감정을 느꼈으니까.

그때 여령이가 갑자기 내 어깨를 와락 끌어안았다. 너무 강한 힘을 받은 나머지, 엉거주춤하게 무너지는 나를 뒤에서 유천영과 은지호가 다급히 떠받쳤다.

둘의 도움으로 간신히 균형을 되찾은 나는 여령이의 어깨를 마주 안으며 물었다.

"여령아?"

"역시 그랬던 거지! 우리는 어렸을 때부터 함께했던 거구나……. 그래, 그렇지 않은 한 내가 단순히 누군가와 친해졌다는 것만으로 그런 느낌을 받았을 리가 없는데."

"여령아……."

말끝을 흐리는 내 품에 젖은 얼굴을 기대며 여령이가 말했다.

"내가 좀 더, 일찍 깨달았어야 했는데."

그렇게 말하고 그녀가 분한 듯 입술을 짓씹는 것을 보며, 나는 말없이 울렁거리는 가슴을 내리눌렀다.

역시 너 또한 나 없는 동안 상실감을 느꼈었냐고. 너는 도대체 숨을 틀어막는 감정들을 말하고 싶어도 말할 곳이 세상 아무 데도 없는 느낌과 가끔 찾아오는 혼자 잠들기 싫은 밤을 도대체 어떻게 견뎌 온 거냐고 묻고 싶었다.

하지만 그것은 앞으로도 말할 기회가 많을 테니, 나는 그저 여령이의 어깨를 위로하듯 껴안기만 했다.

그때, 무엇을 생각하는지 모를 눈으로 가만히 우리를 바라보고 있던 은형이가 마침내 입을 열었다.

그가 단정한 얼굴 위에 슬픈 미소를 그리며 말했다.

"내가 거의 처음 얘기해 보는 거나 다름없었던 너한테

그런 말을 꺼낼 수 있었던 건 그래서였나 봐."

"……."

"내 약한 부분에 대해 아무렇지도 않게 꺼낼 수 있었던 건."

가까이 다가온 은형이가 나와 눈높이를 맞추며 다정하게 말했다.

"네가 이미 그 부분을 알고, 어루만져 주었기 때문이었나 봐. 그렇지?"

조곤조곤 그렇게 말하는 그에게 나는 대답조차 하지 못하고 고개를 끄덕였다.

소리 내어 울고 싶은 것을 참느라 나는 한동안 말을 할 수가 없었다. 애써 입술을 깨물거나 주먹만 쥐락펴락하는 나를 유천영과 은지호는 그저 복잡한, 혹은 각각 생각에 잠긴 듯한 눈빛들로 바라보았다.

그들을 가만히 바라보던 나는 이윽고 여령이와 은형이가 꺼낸 말에 깜짝 놀라 고개를 돌렸다.

"단아, 우리가 기억을 되찾을 방법은 없어?"

여령이는 진심으로 나와의 기억을 잊은 것이 미안해서, 혹은 억울해서 어쩔 줄 모르는 눈치였다.

유천영을 살리는 대가로 그들의 기억을 지우겠다고 독단적으로 결정한 것은 다름 아닌 나였다는 것을 이미 말했는데도.

울 것 같은 얼굴로 그렇게 말하는 여령이의 옆에서 은형이 또한 말했다.

"단아. 혹시 어떤 대가를 치러야 해서 그러는 거라면, 그냥 말해 줘. 나는 정말 괜찮으니까."

그에 나는 복잡한 표정으로 주인이를 바라보았다.

시선을 교환하는 것도 잠시, 나는 결국 고개를 내저을 수밖에 없었다.

실은, 주인이와 앞서 이들에게 잃어버린 시간에 대해 털어놓을 것을 상의하면서, 그들에게 기억을 되찾을 수 있는 방법을 말해야 할지 말지를 고민했었다.

그러나 그 방법은 위험성이 너무 높았고, 무엇보다 나와의 기억을 되찾기 위해 그들이 스스로의 존재를 포기하는 건 있어서는 안 되는 일이었기에 말하기를 관둘 수밖에 없었다. 무엇보다도, 이미 은지호가 다른 세계의 자신을 불러낸 것만으로도 그가 그걸 홀로 결심하면서 어떤 생각을 했을지, 어떤 감정을 느꼈을지 상상도 하고 싶지 않으니까.

다만 그의 말대로, 이제 과거의 세계를 기억하는 건 나와 그 둘뿐이라는 걸 되새기며 살아가는 수밖에.

그런 생각을 하며 잠시 은지호를 보던 나는 다시 고개 돌려 여령이와 은형이를 보았다.

내가 말했다.

"의도적으로 기억을 되찾을 방법은 없어. 그냥 우연히 돌아오길 기대해 보는 것밖에는."

"그래?"

"그럴 수가……."

눈에 띄게 시무룩해진 그녀의 어깨를 다시금 토닥이며 내가 중얼거렸다.

기억은 찾지 못해도 괜찮다.

우리가 지난 시간 동안 수많은 고난에도 불구하고 서로를 의지하며 잘 헤쳐 나왔듯이, 앞으로도 그럴 거라 믿어 의심치 않으니까.

그리고 우리에게는 함께했던 시간보다도 함께할 시간이 더욱더 많으니까. 과거에 그랬듯이 계속 온갖 사건 속에서 함께하는 시간을 쌓아 나가다 보면 언젠가는 예전만큼, 아니, 예전보다도 가까워져 있을 우리를 발견할 테지…….

물론 그러기 위해서는 우리 삶의 주 무대가 계속 바뀌고, 더 넓은 세상으로 차차 나아가게 된다고 해도 우리가 계속 가까이에 지내야 하겠지만…….

거기까지 생각한 나는 조금 어두운 얼굴을 했다.

갑자기 어두워진 내 기색을 용케 알아차린 여령이가 걱정스러운 얼굴로 나를 불렀다.

"단이야?"

간신히 마음을 정한 나는 퍼뜩 고개를 들고 가라앉은 목소리로 다시 말했다.

"저기, 있잖아."

"응?"

"나, 아직 할 얘기가 하나 더 남아 있는데."

과거에 관해 얘기할 때보다도 더 가라앉은 내 목소리에 잠시 긴장된 공기가 흘렀다.

모두가 불안한 듯 시선을 교환하는 가운데, 주인이가 나를 향해 애써 밝은 얼굴로 물었다.

"슬픈 소식 다음에는 당연히 기쁜 소식이지?"

그러나 그의 눈에 깃든 감정을 보아, 그도 내가 무슨 말을 할지 몰라 몹시 불안하게 여기고 있는 듯했다.

하긴, 내가 전에 했던 말은 미리 그와 의논된 것이었지만, 앞으로 할 말은 그렇지 않으니까.

나는 뒷머리를 긁적이며 생각했다. 갑자기 날벼락을 맞게 된 모두에게는 미안한 일이지만, 어쩔 수 없는 노릇이었다. 나도 그동안 말 못 할 사정이 있었는걸. 나름대로 마음의 준비도 필요했고.

그리고 내가 마침내 입을 열었다.

"얘들아, 있지."

"응."

"나…… 재수해."

내 말이 끝나자마자 기다렸다는 듯 우리 사이로 거센 바람이 불어닥쳤다.

이윽고 툭, 주인이의 손에서 떨어진 롤 케이크 상자가 바람에 날아가 앞서 우리 학년 학생들이 수능 끝나고 던져둔 문제집들 사이로 나뒹굴었다. 그 폐허에 가까운 광경을 보며 나는 그저 웃기만 했다.

이런 분위기를 만든 장본인인 주제에, 나는 반성도 없이 속으로 생각했다.

아니, 하지만 학기 막바지에 누가 인터넷 소설 아니랄까 봐 그렇게나 몰아닥친 사건들 속에서 성적을 지키지 못한 건 내 탓이 아닌걸?

나는 너희들처럼 인터넷 소설의 주연이 아니니까, 그런 일은 도저히 불가능했단 말이야.

이윽고 몹시 길어지던 침묵 속에서 여령이가 말도 안 된다는 듯 현실 부정에 가까운 비명을 터트리는 것으로 침묵이 깨졌다.

"뭐어?! 말도 안 돼!"

"잠깐만, 함단이."

"단아, 지금 그게…… 진짜……."

여령이에 이어 유천영과 권은형도 차례로 말했다.

결국, 그해 우리의 마지막 만남은 실로 처참한 분위기 속에서 끝을 맞이했다.

왜 그게 그해 우리의 마지막 만남이 되었냐 하면, 내가 다음 날 당장 경기도 산골에 있는 재수 학원에 입소해 버렸기 때문이다.

에필로그(하)

에필로그(하)

'대학 가면 다 생겨!'

자식들을 딴 데 한눈팔지 않고 공부에 집중하게 하려는 부모님과 선생님들의 단골 대사였다.

그리고 여기, 그 말에 속아 학업에 청춘을 매진하였으나 결국에는 대학 와서도 돈도, 시간도, 애인도. 과제 외에는 아무것도 생기지 않은 한국 대학교 10학번 김민우(24, 남)는 꽃피는 춘삼월, 홀로 동아리 방구석에 앉아 눈물을 삼키고 있었다.

시야가 물기로 흐려진 와중에도 그의 손이 동아리 지원서를 정리하는 작업을 멈추지 않고 있는 것은, 그가 1학년 때 인상이 좋다며 온갖 교수님들께 총애받으며 조교 못지않게 부려 먹혔기 때문이었다.

교수님들의 총애가 학점이 아닌 노동이란 것을 알기에 새내기 김민우는 너무 어렸고, 2학년이 되자마자 사그라들긴커녕 한층 더 거세지는 교수님들의 총애에 기겁한 그는 결국 중도 휴학을 하고 이도 저도 아닌 애매한 시기에 군대를 갔다.

애매하게 붕 뜬 시간 덕에 군대 끝나고 반년 정도를 집에서 썩히며 그는 그냥 군대를 나중에 갈 걸 그랬나 하고 후회했지만, 봄 향기와 함께 캠퍼스에 물밀 듯 쏟아지는 13학번들을 보고는 마음을 바꾸었다.

맙소사. 13학번 신입생들은 도대체 한국 대학교에 무슨 일이 일어나고 있냐는 말이 들려올 정도로 하나같이 잘생기고 예뻤다.

특히 그중에서도 유명해진 것은 법학과 반여령을 중심으로 한 네 명의 남자들이었다.

경영학과 은지호, 의학과 권은형, 기계공학과 우주인과 연극영화과 유천영. 시각디자인과 이루다와 경호학과 반휘혈에 대한 얘기도 간간이 더불어 들려왔지만, 가장 유명해진 것은 일단 저 다섯 사람이었다.

그리고 복학도 했으니 캠퍼스에 아는 사람들 좀 만들어 볼까, 하고 가벼운 마음으로 향한 사진 동아리에서 화제의 신입생 반여령과 마주친 순간, 그의 머릿속에서 종이 쳤다.

그동안 머릿속에 존재하는지도 몰랐던, 추억의 만화 웨

당 피치에나 나올 법한 맑고 고운 성당 종소리였다.

지금도 김민우는 반여령을 만났던 그때의 심정에 대해 서술하라고 하면 그를 지금 이 대학교에 있게 한 논술 답안보다도 더 잘 쓸 수 있었다.

특히 볕이 좋은 봄날이었던 데다가, 황사도 없는 희귀한 날이었기에 사진 동아리 부실의 창문 네 개는 모처럼 전부 활짝 열려 있었다. 그를 통해 어깨마다 가방을 메고 캠퍼스를 바쁘게 오가는 사람들과 개나리꽃이 잔뜩 핀 화단이 한눈에 내다보였다.

그리고 그 완연한 봄 풍경 앞에 김민우가 평생 보았던 예쁜 여자를 다 합친 것보다도 예쁜 여자가 서 있었다.

자를 대고 그은 듯 곧은 머리카락은 불어온 바람에 흔들릴 때마다 언뜻언뜻 자줏빛으로 빛났고, 창문을 등지고 나란히 선 누군가와 얘기하느라 햇빛을 정면으로 받게 된 그녀의 긴 속눈썹 끄트머리 또한 자줏빛이었다.

그녀가 붉은 입술을 달싹일 때마다 언뜻언뜻 드러나는 하얀 이와, 무엇보다도 저 눈부신 미소…….

반여령이 김민우의 마음속 성을 함락시키고 항복 각서까지 받아 내는 데까지는 불과 일 분도 걸리지 않았다.

그러나 그는 그로부터 불과 몇 분도 안 되어 그녀와 자신의 연애는 말 그대로 종 쳤다는 것을 깨닫게 되었다.

그의 자기소개가 끝나자마자 그가 들어온 이후 내내 반

여령과 대화를 나누고 있던 붉은 머리카락의 잘생긴 남자가 부드럽게 미소 지으며, 자신이 반여령의 남자 친구임을 밝혔기 때문이었다.

물론 김민우가 그 사실을 알게 된 것은 올해 봄이 아니라 작년 봄의 일이었는데, 그럼에도 그가 왜 지금까지 그 사실에 슬퍼하고 있냐 하면은…….

그때, 굳게 닫혀 있던 동아리 문이 벌컥 열리고 동아리 회장, 08학번 김형철이 들어왔다.

그는 동아리방에 아무도 없나 싶어 주변을 둘러보다 말고 구석에서 지원서를 정리하고 있는 김민우를 보고 화들짝 놀랐다. 두어 걸음 물러난 그가 가슴께를 부여잡으며 말했다.

"야 이 새끼야, 놀랐잖아. 있으면 기척 좀 해라."

"형, 형 다 아시고 그랬죠."

"뭐?"

"형 다 아시고 저한테 그런 말 하신 거잖아요."

그리고 김민우의 눈에서 이슬 같은…… 혹은 그들이 어제 밤새워 마신 소주 같은 맑고 투명한 눈물이 흘러내렸다.

그의 난데없는 눈물에 김형철은 화들짝 놀라며 물었다.

"아니, 왜 그러는데? 왜 갑자기 울고 지랄이야?"

그에 김민우가 손등으로 눈물을 훔치며 대답했다.

"반여령이랑 권은형이요."

"걔네가 뭐?"

"저한테 어제 술 마시면서 그러셨잖아요. 걔네 서로 별로 안 좋아하는 거 확실하다고. 일단 들이대 보기라도 하라고."

"그런데?"

김형철은 여전히 어리둥절하게 물었다. 물론 그도 어제 술 마시고 그런 말을 한 기억은 분명히 있었지만, 그게 왜 김민우가 이렇듯 처울고 있는지와는 얼른 연결되지 않았다.

그 짧은 새 김민우가 진짜로 반여령에게 들이댔다가 차이기라도 한 걸까 싶었지만, 김민우가 그렇게 간 큰 인사가 아니란 것은 1년 동안 그를 옆에서 지켜본 김형철이 제일 잘 알았다.

그리고 김형철은 다시금 미간을 좁히며 다그쳤다.

"아, 뭔데!"

그제야 김민우가 코를 훌쩍거리며 얘기를 꺼냈다.

"그게, 반여령이랑 권은형이……."

"걔네가 뭐."

"제가 저쪽, 책상 의자 네 개 붙이고 누워 있었거든요. 아마 걔들 눈에는 잘 안 보였을 거예요."

김형철은 김민우가 가리킨 방향을 향해 고개를 돌렸다.

과연, 김민우가 지금 동아리 지원서를 정리하고 있는 책상은 문에서 가장 떨어진 벽에 치우치게 놓여 있었는데,

문의 반대편에 의자를 모아 놓고 눕는다면 방금 문으로 들어온 사람 눈에는 안 보일 만도 했다.

그리고 김형철은 의아하게 대꾸했다.

"저기 라꾸라꾸 침대 있잖아. 왜 애먼 침대 두고 저기 누워?"

"저기 무슨 병균이 있을지 어떻게 알아요……."

아, 인정……. 조용히 고개를 끄덕인 김형철은 이어지는 김민우의 말에 귀를 기울였다.

"오늘 오전에 제가…… 잠깐 수업 시간 비어서 여기 와서 누워 있었는데, 반여령이랑 권은형이 왔어요……. 큥, 몰라요. 개네도 들어 보니까 시간 비어서 여기서 커피 한 잔 마시고, 같이 밥 먹고 무슨 교양 들어가는 모양이던데."

"그런데."

"그런데 개네가…… 아, 형. 개네 동아리 사람들 앞에서는 죽어도 애정 표현 안 하잖아요."

형철은 대수롭지 않게 고개를 끄덕였다. 그건 그렇지.

그가 반여령과 권은형이 서로를 별로 좋아하지 않을 거라 추측한 것도 반 정도는 그에 원인이 있었다.

방금 김민우가 말한 대로, 권은형과 반여령은 사람들 앞에서는 절대로, 절대로 애정 표현을 하지 않았다. 키스나 포옹은 물론이고 손을 잡는다거나 하는 가벼운 접촉조차 없었다.

언제 한 번은 그들과 나란히 앉게 된 김형철이 슬쩍슬쩍 그들 사이를 보았지만, 역시나 손을 잡고 있다거나 하는 가벼운 행각조차 그들 사이에는 오간 적이 없었다.

그들이 고등학교 때부터 내내 서로를 좋아했지만, 연애는 수능 끝나고부터 시작했다는 얘기로 미루어 보아 지금이 한창 불붙을 시기여야 할 텐데.

그런데도 불타오르긴커녕 1년 내내 잠잠한 그들 사이를 보며, 김형철로서는 '재들 서로가 성공 주식인 것 같으니까 일단 물고 본 게 아닌가?' 같은 의심을 해 봄 직도 한 것이다.

서로 법학과 수석과 의학과 수석에 미모 수려, 품행 방정이기까지 하니, 서로에게 어울리는 사람들은 자신밖에 없다는 생각으로 좋아하지 않는데도 사귀고 있을지도 모르고.

그렇다면 한 번쯤 들이대 보면 가능성이 아예 없진 않을지도 모른다…… 그렇게 생각했는데.

새삼 자신의 완벽한 추론을 곱씹는 김형철에게 김민우가 여전히 울먹거리며 말했다.

"아, 씨. 그런데 걔들, 안 좋아하기는 무슨. 제가 아침에 뭘 본지 알아요?"

"뭘 봤는데?"

"커피메이커에 물 올리면서 키스 한 번, 물 올리고 기다리는 동안 창문 보면서 백허그, 다시 커피 내리는 동안 키스, 얘기하면서 계속 쉴 새도 없이 눈꺼풀이나 이마에 쪽쪽……. 와, 저 살다 살다 그렇게 숨 쉬듯이 키스하는 애들은 처음 봤어요. 그런데 걔네가 무슨 서로를 안 좋아해요."

"와……."

"진짜 선배, 모르면 아예 말을 하지 마요."

몹시 의외의 말에 입만 뻐끔거리던 김형철은 결국 민망한 표정으로 입을 다물었다. 여전히 울먹거리는 김민우를 보며 그가 중얼거렸다. 아니, 나도 뭐 걔네가 그럴 줄 알았나…….

하긴, 평소에 범법은커녕 남들 다 하는 무단 횡단과 쓰레기 무단 투기도 한 번도 해 본 적 없을 것 같은 반여령과 권은형이니, 그들의 자제심이 얼마나 뛰어난지를 짐작했어야 했는데.

새삼 약간의 미안함과 책임감을 느낀 김형철은 그제야 손을 들어 김민우의 어깨를 도닥거렸다.

그러던 그는 김민우의 손 밑에 놓인 종이 뭉치들을 보며 애써 화제를 돌렸다.

"아, 그래. 올해 지원서는 많이 들어왔냐?"

그러자 김민우는 울고 있었던 게 언제냐는 듯 용케 대답했다. 과연 1학년 때부터 온갖 교수님들의 사랑을 한 몸에 받아 온 총아다웠다.

"아, 네. 뭐, 장난 아니죠. 한 백 장 될걸요?"

김민우가 어느새 눈물이 마른 눈으로 지원서 더미를 내려다보며 말했다.

"그도 그럴 게, 반여령하고 권은형뿐만이 아니라 은지호랑 유천영, 우주인까지 이 동아리에 한 발씩 걸치고 있잖아요. 정작 회식이나 오티에는 잘 참여 안 한다고 해도."

"뭐, 그렇지."

묘하게 씁쓸해하는 김형철에게 김민우가 문득 떠올랐다는 듯이 덧붙였다.

"아, 그러고 보니 경영대 반여단은 자기 여동생이 여기 있는 것 때문인지 몇 번 기웃거리더니 끝끝내 안 들어왔네요. 새삼 아쉽다, 그죠? 반여단까지 모았으면 우리 학교 경영대 투톱 남신들 다 모으는 건데."

그에 언제나 심드렁한 김형철이 흔치 않게도 빽 하고 성질을 냈다.

"걔네가 무슨 드래곤 볼이냐, 수집을 하고 앉아 있게."

"아, 왜 갑자기 성질을 내고 그러세요."

"난 그냥 평화롭게 자연과 벗해서 한가하게 사진이나 찍고 다니고 싶었던 것뿐인데, 갑자기 교내 유명 인사란 유명 인사는 다 내 동아리로 몰리는 바람에 말년에 고생을 치르게 된 내 맘을 알아?"

"아……."

갑자기 숙연해지는 김민우 앞에서 김형철이 지원서 뭉치를 신경질적으로 흩어 냈다.

"아, 이거 봐. 이거. 딱 봐도 지원서가 백 장이 넘는데, 이걸 언제 다 봐? 게다가, 이 중에 사진에 진짜 관심이나 있는 사람이 얼마나 되겠어?"

갑자기 전세가 역전되어 이번에는 김민우가 연민 어린 눈으로 김형철을 바라보던 그때, 멀리서부터 발소리가 들려오더니 갑자기 부실 문이 벌컥 열렸다.

빠른 걸음으로 안으로 들어오는 자줏빛 도는 머리카락을 가진 미녀의 모습에 김민우는 그만 실연의 상처도 잊고 다시금 멍해지고 말았다.

한편 김형철은 성질낸 게 언제냐는 듯 흩어 놓았던 지원서들을 다급히 정리하며 인사를 건넸다.

"어서 와라, 여령아……. 응?"

그들은 반여령이 혼자가 아니란 것을 뒤늦게 깨달았다.

여느 때와 같이 그녀의 뒤에 그림자처럼 서서 난처한 듯 웃고 있는 권은형 외에도, 한 사람이 더 반여령의 뒤에 서 있었다.

이윽고 그 사람이 조심스럽게 반여령의 등 뒤에서 걸어 나왔다.

크림색 얇은 트렌치코트를 걸치고, 안에는 산뜻한 연두색의 브이넥 스웨터와 청바지 차림인 여학생이었다.

제법 열심히 꾸민 듯했지만, 그렇기에 오히려 신입생 티가 역력한 그녀를 앞으로 끌어다 놓은 반여령이 외쳤다.

"형철 오빠! 얘예요! 제가 올해 한 명 데려올 테니까 꼭 받아 달라고 작년부터 말했던 신입생!"

“아, 아. 걔가 얘구나? 아, 안녕?”

흐트러진 안경테를 끌어 올린 김형철은 어색하게 인사를 건넸다. 김민우도 새삼 눈을 휘둥그레 뜨며 처음 보는 얼굴을 살폈다.

그 가운데 조금 위축된 듯 어깨를 움츠리고 있던 그녀, 갈색 단발의 여학생은 눈을 굴리다가 결국 한숨과 함께 앞으로 나와 고개를 꾸벅 숙였다.

“안녕하세요. 한국 대학교 14학번 신입생, 함단이라고 합니다.”

* * *

약 1년 4개월 전, 내가 내 인생 첫 수능을 치르던 그날.

수능 시험장에서 나오던 순간부터 나는 내가 재수하게 될 것을 직감했다.

그리고 수능 끝난 기념 외식을 마치고 방으로 올라가 컴퓨터를 켜서 수능 점수를 가채점한 순간, 직감은 확신으로 바뀌었다.

나는 내 평소 모의고사와 비슷한 점수를 얻긴커녕, 내가 평생 본 것 중에 가장 못 봤던 모의고사 점수보다도 훨씬 낮은 점수를 얻었다.

다음 날 곧바로 그 사실을 밝히고, 바닥이 꺼질 듯이 한숨을 내쉬는 부모님 앞에서 나는 '1억 아껴서 집 샀는데 재수에 2천만 원 들면, 8천만 원 이득 봤으니까 된 거 아닐까?' 같은 말을 했다가 욕을 바가지로 얻어먹었다.

어쨌건 부모님은 내가 재수하게 된 데는 본인들이 무리하게 이사를 강행한 탓도 있다고 생각하셨는지, 이의 없이 나를 그럭저럭 좋은 시설의 기숙 학원에 보내 주셨다.

참. 기숙 학원에 들어가던 날, 내 옆에는 김혜우도 함께였다.

나도 솔직히 다른 누구도 아니고, 김혜우가 나와 같이 재수하게 될 줄은 정말 몰랐다.

기복이 비교적 심하던 민아도, 윤정인도 수능을 무척 잘 보았고, 언제나 꾸준히 최상위권에 이름을 올려 온 김혜힐이야 말할 것도 없었다.

신서현은 훈련을 성실하게 한 보람이 있어 좋은 수상 경력으로 체육 교육과만으로는 한국 대학교보다도 이름이 높은 대학에 당당히 합격했다. 다만 슬픈 소식이 있다면, 그가 하필이면 윤정인과 이민아와 같은 대학에 가게 되었다는 것인데.

나는 그의 학창 생활 2부가 전처럼, 아니, 어쩌면 전보다도 시끄럽고 정신 사나울 것을 예감했지만, 그래도 적적하진 않을 것 같아 다행이었다(물론 신서현은 그렇게 생각하지 않겠지만).

그러던 우리는 수능 성적 발표일이 되어서야 김혜우의 수능 성적을 알고 다들 눈알이 튀어나올 듯이 놀랐다. 놀랍게도 그의 성적은 시험을 몹시 망친 나보다도 아래였다.

김혜우도 자기 성적에 대해 가채점도 안 하고 그냥 평소만큼 나오겠거니 믿고 있었던지, 성적표를 받자마자 '어? 나 왜 이렇게 개판 쳐 놨지?' 같은 소리나 했다.

그가 반대 없이 순순히 공개한 성적표 앞에서 우리는 각자 뒷목을 잡거나, 혀를 차며 안타까워했다. 그때 누구도 예상치 못한 격한 반응을 보인 이가 있었으니, 다름 아닌 침착함의 대명사 김혜힐이었다.

그녀는 그 순간만큼은 하늘이 무너져도 유지될 것 같던 침착함을 벗어던지더니, 눈물을 뚝뚝 흘리며 울기 시작했다.

그리고 그녀가 갑자기 김혜우의 등을 짝 소리 나게 때리며 외친 말이 가관이었다.

'야! 김혜우 이 망할 새끼야! 너 때문에 나 대학교 혼자 다녀야 하잖아! 그러게 내가 그놈의 게임 좀 작작 하랬지!'

그러더니 그녀는 두 손으로 얼굴을 가리고 아예 어린애처럼 엉엉 소리 내어 울기 시작했다.

나중에야 알게 된 것이지만, 김혜우는 수능 전날에도 피시방에서 밤을 새웠다고 한다.

평소에 자기 머리 믿고 공부 안 하는 그에게 신이 교훈을 줄 생각이었다면 납득이야 갔지만, 너무 제대로 주셨다는 게 문제였다.

어쨌건 김혜힐과 언제나 거의 비슷한 등수이던 그가 수도권도 못 갈 정도의 성적이 나와 버렸으니, 그는 필연적으로 재수할 수밖에 없었다.

그리고 내가 망설이다가 나도 재수를 위해 기숙 학원에 들어간다는 소식을 알리자, 그는 잘됐다 하더니 그대로 내가 다니게 된 학원에 등록해 버렸다. 평소 모의고사 성적이 몹시 우수했던 그는 물론 별다른 시험도 없이 학원에 합격했다.

그렇게 그와 재수 학원을 함께 다니게 되면서, 외롭지 않게 된 것은 좋았지만 장점만 있진 않았다.

무엇보다 가장 곤란했던 일은, 재수 학원 사람들이 자꾸만 나와 김혜우를 커플로 엮으려 하는 것이었다.

소문 몇 번을 거치고 나니 우리는 나란히 한국 대학교에 합격하면 그때 사귀기로 한 커플이 되어 있었고, 심지어 김혜우는 나와 함께 대학에 입학하고자 일부러 수능을 망치고 나와 함께 학원에 들어온 세기의 순정남이 되어 있었다.

처음 그 소문을 듣고는 하도 어이가 없어서 해명도 안 했던 나는, 소문에 점차 불이 붙기 시작하자 어쩔 수 없이 내게 애인이 있음을 밝혔다.

그때까지 내가 애인이 있음을 밝히지 않았던 것은, 굳이 있다고 말 안 해도 누가 내게 대시하겠냐는 마음이 반, 괜한 소문이 도는 것이 싫었던 것이 반이었다.

그런데도 학원 사람들은 믿을 수 없다며, 김혜우 정도로 잘생긴 사람이 너를 따라 재수 학원까지 왔는데 설령 네게 애인이 있다고 해도 마음이 흔들리지 않을 리 없다고 말했다.

그런 그들의 앞에서 나는 결국 봉인해 뒀던 비장의 사진을 꺼냈고, 그날 이후 김혜우와 내가 사귄다는 소문은 씻은 듯 자취를 감추었다.

그리고 김혜우 이 미친놈은, 학원에 들어온 지 불과 한 달 만에 자기 수능 성적의 원인을 자기 자리가 난방기 옆이었다는 탓으로 돌렸다. 즉, 다음 해 수능에서 난방기 옆자리를 배정받지만 않으면 자기 성적에는 아무 문제가 없을 거란 얘기였다.

그러더니 그는 즉시 그 놀라운 깨달음에 힘입어 학원 정규 수업 시간 외에는 피시방에서 살기 시작했다.

정해진 퇴소 벌점조차 훨씬 상회하는 그의 만행에 학원에서는 할 말을 잃었지만, 차마 그를 규정대로 퇴소시키지는 못했다. 왜냐하면 우리 학원에서 모의고사를 치렀다 하면 1등은 언제나 그의 차지였기 때문이었다.

그리하여 학원의 적극적인 방임 속에 매일같이 피시방으로 출근한 지 일주일쯤, 그는 갑자기 나를 찾아와 복잡한 표정으로 말했다.

'야, 나……. 미치겠어. 게임이 안 돼.'
'뭐? 왜?'
'피시방 가면 처음에 앉아서 모니터 켜잖아. 그런데 화면이 들어오기 전의 검은 모니터를 딱 보는데…….'

그가 어두운 표정으로 말을 이었다.

'갑자기 김혜힐 우는 얼굴이 그 위에 비치는 거야. 그다음부터 도무지 게임에 집중이 안 돼. 해도 하나도 재미가 없어. 진짜 미치겠어. 달리 할 일도 없는데.'

그렇게 말하며 머리카락을 움켜쥐는 그는 진심으로 미치겠다는 표정이었다. 내가 본 사람 중 주인이 다음으로 천재에 가까운 그는 그 때문인지 지루한 것을 유독 못 견뎠다.
재수생인데 게임이 재미없다는 걸 다행인 게 아니라 슬픈 듯이 말할 수 있다니. 그렇게 생각한 나는 잠시 고민하다가 조심스레 물었다.

'음……. 컴퓨터로 할 수 있는 다른 일을 찾아보는 건?'
'어떤 거?'

'음, 글쎄……. 가계부를 쓴다든가? 아니면 일기?'

돈 관리와는 영 연이 없는 모양인지, '가계부' 대목에서 질색하던 김혜우는 '일기…… 일기, 글.' 하고 착상을 얻어 낸 예술가처럼 중얼중얼하더니 갑자기 뒤돌아 떠나 버렸다.

그리고 몇 달 뒤, 그는 갑자기 인터넷에서 연재하던 자신의 소설이 출판 제의를 받았음을 알렸다. 나로서는 그저 황당할 수밖에.

결국, 소문의 일부가 실현되어 우리가 나란히 한국 대학교에 합격하게 되었을 때, 김혜우는 세 개의 소설 시리즈와 함께 재수 학원을 나왔다. 뒤늦게 그 사실을 알게 된 윤정인과 기타 친구들이 그를 두고두고 미친놈이라고 욕한 것은 물론이었다.

그로부터 벌써 몇 달 뒤, 계절은 어느새 봄을 넘어 초여름에 가까워지고 있었다. 제법 뜨거워진 햇살을 피하기 위해 창가에서 구석으로 자리를 옮긴 나는 아메리카노 잔에 꽂힌 빨대를 쪽쪽 빨았다.

약속 시간이 20분이나 지났는데도 아직 오지 않는 김혜우 때문에 아메리카노는 벌써 바닥을 보이고 있었다.

도대체 언제 오는 거람. 내가 마침내 짜증 섞인 표정을 지을 무렵, 맞은편의 문이 딸랑 열리며 익숙한 사람이 카페 안으로 들어왔다.

내가 짜증 섞인 얼굴 그대로 내뱉었다.
"아, 김혜우."
"미안, 미안. 늦은 대신 음료 내가 쏜다."
"너 기다리는 동안 벌써 아메리카노 한 잔 다 마셨거든?"
그렇게 말하면서도 나는 그에게서 카드를 건네받았다. 뭐, 오늘 카페인 할당량은 다 채웠지만 다른 거 시키면 되겠지. 어쨌건 나는 한정된 생활비 때문에 돈을 최대한 아껴야 하는 입장. 공짜 음료를 사양할 수는 없었다.
얼마 뒤 진동 벨과 함께 사라졌던 그가 음료수가 담긴 쟁반을 내려놓자, 나는 내 몫의 잔을 들며 물었다.
"너 왜 이제야 왔어? 너 바로 전 시간에 수업 있었잖아. 그것도 여기에서 제일 가까운 문과대에서."
"아, 거야 당연히…… 자체 휴강했지."
예상 그대로인 그의 대답에 나는 대놓고 한심하다는 표정을 지었다.
"자랑이다."
"아, 어쩔 수 없었어. 어제까지 급한 마감 있었다고. 너도 내가 새벽에 톡 남겨 둔 거 봤잖아."
내가 녹차와 우유가 잘 섞이도록 빨대를 휘저으며 말했다.
"너 마감은 입으로는 죽는소리해도 제때제때 넘기는 거 아니까 됐고, 그것보다 수업은 괜찮아? 너 수업 일수 좀 잘 확인하고 좀 빠져. 중간고사 시간 확인 안 하는 바람에 벌써 강제로 한 과목 드랍했잖아. 내가 전에 그거 듣고 얼마나 기겁했는데."

내 진심 어린 걱정이 담긴 구구절절한 말에도, 김혜우는 눈만 몇 번 찡긋거리더니 능청스레 고개를 기울이며 대꾸했다.

"아, 뭐. 에프 좀 뜨면 어때. 돈 잘 벌면 됐지."

"으, 재수 없어. 진짜."

내가 대놓고 질색하자 김혜우는 의자에 기대며 낄낄 웃더니 케이크도 먹고 싶으면 추가로 시키라고 했다. 단숨에 공손함을 되찾은 나는 일단 그의 카드를 가지고 가 케이크를 네 조각이나 시켜 버린 다음, 영수증을 건네주고 그의 반응을 즐겼다.

조금 분위기가 가라앉고 나자, 나는 방금까지 두드리고 있던 노트북 화면을 그쪽으로 돌려 주었다.

대번에 흥미롭다는 표정이 된 그가 턱을 괴며 말했다.

"이게 그거지? '그 애들'이 너한테 써 달라고 부탁했던……. 그 애들이 잊어버린 시간에 대해 쓴 글."

"응."

작게 고개를 끄덕인 나는 왠지 모를 민망함에 눈을 내리깔며 녹차 라떼만 쭉쭉 빨았다.

누구와는 달리 공부도 하고 글도 쓰고 두 작업을 병행할 만큼의 천재가 못 되었기에, 나는 대학교 입학하고 나서야 노아리와 처음 만나고부터 내내 품고 있었던 꿈을 소심하게 조금씩 펼쳐 나갔다.

물론 내 재능이 대단치 않은 만큼 거창하게 시작하진 못했고, 그저 하나씩, 내가 할 수 있는 이야기부터 풀어 나가는 것으로 시작했다.

어차피 내게는 반드시 써야 할 이야기가 하나 있었다.

나만이 할 수 있는 이야기, 내가 하지 않으면 안 될 이야기가.

잠자코 빨대만 휘젓던 나는 맞은편에서 김혜우의 말이 날아오자 흠칫 고개를 들었다.

어느새 내가 새로 쓴 부분을 다 읽은 그가 노트북 화면을 다시 내 쪽으로 돌려 주며 말했다.

"이것도 벌써 꽤 양이 많아졌네. 그런데 제목은 언제까지 '제목 없음'으로 둘 거야?"

"어차피 바깥에 공개할 것도 아닌데, 제목이 뭐가 중요해."

내가 여전히 민망한 얼굴로 대답하자, 김혜우는 전혀 의외의 말을 들었다는 듯 눈을 휘둥그레 뜨며 물었다.

"투고 안 할 거야?"

"응? 응, 그야 당연하지. 이런 걸 어떻게 남들한테 공개해?"

물론 남들은 이걸 그저 소설로만 여길 테지만, 이것은 내게 소설보다는 회고록에 더 가까웠다. 그러니만큼 나도 당연히 이것을 어딘가에 공개하기 위한 것이 아니라, 그들과 함께 읽고 나면 지워 버리고, 온전한 상상으로만 이루어진 이야기를 쓰기 위한 연습으로 여겨 왔다. 그랬는데.

김혜우가 다시 말했다.

“물론 너한테야 실제로 있었던 일이니 민망하긴 하겠지만, 어차피 남들은 이게 실제로 일어난 일이라는 것조차 모르잖아. 그런데 뭐가 문제야? 이름만 전부 가명으로 바꾸면 되지.”

“그야 그렇긴 한데.”

나는 곤란한 표정으로 빨대 끝을 짓씹으며 잠시 생각에 잠겼다.

지금은 존재하지 않는 세계를 누군가의 안에 존재하게 한다는 목적으로 보아, 어쩌면 이 글이야말로 무엇보다도 소설에 가까운 글인지도 모른다.

그러니 이 글을 가장 먼저 보는 것은 ‘그들’이 되어야 하겠지만……. 그 일이 끝나고 나면, 다음에는 조금 더 많은 사람에게 이 글을 보여 줘도 될지도 모른다.

그렇게 해서 이 세계가 그 사람들의 안에도 생생히 생겨난다면.

이 세계가 과거 여령이와, 은지호와, 유천영과, 은형이와, 주인이와, 내 삶을 바꿨던 것처럼, 그들의 생각과 삶도 바꿀 수 있다면.

그렇다면 이 세계는 이미 존재하지 않음에도 존재하는

세계만큼이나 가치 있어질지도.

거기까지 생각한 나는 비로소 입가에 웃음을 되찾고 말했다.

"음, 그럼 이 이야기를 쓰는 게 끝나고 나면 한번 시도나 해 볼까?"

"뭐? 앞으로 얼마나 더 걸릴 줄 어떻게 알고 그러겠다는 소리를 해?"

황당하다는 김혜우의 표정에도 나는 어깨를 으쓱하며 웃기만 했다. 그런 나를 어처구니없다는 눈으로 보던 김혜우가 다시 물었다.

"그럼, 제목은 뭐로 지을 건데? 생각해 둔 건 있어?"

그의 말에 나는 잠시 빨대 끝으로 아랫입술을 눌렀다가, 빙긋 웃고는 이렇게 말했다.

"음, 글쎄. '인소의 법칙'?"

〈인소의 법칙 완결〉

그동안 사랑해 주셔서 감사합니다.

외전 : 대학교 MT

외전 : 대학교 MT

내가 재수 학원에서 나와 1월이 지나고 한국 대학교에서 합격 전화가 왔을 때, 당연한 말이지만 온 집안이 뒤집어졌다.

친구들과 가까운 친척들은 물론이고, 얼굴 한 번도 본 적 없는 먼 촌수의 친척들한테서까지 축하 전화가 왔다.

몇몇 분들께선 내게 재수 성공의 비법을 물으셨지만, 나는 그저 웃으며 '글쎄요, 그냥 열심히 했는데 마침 시험 운이 좋아서…….'라고밖에는 할 수 없었다.

아무렴, 인터넷 소설 속에서 살다 평범한 세상으로 튕겨져 나왔더니 사건 사고가 사라져서 알아서 성적이 올랐다고 할 수는…….

하지만 평화로운 나날은 얼마 가지 않았다. 부르는 데가 많아 한 달 동안 바쁘게 다니다 보니, 어느새 모든 대학생들의 악몽이라 불리는 수강 신청이 코앞까지 다가와 있었다.

물론 은지호와 나는 강의 시간표가 나왔을 때부터 가능한 한 시간표를 맞추자고 얘기했었다.

하지만 막상 맞추려고 보니 은지호는 2학년이라 이제 막 필수 전공을 들을 시기였고, 나는 시간표의 반 정도는 교양으로 채우기 마련인 1학년 신입생이었다.

그나마 은지호가 졸업 전에 필수로 들어야 하는 교양인 '비판적 사고와 논리적 글쓰기', 줄여서 '비사논'을 아직 안 들어서 다행이었다.

여령이는 은형이, 주인이와 작년에 들었고, 유천영은 해당 사항이 없으므로 우리 둘만 오붓하게 들을 수 있을 것 같았다. 뭐, 다 같이 듣는 것도 재미있었을 것 같지만.

하지만 한 가지 문제가 있었다.

'비판적 사고와 논리적 글쓰기'가 필수 교양이다 보니 들으려는 학생이 많아서 강의도 두 개나 개설되었는데, 각 강의를 맡으신 교수님들의 성향이 워낙 달랐다.

한 교수님은 쉬는 시간 하나 없이 매 수업을 꽉 채우는 풀강인 데다가, 기습 질문이 많은 데다가 그 질문에 대한 대답이 곧 점수로 이어져 한시도 방심할 수가 없었고, 무엇보다 중간고사 전에 나오는 팀 프로젝트가 아주 헬이라는 것이었다. 대신 그만큼 남는 건 아주 많다고.

반면 다른 교수님은 농담이 섞인 재미있고 널널한 강의를 하기로 유명했는데, 무엇보다 과제를 하나도 내주시지 않는다고 했다. 대신 기말고사 보고 강의실을 나오면 '내가 지금까지 뭘 배운 거지?'라는 생각만 든다고 했다. 요컨대 머릿속에 남는 게 없다는 뜻이었다.

카페에서 만난 은지호와 나는 노트북으로 이런저런 학교 커뮤니티 후기들을 열심히 읽었다.

그러다 문득 한 게시글을 본 내가 은지호의 팔을 툭 쳤다.

"아, 이것 좀 봐, 은지호. 두 번째 수업, 너무 남는 게 없어서 가끔 한 번 빼먹고 학교 앞 '마리나스' 가고 싶어진대."

마리나스는 서울 전체에 지점을 갖고 있는 흔한 중저가형 뷔페였다.

"등록금을 나눠서 평균 강의료를 계산해 보면 한 번 수업 듣는 가격이 마리나스 가격이랑 비슷하대. 그래서 수업 한 번 빼먹고 싶을 때마다 '1 마리나스 할래?' 한다는 거야. 와, 얼마나 남는 게 없으면."

키득키득 웃으며 말하던 나는 문득 이게 웃을 일이 아니란 것을 깨달았다. 왜냐하면 나는 가끔 수업 빼먹은 돈으로 뷔페 가고 싶은 생각이 들든 말든, 내 한 몸 편하면 그만이지만…… 은지호는 절대 그런 사람이 아니기 때문이다.

나는 힐끔힐끔 은지호의 눈치를 살폈다. 그는 내 생각을 아는지 모르는지, 진지한 눈으로 화면을 보며 '그런데 강의

한 번 빠져도 강의료 환불 못 받아.' 같은 소리나 하고 있었다. 아니, 내가 아무리 아직 대학을 안 다녀 봤어도 그건 알지. 그보다도…….

계속 그의 눈치를 살피던 내가 물었다.

"은지호, 너는 어쩌고 싶어? 힘들어도 남는 수업 들을까, 아니면 쉽고 편하고 하나도 안 남는 수업 들을까? 우리."

"나는 다 괜찮아."

"아니, 그래도 더 끌리는 게 있을 거 아니야. 식당 메뉴 고를 때 같은 소리 하지 말고."

은지호는 눈 하나 깜짝 않고 대답했다.

"진짜 다 괜찮으니까 괜찮다고 하는 거야. 나는 지난 1년 동안 학교 다녀 봤으니까 나한테 뭐가 맞고 뭐가 안 맞는지 알잖아."

나는 머뭇머뭇 대답했다.

"그거야 그렇지만……."

"너 편한 대로 해."

나는 노트북 자판 위에 한 손을 올려놓은 채 불안하게 눈을 굴렸다.

사실 이미 알고 있었다, 은지호가 원하는 게 어느 쪽인지는. 내가 아는 은지호는 절대 자기 몸 좀 편하자고 남는 거 없는 수업에 기꺼이 들어갈 사람이 아니니까. 여느 드라마 재벌들처럼 시간 낭비 이런 거 무지 싫어하고.

그때였다. 내가 선뜻 의견을 꺼내지 못하자, 은지호가 나 대신 마우스에 손을 올려놓으며 말했다.

"그럼 쉽고 편한 걸로 간다?"

"아, 아니, 잠깐!"

나는 나도 모르게 외쳤다. 일순 카페 안의 시선이 집중될 정도로 큰 소음이었다.

내가 나도 모르게 입을 막는 가운데, 은지호가 어리둥절하게 물었다.

"왜? 쉽고 편한 게 어렵고 힘든 것보다 낫지 않아?"

"그건 그런데……."

은지호한테서 저런 정론 같은 얘기가 나오다니 기분이 이상했다. 한참을 안절부절못하던 나는 결국 결심했다.

내가 단호하게 말했다.

"우리 어렵고 남는 거 많은 수업 듣자."

"뭐? 괜찮겠어?"

이번에는 은지호 쪽에서 표정이 이상해졌다. 내가 이런 결정을 하리라곤 상상도 못 한 눈치였다.

물론 나 스스로 생각해도 놀랍긴 했다. 하지만 어쩌겠어, 나랑 같이 수업 듣겠다고 심지어 우리 학과 전공을 들어오려고 한 사람을…… 고작 어렵고 힘든 수업 좀 듣기 싫다고 내쫓을 순 없잖아. 그래 봐야 교양인데.

그리고, 나 재수할 때도 은지호가 매주 주말마다 기숙 학원까지 차 끌고 와서 저녁 먹고 갔으니까…… 나는 은지호가 귀중한 스무 살 시절 도로에 버린 시간에 대하여 어느 정도 책임이 있었다.

턱을 괴고 흐뭇한 미소를 짓는 내게 이번에는 은지호가 정말 괜찮겠냐고 물어 오기 시작했다.

아, 문제없다니까. 까짓것 다른 수업은 쉬운 걸로 넣고 그 수업만 좀 죽었다 생각하지 뭐. 나는 연신 고개를 끄덕였다.

그리고 대망의 수강 신청 당일, 우리는 둘 다 무사히 수강 신청에 성공했다. 사실 어렵고 힘든 수업은 워낙 비인기 과목이라, 교양인데도 불구하고 자리가 남아돌 정도였다.

나머지 전공과목도 무사히 사수하는 데 성공한 나는 편안한 마음으로 개강을 맞이했다.

하지만 그것만으로 대학 생활이 평화로워진다면 세상에 힘든 대학생이란 존재하지 않을 것이다.

* * *

어느새 개강을 한 지도 한 달가량이 지나, 세상은 봄의 신록을 입었다. 집 앞 공원이나 산책로는 물론이고 캠퍼스만 봐도 사방에 온통 꽃, 꽃, 꽃이었다.

그리고, 창밖 가지에 무겁게 매달린 흰 꽃들을 보며 내가 중얼거렸다.

"벚꽃의 꽃말은 중간고사라지……."

재수 학원은 산속에 있어서 어느 데서나 고개만 돌리면 산허리에 피어난 벚꽃들이 보였다. 작년 이맘때쯤에 그 절경을 보며 우울해하고 있었던 걸 생각하면 지금 이 감정도 사치 같다. 아니, 하지만 막상 경험해 보니 대학 공부가 생각했던 것처럼 만만치 않아서…… 형광펜을 쥐고 있던 내 손에 힘이 들어갔다.

대학만 가면 놀아도 된다고 말했던 사람 누구야? 다 신고해 버려야 돼. 그런데 너무 많아서 기억이 안 나네…….

그때 교수님 입에서 마침내 그토록 기다리던 '오늘 강의는 여기까지.'라는 말이 튀어나왔다. 나는 허둥지둥 가방에 필통과 프린트를 쑤셔 넣고 강의실을 빠져나왔다.

오늘은 목요일, 방금이 첫 수업이었다. 시간표가 애매하게 떠서 다음 수업까진 아직 한 시간 반 정도를 더 기다려야 했다. 게다가 목요일은 거의 아무와도 공강이 겹치지 않는 유일한 날이기도 했다.

오늘은 입학하고 한 달 지났는데 아직도 안 가 본 도서관을 가 볼까? 아니면…… 그때 핸드폰 진동이 울렸다.

나는 화면을 들여다봤다.

[혜힐이♡♡ : 오늘은 언제 와?]

[혜힐이♡♡ : 신메뉴 생크림 자바칩 초코라떼 대기 중]

[혜힐이♡♡ : (사진)]

오늘도 나는 유혹에 졌다.

'지금 갈게.' 단 네 글자를 입력한 나는 바쁘게 걸음을 옮겨 후문으로 향했다.

김혜힐은 1학년 때는 본가에서 보내 주는 돈으로 생활하다가 이번 학기부터 카페 알바를 하고 있었다.

무슨 특별한 사정이 생겼다거나 한 건 아니고, 그냥 대학 들어오면 한 번쯤 해 보고 싶어서 버킷 리스트에 있었다나. 하는 말을 봐서는 조만간 때려치울 것 같긴 했다.

유리문을 열고 들어가자, 고작 다섯 테이블 정도 있는 아담한 카페가 모습을 드러냈다. 아직 두세 시라선지 사람은 별로 없었다. 저녁에 오면 이 좁은 카페 안은 꽉 찰 정도로 붐볐다.

카운터로 다가간 나는 씩 웃으며 말했다.

"대기 중인 걸로 하나 주세요."

"메뉴 이름을 제대로 말씀해 주셔야 하는데요, 손님."

그렇게 말하면서도 김혜힐의 손은 이미 화면을 찍고 있었다. 카드를 내밀어 결제한 나는 진동 벨을 들고 테이블로 향했다.

얼마 안 있어 앞치마를 벗은 김혜힐이 내가 결제한 음료

외에 아이스 아메리카노, 그리고 웬 접시를 직접 들고 왔다. 내가 당황해서 물었다.

"오늘은 서비스가 쿠키가 아니네?"

"사장님 계시거든. 너 보더니 자주 온다고, 가져다주래."

"와."

카운터 쪽을 보자 장신의 여성분이 빙긋 웃었다. 고개를 꾸벅 숙인 나는 다시 케이크를 보며 신나서 포크를 들었다.

"잘 먹겠습니다."

"많이 먹어."

치즈케이크를 내 쪽으로 밀어 준 김혜힐은 아메리카노를 쭉 들이켰다.

이렇게 김혜힐이랑 노닥거릴 수 있는 것도 사람이 적을 때만 누릴 수 있는 사치였다.

치즈케이크를 전투적으로 해치우며 나는 요즘 학교생활이 얼마나 힘든지에 대해 토로했다. 사실 맨날 하는 얘기지만 또 했다.

"과제가 너무 많아. 교수님들은 무슨 우리가 자기 수업 하나만 듣는 줄 아나 봐. 이번 주에도 과제가 세 개나 나왔어."

"너희 학과가 유난히 심한 것 같아. 우리 학과는 뭐, 수업 따라 다르긴 하지만……."

김혜힐이 턱을 괴며 말했다.

그러고 보면 김혜힐은 은지호와 같은 경영학과였다.

그녀가 회계사를 목표로 하고 있었기 때문에, 공인 회계사 시험(CPA)을 준비하고자 겹치는 과목이 많은 학과를 택한 것이었다.

나는 잠시 우리가 파티에서 마주쳤던 때를 회상했다. 참, 고등학교 1학년 때만 해도 김혜힐도 나와 같이 뭘 해야 할지 모르는 처지였는데, 갑자기 마음을 정하더니 그대로 맞추어 관련 학과까지 정하고 합격해 버리다니.

덕분에 내 주위에서만 한국 대학교 경영학과가 셋이나 되는 셈이었다.

내가 다시 치즈케이크를 자르며 물었다.

"너는 수업 뭐 뭐 들어? 은지호랑은 아무래도 안 겹치지? 걔는 아예 기업 경영 쪽이니까……."

"아니? 이번 학기에 나 걔랑 수업 세 갠가 네 개 겹치던데. 너 못 들었어?"

"어?"

나는 눈을 휘둥그레 떴다. 둘이 수업이 그렇게 많이 겹친다고? 왜?

그녀가 말을 이었다.

"난 이번 학기에 일부러 재무 관리랑 회계 쪽으로만 다 신청했거든. 어차피 내 진로가 그쪽이기도 하고, 그 과목들이 다 배우는 양이 많아서 암기가 빡세긴 해도 팀 프로젝트는 없어서."

"으응."

"그러면서 '와, 2학년인데 나처럼 시간표 짜는 사람 하나도 없겠지.' 했는데, 막상 들어가 보니까 거기 은지호가 있는 거야. 진짜 거의 일주일 내내 마주치는 것 같아."

그렇게 말하는 김혜힐의 표정은 좋지 않았다.

3학년 때 은지호가 내게 어떻게 대하는지 본 이후로, 그녀의 안에서 은지호에 대한 평판은 꾸준히 바닥을 쳤다.

심지어 그가 기억을 되찾기 위해 무슨 짓을 했는지, 내 재수 생활 때 그가 얼마나 지극정성으로 날 모시는지 봤는데도 그랬다. 그냥 마음에 안 든다나 뭐라나.

그래도 할 말은 해야겠는지, 내 눈치를 살핀 김혜힐이 툭 던졌다.

"걔, 아마 우리 학과 과목이 거의 다 팀프 있는데, 그러면 자유 시간 뺏기니까 그게 싫어서 시간표 그렇게 짠 걸 거야."

"아, 응."

"안 그래도 1학년 2학기인데 전공 21학점 들은 미친놈이 있다는 소문이 돌아서 누구 얘기인가 했는데, 걘가 보더라고. 그러면서 학점 4.5 맞았다고 하니 확실해."

"아……. 걔 학과에서 그러고 사니?"

왜 그러고 산대? 그런 말까진 하지 않기로 했다. 지금 흐름을 보아서는, 보나 마나 그것도 2학년 때 나랑 널널하게 다니려고 그랬던 게 분명하니까.

나는 일부러 화제를 돌렸다. 대학 얘기, 고등학교 친구들 얘기, 온갖 얘기가 나온 뒤에 화제는 다시 원점으로 돌아왔다.

빨대로 커피를 휘저은 김혜힐이 중얼거렸다.

"너희가 7년 동안 친구로 지냈다고는 하지만, 그래도 신기하다. 한 번도 크게 안 싸우는 거 보면. 원래 아무리 친구로 사귄 기간이 길어도 친구일 때 보는 모습이랑 연인으로 보는 모습이랑 많이 다르잖아. 또, 애초에 기대의 크기도 다르고."

"너랑 이지한도 많이 안 싸우지 않아?"

내가 그녀의 남자 친구에 대해 묻자, 그녀는 고개를 끄덕였다.

"그거야 뭐, 우리는 기본적으로…… '이런들 어떠하리, 저런들 어떠하리' 하는 만수산 드렁칡 같은 스탠스를 취하고 있어서."

"응?"

"윤정인이랑 김혜우를 각각 중학교 동창과 형제자매로 두면 누구라도 그렇게 될걸."

그녀가 태연히 음료를 쪽 빨며 하는 말에 나는 깊이 공감했다.

"아."

"그런데 너희는 둘 다 그런 성격은 아닌 것 같아서. 그럼 남은 가능성은 너희가 아직 서로 눈치를 보고 있거나, 충분히 편하지 않다거나…… 뭐 그런 것 같은데."

"아마도 둘 다일 거야. 우리, 사귄 지는 일 년 좀 넘었다고 해도 실제로는 거의 두 달 전부터 사귄거나 다름없잖아."

그전까지는 주말마다 얼굴 한 번씩 본 게 다니까. 내 말에 김혜힐이 고개를 끄덕였다.

"그렇지."

"게다가 뭐라고 해야 하지, 친구로서 지내면서 서로 맞춰 온 게 있으니 서로 맞추는 건 안 불편한데…… 오히려 막상 응석 부리려고 하면 그게 어떻게 해야 하는지 더 모르겠어."

"저런……."

"그리고 무엇보다도, 우리 둘 다 서로의 곁에 있기 위해 포기한 게 있으니까."

마지막에 이르러 목소리가 저절로 낮아졌다.

나는 어느새 빈 잔을 보며 생각했다. 그래, 서로의 곁에 있기 위해 나는 원래 세계에서의 삶을, 그리고 은지호는 과거가 바뀐 이 세계에서의 자기 자신을 버렸지.

덕분에 은지호의 기억은 과거가 바뀌기 전과 바뀐 후가 섞여 뒤죽박죽이고. 다행히 아직 별문제는 안 터진 것 같지만…….

잔을 두 손으로 쥔 나는 가볍게 한숨을 터트렸다. 그런 나를 안쓰럽다는 눈빛으로 보고 있던 김혜힐이 물었다.

“걱정돼? 은지호가 포기한 만큼의 대가를 네가 은지호에게 주지 못할까 봐.”

“솔직히 말하자면 그래.”

“뭘 그렇게 걱정해? 어차피 대가니 가치니 하는 것도 사람마다 기준이 다른 거야. 걔가 혼자서 생각하기에 네가 그만큼의 가치가 있으니까 다른 모든 걸 포기한 거고, 그건 어차피 걔 기준에 따른 거라 너는 아무리 고민해 봐도 이해 못 해. 이해될 리도 없고. 그리고 너 스스로도 이해 못 하는 걸 갚아 준다? 그거야말로 불가능하지. 그렇다는 걸 걔도 이미 알걸.”

“으응, 그렇기야 하지만.”

나는 더는 대답하지 못하고 입술을 깨물었다.

하지만 그렇다고 해도 걱정되는 건 마찬가지였다.

언제나 은지호가 이성과 업적이라는 단단한 땅 위에 발 딛고 서 있는 사람과 같다면, 나는 지금까지 그가 쌓아 온 모든 것을 무너뜨리고 헤집는 폭우에 가까웠다. 그리고 마침내 그의 속을 헤집던 폭우가 멎었을 때, 그가 자신의 땅에 일어난 일을 보고 이것이 정말로 자신이 원하던 결과라고 생각할까?

또 그가 그렇다고 해서 돌아가기엔 너무 멀리 왔다는 걸 깨달았을 때, 과연 그런 자신의 의사를 밝히고 나를 떠날 수 있을까? 아니면 책임감과 죄책감 때문에 차마 그러지 못할까?

나는 전혀 알 수 없었다.

*　*　*

은지호가 수업 끝날 시간이 다 되어 나는 카페를 나섰다.

다음 수업은 은지호와 함께 듣는 '비사논' 수업이었다.

하하, 교수님 거의 하루에 세 명씩은 질문시키시는 것 같던데…… 나만 한 달간 계속 안 받았으니 이번엔 드디어 내 차례겠군. 이번에야말로 수업 빼먹고 대신 요 앞에 뷔페나 가고 싶다. 그런 마음을 머금고 경영관 앞에 섰다.

예전엔 여단 오빠와 마주치기라도 할까 많이 무서워했지만, 그동안 한 번도 마주치지 않은 것을 보고 이 캠퍼스가 생각보다 넓구나 하는 것을 깨달아서 요즘은 아무 생각이 없다.

잠시 스마트폰을 만지는데, 누군가가 나를 불렀다. 고개를 드니 바로 앞에 동기인 이예지와 박준석이 서 있었다.

예지와 박준석, 둘 다 재수로 들어와서 나와 동갑이었다.

동생들이 잘해 주지 않는 건 아니지만, 동갑인 데다 재수를 거쳤다는 데서 오는 동질감이 꽤 커서 알고 지낸 시간에 비해 꽤 빨리 친해진 편이었다.

예지가 웃으며 말했다.

“단아! 여기서 뭐 해?”

“아, 나는 같이 수업 들어갈 친구 기다리는 중. 걔가 경영학과라서.”

아~ 하고 짧게 감탄사를 내뱉은 예지가 곧 말했다.

“단이 너는 가만 보면 타과에 친구 진짜 많은 것 같아. 신기하다. 다 동아리에서 사귄 거야?”

“아, 그게 아니라 나는 고등학교 동창들이 우리 학교 많이 와서 그래.”

그때 박준석이 끼어들었다.

“엥? 좀 이상한데? 우리 학교 한 고등학교에서 두 명만 와도 많이 온 거 아니야?”

“그러게.”

예지도 동의했다.

아, 여기서 내 범상치 않은 고등학교 얘기를 꺼내는 건 좀…… 마른세수를 하고 있는데, 예지와 함께 이런저런 가설을 꺼내던 박준석이 갑자기 말을 멈추더니 흡 하고 숨을 들이쉬며 가슴을 폈다.

나와 예지가 동시에 물었다.

“왜 그래?”

“말 시키지 마.”

그렇게 말하는 박준석의 목소리는 딱딱했다. 아, 뭔데.

나와 예지가 거듭 물었지만, 수 초가 지난 후에야 그는 헤라클레스처럼 부풀렸던 몸을 다시 원상태로 되돌렸다.

그리고 그가 하는 말에 예지와 나는 웃음을 터트렸다.

"아, 봤냐? 방금 엄청 예쁜 여자 지나간 거. 그래서 잘 보이려고 복근 만드느라 숨 참은 거야."

"아, 웃겨. 그게 무슨 복근이야, 그냥 배에 힘준 거지."

"맞아, 그러면 우리도 숨 참아서 배 납작해지면 복근이게?"

"아니, 진짜 있다니까. 너희 계속 날 무시하는데, 나 이래 봬도 운동하는 남자야."

나와 예지가 깔깔거리며 웃거나 말거나, 박준석은 계속 자기 복근의 존재를 주장했다.

급기야 그가 자기 배를 내밀며 만져 보라고까지 해서 내가 웃으며 몇 걸음 물러나는 참인데, 누군가가 그런 내 등을 가볍게 받쳤다. 돌아보니 은지호였다.

목을 꺾듯이 그를 올려다본 내가 인사했다.

"아, 은지호."

왔어? 내가 묻는 말에도 대답하지 않고, 그는 정면을 빤히 보다가 되물었다.

"동기들?"

"아, 응."

"안녕하세요."

내 손목을 얼른 놓은 박준석이 먼저 말했다. 이어 예지도 외쳤다. 안녕하세요! 그 격한 반응으로 보아 그녀는 은지호가 누군지 진작 알아본 것이 틀림없었다.

아, 이거 이 자리에서 잘 설명해 두지 않으면 큰일 날 수도 있겠는데.

나는 생각했지만, 애초에 이런 문제를 딱히 잘 설명할 방법 같은 건 없었다. 내 머릿속에서 예지와의 대화 시뮬레이션이 돌아갔다.

'네 고등학교 동창이란 게 은지호였어?'

'응.'

'어쩌다 그렇게 됐어?'

'걔와 내가 우연히 같은 학교에 같은 해에 입학해서……? 너도 이제 은지호하고 대학교 동창 아니니?'

음, 역시 안 되겠는데. 내가 생각하는 사이, 은지호가 예지와 박준석에게 대답했다. 예의 비즈니스용 미소를 걸친 채였다.

"네, 안녕하세요."

"어어……."

준석이와 예지가 얼이 빠진 것 같은 탄성을 내뱉는 참인데, 은지호가 대뜸 날 향해 몸을 돌렸다.

"우리 이러다 수업 늦겠다."

"어, 진짜네. 얼른 가자."

"그럼 가 볼게요."

준석이와 예지를 향해 예의 바르게 인사한 은지호가 나를 데리고 벗어났다.

그런데 그때, 은지호의 팔이 내 어깨를 살짝 감싸는 게 느껴졌다. 학교 안에서는 안 이러기로 했는데, 지각할까 봐 마음이 급한가? 아니면 설마, 나는 박준석이 있는 쪽을 힐끔거렸다.

박준석과 예지는 여전히 잔뜩 흥분해서 발을 동동 구르며 서로 떠들고 있었다. 해명이 절실하게 필요해지는 시점이었다.

그리고 다시 은지호의 옆얼굴을 힐끗 본 나는 생각했다.

설마, 질투는 아니겠지?

그런 감정과는 무관해 보이는 여단 오빠도 질투한 적이 있긴 하지만, 그건 상대가 유천영이었는걸……. 한때 서로 특별한 감정이 있었고, 무엇보다도 무척 오래 알고 지낸.

음, 아무것도 아니겠지.

얼마 지나지 않아 은지호가 팔을 풀기에, 나는 수업이 있는 건물을 향해 그와 나란히 걸음을 옮겼다.

강의실로 들어오자 수업 시작까지 시간이 좀 남아 있었다. 은지호가 가방에서 프린트를 꺼내 책상 위에 올려놓고 물었다.

"공강 시간에 계속 걔들이랑 같이 있었어?"

"어? 아니, 너 기다리다 우연히 마주쳤지. 혜힐이 알바하는 카페 놀러 간다고 했잖아. 신메뉴 사진 찍어 보냈는데, 톡 아직 못 봤어?"

"아……. 봤어."

뭐든 잘 잊어버리는 그가 아닌데, 조금 얼빠진 얼굴로 대답이 돌아왔다.

나는 일부러 열심히 설명했다.

"아까 걔들은 예지랑 준석이. 내가 많이 얘기했지? 엠티에서 같은 조였는데, 마침 다 재수생이라 빨리 친해졌다고. 우리끼리 재수생들 일부러 한 조에 묶어서 처리한 거 아니냐고, 그런 얘기도 했다니까."

"어, 들었어."

"응, 걔들. 막상 개강하니까 시간표가 잘 안 겹쳐서, 오늘도 3일 만에 본 거긴 한데……."

기억도 못 하고 있던 게 민망했는지, 은지호는 불쑥 화제를 돌렸다.

그가 턱을 괴며 물었다.

"동아리 이번 주 과제 제출했어?"

"아, 아니! 안 그래도 나 그것 때문에 할 말 있었는데……."

내가 눈을 크게 뜨며 대답하는 참인데, 교수님이 들어오셨다. 우리는 다음을 기약하며 일제히 앞을 보았다.

예상은 하고 있었지만, 오늘 수업에서는 아니나 다를까

나에게 질문이 돌아왔다. 그래도 아예 웃음거리가 되진 않아서 다행이었다. 뭐, 이번 질문만 어떻게든 넘기면 이제 4주간은 질문 없으니까.

답변을 끝내고, 안도의 한숨을 내쉬는 나를 보며 은지호가 작게 웃었다.

그렇게 오늘 하루도 순조롭게 마무리되나 했는데 수업이 끝나기 직전, 손목시계를 힐끗 본 교수님이 갑자기 말씀하셨다.

"자, 그럼 오늘은 수업 오티 때 말했던 대로 팀 과제를 하나 낼 겁니다. 팀은 첫째 주부터 미리 정해 두라고 말했었죠? 다 정해졌나요?"

네, 하고 당황한 기색으로 대답하는 사람이 대부분인 반면, 옆자리에 앉은 사람과 다급히 말을 주고받는 이들도 있었다.

"그러면 팀 명단은 한 사람이 정리해서 다음 주까지 가져오고, 과제 계획서도 홈페이지에 양식 올려 뒀으니 그대로 작성해서 각자 다음 주까지 제출하세요. 발표 순서는 내가 계획서를 보고 임의로 정할 테니, 그렇게 알고 계시고."

"네!"

"그럼 수고했어요."

왠지 쌀쌀맞은 말투로 말씀하신 교수님이 강의실을 쌩하니 나가 버리고, 나는 곧바로 은지호를 돌아보며 말했다.

"와, 어떡해. 이 과목 팀프도 곧 나올 거란 거 완전히 잊고 있었다. 큰일 났네."

"여긴 정신없으니까 일단 나가서 얘기하자."

"응."

우리는 황급히 가방을 챙겨 사람들이 들어오기 시작한 강의실을 나왔다.

* * *

"아, 맞아. 아까 내가 말하려던 거."

수업이 끝나고, 나와 은지호는 일부러 학교와 조금 떨어진 곳까지 나와서 밥을 먹었다.

내가 먹다 말고 말을 꺼내자, 은지호가 고개를 들었다.

"응?"

"이번 주에 나온 동아리 과제 말이야."

내가 입학하자마자 반여령과 사대천왕에게 끌려가 가입한 동아리, '포인트'는 아마추어로나마 활발하게 활동하는 사진 동아리였다.

일주일에 한 번 동아리방에서 모임을 갖곤 했는데, 중요 공지가 없는 한 필수 참가는 아니었으며 2주에 한 번씩 과제가 나왔다.

이번 과제는 '사랑'을 주제로 한 사진을 찍어 오는 거였는데, 내가 주제를 듣자마자 생각했던 사진들이 동아리 회장님이 직후에 보여 주신 나쁜 예에 전부 포함되어 있었다. 참으로 슬픈 노릇이었다.

빵을 포크로 푹 찍으며 내가 다시 물었다.

"너도 아직 제출 안 했지?"

"응."

은지호는 그놈의 완벽주의 성미 때문에 뭘 하든 이론부터 공부하는지라 결과는 대체로 좋았지만, 추상적인 주제엔 유난히 약했다.

빙긋 웃은 내가 다시 물었다.

"그럼 우리 카메라 들고 뚝섬 유원지라도 안 갈래? 꽃도 많이 피었고, 기분 전환 할 겸……."

실은 벚꽃이 필 때쯤부터 진작 '꽃구경 가자'고 말하고 싶어 안절부절못했는데, 은지호가 너무 바빠 보여서 그러질 못했다.

대학교 수업 자체는 널널한 편이라고 해도 모임 자리에도 나가야 하지, 아버지가 시키신 일이나 공부도 따로 해야 하지, 말이 대학생이지 거의 직장인이랑 사귀는 기분이었다.

하지만 이 정도면 꽤 괜찮은 핑계가 되지 않을까? 나는 눈을 반짝반짝 빛내며 은지호를 보았다. 사진 과제도 하고 데이트도 하고, 꿩도 먹고 알도 먹고, 이게 바로 일석이조 아니야? 그런 뜻을 잔뜩 담아서.

은지호는 놀랍도록 쉽게 수긍했다. 이럴 거면 그냥 남들 다 하듯이 우리도 꽃 보러 가자고 솔직히 말하는 편이 나았을지도 모르겠다. 내가 생각하던 그때, 은지호가 불쑥 말했다.

“아, 그런데.”

“응?”

“꽃 보러 갈 거면 차 타고 좀 멀리 가는 편이 낫지 않아?”

은지호가 스마트폰으로 뭔가를 찾아보며 말했다.

“요즘 대기가 불안정해서 갑자기 비 올 확률도 높다고 하고, 게다가 뚝섬 유원지엔 사람도 많고. 꽃 잠깐 볼 거면 너희 집 근처에 괜찮은 드라이브 코스가 있어.”

그가 이번에는 지도 앱을 켜서 내게 보여 주었다.

“너희 집이 가평이니까…… 그 근처에 양수리랑 문호리라고, 벚꽃으로 유명한 동네가 있어. 거기 북한강 따라 내려오는 도로를 타면 10분 정도 계속 벚꽃길만 이어진대. 너희 집에서 국도 타면 금방일 것 같은데.”

“아, 응.”

사실 나는 은지호와 만날 때 차를 타고 이동하는 걸 별로 좋아하지 않았다. 그나마 경기도는 대부분 주차장이 넓어서 별문제 없지만, 서울에 있는 식당에 갈 경우 어김없이 은지호가 멀리 차를 대고 걸어와야 하는 경우가 생기기 때문이었다. 겨울에는 추우니까 나 먼저 들어가 있으라고 하는데, 그게 그렇게 어색하고 미안할 수가 없었다.

내 표정이 이상한 걸 알았는지, 은지호가 말끝을 흐렸다.

"아니면 네 말대로 해도 좋고…… 나는 그냥, 어차피 여기가 너희 집 근처니까 여기서 짧게 벚꽃 보고, 사진은 다른 데 가서 찍는 것도 괜찮을 것 같아서. 사람 많으면 사진 찍는 것도 어려우니까."

"아, 그러네. 내가 그 생각을 못 했다."

내가 머쓱하게 말했다. 그러고는 잠시 우리가 앉은 테이블 위로 침묵이 흘렀다.

나는 속으로 한숨을 쉬며 생각했다. 미안, 혜힐아. 그럭저럭 잘 지내고 있다는 내 말, 사실이 아니었나 봐. 아마도 그런가 봐…….

서로의 마음을 확신하는데도 어김없이 어색해지고야 마는 순간들, 말을 잃게 되는 순간들이 있다. 이게 정말로 서로 너무 좋아해서 그러는 건지, 아니면 사실은 보이는 것만큼 가깝지 않아서인지.

그때, 문득 턱을 괸 은지호가 씩 웃더니 말했다.

"사실 난 네가 허락만 해 주면 그 과제, 당장 제출할 수 있는데."

"뭐?"

갑작스런 말에 눈을 깜빡이던 나는 이어진 그의 말에 작게 웃으며 그의 어깨를 툭 떠밀었다.

"네 사진 찍어 가면 되지."

"아, 진짜."

내가 웃으며 말을 이었다.

"자기 남친 여친 사진 찍어 오는 것도 안 돼. 회장님이 그때 말씀하셨잖아, 재작년에 누가 그 짓 했다가 일 년 내내 동아리 내에서 용사로 불렸다고."

"그럼 그냥 그거 하지 뭐. 나 비유에는 소질 없는 거 알잖아."

"너 그래 가지고 내내 전국 2등은 어떻게 했어? 시 영역에서 전부 나갔을 것 같은데."

그렇게 말은 했지만 가슴께가 기분 좋게 간질거렸다. '사랑'에 대해 나 외에 비유할 것은 떠오르지 않는다는 낯간지러운 말을 들은 이상, 이건 어쩔 수 없었다.

그것도 잠시, 나는 그의 말에 내포된 의미를 민감하게 읽어 냈다.

나는 속으로 중얼거렸다. 아, 어떡하지. 얘 진짜 말하고 싶나 봐.

은지호가 앞서 한 말에서 알 수 있듯이, 우리는 우리가 사귀는 사이라는 것을 아직 대학 사람들에게는 비밀로 하고 있었다.

고등학교 때처럼 갑자기 이 세계가 또 뒤바뀔지도 모른다는 불안 때문이 아니라, 단순히 내 적응력 문제였다.

전혀 시선을 받지 않는 흔한 재수생 1로 살다가 다시 사대천왕과 반여령 곁으로 돌아가려니 영 적응이 되지 않았다.

무엇보다 재수 학원에서는 공부에 집중한다는 명목하에 김혜우를 비롯한 소수의 사람하고만 사귀고 번화가에도 안 나가다 보니, 나도 모르는 새 낯가림이 무척 심해진 모양이었다.

지난 6년 동안 유명 인사들과 다니며 꾸역꾸역 적응해 온 게 도로 아미타불이 된 셈이었다. 조금만 시선이 쏠려도 말을 더듬고 진땀이 나서 미칠 지경이었다.

이런 판국에 사대천왕과 반여령과 단순히 아는 사이라는 것을 넘어서서, 은지호와 사귀는 게 알려진다? 그때는 너무 많은 시선을 받은 나머지 그 자리에서 기절할지도 모른다. 농담이 아니라 진짜로.

쓰게 웃던 나는 은지호의 목소리를 듣고 다시 고개를 들었다.

"응? 뭐라고?"

조금 전 은지호의 말로 인해 분위기는 꽤 좋아진 상태였기 때문에, 웃으며 물을 수 있었다.

그러나 내 미소는 얼마 안 가 사라졌다.

"이번에 나온 과제, 사진 동아리 거 말고 비사논 팀프. 그거 그냥 나 혼자 할게."

"뭐?"

그게 대체 무슨 소리야? 내 얼굴이 딱딱하게 굳어진 것도 모르고, 은지호는 음식을 집으며 말을 이었다.

"너 요즘 바쁘잖아. 이번 주도 과제 세 개라면서. 거기다 주말에 놀러 가려면 나머지 날 동안 다 해야 돼서 더 힘들 테고. 그러니까 그냥 내가 할게. 나는 어차피 이번 학기에 과제 없는 수업 위주로 들으니까."

"아니, 잠깐……."

나는 딱딱하게 굳어진 목소리로 말했다. 그제야 은지호가 고개를 들어 나를 보았다.

나는 눈살을 찌푸리며 말을 이었다.

"그래도 같이 해야지. 다섯 명이서 하는 거라면 모르는데, 고작 두 명이서 하는 거잖아."

팀프에서 버스 타는 건 다른 교양에서 이미 경험이 있었다. 팀프가 나오자마자 웬 고학번 선배가 '저 이번 학기 학점 어떻게든 따야 하니까 그냥 제가 다 할게요. 여러분은 이름만 쓰세요.' 하고 말씀하신 것이다. 그의 패기 넘치는 발언에 우리 조 모두는 박수를 쳤었다.

하지만 이건 경우가 다르지, 나는 눈썹을 찡그렸다. 그건 다섯 명짜리였지만 이건 고작 두 명짜리고, 게다가 그 사람은 나랑 아무 사이도 아니었다고.

은지호는 내가 이렇게 반응할 줄 몰랐는지, 조금 당황한 모양이었다.

그가 말했다.

"아니, 그건 그런데…… 난 어차피 다른 사람이랑 조였어도 혼자 하려고 했을 거야."

"그건 나도 들어서 알아. 그런데 너는 내 남친이잖아. 같이 공부하거나 필기 보여 주는 건 괜찮아도, 이런 건 싫어."

"아…… 그런데 나 진짜 혼자 해도 괜찮은데."

은지호가 머리칼을 한 손으로 쓸어 넘기며 난감한 듯 하는 말에 나는 이번에야말로 열 받고 말았다.

나는 입 밖으로 튀어나올 뻔한 말을 가까스로 삼켰다.

너는 진짜 내 시간을 아끼려고 그러는 거야, 아니면 내가 못 따라갈 거라고 생각해서 그러는 거야?

은지호에게 나쁜 의도가 없다는 걸 알고 있는데도 이렇게 생각하고야 마는 나 자신이 싫었다. 하지만, 그에게 내 능력적인 면이 어떻게 비칠지는 이미 잘 알고 있으니까…….

나는 입술을 꾹 다물었다. 그러자 은지호도 더는 말 못하고 난감한 기색으로 머리카락만 매만졌다.

결국, 우리의 식사는 어색한 상태 그대로 마무리되고 말았다.

* * *

생각을 정리할 시간이 필요해서 오늘은 버스를 타고 가겠다고 말했는데도 은지호는 굳이 자기 차를 타고 가라고 붙잡았다.

여기서 거절하면 너무 화난 것처럼 보일까 봐, 사실 그렇게까지 화낼 일은 아닌 것 같고, 그래서 그냥 얌전히 그의 차를 얻어 타고 집으로 돌아왔다.

거실에 있던 엄마 아빠에게 인사하고 방으로 들어온 나는 가방만 내려놓고 침대에 털썩 누웠다.

재수에 성공해서 한국 대학교에 합격했지만 여전히 방 풍경은 변한 게 없어서, 천장을 보고 있자면 가끔 시간이 되돌아간 것만 같은 기분이 들고는 했다.

아차, 이럴 때가 아니지. 은지호 말대로 주말에 꽃구경하러 가려면 과제 세 개를 어떻게든 내일까지 마쳐야 하니까.

얼른 세수만 하고 온 나는 의자에 앉다 말고, 조용히 핸드폰을 꺼냈다.

은지호는 아직 집에 도착하지 않은 모양인지, 핸드폰은 잠잠했다.

나는 망설이다 글자를 입력했다.

[함단이 : 지호야, 아까 우리 하던 얘기 말인데…….]

얘기하다가 중간에 답장이 오면 그것부터 대답하다가 딴 길로 새는 경우가 많았으므로, 장문으로 한꺼번에 보내기로 했다.

나는 마저 썼다.

[함단이 : 지호야, 아까 우리 하던 얘기 말인데…… 너는 진짜 나 시간 없는 거 알고 도와주려고 그런 거 알아. 근데 우리 둘 다 배우려고 그 수업 듣는 거고, 게다가 내가 먼저 듣자고 한 거였잖아. 그런데 네가 갑자기 나랑 상의도 없이 팀프를 혼자 하겠다고 하면, 나는 이게 뭐 하자는 일인가 싶고 너무너무 빡친다…….]

아니, 하마터면 우리가 아무 사이도 아닐 때처럼 쓸 뻔했네. 황급히 정신을 차리고 마지막 문장을 지운 나는 다시 썼다.

[함단이 : 그런데 네가 갑자기 나랑 상의도 없이 팀프를 혼자 하겠다고 하면, 나는 솔직히 이런저런 생각도 들고 많이 속상해.]

음, 이제 좀 괜찮아진 것 같은데.
심사숙고한 끝에 나는 나머지 문장들도 적었다.

[함단이 : 사실 네가 평소에 그런 식으로 나 도와주려고 할 때마다, 네가 좋은 마음으로 그러는 걸 아는데도 좀 서운해지는 순간들이 있어. 지금은 좋은 마음으로 그러는 걸 알지만, 점

점 그걸 모르게 될까 봐 가끔 걱정이 돼. 그러니까 우리가 이런 부분에 대해 얘기를 좀 잘 해 봤으면 좋겠어.]

장문의 메시지를 한참이나 다시 읽어 본 나는 마침내 결심이 서자 그대로 전송했다.

머릿속이 새하얗게 변한 채 화면을 내려다보던 나는 메시지 옆의 숫자 1이 바로 사라지자 흠칫 놀랐다.

어떡해, 얘도 집에 가자마자 폰만 붙잡고 있었나 봐. 얘도 사실 나처럼 장문으로 뭔가 적고 있었던 거 아니야?

1초가 1분처럼 흐르는 가운데, 3분 정도 기다려 봤지만 답장은 오지 않았다.

아, 시간이 좀 걸리려나 봐. 핸드폰을 책상 구석에 내려놓은 나는 일단 과제를 하기 위해 노트북을 폈다.

그리고 다시 5분.

"아, 하나도 집중 안 돼……."

나는 마치 글이 안 나와서 고뇌하는 작가처럼 텅 빈 화면 앞에서 두 손으로 머리를 감쌌다.

과제고 뭐고, 책상 구석에 놓인 핸드폰의 존재가 신경 쓰여 미칠 지경이었다. 핸드폰을 진작 켜서 대화창을 켜지 않은 건 실낱같이 남은 이성 덕분이었다. 그마저도 조만간 끊어질 것 같지만.

아, 내가 핸드폰을 진동으로 해 둔 건 맞나? 사실은 무음으로 해 둔 게 아닐까? 이렇게까지 아무 소리가 안 나는 걸 보면. 아니, 하지만 화면도 계속 검은색인데? 결국 견디다 못한 나는 화면을 아예 반대로 뒤집었다.

그러고도 장장 10분을 기다린 끝에 마침내 진동이 울렸다. 나는 키보드 위에서 멈춰 있던 손을 뻗어 핸드폰을 매같이 낚아챘다.

화면을 확인한 내 입가가 조금 풀렸다.

"아, 뭐야."

[은지호 : 미안. 나는 사실 네가 그 교수님 수업 듣기 싫은데도 나 때문에 들은 거 알고 있었거든. 그래서 안 해도 될 팀프나 때문에 하게 됐으니까. 그래서 그때 네가 한 번 양보했었으니까 이번엔 나도 양보하자고 생각한 거야. 절대 네 도움이 필요 없다거나, 혼자서 다 할 수 있다거나 그런 게 아니야. 네 말대로 네가 너무 바빠 보여서 되도록 내가 하려고 한 것도 있고.]

적다 뭔가 빠뜨린 게 있는지, 얼마 안 가 핸드폰이 다시 울렸다.

[은지호 : 네가 시간 없어서 나 못 만나면 안 되니까.]

아, 진짜…… 은지호가 지금 내 앞에 없어서 다행이다.

잔뜩 올라간 입꼬리를 실없이 매만지고 있는데, 다시 메시지가 도착했다.

[은지호 : 네가 평소에 그런 생각 하고 있는 줄은 몰랐어. 고등학교 때는 우리가 이런저런 사건이 있다 보니까 서로 많이 도와줬었잖아. 그래서 아무 생각 없이 습관적으로 그랬나 봐. 앞으로는 도와주고 싶은 거 있으면 그래도 되는지 너한테 먼저 물어볼게. 그러니까 너도 걸리는 거 있으면 바로 말해 줘.]

"사람 마음 풀리게 하는 백 점짜리 답안이다. 어쩜, 누가 얘 고용해야 한다. 상담 센터 같은 데다가……."

하지만 그러면 이런 메시지를 나만 받을 수 없으니까, 그런 짓은 안 해야지. 실실 웃던 나는 마침내 스마트폰을 들어 메시지를 입력했다.

[함단이 : 웅ㅎㅎ 나도 미안]

[함단이 : 별거 아닌데 장문으로 보내서 네가 엄청 놀랐을까 봐 보내고 나서도 고민 많이 했어]

내가 '통화할래?'라고 입력하는 참인데, 그보다 먼저 메시지가 돌아왔다.

[은지호 : 전화해도 돼?]

나는 주저 없이 통화 버튼을 눌렀다. 컬러링보다도 은지호의 목소리가 먼저 들렸다.

[잘 들어갔어? 지금까지 뭐 하고 있었어.]

코앞에서 내가 집에 들어가는 걸 봤는데도 그렇게 묻는 그의 세심함에 나는 실실 웃으며 '잘 들어갔다'고 대답했다. 그리고 나는 그새 화면 보호기가 켜진 노트북을 보며 대답했다.

"나야 뭐, 과제 하고 있었지. 네 말대로 우리 꽃구경 가려면 얼른 다 끝내야지."

[그리고 노트북만 켜 놓고 내 답장 기다리고?]

"윽. 너 진짜, 나를 너무 잘 안다."

내 투덜거림에 핸드폰 너머에서 은지호가 작게 웃었다.

그리고 그가 다시 말했다.

[함단이, 이렇게 장문으로 보내는 거 전혀 어려워할 것 없어. 우리 서로 예민해진 상태에서 이야기하다 보면 오히려 딴 길로 새고, 그러다 싸운 것도 이미 여러 번이잖아.]

그와 나 사이의 호칭은 성을 붙인 것과 뗀 것 사이를 왔다 갔다 했다. 주로 이렇게 놀리는 투로 말하거나 농담할 때 성을 붙여 부르곤 했는데, 아직 비율은 반반 정도였다.

나는 볼이 화끈거리는 것을 느끼며 대답했다.

"아, 응. 그렇지."

사실, 혜힐이에겐 말하지 않았지만 학기 초에 은지호와 나는 몇 번 싸운 적이 있었다. 각각 엠티와 회식 때문이었다.

은지호가 말을 이었다.

[그러니까 다음부턴 서운한 거 있으면 그냥 이렇게 바로 말해 줘. 안 그러면 해야 되는 일에 집중 못 하고 폰만 들여다보는 건 나도 똑같아.]

"응, 그럴게. 고마워."

그리고 나는 문득 장난기가 발동해서 웃으며 물었다.

"그런데 너도 오늘 해야 되는 거 많은데 아직 못 했어?"

[나도 집 들어오고 나서 계속 소파에 앉아서 핸드폰만 봤어. 지금은 나와 살아서 다행이지, 아니었으면 아버지한테 이러는 꼴 들키고 엄청 혼났을걸.]

은지호는 대학 입학 이래로 집에서 나와서 한국 대학교 앞에 있는 오피스텔에서 살고 있었다.

시간은 금이니 등하교에 걸리는 자투리 시간도 아끼라는 은한수 회장님의 의도는, 그러나 은지호가 매일같이 나를 데리러 오고 데려다주는 바람에 성과를 거두지 못했다.

아, 진짜. 이것도 그만두라고 해야 하는데. 그런데 솔직히 나도 좋아서 그만하라고는 못 하겠다…….

내가 물었다.

"해야 할 일 많아?"

[응, 죽겠어.]

은지호가 농담으로 우는소리를 했다. 내가 아무 말도 하지 않자, 그가 몇 마디 덧붙였다.

[그래도 주말에 놀러 갈 거 생각하면서 해야지. 그거 아니었으면 진작…….]

그때였다. 팔꿈치를 책상에 대고 팔에 이마를 기대고 있던 내가 말했다.

“은지호, 그거 말인데. 우리 꽃구경 가기로 한 거.”

[아, 나도 마침 말하려고 했어.]

그리고 그가 하는 말에 나는 눈을 동그랗게 떴다.

[우리 그거 그냥, 네가 말했던 대로 뚝섬 유원지 갈래?]

“어?”

[벚꽃을 차에서 보는 거랑 직접 걸으면서 보는 거랑은 느낌이 많이 다르잖아. 네가 하고 싶은 건 벚꽃 사이로 천천히 걸으면서 구경하고 싶은 거, 맞지?]

“어어…….”

그야 그렇긴 한데, 일반적으로 꽃구경 간다고 할 때 상상하는 건 거의 그 모습이니까.

그리고 또, 벚꽃을 차에서 보기 싫은 다른 이유도 있고…….

내가 떨떠름하게 대답하자, 은지호가 다시 말했다.

[그럼 그냥 거기로 가자. 차 타고 가는 건 따로 날 잡지 않아도 4월 안이면 언제든지 갈 수 있고, 사진 찍는 거야

뭐. 사람 많다고 사진 못 찍는 거 아니고, 그리고 안 내도 불이익 없잖아. 그렇지?]

"응, 응."

정확히 내 의도를 관통하는 은지호의 말에 나는 연신 동의했다.

'그러면 그렇게 해.' 그 말이 들려온 뒤에 잠시 부드러운 침묵이 찾아왔다.

이윽고, 내가 입을 열었다.

"저기, 은지호."

[왜?]

"우리 사귀는 거, 대학 사람들한테도 언젠가는 밝히기로 했었잖아……."

사진 동아리에서는 매 학기마다 한 번씩 엠티를 갔다.

다른 동아리와 크게 다를 것은 없었으나, 낮에 촬영하고 촬영한 사진을 다 같이 보고 평가하는 시간이 있어서 일종의 출사(出寫)를 겸한다는 점이 조금 달랐다.

내가 말했다.

"우리 사귀는 거, 이번 엠티 때 말할래?"

잠시 침묵이 흘렀다.

이윽고, 은지호가 대답했다.

듣기만 해도 알 수 있을 만큼 웃음기 담뿍 담긴 목소리였다.

[그래.]

"그래."

나도 맹세라도 하듯 다시 말했다. 가슴 한편에 곧 피어날 씨앗을 심은 것처럼, 다시 한번 가슴께가 간질거렸다.

힐끗 시계를 보니 이제는 정말로 통화를 끊고 과제에 매진해야 할 시간이었다.

그럼 이만 끊자고 말한 나는 전화가 끊기기 직전, 말했다.

"지호야, 사랑해."

그에게 사랑한다고 내 쪽에서 말한 것은 처음이었다. 좋아한다고는 말한 적이 있지만, 그 뒤에 대차게 차여서 솔직히 말해 다시 생각하고 싶지도 않고.

어쩌면 그게 트라우마가 되었는지도 몰랐다. 그걸 알아선지 어째선지, 은지호는 매일 사랑한다고 말하면서도 내게 대답을 요구하진 않았다.

마치 내 가장 부드럽고 연약한 부분을 꺼내어 그에게 건네준 것만 같은 기분이었다.

그토록 믿을 수 있는 상대가 생겼다는 것이 달콤하고, 벅찬데, 한편으로는 나 자신을 시험대에 올린 것 같은 기분이 들기도 했다. 세상에 둘도 없는 바보짓을 저지르고 있다는 공연한 느낌.

계속되는 침묵에 내가 가만히 눈을 감던 그때, 마침내 대답이 돌아왔다.

[나도 사랑해, 단아.]

"응."

참았던 숨을 천천히 내쉰 나는 전화를 끊었다.

이 정도까지 했으면 이제 오늘은 맘 편히 잘 수 있었다.

그런데 어쩌면 한숨도 못 잘 것 같기도 했다.

* * *

대망의 토요일, 나는 새벽같이 일어나 주방으로 향했다. 이게 다 꽃구경 때 은지호와 내가 먹을 도시락을 싸기 위함이었다.

도시락이야 파는 데가 수두룩하고, 아무 편의점에나 들어가서 사도 되지만 그러기가 싫었다. 내가 한 요리를 애인이 맛있게 먹는 모습을 보고 싶다는 일종의 로망이 있었기 때문이었다. 그런 이유로 은지호가 가사 일을 도와주시는 분께 부탁하겠다는 걸 굳이 거절했다.

내가 도시락을 직접 싼다고 하자, 엄마는 떨떠름한 얼굴로 '네가? 굳이……?'라고 말씀하셨다.

은지호와 내가 사귀는 줄은 모르는 엄마는 친구들과 다 같이 놀러 가는 줄 알고, '네 친구 중에 요리 잘하는 사람이 그렇게 없니?'라고 재차 물어 왔다. 은형이도 잘하잖아, 왜.

그런 말들을 무시한 나는 꿋꿋이 엄마가 장 보는 카트에 도시락 재료들을 함께 집어넣었다. 내가 집어넣은 재료들을 본 엄마의 표정이 한층 미묘해진 것은 말할 것도 없었다.

아니, 뭐, 무난하지 않나? 달걀 샌드위치에 닭튀김에 유부초밥, 크래미 샐러드에 파프리카에 방울토마토 정도면…….

일부러 쉬운 메뉴들로만 엄선했는데, 이 정도면 나도 할 수 있지 않을까?

그리고 불과 한 시간 뒤, 나는 후회하기 시작했다. 아니, 도시락 싸려고 평소보다 두 시간은 일찍 일어났는데, 두 시간이 뭐야, 지금 해 놓은 게 달걀 삶는 거랑 닭 튀기는 것밖에 없는데……. 샌드위치 속은 언제 만들어? 유부초밥은 금방 하겠지? 샐러드 재료 손질도 금방 하겠지? 그, 금방 할 수 있겠지?

그리고 약 한 시간이 더 지난 뒤, 나는 크래미 샐러드를 과감하게 버렸다. 오이도 버렸다. 파프리카보다 오이가 더 무서웠다. 급하게 썰다가 손 베일 것 같아.

지호야, 사랑해. 그러니까 그냥 주는 대로 먹어. 세상에서 너만 먹을 수 있는 특별한 맛없는 음식들이야. 어쨌든 이게 다 내가 널 사랑하니까 이러는 거잖아……. 그런 양심 없는 생각들을 하며 음식들을 삼단 찬합에 담고 돌아선 나는 시계를 보고 깜짝 놀랐다.

"악, 이제부터 준비해서 어떻게 제시간에 나가! 어제 옷도 결국 못 골라서 다시 입어 보고 정하려고 했는데, 망했다."

"단아, 조용히 좀 하고 다녀!"

안방에서 엄마가 와락 성질을 냈다. 재빨리 사과한 나는 허둥지둥 욕실로 들어갔다.

꽃구경 가는데 잔꽃 무늬 원피스 입고 가면 이상한가? 아니지, 청재킷을 걸치면 괜찮지 않을까? 그냥 긴 니트 원피스 입고 베레모 쓸까? 아, 생각해 보니까 우리 돗자리 앉으려면 바지 입는 게 낫겠네! 아니, 그런데 재킷을 벗어서 무릎에 덮으면 되잖아? 그럼 굳이 바지 입을 필요 없지 않나? 또, 바지는 학교에 자주 입고 다니고…….

결국 고심 끝에 잔꽃 무늬 원피스에 청재킷을 걸친 나는 황급히 집을 뛰쳐나갔다.

원래 만나기로 한 날엔 은지호가 항상 데리러 오곤 했지만(사실 만나지 않는 날에도), 오늘만큼은 아니었다.

은지호는 오늘만큼은 지하철을 타고 오겠다고 했다. 마음 내키는 대로 산책하다 차 있는 곳으로 다시 돌아오는 것도 귀찮지 않겠냐고.

내가 그가 차 가져오는 걸 싫어하는 게 티가 났는지 어떤지는 잘 모르겠지만, 나는 신나 하며 그러자고 했다.

그러나 설레는 마음으로 버스를 기다리며, 스마트폰으로 오늘 날씨를 검색한 나는 중얼거렸다. 아…….

“어째 예감이 안 좋은데.”

덜컹거리며 언덕길을 달려 내려가는 버스 안에서 나는 날씨를 마저 확인했다.

은지호도 언급한 적이 있는 예의 불안정한 대기 때문에, 서울 곳곳에서 간헐적으로 비가 쏟아지고 있다고 했다. 다만 하늘은 계속 화창해서, 언제 비가 올지를 전혀 종잡을 수 없다는 것이었다.

제발 꽃구경하다 난데없이 장대비 맞는 일은 없길…… 나는 속으로 기도했다.

버스를 타고 역에 도착해서 지하철로 갈아타려는데 역 바닥이 물로 흥건했다.

아, 여기가 간헐적으로 비가 온 곳 중의 하나인 모양이군. 실제로 수난을 피하지 못한 듯, 젖은 머리카락을 손으로 빗거나 옷을 터는 사람들이 곳곳에서 보였다.

그래도 아슬아슬하게 피해서 다행이네. 나는 그렇게 생각하며 황급히 계단을 내려갔다.

그때, 뒤에서 튀어나온 누군가가 급하게 지나가며 내 어깨를 세게 밀쳤다.

땅이 말랐으면 그럴 일이 없었을 텐데, 하필이면 물기가 있다 보니 발이 미끄러지고 말았다.

두세 계단 정도를 미끄러져 넘어진 나는 그대로 엉덩방아를 찧고 신음을 흘렸다.

"아야야."

욱신거리는 꼬리뼈를 매만진 내가 울상을 지었다. 그래도 그나마 계단을 거의 다 내려갔을 무렵에 넘어져서 천만 다행이다. 아니었으면 아예 굴렀을지도.

지나가는 사람들이 놀라서 '괜찮아요?' 하고 물어 왔다.

나는 황급히 대답했다.

"아, 네. 괜찮아요."

다시 힘겹게 몸을 일으킨 내가 중얼거렸다. 엉덩이뼈가 욱신거리긴 하지만…… 다쳐 본 경험으로는 이 정도면 그냥 스케이트장에서 넘어져 멍든 정도인 것 같았다. 실제로 걷는 데는 아무 지장이 없었다.

그러던 나는 조금 먼 곳에 떨어진 내 찬합을 보고 비로소 '앗!' 하며 비명을 질렀다. 마땅히 넣을 가방이 없어 손에 달랑달랑 들고 있었던 게 문제였다.

황급히 찬합을 주워 이리저리 살펴본 나는 이윽고 울상을 지었다.

"어떡해."

안 그래도 찬합에 넣기 전부터 별로 보기 좋은 모양새는 아니었는데, 심지어 구르기까지 했으니…….

끔찍한 뭔가가 들어 있는 상자를 여는 것처럼, 한쪽 눈을 감고 찬합 뚜껑을 살짝이 열어 본 나는 신음했다.

"아."

찬합 안은 마치 내가 여기 오는 길에 잠시 놀이공원에 들러 청룡열차라도 탄 것처럼 변해 있었다.

아, 안 되겠다. 이건 회생 불가다. 은지호한테는 그냥 점심 사 먹자고 하자…… 결론을 내린 나는 터덜터덜 힘없이 탑승구로 향했다.

원래부터 별로 사람 먹을 음식이 아니었다고는 하지만, 그래도 새벽같이 일어나서 했던 일이 수포로 돌아갔으니 당연히 기분이 좋진 않았다.

마음 같아선 아까 날 치고 지나간 사람한테 따지고 싶지만, 진작 사라져서 보이지도 않고…….

그러고 보면 나 이런 일 있어도 누구 붙잡고 따질 생각은 한 번도 해 본 적 없는 것 같은데, 사람이 이렇게 쉽게 날카로워지는구나. 그런 생각을 하는 사이, 어느새 은지호와 만나기로 했던 역에 도착했다.

"표정이 왜 그래?"

개찰구 앞에서 기다리고 있던 은지호가 나를 보자마자 물었다. 나는 울상을 지으며 그에게 다가갔다.

"나 오다가 넘어졌어."

"뭐? 괜찮아?"

황급히 내 두 팔을 잡고 이리저리 살피던 그가 다시 말했다.

"병원 가서 나한테 연락하거나 아니면 나 부르거나 하지."

"병원 갈 정도는 아니야. 아니, 계단 한두 개만 더 내려가면 되는데 뒤에서 튀어나온 사람이 날 막 밀치는 거야. 그래서 미끄러져서 엉덩방아 찧었어. 아무튼 별로 안 아파서 다행이긴 한데……."

별로 안 아프다는 내 말에도 불구하고 은지호의 표정은 더더욱 심각해졌다. '누가 밀었다고?' 그가 혼잣말처럼 중얼거리는 참인데, 내가 찬합 통을 내밀었다.

"아니, 그보다…… 지금 내가 넘어진 게 중요한 게 아니라."

"그게 안 중요하면 뭐가……."

조금 화난 듯 말하던 은지호가 뒤이어 표정을 바꾸었다. 그가 찬합 통을 내려다보며 말했다.

"아, 설마……."

내가 처참한 표정으로 대답했다.

"응, 굴렀어. 나 말고 찬합 통이."

"아……."

"우리 점심 밖에서 사 먹어야 될 것 같아……."

잠시 굳어 있던 은지호가 한 팔로 내 어깨를 감쌌다.

그가 부드럽게 말했다.

"아니야, 밖에서 사 먹는 건 상관없는데……."

그가 무슨 말을 해야 할지 모르는 것처럼 뜸 들이다 대답했다.

"열심히 만들었는데 이렇게 돼서, 많이 속상하겠다."

"응."

대놓고 달래는 말투긴 했지만, 정말 많이 속상했기에 나는 주저 없이 대답했다.

아니, 그런데 다시 생각해 보면, 은지호가 이 도시락의

맛을 평생 알 수 없게 돼서 다행인 것 같기도 했다.

솔직히 말해서 나도 만들면서 먹어 봤지만 편의점에서 사 먹는 것과 굳이 차이를 느끼지 못할 정도였잖아? 혹시 그 사람은 은지호의 입맛을 지켜 주는 수호령 같은 게 아니었을까?

갑자기 내 사고가 말도 안 되는 긍정 회로를 돌리는 찰나, 내 볼에서 손을 뗀 은지호가 다시 말했다.

"맛있는 거 먹자, 우리."

"응."

내가 이렇게 대놓고 속상해한 게 오랜만이라선지, 그는 어떻게 해야 할지 갈피를 잘 못 잡는 것 같았다.

내 손을 잡고 계단을 내려가다 말고 다시 날 돌아본 그가 덧붙였다.

"네 도시락보다 맛있는 건 말고."

'뭘 먹어도 네 도시락보다 맛있진 않겠지.'라는 은지호 딴에는 우회적인 표현이었다.

그제야 활짝 웃은 내가 대꾸했다.

"하하, 그러면 우리 먹을 수 있는 거 거의 없어."

하지만 우리가 출구 밖으로 나가 불과 몇 분 걷지도 않았을 때, 갑자기 쏴아아 하는 빗줄기가 우리 머리 위를 때렸다.

주위 사람들이 각자 재킷이나 가방으로 머리 위를 가리며 흩어지는 가운데, 나는 한동안 젖는 것도 잊고 황망히 하늘만 올려다보았다.

마른하늘에 쏟아지는 비를 보며 내가 중얼거렸다. 아, 어째 예감이 안 좋더라니.

* * *

당장은 할 수 있는 게 없기에 우리는 부랴부랴 역으로 돌아왔다. 게다가 우산을 살 수 있는 가장 가까운 편의점이 역 안에 있었다.

나는 걸치고 있던 청재킷을 벗어 젖은 정도를 확인해 보았다.

음, 이대로 입고 다니면 냄새날 것 같아서 건조한 실내에서 말리긴 해야 할 것 같은데.

다시 은지호를 돌아본 내가 물었다.

"우리 이제 어디 가지?"

"음, 그러게."

은지호도 젖은 머리카락을 쓸어 넘기며 대답했다. 운동회 때도 생각한 거지만 쟤는 저래도 그림이 되니 신기했다.

나도 모르게 그 모습을 정신없이 쳐다보던 나는 뒤늦게 깨달았다. 앗, 맞다. 내 화장.

핸드폰 거울을 켜서 얼굴을 살펴보고, 화장이 번지지 않았다는 것을 확인한 나는 그제야 핸드폰을 다시 내려놓았다.

그리고 두 손을 무릎 위에 올려놓은 내가 불쑥 말했다.

"음, 미안……."

"갑자기 왜?"

은지호는 전혀 이유를 짐작하지 못한 표정이었다. 심지어 그는 '혹시, 네가 넘어진 것 때문에 나 너무 화나 보였어?' 하고 묻기까지 했다.

아니, 좀 그렇긴 했는데, 그거랑 별개로. 나는 시무룩하게 대답했다.

"내가 굳이 차 타고 보는 대신 직접 걷자고 해서…… 차 탔으면 비 맞을 일도 없었을 테고, 계획 바꾸기도 훨씬 편했을 거 아니야."

"아, 난 또 뭐라고. 그런 건 신경 쓰지 마."

은지호가 누그러진 얼굴로 말했다.

"우리가 같이 얘기해서 정한 거잖아. 그런데 너한테만 일방적으로 책임 있는 것같이 굴면 나도 불편해."

너도 어제 겪어 봐서 알잖아. 그가 덧붙인 말에 나는 시무룩하게 대답했다.

"응."

은지호가 다시 말했다.

"모처럼 오랜만에 주말에 만난 건데, 서로 미안해하는 데 시간 쓰지 말자. 그보단 맘 편히 노는 게 낫지. 이미 도시락이랑 넘어진 것 때문에 속상하긴 하겠지만."

"응……."

"그럼 어디 갈래?"

은지호의 말에 나는 비로소 고민하기 시작했다.

음, 일단 도시락을 먹는다는 계획이 무산됐으니까 밥집도 적당히 많아야 하고, 또 갑자기 비 오면 좀 그러니까 실내에서 놀 수 있는 곳이어야 하고……. 그런데 그전에 젖은 옷 좀 어디 가서 말릴 수 있었으면 좋겠는데.

그냥 의자에 걸쳐 둬도 될 것 같은데, 일단 카페나 갈까? 아니, 하지만 카페는 정말 맨날 가는 곳인데…….

그러다 은지호와 눈이 마주친 나는 불쑥 외쳤다. 아!

"은지호, 우리 학교 앞 갈래?"

은지호가 전혀 예상 못 한 대답이라는 듯 물어 왔다.

"학교 앞?"

"응! 우리 평소에 학교 사람들 마주칠까 봐 학교 앞에서 밥 먹은 적은 한 번도 없잖아. 맛집 목록은 계속 쌓여 가는데."

"아, 그러네."

은지호가 선선히 고개를 끄덕였다.

"학교 앞 유명 맛집은 한 번도 같이 가 본 적 없네."

"그치!"

활짝 웃은 내가 다시 말했다.

"그리고 학교 앞에는 너희 오피스텔도 있잖아. 그러니까 잠깐 오피스텔 들러서 옷 좀 말리고, 너도 젖은 옷 찝찝하면 갈아입고 다시 나가면…….”

신나서 말하던 나는 그대로 멈추었다. 일순 머릿속이 텅 비었다. 아니, 잠깐만.

나는 이미 은지호의 집에 가 본 적이 몇 번이나 있었다. 특별한 의미가 아니라, 학교 앞에서 자취하는 이들이 으레 그렇듯 은지호네 집도 아지트화 되는 것을 피하지 못했기 때문이었다.

은지호네 집은 말이 오피스텔이지, 실제로는 방 두 개와 거실 하나로 이루어져 있어서 생활하기에 전혀 어려움이 없었다.

그러다 보니 나와 반여령, 다른 사대천왕은 그의 집에서 자주 술 먹고 다 같이 자고 가곤 했는데, 은지호가 거실 바닥에 들러붙은 주인이를 방으로 질질 끌고 들어가며 ‘내가 전생에 무슨 죄를 지어서…….’라고 중얼거리는 걸 본 것만도 몇 번이었다.

그럴 때면 나와 반여령은 소파에 앉아 깔깔대며 ‘나라를 구했겠지! 그러니까 우리 같은 친구가 있는 거겠지!’ 했다가 그런 말은 아무리 너희라도 못 봐준다며 혼났다.

그런 식으로 여럿이서 떠들썩하게 논 적이야 몇 번이나 있지만, 단둘이 있어 본 적은…… 나는 귀밑머리를 매만졌다.

괜히 분위기가 그렇게 흘러갈까 봐 좀 무섭기도 하고, 걱정되기도 해서…… 솔직히 그럴 마음이 든 적이 없었던 건 아닌데.

그래도 이렇게 갑작스럽게는…… 나는 힐끔거리며 은지호의 눈치를 살폈다.

내가 그의 집에 가자는 얘기를 꺼낼 때부터 그는 표정이 굳어 있었다.

그러다 문득 나와 눈이 마주치자, 그가 한쪽 입꼬리를 올려 웃더니 말했다.

"방금 그 말 후회되지?"

놀랍도록 아무렇지도 않은 목소리였다. 내가 더듬대며 말했다.

"어, 응?"

"밥 먹으러 갔다가 카페나 가자. 네가 학교 앞에 좋다고 한 카페 몇 군데 있잖아. 주말인 데다가 비 오니까 학교 사람이 많진 않겠지."

미리 정해 둔 것처럼 술술 흘러나오는 계획에 나는 멍하니 고개만 끄덕였다.

그리고 뒤늦게 고개를 숙인 내가 중얼거렸다. 그런데 사실 딱히 후회되지는 않는데. 정말로…….

하지만 이걸 내가 은지호에게 다시 말할 틈이 올까? 아니, 그럴 틈이 온다고 해도, 과연 내가 이런 말을 했을 때 은지호가 어떤 반응을 보일까?

그런 생각에 휩싸여, 나는 어느새 내 옆으로 다가온 은지호의 손을 붙잡고 말없이 걸음을 옮기기만 했다.

점심은 천장이 낮고 다락방처럼 기울어진 경양식집에서 먹었다.

바닥과 벽, 창틀을 비롯한 실내 장식이 모두 나무로 되어 있고 모든 테이블에는 노란색 체크무늬 식탁보가 깔려 있었다. 그 위에 방금 뒤뜰에서 꺾어 온 것처럼 소담한 꽃이 유리병에 한 송이씩 꽂혀 있었다.

아담한 분위기의 식당인 데다가 실제로 테이블도 다섯 자리 정도밖에는 없어서, 점심시간에 먹으려면 항상 줄을 30분씩 서야 했다.

주말인 데다 비가 와서 기대했는데, 아니나 다를까 사람이 없었다. 우리가 다른 역에서 만나 시간을 지체하는 동안 점심시간을 훌쩍 넘겨 버린 탓도 있었다.

짧은 기다림 끝에 나온 돈가스를 보고 나는 탄성을 터트렸다. 와, 진짜 크다. 이 정도면 둘이서 하나만 시켰어도 됐겠는데.

은지호가 접시를 보며 물었다.

"썰어 줄까?"

내가 미술뿐만 아니라 이런 일에도 영 손재주가 없다는 걸 내 주위 사람 대부분은 알고 있었다.

평소라면 아무 말 없이 가져가서 썰어 줬을 텐데, 왜 그러지? 잠시 고민하던 나는 곧 깨달았다. 아, 어제의 대화 때문이구나.

나는 실실 웃으며 말했다.

"응, 썰어 줘."

"고마워."

은지호가 내 접시를 가져가며 하는 말에 내가 의아하게 물었다.

"왜 고마워?"

"너 가끔 써는 거 보면 포크나 나이프 미끄러져서 어디 박힐까 봐 걱정됐거든. 그런 걱정을 하지 않게 해 줘서 고맙다고."

"아, 뭐야."

내가 인상을 쓰며 그의 팔을 툭 쳤다. 물론 칼을 든 손에 충격이 가지 않도록 조심했다.

그때 은지호의 음식도 나왔다. 접시를 일단 내 쪽으로 받은 나는 그가 다 썰기를 기다렸다가 교환했다.

정갈하게 썰린 돈가스를 포크로 간편하게 집어 먹던 내가 문득 말했다.

"그러고 보니까, 나 전에 인터넷에서 그런 글 봤어. 돈가스나 스테이크 같은 거 한꺼번에 썰어 놓고 먹는 거 품위 없어 보인다고."

"그래?"

은지호는 대수롭지 않게 되물었다. 아니, 뭐. 나는 내 접시를 내려다보았다. 지금도 나 먹으라고 이렇게 다 썰어 준 걸 보면, 얘는 그런 거 신경 안 쓰는 모양이긴 한데.

그냥, 내 건 다 썰어 주고 정작 자기는 조금씩 잘라 먹기에 궁금했다. 물론 그런 그의 모습이 몹시 우아해 보인다는 건 부정할 수 없지만. 다 썰어 놓고 먹었어도 그래 보였을 것 같은데.

그때 은지호가 말했다.

"아마 그런 시각은 영국이나 유럽 식사 예절에서 유래한 걸 거야."

"아, 그래?"

"응. 그렇긴 한데, 남이 식사하는 모습을 다른 나라 식사 문화 바탕으로 지적하는 게 더 품위 없지 않나? 나야 이러는 건 개인 취향이고."

왜 그러고 다니는지, 이해가 잘 안 되는데.

나는 그 말을 듣고 가볍게 웃었다. 은지호가 나를 의아하게 보았다.

"왜?"

"아니야."

그냥, 환경 같은 걸 신경 쓰지 않고 싶어도 은근히 신경 쓰는 나 자신에 대해 좀 더 깨닫게 되어서.

나는 빙글빙글 웃으며 한 입 크기로 알맞게 썰린 돈가스를 입에 집어넣었다.

학교 앞에서 제일 유명한 식당 중에 하나라더니, 진짜 맛있다. 다음에 공강 시간 널널한 평일에 또 와야지. 애들 다 같이 오기엔 너무 좁은데, 누구랑 오지? 여령이? 혜힐이랑 김혜우?

그런 생각을 하며 이런저런 잡담을 나누다 보니 어느새 접시는 비어 있었다. 창밖을 돌아보니 아직도 세찬 비가 쏟아지고 있었다.

내가 말했다.

"우리 어디로 갈지 먼저 정하고 나가야 할 것 같은데. 어디 갈까?"

"글쎄, 가고 싶은 데 있어? 나는 이 근처는 잘 몰라."

"아, 진짜? 왜? 나보다 이 학교 1년 더 다녔잖아."

어리둥절하게 묻던 나는 곧 깨달았다. 아, 아니지. 지난 학기 전공 21학점 듣는 미친 짓을 했는데 학교 앞에서 한가하게 커피나 마실 시간 따위가 있었을 리 없지.

김혜힐의 말을 떠올린 내 안색이 푸르죽죽하게 변했다. 그러고도 학점 4.5라니, 내 남친이라지만 미친 거 아니야?

내 생각은 전혀 모르고, 턱을 매만지던 은지호가 대답했다.

"음, 그렇긴 한데. 어차피 난 간식 잘 안 먹잖아. 애초에 그쪽 입맛도 아니고."

"아."

하긴, 은지호 입맛 완전 어른스러웠지. 커피는 무조건 아메리카노 아니면 에스프레소에, 무려 홍삼을 물도 없이 마실 수 있고.

그가 다시 말했다.

“테이블 넓고 환한 곳으로만 몇 개 아는데, 그런 곳은 별로지 않아? 사람 너무 많고, 시끄럽고.”

그가 말하는 카페의 용도 역시 나는 알 것만 같았다. 팀프 하러 갔겠지, 뭐. 이번 학기에 팀프 없는 과목만 들으려면 그 수밖에 없었을 테니까…….

잠시 고민하던 나는 ‘흠, 오히려 그런 곳이 더 안 들키고 낫나?’ 하고 중얼거리던 은지호의 손을 툭 쳤다. 그가 다시 날 돌아보았다.

“왜?”

“나 떠올랐어, 아직 우리 둘 다 한 번도 가 본 적 없고 눈에 띄지도 않는 곳.”

“어디?”

내가 웃으며 말했다.

“우리 룸카페 안 갈래?”

은지호의 표정이 벙쪘다. 그동안 나는 그의 앞에서 룸카페의 장점을 열심히 설명했다.

서로 공간이 분리되어 있어서 눈에 안 띄고, 얘기하기도 편하고, 노래 부르고 싶으면 노래를 하면 되고 영화 보고 싶으면 영화를 봐도 되고 보드게임도, 게임기로 하는 게임도 할 수 있으니 일석삼조 아니냐고.

무엇보다 학교 근처에는 나와 반여령, 사대천왕이 전부 들어갈 만한 룸카페가 없었기에, 나도 대학 와서는 한 번도 가 본 적이 없었다. 친구끼리 갈 거라면 노래방이나 그냥 카페가 훨씬 낫기도 하고.

내가 다시 말했다.

"내가 지나가면서 봤던 룸카페는 게임기까지 다 구비하고 있대. 너희 집에 다른 건 다 있어도 최신 컴퓨터랑 게임기는 없잖아, 그치? 테니스 게임이나 레이싱 게임 같은 거 하면 재밌을 것 같지 않아?"

한참 고민하던 은지호는 결국 고개를 끄덕였다. 어쩐지 그의 표정이 어두웠다. 마음에 걸리는 일 있나? 나는 고개를 기웃거리면서도 일단 우산을 챙겨 식당을 나왔다.

우산을 다른 손에 옮겨 쥐고 그의 손을 잡으며 내가 말했다.

"안 땡기면 서초나 경복궁 쪽으로 갈래? 거긴 카페마다 인삼차, 대추차 같은 거 있대."

"됐어."

"복분자 주스도 있댔는데."

"너 계속 놀리면 혼난다, 진짜."

"앗, 헤헤."

사귀고 나서는 오랜만에 듣는 그의 까칠한 말투에 나는

헤실헤실 웃었다. 그러다 말고 나는 문득 우산을 접고 그의 팔에 팔짱을 꼈다.

좀 풀렸나? 나는 그를 힐끔 올려다보았다. 그는 '우산 좁아서 너 비 맞잖아.' 그렇게 말하면서도 우산을 조금 내 쪽으로 기울여 주었다.

누가 빗장 사이로 깃털을 넣고 흔드는 것처럼 가슴께가 간질거려서 나는 다시 웃었다. 그런 나를 보면서 은지호가 작게 한숨을 내쉰 것도 같았다.

* * *

"두 사람이요."

은지호가 카운터에서 선불 요금을 계산하는 동안, 나는 비치된 보드게임을 구경하며 고심했다.

홍보 글에서는 벽장 전체가 다 보드게임이라고 했는데, 비가 와선지 벽장은 반 이상이 비어 있었다.

흠, 할리갈리는 고작 두 사람뿐이니까 재미없을 거고, 그리고 은지호가 내 손등 못 때려서 매번 져 주고 말걸.

앗, 루미큐브 있네, 재밌겠다. 젠가도 괜찮을 것 같고……. 부루마블은 진심으로 싸울 것 같아서 하고 싶지 않아, 추리 게임은 내 쪽에서 형편없이 질 것 같고.

그새 계산을 마친 은지호가 내게 다가와서 물었다.

"골랐어?"

"응? 아니, 루미큐브나 젠가가 괜찮을 것 같은데, 막상 들어가면 얘기하느라 아무것도 안 할 것 같기도 하고."

"그럼 그냥 다른 사람들 쓰게 두고 들어가자."

"그럴까? 근데 나중에 나왔을 때 다른 사람들이 다 가져가서 없으면 어떡해?"

"그땐 다른 거 하면 되지. 어차피 게임이나 다른 할 것도 많다며, 네가."

아, 하긴. 어렵지 않게 납득한 나는 보드게임들을 내버려 두고 그대로 등을 돌렸다. 배정받은 방으로 간 나는 생각보다 방 사이즈가 좁아서 당황했다.

은지호가 재킷부터 벗어서 옷걸이에 걸어 두었다. 그가 자연스럽게 내게 손을 내밀기에 내 청재킷도 벗어서 건네주었다.

그러다 문득 내가 말했다.

"아, 나 앉을 때……."

"응?"

"아니, 음, 아냐."

나는 방구석에 비치된 담요를 힐끗 보았다. 편하게 앉을 때 신경 쓰이면 담요 가져와서 덮지 뭐.

그리고 두 손을 주먹 쥔 내가 물었다.

"우리 이제 뭐 할까?"

"그냥 얘기나……."

그때였다. 텔레비전 아래 비치된 게임기를 본 내가 신나서 외쳤다.

"앗, 테니스 게임 해 보자!"

"어?"

은지호는 왜인지 얼떨떨해 보였다.

"나 어렸을 때부터 저 게임기 엄청 사고 싶었는데, 엄마가 하면 얼마나 하냐고 안 사 줬단 말이야."

"어……."

"은지호 너도 그런 적 있지? 텔레비전에서 광고 나오고 주변에서도 다 갖고 있는데 나만 없는 거! 얼른 해 보자, 얼른!"

은지호가 당황한 표정 그대로 내게 끌려와 게임기 앞에 앉았다. 잠시 넋이 나가 있던 그는 그대로 내게서 리모컨 하나를 건네받았다.

게임기 전원을 켜고 조금 헤맨 끝에 테니스 게임을 찾아 틀자, 눈이 크고 손발이 작달막한 두 사람의 캐릭터가 나타났다.

커플이 할 것을 고려했는지, 한 사람은 남자고 한 사람은 여자였다.

여자 캐릭터 눈이 너무 반짝거려서 별로 맘에 안 드는데, 못 바꾸나? 한참을 찾아도 바꾸는 기능을 찾지 못하자 나는 은지호를 툭 치며 말했다.

"내가 남자 캐릭터 할게. 네가 여자 캐릭터 해."

"뭐? 그런 게 어딨……."

은지호가 항변했지만 나는 빠르게 게임 시작 버튼을 눌렀다. 어차피 그가 이런 것엔 별로 신경 쓰지 않는 것을 알고 한 짓이었다. 과연, 뒷덜미를 문지르며 가볍게 한숨 쉰 그가 리모컨을 들었다.

그가 리모컨을 휘두르자, 게임 속 여자 캐릭터가 왕방울만 한 눈을 반짝이며 라켓을 휘둘렀다. 그 모습을 보고 허리를 구부리며 깔깔 웃던 나는 그대로 공을 놓치고 말았다.

'15-0'이 떠오른 화면을 보며 내가 투덜거렸다.

"아, 이게 잘 안 되네."

"라켓을 휘두르지도 않아 놓고 무슨 소리야."

황당한 듯 핀잔을 주던 은지호는 내가 공을 날리자 급하게 한 손을 들었다. 폼이 영 엉성한 걸 봐서는 그도 테니스는 제대로 배운 적 없는 것 같았다.

내 눈빛을 읽은 모양인지, 공을 받아친 그가 눈을 찡그리며 말했다.

"단아, 너 다른 사람 앞에서는 테니스 치지 마라. 네가 본의 아니게 큰 웃음을 선사할까 봐 걱정돼서 그래."

그의 걱정을 가장한 디스에 나는 눈을 찡그리며 대꾸했다.

"넌 아닌 줄 알아?"

"우리 둘 중에 지고 있는 게 누구지?"

윽, 할 말이 없었다. 나는 화면 속에서 나를 지나쳐 코트 밖으로 데굴데굴 굴러가 버리는 공을 보며 입술을 깨물었다.

아니, 잠깐. 그런데 저런 엉성한 폼을 하고 있는 녀석한테 지고 있다는 건, 진짜로 내 폼이 쟤 폼보다 더 웃기단 건가?

말도 안 돼, 그럴 리 없어. 저것보다 웃긴 폼이 세상에 존재할 리가.

그렇게 생각하며 나는 결연히 리모컨을 들었다. 그러다 그만 사고를 치고 말았다.

"아."

은지호가 턱을 잡으며 신음을 흘렸다. 나는 리모컨을 던지듯이 놓고 황급히 그의 앞에서 고개를 숙였다.

"아, 어떡해, 은지호. 괜찮아?"

분명 리모컨을 뻗을 때 뭘 치는 게 느껴졌다.

아, 어떡하지. 세게 친 게 아니어야 하는데. 주말에 데이트하다가 나한테 맞아서 피나서 병원 가면 그게 무슨 망신이야…….

나는 은지호가 한 손으로 가리고 좀처럼 보여 주지 않는 상처를 보려고 연신 고개를 기웃거렸다. 다행히 얼마 안 가 손을 치운 그가 말했다.

"아냐, 세게 안 맞았어. 괜찮아, 괜찮긴 한데……."

"응."

"우리 이건 그만 내려놓자. 이러다 너도 다칠까 봐 겁난다."

확실히 손을 휘두른 것이 내가 아니라 은지호였다면 저런 가벼운 부상으로는 안 끝났다.

나는 얌전히 리모컨을 바구니 안에 넣어 놓고 다시 뒤를 돌아보았다.

그는 그새 소파 구석에 기대어 있었다. 내가 그의 앞에 무릎 꿇고 앉으며 물었다.

"어떡해, 많이 아파? 진짜 괜찮은 거 맞아?"

"괜찮아. 이건 그냥 좀…… 지쳐서 그래."

"그럼 심각한 거 맞잖아. 건강식품을 그렇게 열심히 챙겨 먹는데……."

"너 혼날래, 진짜?"

부루퉁하게 말한 그가 검지로 자기 턱을 툭툭 쳤다.

그 의미를 읽은 나는 망설이다가 무릎으로 일어나 두 손으로 그의 목을 껴안았다. 손끝에 닿는 살랑거리는 머리카락 감촉이 기분 좋았다.

"왜 일어나?"

의아하게 묻는 그의 뺨에 내가 입을 맞췄다. 은지호는 어리둥절한 얼굴을 하고 있다가 이윽고 웃었다.

그가 물었다.

"내가 맞은 곳은 뺨이 아니라 턱인데?"

"그건 그런데, 턱에 하면 이상할 것 같아서."

"아, 혹시 골고루 때리는 거야?"

이게 진짜. 인상을 찌푸린 내가 그의 팔을 약하게 툭 쳤다.

그러거나 말거나, 말과는 달리 빙글빙글 웃으며 뺨을 매만지던 은지호가 문득 말했다.

"왜 이렇게 생소한 기분인가 했더니, 우리 둘 다 뺨에 뽀뽀한 적은 없어. 키스한 적은 있어도."

"진도가 엉망이었지."

내가 동의했다. 하지만 주변에 워낙 진도가 엉망인 커플이 많다 보니, 이 정도는 아무것도 아닌 것도 같고…… 그가 다시 말했다.

"우리 첫 키스도 진짜 무드 없었는데. 우리 집 베란다에서였잖아. 윗집에서는 싸우는 소리 들리고, 어디서 개까지 짖는데……."

"양치라도 하고 할걸. 하필 그때 양념 치킨을 먹는 바람에……."

"그거 시킨 거 누구였어? 우주인이었지? 하여간 걔는 인생에 도움이 안 돼. 너도 얼른 걔랑 연 끊어."

"주인이도 나한테 틈만 나면 그 소리 하던데. 너한테 은혜를 그만 좀 베풀고 헤어지래. 이미 충분히 과하대."

"미치겠네."

어이없다는 듯 낮게 웃는 은지호의 고개를 가까이 당기며 내가 물었다.

"그래서 환상은 깨졌어?"

"어, 다 깨졌어."

그렇게 말하면서도 그는 몸을 숙여 나에게 입을 맞추었다.

그의 한 손은 내 뺨을 쥐고, 다른 손은 내 옆의 소파를 짚었다.

내 옆을 가로막은 그의 팔을 힐끗 보는데, 자세가 좀 불편했던지 그가 그대로 내 등을 끌어당겨 가까이 앉게 했다. 말이 앉았다지 거의 무릎 위에 앉힌 수준이었다.

아, 치맛자락 흐트러질까 봐 좀 걱정인데. 그렇게 생각하면서도 나는 그의 목을 껴안고, 그가 욕심껏 입 맞추도록 내버려 두었다.

평소엔 다소 건조해 보이고, 그래선지 공적인 일이 아니면 자기 의견을 강하게 피력하는 일이 잘 없는 은지호는 이럴 때만 유난히 감정을 내보였다. 그리고 나는 사실 그게, 많이 좋았다.

한참 만에 내게서 입술을 뗀 그의 두 뺨을 내가 감쌌다. 내가 아직 상기된 얼굴로 말했다.

"그러고 보니 주인이가 말이야, 너랑 헤어지란 말도 했지만 이런 말도 했어."

"뭐?"

은지호는 이 마당에 다른 사람의 이름이 언급되는 게 맘에 안 드는 모양이었지만, 얌전히 되물었다.

내가 다시 말했다.

"너랑 헤어질 수 없으면, 아예 평생 사귀든가 하래."

"걔가 순순히 그런 소리를 할 리가 없는데?"

"응, 그러면 다음 생엔 덕을 인정받아서 다른 좋은 사람 만날 수 있을 거라고."

"역시 걔랑은 조만간 날 잡아서 절교해야겠다."

작게 투덜거린 그가 다시 나를 보더니 물었다.

"그래서 다른 사람 만날 거야?"

그 말은 어찌 됐든 이번 생엔 나와 평생 사귀겠다는 뜻이었다.

내가 빙글빙글 웃으며 말했다.

"음, 고민 좀 해 보고."

그러자 그가 내게 입을 맞추었다. 아까보다도 다분히 충동적으로 느껴지는 행동이었다.

그리고 그가 다시 말했다.

"그런 고민 하지 마, 내가 진짜 잘할게."

"사실은 고민 같은 거 안 했어."

그리고 이번엔 내 쪽에서 먼저 입을 맞추었다.

* * *

문제는 저녁쯤에 터졌다.

다행히 아무에게도 들키는 일 없이 저녁까지 먹고(정확한 결과는 평일에 확인해야겠지만), 점심에 이어 연이은 맛집 발굴에 기분이 좋아진 나는 은지호가 이만 집에 들어가라고 말하자 깜짝 놀랐다.

내가 물었다.

"벌써? 왜?"

얘가 나 만나러 올 때 자기가 할 일 안 끝내고 온 적이 한 번도 없는데.

그리고 나와의 약속을 취소한 적도 한 번도 없다. 그가 얼마나 평소에 무리하고 있는지 알 수 있는 부분이었다.

음, 그럼 역시 계속 그런 생활을 한 탓에 피로가 쌓인 건가? 그래, 그럴 만도 하지. 벌써 일 년 반째 이게 무슨 짓이야. 게다가 요즘은 내가 서울로 온 덕에 거의 매일같이 만나니까…….

그때 은지호가 말했다.

"아니, 내가 오늘 차 안 가져와서. 너 못 데려다주는데 늦게 보내기가 좀 그래."

"아……."

"아니다, 잠깐. 택시…… 하도 안 타고 다녀서 그 생각을 못 했네. 택시 타고 데려다주고 다시 오면 되겠다."

내가 고개를 내저으며 말했다.

"그럴 필요 없어, 은지호. 그건 너무 돈 아깝잖아. 게다가 시간 낭비고."
"그래? 그럼 그냥 지하철 타고 너희 집 들렀다 갈까?"
"오늘 주말이라 우리 엄마 아빠가 동네 어디에서 뭘 하고 계실지 몰라! 큰일 날 소리 하지 마."
내 연이은 반발에 그가 혀를 찼다. 눈에 띄게 아쉬워 보이는 그의 모습에 내가 물었다.
"너 나 혼자 보내는 게 그렇게 불안해? 난 그냥 네가 운전 좋아하니까 그 김에 나 데려다주는 줄 알았는데."
"뭐? 아니, 운전은…… 딱히 좋아하진 않는데. 차 있으니까 편하긴 한데, 그뿐이지."
"그래?"
아니, 뭐. 연인끼리 집 앞까지 데려다주는 건 대수롭잖긴 한데, 얘 집과 우리 집의 거리와 얘의 일정을 생각하면 별로 흔한 일이 아닌 것 같아서…… 그때 그가 말했다.
"아, 나 불안한 이유를 알았어."
"뭐?"
"관리자 때문에. 그때 그 일 때문에 그런가 봐."
"아."
나는 입을 벌렸다. 그러게, 그 일을 생각 못 했네. 나야 지금은 모든 게 괜찮아졌으니, 또 다시는 그런 세계와 접할 일이 없으니 잊고 있던 부분인데…….
잠시 고민하던 나는 그를 다시 올려다보았다.

"난 그때 네가 그 일에 별로 신경 안 쓰는 줄 알았는데. 왜냐하면 그때 넌 날…… 싫어하고, 의심하기까지 했으니까."

내 말에 은지호가 참담한 듯 한 손으로 얼굴을 가렸다.

앗, 민감한 화제였구나. 그런데 따지고 보면 민감하게 굴어야 하는 건 쟤가 아니라 내가 아닌가……?

그때 은지호가 말했다.

"미안. 괜히 그 얘기 꺼냈다."

"뭐? 아냐. 이젠 진짜 신경 안 써."

내 말에도 불구하고 은지호는 처참한 표정으로 느릿느릿 말을 이었다.

"그런데 진짜, 변명의 여지가 없을지도 모르지만 나 그때…… 널 싫어한 적, 한 번도 없어."

"응?"

"그랬다면 내가 너한테 사람을 붙이고 차를 붙이는 미친 짓까지 저지르진 않았겠지."

"아, 그거? 나는 단순히 도의적인 차원에서 그런 건 줄 알았는데. 아무리 싫어하는 사람이라도 목숨의 위협을 받고 있다는 걸 알면, 신경 안 쓸 수 없을 테니까……."

"그건 그렇긴 한데, 난 그때 진짜…… 아, 아니야. 말하려니까 더 변명 같아서 못 하겠다."

머리카락을 거푸 헤집는 그를 보던 나는 이만 화제를 돌리기로 했다.

내가 씩 웃으며 물었다.

"아무튼 네가 날 데려다주는 일에 집착하는 데는 다 이유가 있으니까, 앞으로도 네가 태워 주는 차만 타고 들어가라는 말이야?"

그러자 그가 고개를 들었다. 나와 눈을 맞춘 그가 비로소 힘없이 웃으며 말했다.

"솔직히 말하자면 그래."

"알았어. 네가 불안하다는데, 내가 인심 써야지. 앞으로도 날 매일 데려다주도록 해."

일부러 빼기듯 말했는데도 은지호는 웃으며 고개만 끄덕였다.

그리고 그가 말했다.

"그럼 역까진 괜찮은 거지? 너희 집 앞 역까지만 같이 가자."

"아니, 오늘이 우리가 따로 갈 수 있는 마지막 기회야. 그러니까 얌전히 너희 집 방향 전철 타고 가."

"그래도……."

"어허."

내가 일부러 엄한 표정을 짓자, 은지호는 할 수 없다는 듯 느릿느릿 돌아섰다.

멀어지는 그의 등을 보며 나는 뿌듯하게 웃었다.

안 그래도 바쁜 애가 매일 나 데려다준다고 시간 쓰는 게 마음에 걸렸는데, 그런 이유라면 죄책감 느낄 필요 없겠다. 앞으로는 편하게 데려다 달라고 해야지.

그리고 개찰구를 통과한 나는 우두커니 서 있는 은지호에게 손을 흔들었다.

내가 내려갈 때까진 그도 내려갈 기미가 안 보여서, 나는 일부러 나는 듯한 걸음으로 계단을 내려왔다.

알 수 없는 허전함을 느낀 것은 다섯 정거장쯤 지났을 무렵이었다.

어, 내가 뭘 빠뜨린 거지…… 나는 두 손으로 쇼퍼백과 주머니 안을 더듬었다. 핸드폰, 있고, 지갑, 있고, 설마 카메라? 아닌데, 잘 있는데. 그야 꺼내지도 않았으니 당연하지만.

아차, 놀고 떠드느라 정작 사진 과제는 까맣게 잊었네. 그런데 지금 그게 중요한 게 아니고, 내가 대체 뭘…….

한참 고민하던 나는 속으로 비명을 질렀다.

악, 어떡해! 도시락 찬합을 두고 왔어! 어디에 두고 왔을까, 룸카페? 가장 유력한 곳은 거기밖에 없는데.

나는 두 손을 모아 쥐고 안절부절못했다. 어쩌지? 찬합 잃어버렸다고 엄마한테 혼나겠지? 아니, 그보다도, 누가 그걸 열었다가 먹으면 어떡해?

그러나 내 걱정은 곧 빠르게 사그라졌다.

아…… 그런 걱정은 전혀 할 필요 없겠군. 설마 그 꼬락서니를 보고 먹으려는 사람은 아무도 없을 테니까.

하지만 해소되지 않는 불안감이 가슴 한편에 남았다. 계속 안절부절못하던 나는 결국, 결심하고 은지호에게 메시지를 보냈다.

[함단이 : 지호야 있지]
[함단이 : 진짜진짜 혹시나 해서 물어보는 건데]
[함단이 : 너 혹시 찬합]

내가 다음 말을 치기도 전에 답장이 돌아왔다.

[은지호 : 아 그거]
[은지호 : 내가 가져갔는데]
[은지호 : (사진)]

지하철 바닥을 배경으로 덩그러니 존재감을 자랑하는 붉은 찬합을 본 내가 비명을 질렀다. 그게 왜 거기 있어!

나는 울상을 지으며 자판을 두드렸다.

[함단이 : 아니 그걸 네가 왜ㅠㅠㅠㅠ]
[은지호 : 아 쓸 일 있어? 바로 안 가져가면 어머니께 혼나?]
[은지호 : 그럼 내일 아침에 바로 가져다줄까?]
[함단이 : 아니 그게 아니고]
[함단이 : 아 진짜 그걸 왜 가져갔어ㅠㅠㅠㅠ]

[함단이 : 내가 집 가서 버리려고 했는데]

다시 돌아온 답장을 보고 나는 펄쩍 뛰었다. 아, 미치겠네, 진짜.

[은지호 : 함단이 네가 만든 건데]

[은지호 : 왜 버려ㅋㅋ]

[은지호 : 먹어야지]

내가 답장을 보냈다.

[함단이 : 안 돼 먹지 마]

[함단이 : 그거 절대절대 먹지 말고]

[함단이 : 내일 해 뜨자마자 우리 집으로 갖고 와]

[함단이 : 아니다…… 그냥 냉장고에 그대로 묻어 뒀다가 우리 월요일에 만날 때 갖고 와]

찬합을 그냥 두는 게 아니라 묻어 두라는 내 극단적인 표현에도 불구하고, 은지호는 아직 사태의 심각성을 파악하지 못한 모양이었다.

태연한 말투로 답장이 돌아왔다.

[은지호 : 왜?]

[은지호 : 오늘 아침에 만들었으니까 잠깐 들고 다녔다고 상할 걱정은 없잖아]

[함단이 : 아니, 그게 아니라...]

[함단이 : 아까 내가 말했잖아]

[함단이 : 그 찬합 아까 떨어져서 굴렀다니까ㅠㅠ]

[함단이 : 안에 내용물 장난 아니야 다 섞이고 뒤죽박죽]

더 환장할 답장이 돌아왔다.

[은지호 : 그건 들어서 아는데 그래도 네가 만든 거잖아]

[은지호 : 상한 것도 아니고]

[은지호 : 난 생김새는 괜찮으니까 신경 쓰지 마]

아니, 내가 안 괜찮아! 그리고 그건 모습뿐만 아니라 맛도 이상하다고. 섞이기 전부터 문제가 있었단 말이야.

나는 다시 썼다.

[함단이 : 아 먹지 마ㅠㅠ]

[함단이 : 그거 맛도 안 괜찮으니까 먹고 나 원망하지 말고]

[함단이 : 좋은 말로 할 때 먹지 마]

[은지호 : 알았어]

알았다고? 안도의 한숨을 내쉬던 나는 그만 이어진 답장에 뒷목을 잡았다.

[은지호 : 후기만 안 쓰면 되는 거지?]

야! 사람이 좀 먹지 말라면 먹지 말란 말이야! 연이은 설득 실패에 나는 의지를 잃었다.

만약 재가 정말 집에 가자마자, 아니면 내일 아침 저 도시락을 먹는다면? 내가 걔 옆에 있는 것도 아니니까 말릴 수도 없는데.

말로는 모양이 어떻든, 맛이 어떻든 괜찮다고 하지만, 사람이 맛없는 걸 입에 넣었을 때 본능적으로 치미는 짜증과 분노라는 게 있잖아. 그게 정말 내게 향하지 않는다는 보장이 있을까?

아 씨, 괜히 도시락을 싸 간다고 해서, 그냥 은지호가 아주머니께 부탁한다고 했을 때 순순히 그 말 들을걸…….

급기야 눈물이 나기 시작했다. 아득바득 우겨서 도시락을 싸겠다고 한 나에 대한 분노, 기어이 도시락을 들고 가 버린 은지호에 대한 짜증, 어쩌면 은지호가 도시락을 먹고 내게 안 좋은 감정을 가질지도 모른다는 두려움…… 그때 핸드폰이 울렸다.

나는 눈물을 닦으며 화면을 보았다.

[은지호 : 잠깐만]

[은지호 : 너 지금 진지하게 말하는 거야?]

[은지호 : 농담이 아니라 진짜로?]

그러더니 곧바로 전화가 왔다. 나는 전화를 받았다.

내가 울음기가 남은 목소리로 말했다.

"응, 여보세요."

[아, 미치겠다…… 난 네가 농담으로 먹지 말라고 하는 줄 알았어. 좋은 말로 할 때 먹지 말라고 할 즈음부터 얘 혹시 지금 진지한 건가 싶긴 했는데.]

"내가 계속 먹지 말라고 했는데, 왜 말을 안 듣…… 흑."

급기야 울음소리가 입에서 새어 나왔다. 옆자리의 여자가 나를 힐끔힐끔 보다가 한 칸 떨어져 앉았다.

죄송합니다, 제가 오늘 감정 기복이 좀 심해서요…… 속으로 사과하는 내게 은지호의 목소리가 들려왔다.

[나는 네가 만든 건데, 네 말대로 버리기에는 아깝다 싶어서. 아예 땅에 떨어트렸다면 모를까, 찬합 안에서 섞인 거면 먹는 데는 지장 없고…… 아니, 일단 너 그 역에서 내려 봐. 나 지금 이거 갖고 그리로 갈게. 우리 헤어진 지 얼마 안 지났으니까 금방 갈 거야.]

그에 소맷자락으로 눈물을 닦은 나는 순순히 바로 다음 역에서 내렸다.

토요일 저녁의 붐비는 역에 나 홀로 덩그러니 앉아 있으려니 몹시 쓸쓸한 느낌이었다.

은지호가 도착한 것은 그로부터 20분쯤 지나서였다.

그는 정말로 눈물 자국이 남아 있는 내 얼굴을 보고 당황한 표정을 지었다. 속으로 차라리 내가 장난을 치고 있는 거라면 좋겠다고 어렴풋이 바라고 있던 모양이었다.

나도 막상 지나고 보니 내가 너무 감정적으로 굴었다는 느낌이 들어서 민망함을 참을 수가 없었다.

나는 고개를 푹 숙이고 손만 내밀었다.

"찬합."

"어?"

"찬합부터 줘."

그러자 복잡한 표정이 된 그는 마치 항복한 병사가 총을 비롯한 무장을 넘기듯이 찬합을 건네고 순순히 물러났다.

그러고도 내가 한참을 말이 없자, 그가 머뭇머뭇 말을 꺼냈다.

"아, 나는 네가 당연히, 도시락을 안 먹고 버리는 것보다는 먹는 쪽이 덜 허무하고 기분 좋을 것 같아서……."

"……."

"그런데 다시 생각해 보니까 이것도 또 내가 상의도 없이…… 미안해. 다음부턴 진짜 안 이럴게."

"아니야, 나. 화난 거……."

그제야 내가 입을 열어 거칠거칠한 목소리로 말했다. 하던 말을 멈춘 은지호가 나를 빤히 쳐다보았다.

나는 따끔거리는 눈가를 비비며 말을 이었다.

“아까까지는 어떻게든 네가 그 도시락 못 먹게 해야 한다는 생각밖에 없었는데…… 정신 들고 나니까 이게 뭐라고 울기까지 했지 싶고, 민망해서.”

“옆으로 가도 돼?”

비로소 화색이 된 은지호가 물었다.

내가 고개를 끄덕이자, 한달음에 다가온 그가 내 손을 붙잡아 내려 벤치에 앉게 하고 자신도 앉았다.

우리는 아까 내가 덩그러니 앉아 있던 그 벤치에 이번에는 둘이서 앉게 되었다. 상황적으로는 별로 다를 게 없었지만, 심적으로는 전보다 덜 민망하고 훨씬 더 위안이 되었다. 그래선지 진정되는 것도 빨랐다.

마침내 더는 울지 않겠다는 확신이 들자, 내가 비로소 고개를 들며 말했다.

“지호야. 너…….”

“응.”

혹시나 나를 자극할까 염려되었는지, 대답하는 목소리는 부드러웠다.

내가 다시 말했다.

“정말 그 도시락 먹고도 콩깍지 안 벗겨질 자신 있어?”

"난 또 뭐라고."

그가 어이없다는 듯 픽 웃었다.

"보통은 7년 동안 쓰여 있던 걸 콩깍지라고는 안 부르지."

과연 맞는 말이었다. 나는 다시 입을 다물었다. 그런 내게 연신 머리카락을 쓸어 넘기던 은지호가 말했다.

"나는 진짜 잘해 주고만 싶은데…… 아직도 어떻게 해야 할지 잘 모르나 봐. 이렇게 번번이 널 울리는 걸 보면."

서툴러서 미안해. 그가 나지막이 덧붙인 말에 나는 고개를 내저었다.

내가 말했다.

"아니야, 나도…… 미안해. 아까 괜히 성질부린 거."

"그건 성질부린 게 아니라 네가 진지하게 말한 걸 내가 농담으로 알아들어서 화낸 거잖아."

"그래도……."

내가 머뭇머뭇 대꾸하자 은지호가 어쩔 수 없다는 듯 웃었다. 그리고 그는 시계를 내려다보다 말했다.

"이왕 여기까지 온 거, 그냥 너희 집 앞까지 데려다주고 싶은데."

"음…… 그래."

솔직히 이쯤 되면 들키든 말든 해탈한 심정이었다. 이미 둘이서 학교 근처에도 다녀왔는데 뭐 어때.

나와 은지호는 손을 잡고 이번에는 같은 방향으로 전철

을 타기 위해 걸음을 옮겼다.

이게 학기 초에 우리 사이에 있었던 가장 어이없는 일이었다.

* * *

여령이와 사대천왕과 다 같이 만나게 된 것은 그다음 주 목요일이었다.

금요일도 아니고 목요일이라니, 몹시 애매하긴 했지만 금요일에는 동아리 전체 회의가 있어서 어쩔 수 없었다. 동아리 회의가 끝나고 우리끼리 빠져나가는 건 안 될 말이고. 아니, 우리 동아리 회식 분위기는 좋은 편이지만, 그래도 우리 여섯 명만 있는 것과는 다르니까.

이제는 조명이 어둡고, 테이블마다 떠들썩하고, 향수 냄새와 악취가 뒤섞이고, 창밖에서는 네온사인이 반짝이는 대학가 술집의 풍경에도 꽤 익숙해졌다.

그나마 오늘 온 술집은 대학가가 아닌 데다가, 테이블마다 내 키 정도 높이의 칸막이로 분리되어 있어 번잡함이 덜했다. 그래도 이들의 화려한 외모를 다 가리진 못했는지, 칸막이 사이사이로 복도를 오가는 사람들의 시선이 느껴졌다. 우리 중에 공인이 아무도 없는데도 이 정도란 말이야? 나는 속으로 혀를 내둘렀다.

만약 유천영이 세계가 바뀌기 전처럼 연예인이었다면 아주 난리 났겠군.

그렇게 생각하며 나는 맞은편에 앉은 유천영을 무심코 빤히 보았다.

짙푸른 색 머리카락은 다채로운 조명 아래서 어둠 속 열대어처럼 오묘한 색을 띠었다. 푸른 눈동자도 마찬가지였다. 문득 시선을 느낀 듯, 그가 고개를 들어 나를 보았다.

누군가가 내 손등을 툭 친 것은 그때였다.

나는 옆을 돌아보았다. 은지호가 메뉴판을 내밀고 있었다.

"단아, 뭐 시킬까?"

"아. 잠깐……."

여령이와 머리를 맞대고 메뉴를 의논하다가 다시 흘끗 보니, 유천영은 그새 내 뒤로 시선을 옮긴 채였다. 밖에 오가는 사람들을 구경하는 모양이었다. 그에게서 시선을 거둔 나는 테이블 구석의 버튼을 눌렀다.

"아, 네. 주문하려고요."

지금까지 이 테이블에서 오간 대화를 거의 다 기억하고 있는 주인이가 나 대신 주문을 했다. 그동안 나는 턱을 괴고 사방을 두리번거렸다.

이 가게에 온 지도 벌써 다섯 번째인데, 내가 자유의 몸이 된 지 얼마 안 되었다는 점을 감안하면 꽤 부지런히 다닌 셈이다.

전체적으로 어두운 분위기와 천장에서 흐르듯이 색을 바꾸는 LED 조명, 덕분에 조명이 푸르게 바뀔 때면 마치 심해에 잠긴 듯한 느낌이 드는 것이 좋았다.

이런 분위기 때문인지 언제 와도 사람이 많았다. 안주가 나올 때까진 기다리려 했지만, 하도 나오지 않자 우리는 결국 잔부터 채웠다.

각자 잔을 채운 후, 나는 문득 눈을 반짝이며 말했다.

“그러고 보니 항상 궁금했던 건데, 왜 우리끼리는 건배사 안 해?”

“응?”

은형이가 조금 당황한 듯 물었다. 내가 다시 물었다.

“다른 데선 다 하던데.”

그러자 맞은편에 앉아 있던 주인이가 웃으며 끼어들었다.

“그야 엄마가 새내기니까 그렇지.”

귀엽다, 새내기. 방실방실 웃으며 덧붙이는 그에 이어 여령이도 말했다.

“맞아, 너무너무 귀여워, 단이가 새내기라니.”

그렇게 말하며 여령이가 내 목을 꼭 껴안자 좋은 향기가 났다.

솔직히 말해 좀 민망하긴 했지만, 오랜만에 귀여움받는 기분이 싫진 않아서 나는 가만히 있었다.

그때 은지호의 부루퉁한 목소리가 들려왔다.

"너는 그냥 함단이를 귀여워하고 싶은 거잖아."

여령이가 곧바로 날 선 목소리로 반박했다.

"그래서? 지금 단이와 사귀는 걸로도 모자라 단이를 귀여워할 권리까지 독차지하겠다는 거야? 그건 말도 안 되는 짓이야, 너! 천부 인권을 침해하는 거라고."

"함단이를 귀여워할 권리가 어떻게 천부 인권에 속하냐? 너 법 공부하는 애 맞아? 차라리 독과점이라고 해."

은지호가 어이없다는 듯 되묻거나 말거나, 나를 돌아본 여령이는 결연하게 외쳤다.

"단아, 헤어져! 아무리 생각해도 네가 너무 아까워."

"야, 너 나를 계속 꿔다 놓은 보릿자루 취급하는데……."

은지호가 말하든 말든, 맞은편에서 주인이도 빙글빙글 웃으며 끼어들었다.

"맞아, 헤어져! 그편이 재밌을 것 같으니까. 은지호 질질 짜는…… 아니, 우는 모습도 볼 수 있을 것 같고."

"우주인, 넌 다음에 여친 생기면 보자. 어떻게든 둘이 데이트하는 곳 찾아서 습격하고야 만다, 내가."

은지호의 살벌하기 짝이 없는 선언에도 불구하고 주인이는 턱을 괴고 싱글싱글 웃기만 했다.

그의 그런 여유가 어디에서 기인했을까를 고민하던 나는 곧 깨닫고 말았다.

어차피 은지호 성격에 저런 말은 농담으로 하는 걸 테지만, 설령 농담이 아니더라도 아리는 은지호가 모든 능력을 총동원한다고 해도 절대로 찾을 수 없는 상대니까.

그리고 그건 주인이도 마찬가지…….

나는 여전히 웃고 있는 주인이의 얼굴을 빤히 보았다. 아까까지만 해도 즐거워 보인다고 생각했던 그의 얼굴에 왠지 옅은 그늘이 보이는 것도 같았다.

한편, 유천영은 우리가 떠드는 동안 은형이와 낮은 목소리로 대화를 나누거나 홀로 기본 안주를 집어 먹거나 했다. 괜히 계속 그의 눈치를 살피던 나는 드디어 안주들이 나오자 안도했다. 이제 더는 맨정신에 어색한 분위기로 있지 않아도 될 것 같아서.

벌써 재수 학원에서 기어 나온 지도 몇 달이 지났지만, 그 뒤로 유천영과 제대로 얘기해 본 적은 없었다. 아니, 정확히는 재수 학원에 다닐 때 다 같이 술을 먹고 취한 상태에서 몇 번…… 대체로 '행복해.' '너도 행복해.' 하는 명절날 덕담과도 같은 대화라 그리 실속 있지도 않았다.

잠시 회상에 잠겼던 나는 다른 이들이 잔을 들자 황급히 따라서 잔을 들었다.

잔을 부딪치기 직전, 은형이가 나를 흘끗 보더니 물었다.

"단이가 건배사 하고 싶댔으니까, 다른 테이블 들리지 않을 정도로만 작게 할까?"

"건배사는 주인이 네가 정해."

냉큼 그렇게 말한 것은 여령이였다. 모두의 시선이 쏠리자, 그녀가 다시 말했다.

"은지호 시켰다가는 '이상은 높게, 사랑은 깊게, 우정은 평등하게.' 뭐 이런 거나 할 게 분명하니까."

"으, 정말 싫다."

"저기, 나 아직 아무 말도 안 했는데. 사람을 하지도 않은 일로 싫어하지 말아 줄래……."

두 팔을 감싸며 닭살 돋았다는 포즈를 취하는 주인이에게 은지호가 낮게 대꾸했다.

그리고 잠시 입술을 매만지며 고민하던 주인이는 이윽고 술잔을 내밀더니 명랑하게 외쳤다.

"친해지자!"

"풋."

은형이가 한 손을 들어 웃음이 터진 입가를 가리려다 그만 포크를 떨어뜨렸다. 덕분에 한바탕 어두운 테이블 아래를 더듬어 포크를 찾아내느라 소동이 벌어졌다.

간신히 그것을 찾아낸 은형이가 직원분에게 새 포크를 부탁하는 동안, 주인이와 은지호는 끊임없이 툭탁댔다.

"와, 나한테 시키면 분위기 싸해진다고 안 시킨다더니, '친해지자'가 뭐냐? '친해지자'가? 그게 중고등학교 동창들 모인 이 자리에서 나올 건배사냐?"

"지호야, 다들 웃는데 왜 너만 그래? 이런 네 태도가 분위기를 더 싸해지게 만든다는 거 몰라? 사 대 일이야, 지금.”

“그 ‘일’이 여기서 너랑 가장 오래 알고 지낸 사람이라는 건 알고 하는 소리지?”

“오늘따라 왜 이렇게 질척거려? 우리 그만 헤어져.”

“나 함단이 있어, 미친놈아…….”

그러자 갑자기 시선이 내게로 쏠렸다.

혼자서 술잔만 매만지던 나는 눈을 데굴데굴 굴렸다.

졸지에 부여받은 ‘남자 친구에게 다른 애인이 있었다는 걸 알게 된 여친’ 역할에 제대로 부응하려면 어떻게 해야 할까?

결국, 나는 술잔을 박력 있게 턱 내려놓고는 선언했다.

“골라. 나야, 재야?”

“뭐? 단아, 너 지금 그런 말도 안 되는 말을 질문이라고 해?”

은지호의 물음에 나는 턱을 빳빳이 들며 대꾸했다.

“뭐? 내 말이 말도 안 된다고?”

“아니, 그게…….”

은지호가 창백해진 얼굴로 거듭 마른세수를 하는 동안, 주인이와 여령이는 신나서 자지러졌다. 그들은 깔깔 웃으며 하이파이브 하고, 이어 내게도 손바닥을 내밀었다.

짝 소리 나게 그들과 손바닥을 맞부딪히며 나는 생각했다.

음, 오늘도 은지호의 희생으로 술자리의 평화가 지켜졌군. 남자 친구한테 할 말은 아니지만 늘 고생이 많다. 앞으로도 수고해라, 은지호.

그리고 나는 술잔을 쭉 기울였다. 웃고 나서 마셔서 그런지 평소보다 맛이 좋았다.

술이 들어간 것을 기점으로 분위기는 한층 부드러워졌다. 원래부터 수다스러운 편인 주인이와 여령이는 쉴 새 없이 조잘댔고, 나는 간혹 끼어들거나 맞장구치며 웃었다.

은형이는 마치 재롱 잔치 보는 학부모처럼, 흐뭇하게 웃으며 그런 우리를 지켜보았다.

마지막으로 유천영은 여전히 별말이 없었지만, 눈썹과 입매가 풀린 것이 전보다는 확실히 기분이 나아졌음을 알 수 있었다.

그와 그나마 얘기를 나눌 수 있었던 것은 군대 화제가 나왔을 즈음이었다.

고개를 기웃한 내가 물었다.

"유천영, 너도 군대 가야 해? 나는 너 이중 국적인 줄 알았는데."

유천영이 잔을 들며 대꾸했다.

"그거랑 상관없이 군대는 가야 해. 그래야 국적 정한 뒤에도 자유롭게 입출국할 수 있어."

"아아, 그렇구나……."

나는 멍하니 대꾸했다. 내 물음에 느릿느릿, 하지만 자세히 돌아오는 대답을 듣자면 언제나 마음이 놓였다. 그와 나 사이가 전과 다름없는 것처럼 느껴져서.

그때 은지호의 목소리가 다시 들려왔다. 나는 고개를 돌렸다.

"유천영…… 지금까지 두 형이 모든 것을 대신 해 준 삶…… 하지만 군대 가는 것만큼은 대신 해 줄 수 없었지."

"닥쳐, 은지호……."

유천영의 목소리가 더욱 낮고 살벌해졌다. 급기야 그는 앞에 놓인 술의 병목을 들었다가, 몸통 부분을 들었다가를 한참 반복하더니, 결국 몸통 부분을 드는 것을 택했다.

그 모습을 보고 깔깔 웃은 주인이가 말했다.

"천영이 방금 은지호를 죽이는 것과 자기 남은 삶의 가치를 비교하다가 후자를 고른 거네. 감사히 생각해, 지호야."

여령이도 기다렸다는 듯 말했다.

"맞아, 은지호. 너 유천영이 기껏 살려 줬으니까 오늘부터 인생 2회 차다, 새 인생이다 생각하고 감사하게 여기며 살아."

두 사람의 진지한 의견에도 불구하고 은지호는 여전히 헛소리나 해 댔다.

"뭐? 유천영, 다시 생각해 봐. 내 어디가 네 남은 삶보다 가치가 떨어지는데?"

"죽이려던 걸 살려 줬으면 고마운 줄을 알아……."

유천영이 몹시 지친 목소리로 대꾸했다.

그 모습을 보며 정신없이 웃던 나는 술을 물인 줄 알고 들이켜다 하마터면 사레들릴 뻔했다. 그런 나 때문에 또 한바탕 소동이 벌어졌다.

어느 정도 소동이 수습된 뒤, 또 우리는 술잔을 기울이며 여러 얘기를 주고받았다.

다시 사건이 일어난 것은 우리가 각 학과 내에서만 통하는 농담에 대해 토론할 즈음이었다.

가장 압권은 주인이가 꺼낸 기계 공학과 내의 농담들이었다.

도통 무슨 소리 하는지 모르겠다는 표정인 우리에게 그는 진지하게 설명했다.

"아니, 그러니까 들어 봐. 발명 동아리 사람들이랑 다 같이 차를 타고 있었는데……."

은지호가 내 옆에서 노골적으로 관심 없다는 표정을 짓는데도 그는 꿋꿋이 말을 이었다.

"한 선배가 계속 멀미 난다면서, '아, 나 요즘 왜 이렇게 멀미가 심하지?' 하니까, 갑자기 다른 선배가 이러는 거야. '너의 고유 진동수가 달라졌나 보다.' 그러자 멀미한다고 말한 그 선배는 화를 내고, 우리는 엄청 웃었어."

"……."

테이블 위에 한바탕 침묵이 불어닥쳤다.

잠시 후, 눈썹을 찡그린 여령이가 조심스럽게 되물었다.

"그래서 그게 무슨 뜻인데?"

아무리 천하의 전국 1등이라지만 모르는 건 있는 모양이었다. 하긴, 그녀뿐만 아니라 은지호도 생전 모르던 것을 접한 표정이었다.

주인이가 대답했다.

"그게 무슨 뜻이냐면, 차의 공진 주파수랑 우리 몸의 고유 진동수가 맞아떨어지면 우리는 흔들림을 심하게 느끼거든?"

"으응……?"

"그런데 고유 진동수는 루트 M분의 K인데, 여기에서 M은 무게고 K는 스티프니스인데, 스티프니스는 거의 안 변하니까……."

"아아."

그제야 여령이가 이해했다는 표정을 지어 보였다. 나도 고개를 끄덕였다.

그러니까, 다시 말해서 주인이 선배의 발언은 '너 몸무게 달라졌나 보다'의 우아한 공대식 우회적 표현이란 말이지…….

그런데 그걸 굳이 그렇게까지 우회해야 하는 걸까? 내가 생각하는 사이, 갑자기 은지호가 자기 술잔의 남은 술을 물잔에 부었다.

유천영이 짜증스레 물었다.

"뭐 하는 거야?"

"아니, 술맛 떨어지길래……."

"그거 내 잔인데."

"뭐? 그게 왜 여기 있어? 아무튼, 미안하게 됐다……."

은지호가 별로 진심처럼 들리지 않는 사과를 하는 동안, 그 술이 담긴 물잔을 가져가서 깨끗하게 비워 버린 주인이가 빙긋 웃으며 다시 말했다.

"또 이것도 있어. 쉬는 시간에 잠깐 음료를 뽑으려고 다 같이 자판기 앞으로 갔는데, 평소에 1,000원이던 음료가 800원으로 표시된 거야. 그래서 한 선배가 이게 웬 떡이냐 하고 눌렀는데, 800원짜리 음료가 나오더라고. 그 선배는 허무해하고, 우리는 '에너지 보존의 법칙'이라며 웃었지. 역시 인풋과 아웃풋은 같아야 하는 법이라며……."

"됐고, 그만하자. 더 듣고 있기 괴롭다."

너 공대 다니더니 진짜 감 떨어졌구나. 은지호가 덧붙인 말에 우주인이 생글생글 웃으며 대꾸했다. 너 놀릴 때만큼은 아직도 감이 생생하던데.

한편 나는 술잔을 매만지며 무슨 얘기를 꺼내야 할지 고민하고 있었다.

이렇게 다 같이 모이는 게 흔치 않은 기회인 만큼 할 말이 있다면 지금 해야 하는데, 뭐가 있더라?

문득 지난주에 했던 약속이 떠올랐다. 나는 반질반질한 테이블에 비친 내 눈을 보며 생각했다.

그래, 은지호와 내가 동아리 엠티 때 사귀고 있다는 사실을 말한다면, 지금까지 그 사실을 숨겨 줬던 이들에게도 여파가 안 갈 수는 없겠지. 그럴 바에야 차라리 지금 말하는 게…….

결심을 마친 나는 느리게 입을 열었다.

"저기."

"응?"

시선이 모이자, 나는 허락을 구하듯 은지호를 보았다.

그는 내 눈짓만으로 내가 무엇을 하려는지 알아차린 모양이었다.

그가 나보다도 먼저 말을 꺼냈다.

"우리 이번 동아리 엠티 때 사귀는 사이란 거 밝힐 거야."

잠시 테이블 위에 침묵이 흘렀다. 주인이가 소위 공대 농담을 꺼냈을 때보다도 더욱 떨떠름한 침묵이었다.

잠시 후, 자리에서 벌떡 일어나다시피 한 여령이가 외쳤다.

"뭐?! 어떻게 그럴 수가…… 네가 기어이 만인 앞에서 단이한테 도장을 찍겠다는 거야?"

"그렇게 말하면 내가 굉장히 부당한 짓을 저지르고 있는 것 같은데, 이거 엄연히 함단이한테 허락받은 일이거든?"

그렇지, 단이야? 그가 평소보다도 은근한 말투로 물어오는 말에 나는 고개를 끄덕였다. 아니, 엄밀히 말하자면 내가 먼저 제안한 일이기는 하지.

그러자 울상을 지은 여령이는 말도 안 된다는 듯 말했다.

"그, 그치만…… 단아, 잘 생각해 봐. 은지호한테는 사실 감춰진 문제들이 잔뜩 도사리고 있을지도 몰라. 성격 외에도."

"내 성격에 문제가 있다는 건 왜 벌써 증명된 것처럼 말하지?"

은지호의 반론을 무시한 여령이가 테이블을 탕 내려치며 말했다.

"그, 그래, 예를 들면…… 어떻게 알아? 재 안에 잠재된 탈모 유전자가 당장이라도 활약할 기회를 노리고 있을지!"

"아까부터 나오는 말이라고 막 뱉지, 진짜? 그리고 일단 우리 집안엔 그런 유전자 없거든?"

낮게 빈정거린 은지호가 다시 말했다.

"그리고 여자라고 탈모 없는 거 아니던데, 혹시 알아? 너도 수십 년 뒤에 함단이 앞에 번쩍이는 머리가 돼서 나타날지."

"은지호 너, 비약이 너무 심한 거 아니야? 난 대머리라고까지는 안 했어!"

"탈모나 대머리나, 그게 그거지."

"너는 새싹이랑 나무랑 같아?"

조금 전부터 말없이 잔을 기울이던 은형이가 고개를 든 것은 그때였다. 평소처럼 그가 두 사람을 중재해 주겠지 싶어, 나는 기대 가득한 눈으로 그를 보았다.

그러나 돌아온 것은 기대와는 정반대의 말이었다.

은형이가 평소보다도 나른하고 풀린 어투로 느릿느릿 말했다.

"지호야. 여령이한테 누명 씌우지 마."

"뭐? 누명?"

설마 은형이가 이렇게까지 드러내 놓고 여령이 편을 들 줄은 몰랐던지, 은지호는 황당하다는 반응이었다.

한편, 나도 예상과는 다른 말에 눈을 동그랗게 뜨며 은형이를 보았다.

은형이가 졸린 듯 두 눈을 수시로 깜빡이며 대답했다.

"지호야, 탈모라는 건 말이야…… 남성 호르몬인 테스토스테론이 우리 몸에서 5알파 환원 효소랑 만나서 생기는 거야. 그때 생성된 대사 물질인 DHT가 모낭 세포랑 결합해서 생기는 게 탈모야."

"그건 모르겠고, 너 좀 취한 것 같은데."

은지호가 질린 듯 말했다. 유천영이 떨떠름하게 지켜보고, 주인이가 깔깔 웃으며 테이블을 두드리는 가운데 은형이가 말을 이었다.

"여성에게도 남성 호르몬이 존재하긴 하지만, 남성과는 달리 유전적 요인보다 환경적 요인으로 생기는 휴지기 탈모가 대부분이야. 머리가 빠지는 원인이 제거되기만 한다면 수개월 내에 정상으로 회복돼. 그러니까……."

말하는 내내 조는 것처럼 까딱이던 그의 고개가 기어이

아래로 기울었다.

"너만 힘내면 돼, 지호야. 힘내."

그 말을 마지막으로 그는 스르르 테이블 위로 엎드려 버렸다.

잠시 침묵이 흘렀다.

이윽고 은지호가 머리카락을 쓸어 올리며 하, 하고 깊은 한숨을 내쉬는 것과 동시에 한바탕 웃음이 터져 나왔다.

미안한 일이지만 그 속에는 내 웃음도 섞여 있었다. 아니, 하지만 전혀 안 그럴 것 같은 은형이가 저러니까, 웃음을 참을 수가 없는걸.

내가 은지호의 어깨를 잡으며 물었다.

"와, 은형이 지금 취한 거 맞지? 나 은형이 취한 거 처음 봤어. 은형이 술 되게 세지 않아?"

"되게까진 아니고, 소주 두세 병쯤? 그 정도면 보통 사람보단 센 거 맞지."

그리고 그가 여령이를 향해 말했다.

"쟤 오늘 왜 이렇게 빨리 취했어? 빨리 마신 거야, 많이 마신 거야?"

"둘 다 아닐걸? 평소처럼 천천히 마시던데……."

뭔가를 곰곰이 생각하던 여령이가 문득 말했다.

"아, 은형이 요즘 앉아서 공부만 하니까 몸이 무거워지는 느낌이라고 저녁 시간 잠깐 빼서 헬스 다니거든. 오늘 우리가 저녁에 만나니까 헬스 끝나자마자 빈속에 왔나 봐."

아, 내가 혀를 차며 대꾸했다.

"운동하고 빈속에 술 마시면 바로 갈 텐데…… 오다가 편의점 들러서 우유라도 사 오지."

"은형이 성격 알잖아, 늦을 것 같으니까 어디 들를 새도 없이 뛰어왔겠지 뭐."

그렇게 말하며 여령이가 테이블 건너 손을 뻗어 은형이의 볼을 쓰다듬었다. 말은 그렇게 해도 그 손짓에는 애정이 가득 담겨 있었다.

그때 그 손짓을 느낀 듯, 은형이가 여령이의 손을 겹쳐 잡으며 뭐라고 웅얼댔다. 자세히 들으니 이번에도 뭔가의 의학 용어를 늘어놓으며 여령이에게 안심하라고 거듭 말하고 있었다.

그 모습을 보며 주인이가 말했다.

"동영상 찍자, 동영상. 은형이의 역사적인 첫 술주정을 그냥 넘어갈 수 없지."

여령이가 득달같이 달려들어 그러자고 말했다.

두 사람이 한창 은형이의 모습과 목소리가 모두 담기는 최적의 위치를 찾느라 고심하는 참인데, 문득 옆에서 은지호의 중얼거림이 들려왔다.

"술버릇 끝판왕은 역시 우리 단이지."

"뭐?"

내가 되묻자, 나를 돌아본 은지호의 표정이 이상해졌다.

그가 머뭇머뭇 물었다.

"너 재수할 때 우리 다 같이 학원 찾아갔던 날, 기억 안 나? 그때 우린 괜찮다는데 네가 굳이 술 마신대서, 못 할 짓 하는 것 같아서 많이 미안했는데……."

"엥? 나 그날 왜? 잘 기억 안 나는데. 잘 마시고 잘 들어간 거 아니었어?"

그에 은지호의 표정이 더욱 이상해졌다.

아, 잠깐. 제 무덤 팠다는 듯한 표정을 지으며 머리칼을 헤집는 그의 모습에 나는 눈썹을 찡그렸다.

그냥 넘어갈까? 하지만 그러기에는 진작 발동한 내 직감이 경종을 울려 대고 있었다.

결국 나는 다시 물었다.

"뭔데 그래?"

"그게……."

말꼬리를 흐린 은지호가 마치 비장의 메뉴라도 주문하는 것처럼 내 뒤의 여령이를 힐끗 보았다.

방금까지 은형이를 촬영하던 핸드폰 화면을 내 앞으로 내민 여령이가 영상 하나를 재생했다.

불안하게 흔들리는 화면 속에서 고개를 푹 숙인 채 홀로 잔에 술을 따르는 이가 있었다. 누군가 싶어 봤더니, 나였다.

주위는 온통 시끄러웠다. 여령이와 사대천왕뿐만 아니라

윤정인과 이민아 커플까지 왔던 날임이 분명했다.

문득 화면을 자세히 들여다본 나는 눈을 찡그렸다. 아니, 내 눈의 착각이 아니라면 술잔에 기울이는 술병의 뚜껑이 분명히…… 닫혀 있었다.

그것도 모르고, 몇 번이고 술병을 기울이던 나는 나오는 것이 없자 그만 술병을 탁 내려놓고 엎드려 통곡했다.

[세상에 내 맘대로 되는 일이 없어…….]

영상은 거기서 끊겼다.

분위기가 싸늘해진 가운데 작게 웃는 소리가 난다 싶어 돌아보자, 유천영이었다. 그는 황급히 내 시선을 피해 고개를 돌렸지만, 이미 다 봤다.

내가 눈을 뾰족하게 뜨는 가운데, 은지호가 머뭇머뭇 말했다.

"아니, 나는, 이미 우리가 이거 너 보여 준 줄 알고……."

"네가 보여 주라고 했잖아."

여령이가 그렇게 말하며 지목한 사람은 주인이였다. 주인이는 어깨를 으쓱하더니 대답했다.

"난 엄마가 비명 지르는 모습 보기 싫으니까, 너희끼리 가위바위보 해서 진 사람이 보여 주라고 했잖아."

"애초에 가위바위보 해서 지는 사람이 빠지는 건데, 뭘 처음부터 당당하게 혼자 빠지고 시작하는 건데?"

은지호가 지극히 상식적인 반론을 제기하는 가운데, 나

는 천천히 입을 열었다. 모두가 나를 쳐다보았다.

내게 쏠린 다섯 쌍의 눈동자에 대고, 나는 선언했다.

"너네 다 절교야."

이것이 내가 졸지에 동아리 엠티를 혼자 가게 된 이유였다.

* * *

절교라고 했어도 사실 그다지 진지한 뜻으로 말한 것은 아니었다. 왜냐하면 '절교'란 사실 우리 사이에서는 굉장히 흔히 쓰이는 말이었기 때문이다.

연말이나 새해에 8반 친구들끼리 모일 때마다 신서현과 이지한이 윤정인을 게슴츠레한 눈으로 보며 '내년엔 꼭 절교한다…….' 하고 중얼거리면서도 막상 그들끼리 여행 가면 여행 목표에 '절교 안 하기'라고 적거나, 은지호와 주인이가 틈날 때마다 서로를 보며 '우리 절교 언제 하냐?' 하고 물으면서도 벌써 십수 년간 절친 사이를 유지해 온 것과 비슷한 맥락이었다.

그것과 마찬가지로 나도 조금 토라졌으니 며칠 건드리지 말라는 뜻으로 그런 말을 한 것뿐, 그렇게까지 화난 것은 아니었다. 음, 아마도.

그러나 문제가 있다면 MT 때 같이 어울릴 사람을 찾는 일이었다.

우리 동아리는 연합 동아리도 아닌 것치고는 인원이 꽤 많은 편이었지만, 그만큼 회의에 한 명도 빠짐없이 참석하는 일은 적었고 무엇보다도 지금은 학기 시작된 지 고작 한 달 하고 반 정도였다. 게다가 다들 내가 MT 때 사대천왕과 반여령과 함께 행동할 거라고 철석같이 믿고 있을 터였다.

결국, 나는 MT를 위해 여령이와 전략적 화해를 했다. 물론 나와 MT 때 사진 한 장 찍지 못할까 봐 몸이 달아 있던 여령이는 내 제안을 적극 수용했다.

나 때문에 MT 때 여령이와 어울리지 못하는 것은 가혹하다고 여겼기에, 또 그가 그런 무도한 짓에 가담했을 것 같지도 않았기에 나는 은형이와도 빠르게 접선했다.

그렇게 해서, MT 직전 회의 날, 나는 반여령과 단둘이 팔짱을 끼고 참석하게 되었다.

은형이는 다소 난감한 듯이 웃으며 우리에게서 한 발자국 떨어져 상황을 관망했다. 솔직히 말하자면, 그도 이 상황을 조금쯤 재미있어하는 것 같았다.

나머지 세 사람, 그러니까 은지호와 유천영, 주인이는 각자 어이없어하거나 불만에 찬 표정, 혹은 부루퉁한 표정으로 구석에 앉아 있었다.

저녁나절의 강의실이 소음으로 가득 차고, 얼마 안 가 동아리 '포인트(Point)'의 회장인 08학번 김형철 선배가 들어왔다.

"이야, 우리 동아리, 2주에 한 번씩 모이는 데도 사이좋다. 복도에서부터 소리 들리는데 시장통인 줄 알았네."

그가 평소처럼 대수롭잖은 농담으로 회의를 열자 모두들 까르륵 웃음을 터트렸다. 주로 나와 같은 1학년들이었다.

한편, 강의실을 휘휘 둘러보던 그가 우리 쪽에 이르러 눈을 크게 뜨더니 물었다.

"뭐야, 그런데 왜 항상 사이좋던 녀석들이 떨어져 있어? 여령이랑 너희, 어떻게 된 거야?"

"선배님, 저희 갈라서기로 했습니다."

손을 들고 답지 않게 딱딱한 말투로 말한 것은 여령이였다. 김형철 선배가 되물었다.

"그러니?"

"네, MT 때도 서로 말도 안 걸기로 했습니다."

"아니, 언제?"

반드시 여령이 때문만은 아닌 이유로 발끈한 은지호는 금세 다시 입을 다물었다. 그에게 향하는 내 서늘한 눈초리를 느꼈기 때문이었다.

김형철 선배가 여전히 웃는 얼굴로 물었다.

"어쩌지? 이미 조는 너희끼리 붙여 뒀는데?"

"괜찮아요! 한자리에 있어도 모르는 척하면 되니까요."

"야, 반여령. 너 진짜……."

공개적인 자리에 걸맞지 않게 으르렁대던 은지호는 결국

다시 입을 다물었다. 그런 우리를 향해 '오, 7년 우정 이렇게 가나요~.' 하고 놀리는 소리가 짙어졌다.

그 가운데 김형철 선배가 손뼉을 짝 치며 말했다.

"자, 재네는 어차피 곧 화해할 거니까 너무 놀리지 말고. 재들끼리는 칼로 물 베기 하고 있는데, 우리는 무라도 베는 줄 알고 끼어들었다가 괜히 피 보는 일 없도록 하자."

뼈 있는 말을 날린 그가 다시 말을 이었다.

"오늘 출사 겸 MT 안내한다고 한 건 기억하고 있지? 원래는 미리 하려고 했는데, 숙소 대관에 차질을 빚는 바람에 미리 안내 못 한 건 미안하게 생각해. 지금부터는 나 대신 부회장인 민우가 프레젠테이션 해 줄 거야."

"안녕하세요."

김형철 선배의 말이 끝나자마자 불쑥 단상 위로 올라온 선배가 인사를 했다. 중키에 보통 체격, 안경을 걸친 평범하고 착한 인상의 선배였다. 여령이와 은형이에겐 동아리 내에서 형철 선배 다음으로 친하다고 귀띔을 받은 적이 있었다.

흠, 저 사람이 민우 선배구나. 나는 턱을 괴며 그를 자세히 관찰했다.

민우 선배가 선뜻 말을 떼지 못하고 잠시 뒷머리를 긁적이자, 사람들은 돌연 장난기가 발동한 모양이었다. 별안간 와 하며 환호가 쏟아지자, 그는 잠시 당황한 듯이 웃더니 불 끄라는 시늉을 했다.

불이 꺼지자, 그가 프레젠테이션에 앞서 자기소개를 했다.

“아, 저희 동아리가 모이는 일이 많지 않다 보니 오늘 절 처음 보신 분도 계실 것 같아서 먼저 소개할게요. 사학과 10학번 김민우입니다.”

“와아!”

멋있다, 잘생겼다 하며 놀리는 듯한 반응이 연달아 쏟아지자 민우 선배는 웃으며 손사래 쳤다.

“포인트(Point)에서는 2년째 부회장을 맡고 있고요. 잘 부탁드립니다. ……아, 그만 좀 해.”

멈추지 않고 계속 쏟아지는 환호에 그가 그렇게 말하자, 드디어 환호 소리가 조금 잦아들었다.

그제야 민우 선배가 프리젠터를 들고 프레젠테이션을 시작했다. 그가 화면을 넘기자, 처음으로 나타난 것은 광활한 하늘 아래 초록 융단처럼 펼쳐진 초원과 그 초원에서 한가롭게 풀을 뜯는 양 떼들이었다. 출사로 잔뼈가 굵은 동아리답게 누군가가 손을 들고 외쳤다.

“강원도 대관령!”

“정답.”

다시 화면을 넘긴 민우 선배가 말을 이었다.

“저희 이번 학기 출사는 강원도 대관령으로 갈 거예요. 강릉 안반데기랑 강원도 대관령 두 지역이 마지막까지 투표가 팽팽해서 고민을 많이 했는데, 안반데기 쪽 숙소가 일방적으로 취소됐더라고요. 좀 어이없기는 하지만, 그래도 대관령에도 좋은 곳이 있어서 그리로 가기로 했어요."

그의 말을 들으며 나는 화면 위에 나온 준비물들을 빠르게 필기했다. 세면도구와 옷가지, 삼각대와 여분의 렌즈는 챙기고 싶은 사람만 챙기면 되고…… 그러는 동안 민우 선배의 말소리가 이어졌다.

"촬영 주제는 뭐로 할지 고민 많이 했는데, 지난 과제였던 '사랑'을 주제로 한 사진을 미제출한 사람이 너무 많아서 그 주제 그대로 가기로 했어요. 그러니까 이미 제출한 사람은 자유 주제로 찍도록 하고, 미제출한 사람은 이번에 꼭 제출하도록 하세요."

누군가에게서 반발의 말이 흘러나왔다.

"'사랑'이 주제인데 장소가 대관령 목장이라니, 가서 소와 사랑에 빠지면 됩니까? 아니면 대관령 소만이 만들 수 있는 프리미엄 1등급 우유와?"

과연 구구절절 옳은 말이었다. 도대체 대관령 목장에서 어떻게 사랑을 주제로 한 사진을 찍으란 거야? 이럴 줄 알았으면 차라리 전주에 아무렇게나 찍어서 미리 제출하는 건데.

뒤늦은 후회를 곱씹는 내게 '아, 그건 알아서들 하시고요. 그러게 누가 미제출 하래?' 하는 형철 선배의 가차 없는 대답이 돌아왔다.

그에 아우성치던 소리가 멎은 뒤, 민우 선배가 다시 말했다.

"자, 이게 일정표랑 MT 조니까 참고하실 부분 참고하시고, 궁금한 부분 있으면 지금 질문해 주세요."

그의 말을 한 귀로 흘려들으며 나는 일정표를 빠르게 살폈다.

10시에 서울에서 출발, 13시에 대관령 숙소 도착, 14시까지 점심 식사, 14시부터 17시까지 자유 촬영, 17시부터 19시까지 크리틱(비평회)……. 헉, 크리틱이라니. 그 단어에 내 심장이 크게 울렁거렸다.

크리틱은 말 그대로 자기가 찍은 사진을 보여 주고 감상과 조언을 듣는 비평회를 뜻하는데, 물론 우리 동아리는 취미 동아리니만큼 본격적으로 비판적으로 흘러가는 일은 없지만 그래도 항상 떨리고는 했다. 게다가 이건 첫 출사에서 하는 비평회니까.

그때 한 사람이 손을 들고 질문했다.

"질문 있어요. 필름 카메라는 필름 현상을 당일에 해야 하나요?"

"당연히 아니죠. 필름 카메라는 엠티 다다음 주 정기 모임 때 따로 비평 시간을 가질 거예요. 거기 가서 현상하실 걱정 안 해도 됩니다."

"아…… 네."

깊이 안도한 목소리로 들려오는 대답을 들으며 나는 고민했다.

저거 좀 괜찮은데? 나도 은지호한테 필름 카메라 하나만 빌려 달라고 할까? 걔 평소에 쓰는 것도 안 어울리게 필름 카메라잖아, 기종도 여러 개 갖추고 있고.

그러다 말고 나는 다시 정신을 차렸다. 아, 나 지금 걔랑 일단은 서로 말 안 하기로 한 상태였지……. 사람이 길드는 게 이렇게 무섭다니까. 그동안은 사차원 주머니가 항상 손 닿는 곳에 있는 꼴이었으니.

그때 민우 선배의 '방금 보여 드린 피피티 이따가 최종 수정을 거쳐서 톡방에 올릴 테니 확인해 주세요.' 하는 말이 들려왔다.

앗, 괜히 적었네. 내가 열심히 필기한 것을 보며 아까워하는 동안, 단상에서 내려온 그가 다시 말했다.

"자, 그럼 이제 회식 갑시다. 인원 확인해야 하니까 못 오는 사람은 지금 여기서 미리 말해 주세요."

몇몇 학생들이 우르르 민우 선배에게 몰려가고, 곧 복도와 엘리베이터가 혼잡해질 것을 예상한 사람들은 미리 나가 있으려 했다.

나도 여령이와 은형이와 함께 뒷문으로 빠져나가는 참인데, 은지호가 내 소매를 붙잡았다.

나는 흠칫 놀라 뒤를 돌아보았다.

저녁이라 건물 대부분 불이 꺼져서 어둑한 가운데 그의 은발만이 선연했다.

눈썹을 일그러뜨린 그가 낮게 말했다.

"함단이, 너 절교하자는 거 농담 아니야? MT 끝날 때까지 말도 걸지 말라고? 진짜로?"

나는 부러 냉랭하게 답했다.

"MT 끝날 때까지라고 말 안 했는데?"

물론 영영 절교하자는 뜻으로 한 말은 아니지만, 그렇다고 해서 그가 이 일에 대해 완전히 가볍게 생각하고 넘어가도 좀 곤란했다.

아니, 내가 술주정하는 게 그렇게 웃겼으면 그냥 기억해 뒀다가 말로 하면 될 일이지, 동영상까지 찍을 일이야? 아니, 물론 은형이가 취했을 때도 그러는 걸 보면 하루 이틀 그런 게 아니긴 한데…….

나는 원망 어린 눈으로 은지호를 노려보았다.

적어도 그런 게 있다고 말해 줄 수라도 있는 거잖아. 어떻게 그걸 나만 모르게 거의 1년 가까이 묵혀 둘 수가 있어? 이번 일이 아니었으면 나는 그런 게 있다는 것도 평생 모른 채 살았을 거 아니야.

내 반응을 통해 은지호도 비로소 내 마음이 지금 여기서 잠깐 붙잡고 얘기한다고 풀릴 게 아니라는 걸 깨달은 모양이었다.

그리고 그가 머뭇머뭇 입을 열었다.

"아니, 그런데 우리……."

그가 못내 민망한 듯, 눈을 내리깔다가도 다시 말했다.

"MT 때 말하기로 한 건……."

"그날만 날인 것도 아니잖아."

"아, 단아. 잠깐만."

은지호가 끝끝내 나를 붙잡으려 했지만, 나는 그가 뻗어오는 손길을 무시하고 휙 몸을 돌려 걸음을 옮겼다.

우리가 서 있던 곳이 비상구와 가까워서 아무도 오지 않은 게 그나마 다행이었다. 몇 걸음 떨어진 곳에서 여령이와 은형이가 기다리고 있었다.

여령이가 나를 보고 물었다.

"은지호가 뭐래?"

나는 부루퉁하게 대답했다.

"우리 MT 때, 말하기로 한 거 있지 않냐고."

"아……."

여령이와 은형이가 잠시 시선을 교환했다. 그러더니 은형이가 조심스럽게 물었다.

"단아, 정말 괜찮겠어?"

"그럼, 당연하지. 안 괜찮을 게 뭐가 있어?"

나는 일부러 호기롭게 대답했다.

그로부터 불과 한 시간 뒤, 나는 그 대답을 후회하기 시작했다.

일단 유천영과 주인이가 솔로라는 것은 온 대학에 알려진 사실이었고, 은지호도 사귀는 걸 밝히기 싫어한 나로 인해 공식적으로는 사귀는 사람이 없는 상태였다.

그런데 거기에 공식 커플인 여령이와 은형이가 이쪽에만 척 달라붙어 있는 상태니, 다들 저 세 사람을 가만두려 하지 않았다. 남자 선배들이 불러 대고, 여자 선배들이 불러 대고, 남학우들이 불러 대고 여학우들이 불러 대고.

공식 커플이 있기 때문인지, 우리 근처에서는 비교적 조용하고 평화롭게 술을 마실 수 있었다.

말하자면 우리의 술자리가 티타임에 가깝다고 하면, 저기는 그야말로 전투적으로 친목을 도모하는 술판이었다.

마침 은지호가 바로 맞은편 테이블에 있었기 때문에 얘기하는 소리가 잘 들렸다. 나는 나도 모르게 귀를 바짝 곤두세웠다.

"너랑 이렇게 많이 얘기해 본 거 처음이라서 몰랐는데, 너 성격 좀 의외다."

그렇게 말한 것은 나와 동갑이자 은지호와 같은 2학년의 어떤 여자 선배였다.

그에 주인이가 키득키득 웃으며 대답했다.

"그치? 얘 쓸데없이 차갑게 생긴 편이라."

"안 어울리게 차갑게 생긴 건 내가 아니라 유천영 쪽이지."

툴툴대는 은지호의 목소리가 들려왔다.

그가 다시 중얼거렸다.

"쟤가 은근히 허술한 사람이란 걸 모두가 알아야 하는데."

다른 곳에서 대답하는 소리가 들려왔다.

"그래? 쟤 게임 점수는 안 허술하던데?"

"맞아, 무슨 놈의 게임 점수가 다 1등이야? 나 쟤 때문에 한 번도 1등을 해 본 적이 없어."

그리고 까르르 웃는 소리, 이어 유천영에게 누군가가 말하는 소리가 들렸다.

"너 현질 해? 현질 안 하지? 캐릭터랑 아이템이 다 안 한 티 나던데."

"와, 그럼 나 한 번만 도와주면 안 돼? 나 이 스테이지 너무 안 깨져서. 얼른 깨고 다른 애들한테 자랑하고 싶은데."

곧이어 사람들이 유천영이 있는 쪽으로 우르르 몰려갔다.

졸지에 사람들의 청탁을 받게 된 유천영은 난감한 표정을 지으면서도 핸드폰을 받아 들었다.

그런 와중에 은지호에게 다시 질문이 날아왔다. 나는 고개를 돌렸다.

"너는 이 동아리 말고 다른 동아리 하는 거 있어? 나 이력서에 도움 될 만한 걸로 하나 들고 싶은데, 아는 곳이 없어서. 추천 좀 받을까 하고."

아까 그 여자애였다.

거참, 이유는 건실하지만 결국 은지호와 다른 동아리 활동도 같이하고 싶다는 거 아니야. 나는 입을 삐죽댔다.

내가 지금 너무 날카롭게 받아들이는 건가? 아니, 하지만 아까부터 말을 잘 받아 주는 주인이도 멀리하고, 은지호한테만 자꾸 말을 걸어 대는 게 아무래도 수상하잖아.

은지호는 여상하게 대꾸했다.

"아니, 나 이것 외에는 다른 동아리 하는 거 없어. 학점 쌓고 봉사 활동 하는 것만으로도 바빠서."

"아, 봉사 활동이면 해외 노리는 거야? 나 그거 관련해서도 궁금한 거 있는데……."

주인이가 웃는 목소리로 끼어들었다.

"동아리라면 내가 활동하는 발명 동아리도 있는데. 열심히 하다 보면 졸업할 때쯤엔 특허 몇 개는 들고 졸업할 수 있고, 서로 잘 도와주는 분위기라 경력에 도움 많이 될걸?"

"아, 그래?"

그녀는 그렇게 대꾸했지만 별로 관심이 가지 않는 모양이었다.

그때 은지호가 다시 말했다.

"쟤네 동아리는 갈 생각 하지 마. 쟤네 동아리는 거의 전원 공대생만 모인 동아리니까. 너 문과대라며."

"어, 어……."

"그럼 따라가기 힘들어. 특허 몇 개를 들고 졸업하긴 무슨, 신경증만 몇 개 달고 졸업한다면 모를까. 쟤네 동아리 농담 알아? 나도 얼마 전에 들어 봤는데, 헛웃음만 나오더라.”

은지호가 예의 루트 M분의 K…… 하여간 고유 진동수와 차멀미의 상관관계에 관한 얘기를 꺼내자, 그 테이블에 있던 사람들 모두가 웃음을 터트렸다.

나는 눈을 찡그렸다. 이상하다, 우리끼리 얘기할 때는 분명히 저런 반응이 아니었는데. 저게 그렇게 웃긴 농담이었나? 아니면 말하는 사람이 문제인가?

이윽고 모두가 주인이를 향해 뭐 그런 농담이 다 있냐고 야유를 퍼붓는 동안, 나는 맥주를 쭉 들이켰다.

잔을 탁 내려놓은 내가 속으로 다시 중얼거렸다. 아니, 그런데 솔직히 말해 은지호 태도 좀 어이없긴 해.

너 분명히 내가 고등학교 3학년 때 다가갔을 땐 그런 반응 아니었잖아. 그러긴커녕, 내 흑심이 다 보인다느니 어쩌느니 하며 면박이나 줬으면서…… 그런데 저 선배한테선 그런 게 전혀 안 느껴진다는 거야, 뭐야?

그런 주제에 실은 나를 싫어했던 적이 한 번도 없어? 웃기고 있네…….

생각에 너무 열중한 나머지, 나는 그새 누군가 내 옆에 다가와 앉는 것도 알지 못했다.

옆에서 대뜸 날아온 목소리에 나는 화들짝 놀랐다.

“단아, 뭐 화나는 일 있어?”

“네?”

으앗, 깜짝이야. 황급히 고개를 돌리자, 거기엔 이 동아리의 회장인 형철 선배가 웃고 있었다.

"아, 안녕하세요……."

물론 08학번인 김형철 선배와 14학번인 나 사이에는 뛰어넘을 수 없을 만큼의 학번 차가 존재했지만, 그것을 별로 신경 쓰이지 않게 해 줄 만큼 김형철 선배는 유들유들한 사람이었다.

물론 대하긴 어렵고, 또 어려워야 하지만, 그래도 오히려 동아리 대다수 사람들보다는 가깝게 여겨지는 편이었다. 동아리 회장이라서 따로 얘기를 나눠 볼 기회가 많아서도 그렇고.

꾸벅 고개를 숙이는 내게 김형철 선배가 다시 말했다.

"교수님이랑 과제 때문에 살기가 힘들어? 아니면 알바 사장이나 동료들 때문에? 어느 쪽이야?"

"아, 아니에요."

"그래? 보통 새내기들 고민거리 하면 그 근처던데."

"아니요, 저는 그냥…… 이게 물인 줄 알고."

나는 아무렇게나 둘러대려다 말고 입을 합 다물었다. 아니, 이게 무슨 소리야. 태연한 척하려다 술꾼 되게 생겼네.

과연 내 말을 들은 형철 선배가 요란하게 웃음을 터트렸다.

"이야, 단이 무섭네. 벌써 맥주가 물인 줄 알고. 얼마나 마시러 다닌 거야?"

"그, 그런 거 아니에요."

"천천히 마셔, 아무리 친구들 있다고 해도 그렇지. 지금 친구들 다섯 명 중에 세 명이 떠났잖아."

그가 짓궂게 놀리는 말에 나는 울상을 지었다.

아, 선배. 내가 우는소리를 하자, 드디어 놀리는 것을 그친 그는 옆 사람에게 자리를 비켜 줬다.

새롭게 내 옆에 앉은 사람을 보고 나는 눈을 크게 떴다.

"아까 소개 들었지? 얘는 우리 동아리 부회장, 김민우."

"아, 안녕하세요."

나는 어색해하며 고개를 꾸벅 숙였다. 한편, 옆의 선배도 어설프게 웃으며 손만 흔들었다.

숫기 없는 모습이 어째 후배인 나보다도 더 민망해하는 것 같았다.

계속 뒷목을 멋쩍게 문지르는 그의 뒤에서 형철 선배가 말했다.

"이상하게 계속 시간이 안 겹쳐서, 개강하고 인사 못 한 동아리 사람이 꽤 되거든. 엠티 가서 낯가림하지 말라고, 미리 인사시키고 돌아다니고 있어. 아, 민우야. 여긴 14학번 단이. 1년 늦게 입학해서, 나이는 여령이랑 동갑이야. 기억나지?"

여전히 뒷목을 매만지던 민우 선배가 조금 부루퉁한 목소리로 대꾸했다.

"당연히 기억나죠, 여령이가 손잡고 와서 가입시켜 달라고 말한 게 지난달인데."

"아, 그런가?"

"형, 저 애들 얼굴이랑 이름 다 기억해요. 굳이 막 이렇게 인사시켜 주시는 게 더 어색해요."

"아, 거, 나는 다 너 도와주려고 그런 건데. 너무하네……."

어쩐지 진심으로 삐진 듯한 형철 선배는 투덜대더니, 그럼 알아서 잘 놀라며 사라졌다.

그가 다른 테이블로 떠난 뒤, 민우 선배는 어쩐지 노곤한 표정으로 소파에 등을 기댔다.

그 모습을 본 여령이가 키득대며 물었다.

"그만 떠돌고 여기 정착하실 거예요?"

"어, 벌써 한 일곱 테이블 돌았더니 죽겠어……. 이제 내 사전에 더는 방랑이란 없다. 인사할 사람이랑은 다 했다."

그러더니 민우 선배는 나를 힐끗 보며 물었다.

"나 기억 안 나지? 나 동아리 입학할 때 딱 한 번 보고, 더 안 봤을 텐데."

갑자기 화살이 내게로 돌아오기에 나는 당황했다.

"아, 네? 네."

"MT 가기 전에 진작 좀 봐 뒤야지 하긴 했는데, 형철이 형 말대로 도저히 시간이 안 나서…… 내가 1학년 끝나자마자 군대 다녀오고 작년에 복학해서 이제 3학년이거든."

나는 속으로 감탄했다. 와, 그럼 이 선배는 1학년 끝나자마자 군대 다녀오신 거구나.

은지호는 언제쯤 다녀올 예정인 걸까? 3학년? 4학년? 차라리 이 선배처럼 1학년 끝나고 바로 다녀왔어도 괜찮았을 것 같은데. 그럼 다녀오고 2년 동안은 맘 편히 함께 지낼 수 있었을 테고. 아니, 그땐 또 막상 유학 준비한다 어쩐다 해서 그것대로 정신없었으려나?

홀로 이런저런 고민을 하던 내가 불쑥 물었다.

"삼 학년은 사망년이라던데, 진짜 그래요?"

"과마다 다르긴 할 텐데, 대체로 그렇긴 할걸?"

이 테이블 분위기가 유난히 조용해선지 어째선지, 아니면 민우 선배가 조용한 사람이라선지 처음 만났는데도 분위기는 꽤 편안했다.

내가 내년 은지호의 생활을 예상하기 위해 계속 이런저런 질문을 던지는 참인데, 갑자기 핸드폰이 울렸다.

응? 민아잖아? 무슨 일이지? 핸드폰을 꺼내 본 나는 사람들에게 말했다.

"저 잠깐 나갔다 올게요."

"그래."

사람들의 배웅을 뒤로하고 나는 술집을 나왔다.

밖으로 나와서 전화를 받으려 하는데 일순 눈앞이 핑 돌았다.

나는 아차 하며 열 오른 이마를 감쌌다. 너무 빨리 마셨나 봐. 은지호가 옆 테이블에서 하는 양을 보면서 열 받다 보니…… 하필이면 걸려 온 전화도 음성이 아닌 영상 통화였다.

나는 허둥지둥 화면에 비친 내 얼굴을 확인했다. 다행히 어두워서 붉게 달아오른 안색이 보이진 않는 것 같았다. 그제야 나는 전화를 받았다.

"여보세요?"

[단아! 너 어디야! 지금 뭐 해!]

민아가 잔뜩 들뜬 목소리로 대답했다. 그녀의 옆으로 윤정인의 그림자가 언뜻 비쳐 보였다.

그때, 그냥 지나갈 수 없는 익숙한 그림자 또한 포착되었다.

내가 말했다.

"나 동아리 회식. 너희는 뭐 해? 지금 윤정인뿐만 아니라 신서현도 같이 있는 거, 맞지?"

[응, 나랑 윤정인이랑 신서현이랑…… 정세연이랑 반휘혈도 와 있어.]

"세연이랑 반휘혈까지?"

[며칠 전부터 우리가 모인다고 했잖아! 답장도 안 해 주구우우.]

민아의 말꼬리 늘어진 대답에 이어 윤정인의 대답이 들려왔다.

[아니야, 자기야. 함단이 그때 답장했어. 그때도 동아리 뭣 때문에 못 온다고 했을걸.]

그러자 졸린 듯 눈을 멍하게 끔뻑거린 민아가 다시 말했다.

[아, 그랬나? 그래서, 지금 택시 타고 못 와? 여기 신촌인데…….]

나는 난감해하며 대답했다.

"아, 나 가는 건 문제없는데 내일 아침 10시까지 버스 타러 학교에 다시 모여야 해서. 내일부터 대관령으로 출사 겸 MT 가. 출사가 뭐냐면 그, 야외에서 사진 찍는 건데……."

[아, 뭐야! 그럼 어쩔 수 없네. 오케이, 바이.]

한 손을 들며 쿨하게 인사한 민아가 전화를 끊으려 하기에 나는 황급히 외쳤다.

"안 돼! 신서현이랑 세연이, 반휘혈 좀 바꿔 줘. 걔들 못 본 지 오래됐단 말이야."

[아, 걔들? 걔들 잠깐만…….]

이윽고 화면에 신서현과 세연이, 반휘혈의 모습이 보였다. 셋 다 1학년 때 비해 훨씬 잘 지내 보이는 듯한 인상이었다. 드디어 대학 생활에 적응이 된 건지 어떤 건지, 아니면 그냥 스타일이 발전한 건지.

내가 느낀 바를 그대로 말하자, 신서현이 웃으며 대답했다.

[아니야, 굳이 말하자면, 나 자신의 한계를 깨닫고 받아들였다고나 할까.]

"그게 무슨 소리야? 철학 수업 리포트 쓰다 왔어?"

[이번 주에 못 낼 것 같은 과제는 그냥 포기하고 딜레이하는 데 익숙해졌다는 소리지.]

"아."

그거였냐. 나도 지금까지는 어떻게든 아등바등 그 주에 내고 있는데, 과연 2학년 때는 그게 더 익숙해질까 봐 무섭군.

그리고 한창 세연이와 반휘혈과도 무슨 얘기를 나누는 참인데, 갑자기 반휘혈이 물었다.

[네 옆의 그건 뭔가?]

"뭐?"

반휘혈 특유의 엄숙한 말투에 옆을 돌아본 나는 깜짝 놀랐다.

어둠 속에 파묻힌 희끄무레한 인영 하나가 새파란 눈으로 나를 쳐다보고 있었다. 조금 시간이 지나고 나서야 나는 그게 유천영이란 것을 깨달았다.

아, 깜짝이야. 내가 인상을 쓰며 그의 팔을 툭 쳤다.

"놀랐잖아. 기척이라도 좀 해 주지."

"나도 방금 나왔어."

유천영은 억울한 기색 하나 없이 담담하게 말했다. 그러자 화면 너머에서 세연이가 발랄하게 외쳤다. 어, 유천영이네! 안녕!

그러자마자 건너편이 다시 한번 시끄러워졌다. 뭐? 유천영? 어디 봐, 진짜?

이윽고 화면에 얼굴을 들이민 민아와 윤정인이 호들갑스럽게 인사했다.

[와, 너는 어떻게 된 게 더 잘생겨졌냐! 너 여친 생겼어?]

[그러게, 천영아. 너 여친 생겼어?]

본인은 딱히 이렇다 할 표현이 없는데도 요란한 호응을 이끌어 내는 것은 유천영의 신기한 점 중 하나였다.

유천영이 고개를 내젓자, 민아가 다시 외쳤다.

[천영아, 제발 그 얼굴로 아시아를 제패해 줘! 할 수 있다, 아시아의 별!]

[자기야, 많이 취했다. 천영이가 고작 별이 뭐냐? 치명적인 매력의 블랙홀 가자!]

[가자!]

아무래도 둘 다 심상치 않게 취한 것 같아서, 아니, 윤정인은 저런 대사를 맨정신으로 뱉어 낼 수 있는 사람이지만 민아는 아닌 것 같아서, 나는 다음 날 민망해할지도 모르는 그녀를 위해 이만 전화를 끊기로 했다.

게다가 주변이 더 시끄러워져서, 이제 무슨 말을 하는지 거의 안 들리는 지경에 이르기도 했고.

영상 통화를 음성 통화로 전환한 나는 가까운 시일 내에 한번 보자는 말과 함께 전화를 끊었다.

그러고 나서 고개를 드니, 유천영은 여전히 길 잃은 사람처럼 근처에서 서성이고 있었다.

내가 물었다.

“너 여기는 왜 나왔어? 담배 피우러 나온 건 아닐 테고.”

너 담배 안 피우잖아. 내가 한 말에 유천영이 고개를 끄덕였다.

“그냥 바람 쐬러. 그리고 너 혼자 나가길래.”

“아아.”

“그래서 따라온 것도 있고.”

그렇구나. 취해선지 여전히 머리가 어질어질했다. 나는 주저앉아서 맞은편의 편의점 불빛을 보는 채로 잠시 멍하니 있었다. 그러자 유천영 또한 나와 같은 곳을 보며 가만히 서 있었다.

그때 편의점 앞에서 이로 아이스크림 껍질을 벗기며 떠들던 대학생 몇몇이 우리를 발견했다. 낮은 수군거림이 오가는가 싶더니, 이윽고 그들 중 한 사람이 도로를 건너 이리로 다가왔다.

“저기요, 혹시 번호 주실 수 있으세요?”

“사귀는 사람 있어요.”

유천영은 눈 하나 깜짝 안 하고 거짓말을 했다. 이런 면은 내가 유천영의 성장을 가장 크게 느끼는 부분이기도 했다. 예전 같으면 차마 거짓말은 못 해서 말없이 고개를 돌려 버리거나 했을 텐데.

이제는 그것만으로 해결되지 않는다는 걸 안 거겠지. 혹은 술 취한 사람은 그렇게 순순히 떨칠 수 없다는 걸 깨달았거나.

유천영의 단호한 대답에, 불만스러운 얼굴로 물러난 사람은 돌연 나를 노려봤다.

아니, 나를 왜? 내가 어이없어하건 말건, 그 사람은 일행에게로 돌아가더니 얼마간 더 쑥덕거리다 사라졌다.

그 사람들이 떠나고, 나는 혼자 술집으로 이어지는 계단을 힐끗거렸다.

이제 슬슬 은지호가 나올 때가 됐는데.

사귀는 것을 비밀로 하고 있었기 때문에, 은지호는 내가 밖으로 나와도 곧바로 따라 나오지 못했다. 차라리 유천영처럼 단순한 친구 상태였으면 모를까, 그렇지 않으니 제발 저리는 것이다. 나도 조심하는 쪽이 섣불리 구는 것보단 낫다고 생각하지만.

음, 아니지. 나는 깨달았다.

지금같이 싸운 상황에선 이렇게 밖에 나와 있어 봐야 둘이 얘기하자는 신호밖에는 안 될 텐데, 은지호가 나오기 전에 내가 먼저 들어갈까? 그래, 그게 좋겠다. 지금까지 그 생각을 못 했네.

쭈그려 앉아 있던 자리에서 일어난 내가 먼지를 툭툭 털고 들어가자고 말하려는 참인데, 유천영이 불쑥 입을 열었다.

나는 고개를 들었다.

"절교, 풀어 줘."

"응?"

무슨 절교 풀어 달라는 걸 매듭 풀어 달라는 것처럼 말하고 있어? 내가 황당함에 눈만 깜빡이자, 그가 다시 말했다.

"나는 그날 너만큼 취해서 그런 일이 있었는지도 몰랐어. 너도 기억하잖아, 그날 잔뜩 취해서 했던 대화."

나는 눈썹 끝을 슬쩍 들어 올렸다. 내가 미심쩍어하며 물었다.

"정말? 그래도 술주정 영상은 본 적 있을 거 아니야."

"없어."

"진짜?"

"응. 우리한테 너 없는 단톡방 같은 거 따로 없어. 네가 본 게 우리 사이 오간 대화의 전부야."

그렇단 말이지…… 내가 재수하고 있었는데 왜 따로 단톡방을 만들지 않고 굳이?

그래도 이들에게 나 모르는 사이 오간 대화가 없다는 게 기분 좋긴 했다. 게다가 재수 학원에서 나올 때마다 밀린 대화들을 읽는 재미가 쏠쏠하기도 했고. 너무 많아서 다 못 읽는 경우가 태반이었지만.

그때 유천영이 불쑥 말했다.

"아, 아니다. 하나 있어."

"야. 이렇게 바로 말 바꾸기 있어?"

"그런데 그건 네 생일 선물 고를 때, 안 겹치게 주려고 그런 거고…… 네 생일 지나고 그 톡방 바로 죽었어."

아, 그렇다면야 뭐.

내가 다시 입을 다물자, 정적이 흘렀다. 오토바이가 요란한 소리를 내며 우리 옆을 지나가자, 유천영이 내 팔을 잡고 길가로 비켜나게 했다.

요란한 배기음이 멀어진 뒤에 그가 다시 말했다.

"그러니까 나도 절교 풀어 줘."

"음, 솔직히 말해서 방금 들은 얘기들로는 전혀 문제없긴 한데."

잠시 눈을 굴리던 나는 고개를 앞으로 내밀고 속삭였다.

"주인이랑 은지호 눈치 보여."

그러자 눈을 찡그린 그가 나를 보며 떨떠름하게 물었다.

"나를 왜 걔들이랑 묶어? 난 따지자면 권은형이랑 소꿉친구인데."

"아, 그건 그렇긴 한데……."

그때 유천영이 불쑥 다시 말했다.

"그리고 나는…… 이제 더는 없잖아. 너랑, 아니, 너희랑 같이 여행 갈 일."

"응? 너 어디로 떠나?"

"아니, 그게 아니라."

뭔가를 설명하려던 유천영은 이윽고 난처한 듯 입을 다물고 말았다.

그게 대체 무슨 뜻이야? 그렇게 물으려던 나는 곧 깨달았다.

그러고 보면 여령이나 나나, 둘 다 은형이와 은지호라는 남친이 생겨 버렸으므로 다 같이 여행 가는 일은 상당히 줄어들지도 모른다.

물론 앞으로도 일 년에 한 번쯤은 시간을 내서 다 같이 여행을 가긴 하겠지만, 연인끼리 둘만 가는 여행과는 따로겠지. 그러다 보면 언젠가는 어느 한쪽의 여행을 포기해야 하는 날이 올지도 모른다.

눈을 내리깐 유천영이 다시 말했다.

"언제 또 같이 여행 갈지도 모르는데, 아예 말도 걸지 말라는 건 가혹해."

"그건……."

그때 유천영은 갑자기 정신을 퍼뜩 차린 표정을 지었다. 그는 한숨을 내쉬며 긴 손가락으로 콧대를 매만지더니 덧붙였다.

"아니다, 잊어 줘."

"뭐?"

"방금 내가 했던 말 전부……."

그때였다. 저벅저벅 발소리와 함께 다가온 누군가가 내 옆에 섰다.

은지호였다.

"바람은 충분히 쐤어?"

분명히 그가 말하는 '바람'은 말 그대로의 의미일 텐데도, 방금 이 골목에 오간 분위기 때문인지 마음이 불편했다.

유천영은 태엽 인형처럼 무심히 몇 번 눈을 깜빡이더니 대꾸했다.

"네가 왔으니 난 간다."

"아니, 그렇게까지 급하게 안 가도 되는데…… 너 지금 나 피하냐?"

은지호의 어이없다는 듯한 물음에도 불구하고, 유천영은 그대로 뒤돌아서서 술집으로 향하는 계단을 내려가 버렸다.

발소리가 점차 멀어지다 사라지고, 한동안 그쪽을 보고 서 있던 은지호는 다시 나를 돌아보았다. 특유의 검은 눈동자는 껍질을 뒤집어쓴 것처럼 단단해서 아무것도 읽을 수가 없었다.

습기를 머금은 한 줄기 바람이 우리 사이로 어루만지듯 지나갔다. 그제야 그가 입술을 뗐다.

"나 없는 동안, 아무 일도 없었지?"

방금 나와 유천영 사이에 무슨 대화가 오갔는지 말하라는 건가? 잠시 고민하다가, 그가 단순히 내 안위를 묻고 있음을 깨달은 나는 겨우 대답했다.

"응. 저기 편의점 앞에 있던 사람이 와서 유천영 번호 물어본 것 외엔 아무 일도."

"그래?"

"하하, 뭘 걱정해. 아무도 너나 유천영한테라면 모를까, 나한테는 관심 없어. 내 재수 학원 생활이 얼마나 평화로웠는지, 김혜우한테 안 들었어?"

너털웃음을 터트리며 말하던 나는 문득 깨달았다. 아차, 나 지금 은지호한테 삐진 상태였지. 그런데 술이 들어갔다고 너무 편하게 말하고 있었네.

내가 그의 눈치를 보다가 다리를 툭툭 치고 들어가자고 말하려는 참인데, 은지호가 중얼거렸다.

"아닌 것 같던데."

그리고 그는 내가 반문하기도 전에 다시 말했다.

"이따가 집에는 몇 시쯤 갈 거야? 차 미리 대기시키게."

"응?"

"너 나랑 같이 차 타고 갈 거잖아, 아니야?"

당연한 듯 되묻는 은지호의 모습에 나는 한동안 뭐라고 답해야 할지 몰라 멍하니 서 있었다.

나는 중얼거렸다, 아무래도 전에 있었던 일을 까먹은 건 나뿐만이 아니라 이쪽도 마찬가지인가 보군.

그리고 내가 말했다.

"나 오늘 너랑 안 가."

이 정도는 충분히 예상했어야 하는 대답인데, 은지호는 되레 황당한 일을 접한 듯 눈썹을 찡그리며 말했다.

"시간 늦었잖아. 벌써 열 시 넘었어."

"아, 그러네. 한 시간만 더 있다가 일어나야겠다. 지하철 타고 집에 가려면."

내가 시계를 확인하고 태연히 그렇게 말하자, 은지호가 다시 인상을 찌푸렸다.

"왜 나랑 안 가고?"

그제야 나는 그를 바라보았다. 좀 전에 그 대화로 내 심정이 충분히 전달됐을 거라고 생각했는데 아니었나? 나는 난감한 마음에 머리를 헤집다가 다시 입을 열었다.

"절교하자는 말은 진심은 아니지만, 그걸로 상당히 섭섭한 건 사실이야. 그래서 당분간은 말 안 하고 싶어."

은지호가 뭔가 말할 태세길래, 손짓으로 말을 막은 내가 다시 말했다.

"알아, 그런 일 우리 사이에 별거 아닌 거. 오늘 아침에도 어제 은형이 취한 영상 단톡방에 올라왔던데 뭐. 그런데 그건 그거고, 나는 그 영상이 찍히고 일 년 반 동안이나 핸드폰 안 되는 곳에서 아무것도 모르고 있었잖아."

"……."

"그리고 무엇보다도 네가 나한테 여태껏 아무 말도 안

했다는 게 싫어. 다른 사람한테는 기대 안 해도, 너한테만은 기대해도 되는 거잖아."

남자 친구니까.

내가 덧붙인 말에도 은지호는 여전히 아무 말이 없었다. 그를 약하게 쏘아보던 나는 이윽고 서서히 시선을 내리며 두 손으로 얼굴을 감쌌다.

아 씨, 무엇보다도 그런 건 원래 단톡방에 '너 결혼할 때 이거 결혼식장에서 튼다.', '너 남친 생기면 이거 보여 준다.' 같은 협박과 함께 올라오는 거잖아. 그런데 쟤는 이미 그걸 1년 반 동안 봐 와서 손쓸 수도 없다는 점이 가장 열 받는단 말이야.

그리고 다시 고개를 든 내가 말했다.

"이제 와서 너한테 그거 좀 말리지 그랬어 하고 말하든, 진작 좀 말하지 하고 화내든 아무 소용 없다는 것도 알아. 그런데 그냥 넘어가기에는 나, 나중에 이 화제 다시 나왔을 때 아무렇지 않게 넘어갈 자신 없어. 그러니까 섭섭한 거 풀릴 때까지만 잠깐 거리 두자는 건데. 그게 그렇게 어려워?."

"……내가."

내가 제법 풀어서 말한 것 같은데도 은지호의 목소리는 여전히 낮게 가라앉아 있었다.

나는 눈살을 찌푸리며 그를 의아하게 주시했다.

어두운 골목 어딘가에 시선을 두고 있던 그가 천천히 말을 이었다.

"나한테, 너를 데려다주는 게 얼마나 중요한 일인지. 전에 충분히 설명한 것 같은데."

그의 목소리가 이상할 정도로 낮은 것이 화가 나서 그런 것인지, 아니면 경고성을 담고 있는 것인지 알 수 없었다.

나는 더더욱 눈살을 찌푸렸다. 전자여도 문제였지만, 후자라면 더욱 문제였다. 그건 그가 지금 내가 뜻대로 되지 않는다고 나를 압박하고 있다는 의미가 되니까.

내가 대답했다.

"그건 알아…… 그치만, 네 불안감은 이젠 실존하지 않는 위협에 대한 거잖아. 그런데 그 존재가 더는 상관없어진 지금도 내가 내 감정 같은 건 상관없이 너랑 같은 차를 타야 한다는 건…… 좀 아닌 것 같아."

최대한 조곤조곤 말하고 싶었지만, 끝으로 갈수록 목소리가 가라앉는 것은 어쩔 수 없었다.

그야 연인에게 자기의 감정을 제대로 존중받지 못하는데 은근히라도 화나지 않을 사람은 없을 것이다. 내가 혹시 지금 못 할 요구를 하고 있는 건가? 나는 잠시 생각했다. 아니, 딱히 그런 것 같진 않은데.

그때, 은지호가 다시 말했다.

"내가 널 코앞에서 잃을 뻔한 것만도 세 번이야, 세 번.

그런데…….”

감정을 삭이기 위함인 듯, 한 박자 쉰 그가 말을 이었다.

“내 불안감이 더는 존재하지 않는 위협에 대한 거라고, 단지 기우일 뿐이라고…… 어떻게 장담할 수가 있어?”

이런, 나는 눈살을 찌푸렸다.

이건 좀…… 많이 치사하잖아. 고작 나를 데려다주는데, 나를 잃을 뻔했던 일을 들먹이는 건.

하지만 그 일이 현재와 어떠한 관련도 없다는 것은 여전히 변치 않았다.

내가 입을 열어 대꾸했다.

“그땐 확실한 위험 요인이 존재했었잖아. 지금은 아니고. 그런데 자꾸 옛날 일 들먹이면서 설득하려고 하지 마. 나 정말 혼자서 집에 잘 들어갈 수 있어. 역에 도착해서 정 무서우면 아빠라도 부르면 될 일이야.”

“너는 재작년 일이 어떻게 옛날 일이야?”

은지호가 기어이 목소리를 높였다. 어떻게 해도 설득되지 않자 기어이 답답함이 치솟은 듯했다.

그가 먼저 목소리를 높이자, 나도 따라서 울컥했다. 내가 무심코 말했다.

“그렇게 치자면, 너도 나한테 관심 없었던 거 옛날 일 아니잖아.”

마치 남의 말처럼, 내 말은 한 박자 늦게 내 귀에도 전달

되었다. 뒤늦게 내 안색이 창백해졌다.

어쩌지? 실수했다. 아무리 취했어도 추궁할 게 따로 있지. 은지호가 초조해져서 과거 얘기를 꺼냈다고 해도 나까지 그래선 안 되는 거였는데…….

나는 조마조마해하며 고개를 들었다. 내 앞에 선 은지호는 마치 칼에 찔린 듯한 표정을 짓고 있었다.

눈살을 찌푸린 그가 되물었다.

"뭐……?"

그만해야 해, 그렇게 생각했지만 머릿속 한편에 고여 있던 말이 그대로 흘러 나가는 것을 막을 수가 없었다.

나는 더듬더듬 멈추지 않고 말을 이었다.

"너는 나한테 관심 없었던 적, 날 좋아하지 않았던 적 한 번도 없었다고 했지만…… 내가 그걸 어떻게 믿어? 네가……."

네가 방금 남들한테 하던 태도, 말투 모두 다…….

"네가 지금 모르는 사람을 대하는 태도가, 그때 날 대하던 것보다도 몇 배는 더 친절한데."

짧은 정적이 흐른 후, 은지호가 어처구니없다는 듯 한숨을 흘리며 머리카락을 쓸어 넘겼다. 그는 내 말에 정말 어찌할 바를 모르는 것 같았다.

이윽고 그가 허탈하게 웃으며 물었다.

"함단이. 너 그거, 진심으로 하는 말이야?"

나는 대답하지 않았다. 그러자 계속 머리카락을 헤집던

은지호가 다시 말했다.
"단아. 너 아까 나한테 치사하다고 했는데, 그러는 너야말로 치사한 거 알지."
"……."
"그때 내 태도를 들먹이면서 말하면, 나는 너한테 무조건 져 줄 수밖에 없다는 거 알잖아."
물론 알고 있었다.
하지만 먼저 그때 일을 들먹이며, 내가 안전하다는 걸 못 믿겠으니 얌전히 자기 차에 타라고 한 건 은지호가 아닌가?
인상을 찌푸리며 듣고 있던 나는 그제야 입을 열었다.
"방금 그 말은…… 실수였어. 미안해. 하지만 너도, 재작년 일 때문에 이렇게까지 하는 건 이해 안 돼. 너 불안한 건 알겠지만, 그렇다고……."
머릿속으로 생각이 정리되지 않아 잠시 말을 멈추자, 은지호가 나를 묵묵히 바라보았다.
조금 시간이 흐른 뒤에 내가 덧붙였다.
"너는 지금 내 안전을 위해서가 아니라, 네 안심을 위해서 나한테 강요하고 있는 거잖아. 우리가 앞으로 싸울 때마다 매번 이런 식으로 될 수는 없어."
그러자 은지호는 낭패란 표정으로 또다시 머리칼을 헤집었다.
우리가 서 있는 골목 사이로 상당히 오랜 침묵이 흘렀

다. 그러다 마침내 은지호의 머릿속에 어떤 결심이 들어선 모양이었다. 혹은 불안감에 잠시 집을 나가 있던 이성을 간신히 되찾았거나.

이윽고 고개를 든 은지호가 체념한 투로 말했다.

"알았어. 네 말도 무슨 말인지 이해했어. 하지만…… 아니다, 아냐. 일단 지금은 다시 가게 들어갈 거지."

"응."

"같이 가자."

나는 얌전히 고개를 끄덕였다. 처음 그가 말했던 것처럼 같이 차에 타는 거라면 모를까, 그 정도의 동행은 나도 부담스럽지 않았다.

게다가 처음부터 함께 나왔다가 함께 들어가는 거라면 모를까, 앞에서 우연히 마주쳐서 얘기하다가 같이 들어가는 것 정도라면 이상하게 보이지 않을 것 같았다. 또, 반여령의 적극적인 태도 때문에 다들 은지호와 반여령이 싸웠고, 나는 휘말렸을 뿐이라고 오해하고 있기도 하고.

내가 묵묵히 계단을 먼저 내려가자, 은지호가 간격을 두고 따라왔다. 더러운 벽에 드문드문 새겨진 커플들의 이름 따위가 내 눈에 왠지 강하게 박혔다.

저 사람들은 지금까지도 잘 사귀고 있을까? 아니면 헤어졌을까? 헤어진 뒤에도 저 낙서를 본 적이 있을까? 보고 나서 무슨 생각을 했을까? 저걸 새긴 것을 후회하진 않았을까? 그 사람들은 결국 우리와는 아예 무관한 사람들인데, 쓸데없는 생각. 나는 가볍게 한숨을 내쉬었다.

내려와서 테이블을 살피니, 다행히 내 자리는 여전히 남아 있었다. 다만 주인이는 은지호가 사라지자 심심했는지, 여령이와 은형이 테이블에 앉아서 술을 부어라 마셔라 하고 있었고, 덕분에 주변에 사람이 꽤 모여 있었다. 민우 선배도 시끄러운 게 싫다고 했으면서 여태 자리를 지키고 있었다.

유천영은 안 보이네? 내가 두리번거리는 동안, 나와 눈이 마주친 주인이는 방싯 웃더니 부리나케 자기 자리로 돌아가 버렸다.

뭐, 나랑 싸운 거지 여령이랑 은형이랑 싸운 게 아니니까. 셋이 놀겠다는데 내가 막을 순 없지. 나는 어깨를 으쓱하고는 조금은 좁아진 내 자리로 비집고 들어갔다.

내가 여령이와 은형이에게 물었다.

"유천영은 어디 갔어? 그새 안 보이네?"

대답한 것은 은형이였다.

"아, 집에 갔어. 마침 신이 형이 근처에 계셔서 데리러 오신다던데."

"아, 그렇구나."

나는 속으로 생각했다. 이미 유천영이 고등학생 때부터 자유방임주의를 자랑하던 유천영네 가족들이 새삼 이제 와서 통금을 뒀을 리 없고, 제 발로 간 거구만.

왜지? 어색해서? 그건 그럴 만도 하지……. 내가 머리를 긁적이는데, 옆에서 민우 선배가 물었다.

“꽤 오랫동안 안 오던데, 어디 갔다 온 거야?”

“네? 아, 저 그냥 앞에 나갔다가 친구들 마주쳐서요.”

“그래? 벌써 취한 건 아니지? 나 생각해 보니까 너랑 같은 테이블 앉았는데 한 번도 짠을 안 해서.”

그렇게 말하며 그가 잔을 들어 보였다. 아, 그러고 보니 그러네. 나는 황급히 그를 따라 잔을 들었다. 맞은편에서 여령이와 은형이도 잔을 들었다.

우리가 술잔을 맞부딪히는 참인데, 다른 테이블에서 대화가 들려왔다.

다들 건배를 하고 막 술을 마시기 시작한 참이라, 주위가 상대적으로 조용해진 가운데 말소리는 더욱 잘 들렸다.

“그래서…… 솔직히 여친 있어, 없어? 이젠 말해 줄 때도 됐다.”

한 남자 선배의 질문이 향한 상대는 다름 아닌 은지호였다. 이어서 내게는 선배이자, 은지호에게는 동기인 그녀가 말했다.

“맞아, 인간적으로 이젠 좀 말해 주라! 우리 과 애들이 나한테 계속 물어보더라니까. 막상 나는 너랑 얘기 한번 해 본 적이 없다는데. 다들 그러니까, 나도 괜히 궁금해지기도 하고.”

주변에서 안달인데도 불구하고 은지호는 태연했다. 한편 나로 말할 것 같으면, 심장이 타들어 간다는 표현을 이때 쓰는 거구나 싶었다.

도대체 어떻게 대답할 셈인 걸까? 사실 있다고 말하면서 대뜸 나를 지목해도, 어차피 이번 MT 때 밝히기로 했던 거, 나는 별 상관 없었다.

하지만 나와 싸운 상황에서 은지호가 그런 짓을 할 리 없었다. 어쨌거나 그는 사귀는 내내 내 의사를 최우선으로 하려고 노력했으니까.

그렇게 생각하자 아까 주고받은 대화가 생각나서 머리가 다시 지끈거렸다. 그런데 왜 내 귀가 방식에 대해서만은 그러지 못하는 거냐고.

내가 조용히 관자놀이를 누르는 찰나, 은지호가 대꾸했다.

"있어."

"뭐? 진짜?"

주위에서 한바탕 난리가 났다. 내 속도 그만큼 난리가 났다.

정작 소동의 원인인 은지호는 여전히 무심한 얼굴로 말을 이었다.

"CC라서 주변에 비밀로 하고 있었는데, 이제 벌써 개강한 지 한 달이나 됐다 보니 슬슬 숨기기도 번거로워서 조만간 밝히려고 하고 있었거든."

마지막으로 아래를 힐끗 본 그가 의중을 알 수 없는 목소리로 덧붙였다.

“그런데 하필 MT 가기 직전에 싸워 버려서, 어떻게 될지 잘 모르겠네.”

“와…….”

전에 없이 구체적인 정보에 모두가 탄성을 흘렸다.

이윽고 다른 질문들이 쏟아졌다. MT 가는 것 때문에 싸운 거야? 가지 말라고? 비밀로 할 정도면 과 CC?

그런 질문들에 대해서 은지호는 ‘알아서 생각하라’고 말하며 웃기만 했다.

한편, 나는 나도 모르게 인상을 쓰며 그쪽 테이블을 흘끔거렸다. 아까 그 여학우를 비롯해서 몇몇 사람들의 표정이 눈에 띄게 밝아진 것이 부디 내 착각이길 바라면서.

평소에는 예의를 차리면서도 철저하게 여지 안 주는 말투를 잘만 구사하더니, 저 말은 뭐야?

저건 꼭, 나는 이제 곧 솔로가 될 테니 대시하려면 지금이 기회라는 뜻 같잖아……. 아니, 물론 그런 의도로 말했을 리는 없지만. 정말 그렇게 생각해서 노리는 사람도 생길 거라고.

나는 결국 자리에서 벌떡 일어났다. 여령이와 은형이, 민우 선배를 비롯해 같은 테이블에 앉아 있던 사람들의 당황한 시선이 모이는 가운데, 나는 최대한 차분하게 선언했다.

“아, 저 시간이 벌써 이렇게 된 줄도 모르고, 차 끊기기 전에 들어가 볼게요."

"아, 맞네. 단이 경기도 살지? 조심히 들어가~."

몇몇 사람들의 인사를 받으며 고개를 꾸벅 숙인 나는 그대로 술집을 나왔다. 다행히 은지호는 아까처럼 말도 안 되는 고집을 부리며 나를 붙잡지 않았다.

내 그림자만을 동행 삼아 역으로 걸어가며, 나는 중얼거렸다. 도대체 내가 지금 뭘 하고 있는 건지, 뭘 하고 싶은 건지 모르겠다고. 정말 모르겠다고.

물론 나는 집에 무사히 귀가했다. 그 사실을 은지호에게 알릴까 했지만, 그러다가는 자칫 잘못하면 다시 싸우게 될 것 같아 그냥 참았다.

온 방을 채운 심란함 속에서 나는 몸부림치며 그날 밤을 새웠고, 정신을 차렸을 때는 햇빛이 커튼에 스며들고 있었다.

커튼을 열어젖히고, 완전히 환히 밝은 하늘을 본 내가 중얼거렸다.

"아, 진짜 망했다……."

* * *

토요일 아침 일찍 대관령으로 가는 버스를 타기 위해 학교로 향하는 내 기분은 몹시 우중충했다.

어제 일이 없었더라면 그나마 MT 가서 놀 생각에 들뜨기라도 했을 것이다. 그런데 이 상황은 마치, 어제 보던 드라마가 갈등이 한창 최고조에 이르다 끊겼는데 갑자기 특별 방송이 편성되어 한 주 휴방 하는 것과 같은 상황이 아닌가.

헛생각만 계속 드는 걸 보니 어제 잠을 못 자긴 못 잔 모양이군. 아예 못 자진 않은 것 같은데, 세 시간쯤 잤나? 두 시간? 초췌한 눈가를 문지르며 집합 장소에 서 있으려니, 익숙한 얼굴 두엇이 인사해 왔다.

미안하게도 아직 이름도 못 외운 사람들이라, 간신히 통성명하고 번호를 주고받았다. 그 뒤에는 한 사람이 음료를 산다기에 다 같이 편의점으로 우르르 몰려갔다.

나는 생존을 위해 비타민 음료를 골랐다. 각자 음료수를 입에 물고 다시 편의점을 나오니, 집합 장소에는 벌써 반 이상 되는 인원이 모여 있었다.

개중에는 여령이와 은형이, 유천영도 끼어 있었다. 여전히 아침이면 정신 못 차리는 유천영은 벤치에 파묻히다시피 엎드려 있었다.

그 모습을 본 내가 박수를 치며 말했다.

"와, 역시 은형이의 힘이 크긴 크다. 아직 눈도 못 뜬 유천영을 집합 시간 10분 전까지 데려오다니."

"하하, 천영이가 잘 일어나 준 거지, 뭐."

그렇게 말하면서도 은형이는 내심 뿌듯해 보이는 얼굴이었다.

여령이는 정말 아무것도 안 보이는지 시험해 보겠다며 유천영의 코앞에 대고 손을 흔들어 댔다.

그 모습을 구경하다가 문득 주위를 둘러본 내가 물었다.

"은지호는?"

그에 은형이가 놀란 표정을 지었다.

"어? 지호 아직 안 왔어? 보통 아무리 늦어도 십 분 전에는 오던데, 이상하네."

여령이도 이쪽을 돌아보며 말했다.

"그러게. 시간 약속은 칼같이 지키잖아, 은지호가."

두 사람의 말에 나는 더욱 영문을 알 수 없어지고 말았다. 그렇지? 그런데 얘가 어디서 뭘 하느라 아직까지 안 오는 거람?

벌써 삼 일째 새 메시지라고는 오간 적이 없는 톡방을 보며 나는 톡을 보내 봐야 하나 말아야 하나 고민했다. 그때, 길 너머에서 익숙한 인영이 보였다.

"어."

그쪽을 내내 보고 있던 누군가가 감탄사를 내뱉었다.

나도 일순 감탄했다. 과연, 은발은 명시성 하나는 대단하다니까. 저 정도면 아무리 사람이 많아도 알아볼 수 있겠어.

토요일 오전의 인파를 단숨에 가로질러 온 은지호가 고개를 꾸벅 숙였다.

"늦어서 죄송합니다."

그에 방금 도착한 형철 선배가 너털웃음을 터트렸다. 그가 손을 내저으며 말했다.

"늦긴 무슨? 네가 늦은 거면 여기에 늦은 사람들 수두룩해. 아직 안 온 사람 열 명이 넘어."

"네…… 짐 나를 거 있나요?"

"아니야, 요즘은 세상이 좋아져서 무거운 짐들은 숙소에 미리 시켜 뒀어. 가서 받기만 하면 돼. 차 왔다, 얼른 타."

과연 거대한 버스 하나가 나선형을 그리며 우리 쪽으로 다가와 멈췄다.

잠시 먼지와 뒤섞인 매연 냄새, 기름 냄새 따위가 뒤섞여 흐르다가 잠잠해졌다. 작게 기침한 나는 배낭을 고쳐 메고 버스 문으로 향했다.

버스에 올라타기 직전, 나는 은지호를 힐끔거렸다. 어제 내가 그와 차를 타고 가지 않은 것 때문에 화났을까? 아니면 과거에 그가 나를 좋아하지 않았다고 말한 것 때문에? 그건 확실히 화날 말이긴 했다. 아무리 직후에 사과했다고 해도.

은지호는 버스에서 나와 나란히 앉아 가고 싶기는 할까? 그러고 보니 새삼 내가 누구와 앉을지조차 정하지 않았다는 것이 떠올랐다.

당연히 여령이와 앉아야 한다고 생각했는데, 따지고 보

면 여령이는 내가 없는 1년 동안 은형이와 다녔을 게 아닌가. 이거 박힌 돌 빼내는 굴러온 돌이 되는 것 같아서 기분이 별로인데…….

하지만 여령이와 앉지 않으면 대신 누구랑 앉지? 주인이? 그렇게 되면 유천영과 은지호가 같이 앉아야 하는데, 그건 서로에게 썩 좋은 일이 아닐 듯하고…… 그렇다고 은지호를 두고 유천영과 앉는 거야말로 말이 안 되지.

내 고민은 먼저 달려가서 자리를 잡은 여령이가 '단아! 이리 와! 얼른!' 하고 외침으로써 간단히 해결되었다.

나는 안도의 한숨을 내쉬며 여령이 옆에 털썩 앉았다.

여령이가 잔뜩 들떠서 물었다.

"단이 넌 양 본 적 있어? 난 양은 본 적 없어, 말은 본 적 있어도."

"나도. 잠깐, 어릴 때 체험 학습 가서 본 적 있나? 초등학교 때…… 아, 그건 염소인가?"

"그건 염소였잖아. 우리 농가 체험 학습 갔을 때. 그러고 보면 은근히 양은 보기 어려운 것 같아. 그보다 희귀한 동물들은 오히려 볼 기회가 많았는데."

그러던 여령이는 문득 뒷자리에 앉은 유천영에게 화살을 돌렸다.

"유천영, 너는 동물들 어디까지 봤어? 해외여행 자주 다녔잖아."

"공룡……."

"공룡?!"

충격받아서 아무 말도 못 하는 나와 여령이에게, 난감하게 웃어 준 은형이가 말했다.

"그거 아마 어렸을 때 공룡 박람회에 가서 본 모형 공룡들 말하는 걸 거야."

"아아."

"그리고 확실한 건 천영이는 아직도 잠이 덜 깼어. 자, 천영아. 목 베개 베고 자."

은형이가 익숙한 듯 배낭 맨 위에서 목 베개를 꺼내 내밀자, 그걸 그대로 목에 끼운 유천영은 등받이에 기대어 즉시 잠들었다.

그 모습을 보며 키득키득 웃던 나와 여령이에게 주인이가 말했다.

"나도 간 적 있어, 공룡 박람회."

"그런 것도 있어? 과학 박람회 같은 건 들어 봤어도, 공룡 박람회는 처음 들어 봐."

내가 순순히 대답하자, 주인이는 보다 안도한 얼굴로 이것저것 말했다.

그러고도 우리가 한창 떠드는 동안, 은지호는 단 한 번도 끼어들지 않았다.

나는 말하는 중간중간 그의 눈치를 살폈다. 이쯤 되면 한

마디 끼어들 법도 한데, 왜 이렇게 조용한 거지?

아, 내가 어제 절교하자던 건 진심이 아니지만, 섭섭한 건 사실이니 당분간 말 걸지 말라고 해서? 하지만 지금 나만 얘기하고 있는 것도 아니고, 주인이나 여령이한테 말을 걸면 자연스럽게 될 일인데…… 내 태도를 봐도 이젠 어느 정도 마음이 풀렸다는 걸 알 테고.

아니면 입을 다물고 있는 이유가 내가 어제 화내서가 아니라, 자기가 나한테 화났기 때문인가? 그렇다면 내가 먼저 말을 걸어도 오히려 선심 쓰는 것처럼 들리고, 기분 나빠질 수도 있다.

그럼 뭐라고 하지? '어제는 당황스러웠지? 성질부려서 미안해.' 그렇게 하루 만에 태도 바꾸는 거야말로 어제 내가 기분에 휩쓸려서 충동적으로 말했다는 방증 같잖아.

그래도 반드시 충동적으로 한 얘기만은 아니었는데.

내가 섭섭한 감정을 드러냈는데도, 그 직후에 자기 불안 때문에 함께 돌아가지 않는다고 목소리를 높인 건 그래도 한 번은 짚고 넘어가야 할 부분이었고…….

내가 그런 생각을 하며 입술을 깨무는 동안, 버스 안에서는 느닷없이 노래자랑이 시작되었다.

동아리 전체가 자발적으로 나서지 않는 한 강요하지 않는 분위기라, 흥 있는 사람들이 주도적으로 분위기를 띄웠다. 덕분에 대관령에 가는 동안은 아무 생각 없이 즐거워할 수 있었다.

그것도 잠시, 숙소에 도착해서 짐을 내려놓고, 촬영 갈 채비를 하는 동안 내 마음에는 점차 먹구름이 끼어 갔다.

카메라를 꺼내어 목에 걸며 나는 한숨 쉬었다. 아, 어쩌지. 큰일이네…… 아무래도 이번 MT 동안 은지호와 화해해 두지 않으면 이 싸움, 꽤 오래갈 것 같은데.

하지만 여전히 마땅한 수는 떠오르지 않았다.

나는 무거운 마음으로 장비를 챙겨 밖으로 향했다.

* * *

예민한 사람은 육지에서 보는 하늘과 섬에서 보는 하늘, 햇빛과 바람의 차이마저도 느낄 수 있다고 했는데, 아쉽게도 나는 그렇지 않았다.

제주도와 비슷한 것 같아, 이게 내가 대관령에 와서 받은 유일한 인상이었다. 어쩌면 여기도 멀지 않은 곳에 바다가 있어서 그런지도 모른다.

하늘과 맞닿은 산자락과 넓게 펼쳐진 초원, 드문드문 서 있는 풍향계. 주변에 목장이 많아선지, 가끔 바람에서 알 수 없는 냄새가 풍긴다는 것마저도 비슷했다.

그래도 틈만 나면 머리카락을 휘감아 올리는 바람과 곧게 내리쬐는 햇살은 기분 좋았다.

또, 무엇보다도 날씨가 너무 좋았다. 다들 구름 한 점 없는 하늘을 보며 '비 오면 진짜 대참사인데, 비 올 걱정 하나도 안 해도 되겠다.' 하며 기뻐했다.

초보자가 가장 하기 쉬운 실수는 눈앞에 있는 장면을 얼른 담기에 급급해 셔터 스피드와 조리개, ISO 등의 세팅 값을 조정하지 않고 그냥 찍는 거라는데, 머리로는 알고 있지만 막상 컷마다 따로 조절하려니 너무 힘들었다.

무엇보다도, 내가 '사랑'을 주제로 한 사진으로 나비를 찍기로 정했기 때문에 더더욱 그랬다.

왜, 나비 좋잖아. 가장 친근하게 느낀 순간 멀어져 버리고, 이제야 겨우 내 것 같으면 떠나 버리고.

아무리 멀리서 조심스럽게 찍으려 해도 나비는 찍을 만하면 날아가 버리고, 또 찍을 만하면 날아가 버렸다.

어쩌면 그것조차 정말 닮아 있었다. 나는 어이없음과 허탈함을 담아 깊게 한숨을 내쉬었다.

그때, 멀지 않은 곳에서 선배와 다른 학우들의 말소리가 들려왔다.

"세정아, 촬영하기 전에 세팅 값 다시 조정해야지. 몇 발자국 안 움직였어도 그새 빛이랑 환경이 다 바뀌었잖아. 네가 찍는 각도도 그렇고."

"그래도 지금 안 찍으면 나비 날아가잖아요."

"괜찮아. 나비가 의외로 한 번 앉으면 그렇게 쉽게 날아가지 않……."

"아, 뭐예요! 날아갔잖아요! 선배 콧김 때문에."

"아니, 무슨 콧김이야! 지가 마음…… 마음 떠나서 날아간 거지!"

펄쩍 뛰는 선배를 향해 다른 선배들이 '재원이 콧김이 잘못했네.', '그러네.' 하며 놀려 댔다.

하하 웃는 한편, 나는 조용히 자리를 옮겼다. 다른 애도 주제 나비로 정했나 봐. 나는 그냥 다른 거 해야겠다.

하지만 아무래도 사방이 풀밭과 울타리밖에 없다 보니 주제가 한정적이란 게 문제였다. 진정한 고수라면 한 가지 주제로도 수십 수백 개의 구도를 뽑아낼 수 있어서 이런 고민 안 할 테지만.

흠, 뭘 찍는담? 울타리? '사랑은 구속이다…….' 막장 드라마 카피 같고 괜찮네. 아니, 하지만 그런 걸 발표했다간 은지호와 사귄다고 이 동아리엔 졸업할 때까지 밝히지 못하겠지.

그러다 문득 여기 어디에선가 바다가 보인다던 누군가의 말이 떠올랐다. 아무래도 이곳 지대가 상당히 높아서 그런 모양이었다.

나는 삼각대를 들고 다시 걸음을 옮겼다. 여기서 죽치고 있는 것보단 나을 테니 일단 한번 가 보자는 생각이었다. 사실 바다를 본다고 해서 별다른 아이디어가 떠오를 리는 없지만, 적어도 기분이라도 나아질 테니까.

몇 사람에게 물어물어 나는 겨우 바다가 보이는 언덕의 위치를 찾았다.

막상 가 보니 의외로 인적은 적었고, 단 한 사람만이 불어오는 바람을 맞으며 앉아 있었다.

사진을 찍을 마음 따위는 조금도 없는 듯, 카메라는 근처 풀 위에 아무렇게나 내려놓은 채였다.

눈 부신 햇살 아래서 흔들리는 은색 머리카락만 봐도 그가 누구인지는 알 수 있었다.

나는 내심 웃었다. 정말이지, 다른 누구와 헷갈리기는 어려운 사람이라는 생각이 들어서.

그리고 내가 물었다.

"은지호?"

"응."

이름조차 부르지 않았다. 다만 짧게 대답하고, 그는 다시 고개 돌려 바다를 보았다.

누군가 목에 실을 건 것처럼 순식간에 가슴이 갑갑해졌다. 역시 화난 거구나, 나는 그렇게 생각하면서도 그에게 더 가까이 다가갔다.

침묵이 우리 둘을 감싸 안았다. 잠시 후, 내가 조심스럽게 물었다.

"사진은 찍었어?"

"응."

별 고민 없는 대답이 돌아왔다.

나는 용기를 내어 다시 물었다.

"뭐 찍었는데?"

"안 가르쳐 줄래."

"뭐?"

혹시 이건 복수의 연장 선상인가? 나는 눈썹을 찡그렸다.

그때, 문득 나를 돌아본 은지호가 한쪽 입꼬리를 올리며 씨익 웃었다.

나는 불현듯 숨이 멎었다. 새파란 하늘과 언덕 아래로 언뜻 내려다보이는 바다, 그리고 언덕에 무릎을 세우고 걸터앉아 웃고 있는 그의 모습이 현실이라기에는 너무 완벽해 보여서.

어째서 사람을 피사체로 사진을 찍어 가면 안 되는 걸까? 나는 그 순간 그렇게 생각하고 말았다.

분명히 내게도, 이 이상의 비유는 있을 수 없을 텐데.

그러다 다시 날아온 은지호의 말에 나는 정신을 차렸다.

"힌트는 이미 충분히 줬을걸?"

"뭐?"

"잘 생각해 봐."

그렇게 말해도 떠오르는 것이 없었다. 내가 눈썹을 찡그리며 고민하는데, 은지호가 갑자기 바지를 툭툭 털고는 일어났다.

멍하니 올려다보는 내게 그가 카메라를 주우며 말했다.

"그럼 난 먼저 가 볼게."

"뭐?"

평소라면 날 남겨 두고 혼자 떠날 은지호가 아닌데, 그는 그렇게 말하고 느리게 언덕을 걸어 내려갔다.

잠시 멍하니 서 있던 나는 황급히 외쳤다.

"잠깐만, 얘기 좀 하자."

그러자 그가 다시 나를 돌아보았다.

"너, 혹시 내가 어제 했던 말 때문에 화났어?"

"화? 아니, 화난 적 없어."

은지호는 다소 놀란 것처럼 대답했지만, 내가 보기엔 오히려 그의 그런 태도가 화났다는 것의 방증인 것 같았다. 아니면 스스로의 감정을 너무 오래 분석한 나머지, 화 다음 단계인 실망으로 넘어갔다거나.

그때 은지호가 다시 말했다.

"이건 그냥…… 알지, 나는 그냥. 생각할 시간이 좀 필요해. 너도 그랬듯이."

"그래……."

"화난 건 전혀 아니니까, 걱정하지 마."

은지호가 달래듯 부드러운 말투로 말했지만, 나는 전혀 침착할 수 없었다.

이상한 표정을 하는 나를 보고 은지호는 곤란한 듯한 표정을 지었지만, 끝끝내 나를 두고 언덕을 먼저 내려가 버렸다.

나는 한동안 불어오는 바람을 맞으며 홀로 그 언덕에 서 있었다.

숙소로 돌아오는 내내 내 마음속에는 혼란뿐이었다. 뭐지? 대체 뭐지? 순식간에 0.5차원쯤 멀어진 듯하던 그 완벽하면서도 거리감 느껴지는 미소는 뭐고, 생각할 시간이 필요하다는 건 또 뭐야?

나는 섭섭함이 가라앉을 때까지만 거리를 두자고 했지, 생각할 시간을 달라고 하진 않았잖아. 그건 여단 오빠가 나와 헤어지기 직전에 했던 말인데…… 생각의 결과에 따라 우리 사이의 향방이 달라질 테니, 결론이 나올 때까지 얌전히 기다리라는 뜻인가? 아닌가? 내가 너무 이전 연애에 빗대어 생각하고 있는 건가?

혹시 은지호도 이전 내 말을 같은 뜻으로 받아들였던 걸까? 하지만 '생각할 시간을 달라'는 말과 '짜증 난 거 가라앉을 때까지만 거리를 두자'는 말 둘 중에 어떤 게 더 불길하게 들리냐면, 보통 전자 아닌가?

아, 어려워. 누가 연인 언어 번역기 좀 내줬으면 좋겠는데. 최첨단 시대인데 그런 거 하나 생길 만하잖아. 하지만 사람마다 데이터베이스가 다 달라서 쓸모없나?

그래서 은지호의 '생각할 시간을 달라'는 여단 오빠 때와 같은 뜻인 건지, 다른 뜻인 건지 그것만 좀 알면 좋겠는데.
나는 답답한 마음에 티셔츠의 목깃을 잡아 늘였다.
그때, 미리 방에 들어가 있던 선배가 나오다 말고 입구에서 날 발견했다. 그녀가 '어.' 하고 아는 체를 했다.
나는 멋쩍게 시선을 내리깔았다. 하필이면 지금 가장 마주치고 싶지 않았던 사람이었기 때문이다.
바로, 어제 은지호에게 계속 말을 걸었던 그 여자 선배였다.
내 속도 모르고, 그녀가 밝은 얼굴로 말을 걸었다.
"더워? 물 마실래? 냉장고에 넣어 뒀는데. 아님 내 것도 있어."
나는 몹시 당황해서 그녀를 멍하니 올려다보았다.
어제는 술집 조명이 어두웠던 데다가 한 테이블 떨어져 있어서 몰랐는데, 무척 선하고 다정한 인상이었다. 어떤 긍정적인 광채 같은 게 그녀의 얼굴을 타고 흐르는 듯했다.
누구라도 그녀에게 까칠하게 굴긴 어렵겠다는 생각이 들 정도였다. 은지호가 그녀에게 특별히 다정했던 게 아니라.
그리고 고개를 휘휘 내저은 내가 대답했다.
"네? 아뇨, 괜찮아요. 더운 게 아니라 그냥 좀 갑갑해서요."
"아, 맞아. 카메라가 생각보다 무거워서 목 아프지? 목걸이 줄에 땀이 차서 덥기도 하고."
살갑게 맞장구친 그녀가 대답을 기다리는 눈빛으로 나를

보았다. 하지만 나는 정말이지 그녀하고만큼은 말을 섞고 싶지 않았다. 자격지심이라고 해도 좋았다.

그녀의 말대로 카메라 핑계를 대고, 쉬어야겠다는 말로 간신히 얼버무린 나는 방으로 들어갔다.

방은 테라스를 통해 목초지가 한눈에 내다보이는 구조였다. 서너 명의 여학생이 진이 빠진 듯 각자 벽에 기대어 늘어져 있었다. 손가락 하나 까딱할 힘도 없어 보이는데, 와중에도 그들은 날 보며 아는 체를 해 주었다.

다른 선배가 나를 보더니 물었다.

"단이 사진 많이 찍었어? 너 나비 찍었지."

"어, 어떻게 아셨어요?"

내가 눈을 동그랗게 뜨며 되묻자, 그녀는 작게 웃더니 대답했다.

"너랑 세정이랑 둘이 카메라 들고 뭘 졸졸 쫓아다니던데 뭐. 그래서 바로 알아봤지. 한 장이라도 건진 거 있어?"

"아뇨."

"그치? 원래 야외 촬영이 어려워. 우리는 일상생활에서 은근히 실내에서밖에 사진 찍을 일이 잘 없으니까, 세팅값 조절이 생소하거든. 그런데 거기다 살아 있는 걸 찍기까지 하려면 난이도가 배로 뛰지."

"에휴우."

그렇게 어려운 줄 알았으면 시도도 안 하는 건데. 크리틱 시간에 형철 선배가 날 보며 얼마나 섭섭한 표정을 지을지 벌써부터 눈에 선했다.

어깨를 축 늘어트리는 나를 보며 다들 키득키득 웃었다.

"원래 처음 해 보는 야외 촬영에서 생물 찍으려다 한 장도 못 건지는 신입들이 한두 명은 꼭 나와. 이것도 경험이지, 뭐. 가장 어려운 걸 먼저 해 봤으니 다음부터는 더 쉬울 거다, 긍정적으로 생각해."

"네."

"세정이는 좀 찍었니?"

세정이라 불린 여학생이 카메라를 내밀며 대답했다.

"아, 저는 재원 선배가 계속 옆에서 도와주셔서……."

"걔 너한테 관심 있는 거 아냐?"

세정이가 펄쩍 뛰었다.

"말도 안 돼요! 그리고 저 남친 있어요."

"저런, 안됐다. 불쌍한 재원이."

놀림으로 흐르던 분위기는 한 사람이 돌연 '아, 맞아!' 하고 손뼉을 짝 치면서 바뀌었다.

이어 모두의 시선이 내게 쏠렸다.

"단아, 우리 너한테 물어보려고 한 거 있거든? 그런데 경우에 따라 네 기분이 좀 나쁠 수도 있어서, 그럼 그냥 대답 못 하겠다고 말해 줘."

"네? 네, 뭔데요?"

나는 조금 당황하면서도 물었다.

저런 물음은 뭔가의 소문 때문일 확률이 높은데, 그렇다면 그 내용을 모르는 것보다 아는 편이 더 나았다. 별거 아니라고 생각해서 가만히 뒀다가 걷잡을 수 없을 정도로 번지는 경우도 있으니까. 물론 스트레스는 좀 받겠지만.

그런 내게 그들이 다시 말했다.

"그게, 어차피 이미 온 대학에 소문이 파다해서 직접 물어보는 게 나을 것 같았는데, 또 사실 우리가 이걸 알 권리 같은 건 없거든. 그래서 차라리 너한테 먼저 물어보는 게 나을 것 같아서."

내 심장이 콩닥콩닥 뛰었다. 온 대학에 소문이 파다하다는 건 역시, 저번 주말에 은지호와 함께 대학가에 있었던 걸 지인들에게 목격당한 건가? 그야 가능성이 아예 없다고 생각하진 않았지, 어차피 곧 MT에서 밝힐 테니까 신경 안 썼을 뿐.

하지만 만약 그게 사실이라면, 은지호와 사귄다는 걸 내 입으로 밝혀도 되나? 역시 그냥 얼버무리고 은지호에게 의사를 묻는 편이 낫나? 그도 그랬으니까.

내가 속으로 그렇게 결론 내릴 무렵, 마침내 질문이 들려왔다.

"은지호의 비밀 연애 상대, 같은 과 김혜힐이라는 게 사실이야?"

"……네?"

내가 한 박자 늦게 되물었다. 정말, 어디에서 그런 말도 안 되는 소문이 생겨난 거람? 무엇보다도 이 사람들은 김혜힐과는 접점이 하나도 없을 텐데, 도대체 그 이름이 어디서 튀어나온 건지.

옆에 서 있던 세정이가 고개를 갸웃했다. 그녀가 의아하게 물었다.

"그런데 김혜힐이 누구예요? 저는 이름 들어도 누군지 전혀 모르겠는데. 유명해요? 아니면 부자?"

"너 김혜힐 몰라? 후문에 있는 카페 '미제레레' 알바. 평일 오후에 자주 있는데."

"저는 맨날 학관 카페 아니면 정문만 가서……."

"아, 하긴. 세정이네 과는 후문에선 멀구나."

한 선배가 납득한 듯 말하는 데 이어 다른 선배가 말했다.

"헉, 나 좀 긴가민가했는데 누군지 알 것 같다. 그, 그 사람이지? 검은 단발에 피부 엄청 하얘서 약간 백설 공주 같고, 흰 셔츠에 검은 앞치마 진짜 잘 어울리고."

"맞아, 그 사람."

"와, 나 그 사람 보면서 진짜 번호 따고 싶다고 생각했는데. 그 사람 약간 보는 것만으로도 설레고, 친해지고 싶게 하는 뭔가가 있어. 왜지?"

그 무렵 내가 끼어들었다.

이 사람들이 김혜힐의 매력을 알아주는 건 좋지만, 어쨌건 잘못된 정보가 오르내리고 있는 건 정정해야 할 것 같았다. 무엇보다 김혜힐이 엄청 질색할걸. 은지호도 그렇겠지만.

내가 물었다.

“왜 그런 얘기가 나왔대요? 아니, 제 말은, 그런 소문이 돌 때 이유 정도는 같이 돌았을 것 같아서…….”

“어? 어, 그게…….”

한 선배가 말을 잇지 못하는 동안, 다른 선배가 끼어들었다.

“아, 그 이유였어. 김혜힐이랑 은지호랑 같이 앉진 않아도 일부러 수업 같이 맞췄다고.”

“네?”

“경영학과 커리큘럼이라 나는 잘 모르긴 하는데, 재무…… 뭐? 어쨌든 암기량이 거의 책 한 권 분량인 과목을 걔들만 한 서너 개 같이 듣는다고 하더라고? 보통 2학년 때 잘 안 듣는 심화 과목까지 포함해서. 그런데 이번에 은지호가 비밀 연애 한대서 아, 그 소문이 사실인가 보다 했지.”

“와, 그런데 그건 진짜 의심될 만하네요. 시험이 책 한 권 분량인 과목을 서너 개씩이나.”

세정이가 감탄했다. 확실히 내가 듣기에도 감탄할 만큼의 개연성을 갖춘 소문이긴 했지만…….

나는 잠시 고민했다. 은지호가 설마 김혜힐을 연막으로 써서까지 대상이 특정화되는 걸 피하고 싶진 않겠지? 아니, 그보다도 역시 이대로 소문을 방치하기엔 혜힐이 얼굴 보기가 맘에 걸려.

결국 나는 입을 열었다.

“그 소문은…… 사실 아니에요.”

“아, 진짜?”

“네. 이유는 아직 말씀드리기 어렵지만…….”

나는 차분하게 덧붙였다. 내가 그 소문이 사실이 아니란 걸 아는 첫 번째 이유는 은지호의 비밀 연애 상대가 나이기 때문이니, 함부로 핑계를 댈 순 없었다.

무엇보다도 비밀 연애 사실이 밝혀지고 나서 동아리에서 겉돌게 되는 건 싫었다. 그래도 꽤 재미있고, 사람들도 좋고, 최소한 바빠질 때까진 꾸준히 활동하고 싶은데.

“은지호한테는 물어보지 않는 게 나을 거예요. 제 선에서도 그건 아니라고 장담할 수 있어요.”

“아, 그렇구나.”

가장 적극적으로 물어봤던 선배는 왠지 김이 빠진 모양이었다.

그때 다른 선배가 중얼거렸다.

“난 되게 잘 어울린다고 생각했는데. 엘리트 커플 같고.”

“그치. 나도 그 생각 했어.”

“그 은지호가 비밀 연애를 군말 없이 받아들인 데다 밝히는 시기까지 애인이 정한 거 보면 꽤 잡혀 사는 것 같은데, 그 사람이 약간 그런 이미지잖아. 보기만 해도 똑 부러져 보이고, 실수 하나도 안 할 것 같고. 논리로도 전혀 안 밀릴 것 같지."

"맞아, 맞아."

그 말을 듣는데 심장이 따끔거렸다. 나는 얼른 고개를 숙였다.

내가 이 사람들, 소문에 관심은 많지만 당사자 앞에선 절대 무례한 말을 하지 않을 평범한 사람들을 괜히 나쁜 사람들로 만들고 있다는 생각이 들었다. 하필 비밀 연애 같은 걸 하자고 제안해서.

아니, 하지만 재수 생활로 안 그래도 대인 기피가 심해진 차에 온 대학에 내 이름과 신상 정보가 떠도는 일 따위는 정말 겪고 싶지 않았는걸.

하지만 은지호와 사귀기 위해서라면 그런 일쯤 감내해야 하는 게 아니었을까? 나는 지금 마치 식빵의 안 부분만을 취하고 모서리는 버리는 태도를 취하고 있는 게 아닐까? 누군가를 사귀면서 장점이 있으면, 그만큼 불편한 점도 생길 거라는 걸 각오했어야 하는데.

오래전, 김혜힐이 나를 향해 말한 적이 있었다. '권은형이 좋아하는 게 네가 아니라서 아쉽다'고.

나는 그에 웃으며 대답했었다.

‘그건 사실 은형이가 누구랑도 잘 어울릴 만큼 좋은 사람이라서잖아.’

‘그건 그래.’

하지만 사실 그만큼 좋은 사람인 건 혜힐이도 마찬가지였다.

은지호에게 필요한 사람과 꼭 맞는 사람, 그리고 모두와 무난히 잘 어울리는 사람.

셋 다에 내가 전혀 속하지 않는데, 정말 내가 이대로 그와 사귀어도 괜찮을까? 그는 그와 사귀기 위해 날 이루고 있는 어떤 것도 바꿀 필요가 없다고 말해 주었지만.

나는 양옆으로 내리고 있던 주먹을 꽉 쥐었다. 하지만, 섭섭한 마음을 조금만 드러내도 금세 이 꼴이 되고 마는걸. 그런데 도대체 어떻게 우리가 한 치의 죄책감도 어색함도 없이 서로를 편하게 대하는 날이 올까? 다른 연인들처럼.

그러다 정신을 차리니 방 안 사람들이 나를 어리둥절하게 쳐다보고 있었다. 그야 내가 갑자기 혼자 우울한 사색에 잠겼으니 그럴 만도 했다.

나는 카메라를 재빨리 들며 말했다.

“크리틱 완전 큰일 났어요. 진짜로 찍은 게 없는데 뭐라고 말하죠.”

“아, 그건 걱정 마. 레크리에이션에서 한 몸 불사르려고 기운 비축하느라 안 찍었다고 말하면 형철 선배 좋아하실 거야. 아니, 다들 좋아할걸."

"그건 좀……."

내가 울상을 짓자 선배들이 까르륵 웃음을 터트렸다. 금세 분위기가 풀려 다행이었다.

그 자리를 돌아 나오며, 나는 어제 은지호와 대화했던 선배의 얼굴을 마지막으로 눈에 담았다. 여전히 긍정적인 광채가 가득 흐르는 얼굴이었다. 다시 한번 내 가슴속에서 열등감인지 자괴감인지 모를 것이 슬그머니 고개를 들었다.

그리고 나는 그대로 방을 나왔다.

* * *

일정표대로 7시에는 크리틱 시간을 가졌다. 저녁을 먹고 레크리에이션까지 하려면 시간이 조금 촉박하긴 했지만 어차피 점심을 늦게 먹기도 했고, 무엇보다 사진을 찍은 직후에 거기에 담긴 감정을 더 생생하게 설명할 수 있다는 이유였다. 일기는 몰아서 쓰지 말고 당일에 쓰는 게 가장 좋은 것과 같은 이치라고나 할까.

불을 다 꺼서 어두워진 거실 안에서 학교 기물인 미니 빔 프로젝터가 흰 벽에 상을 투영했다.

첫 타자를 맡은 남학우가 쭈뼛쭈뼛 앞으로 나왔다.

"안녕하세요, 11학번 김영철입니다. 제가 찍은 사진은……."

다행히 주변 풍경이 단조롭다 보니 찍은 것도 비슷비슷했다.

고학번 선배나 아예 이쪽 활동을 전문적으로 하시는 선배들의 사진 중에서는 감탄할 만한 구석이 있었지만, 대부분 평범해서 다행이었다.

하지만 단순해 보이는 사진일지라도 제각기 속뜻은 달랐다. 기술이 없어 다소 투박하게 찍힌 사진도 진의를 듣고 나면 감탄하게 되는 경우가 많았다.

"안녕하세요, 저는 13학번 반여령입니다. 제가 '사랑'을 주제로 찍은 사진을 발표하겠습니다."

익숙한 이름이 나오자 나는 흠칫하며 고개를 들었다. 화면 앞에 선 여령이가 또렷한 시선으로 청중을 바라보며 설명을 계속했다.

"제가 사진에 담고자 한 것은 '그늘'입니다. 태양은 만물에 대한 축복에 비유되지만, 끔찍하게 더운 날에는 폭력처럼 느껴지기도 합니다. 또, 그 자체가 마치 절대자의 시선처럼 느껴져서 가끔은 시종일관 감시당하는 것처럼 갑갑하기도 하고요. 그래서…… 어떤 피난처 같은 사랑을 표현하고 싶었습니다."

"좋다, 좋다."

형철 선배가 몹시 흡족한 듯 박수를 쳤다. 과연 내가 들기에도 지금까지 나온 1, 2학년 발표 중에서는 제일 양호한 편이었다.

다음으로 나온 사람은 은형이였다. 그는 여느 때와 다름없이 웃는 얼굴로 벽 앞에 섰다. 이윽고 그의 뒤에 나타난 사진에 나는 눈을 휘둥그레 떴다. 응?

공교롭게도 은형이가 찍은 사진은 여령이의 사진과 거의 구도가 같았다. 단, 여령이의 사진이 그늘에 집중했다면 은형이의 사진은 나무와 나무 둥치에 피어난 꽃을 집중적으로 담고 있었다.

은형이가 말을 이었다.

"제가 발표할 사진은 '나무와 꽃'입니다. 원래 여령이와 주제를 맞출 생각이 없어서 일부러 따로 다니면서 찍었는데, 이렇게 결과물이 겹치게 되어 난처하네요."

"괜찮아, 그럴 수도 있지 뭐. 흔히 있는 일이야. 계속해."

형철 선배가 독려했다.

고개를 끄덕인 은형이가 사진을 다시 바라보았다.

"저는 이 나무 둥치에 피어 있는 꽃을 발견하고, '이게 왜 여기 피어 있을까?' 하고 생각하게 되었습니다. 왜냐하면 비슷한 꽃은 주위에서 찾아볼 수 없었거든요."

그에 사진 주위를 둘러본 사람들이 말했다. 그러네, 진짜 그래. 자기 혼자 딱 피어 있어. 독보적인데?

은형이가 말을 이었다.

"저는 그래서 이 꽃은 꽃씨가 바람을 잘못 타는 바람에 여기에 홀로 떨어진 걸 거라고 예상했어요. 그것도 하필이면 햇빛도 잘 들지 않는 그늘에요. 그렇다면 이 꽃은 자기 운명에 대해 생각하지 않을 수 없었을 거예요."

그의 목소리가 서서히 낮아졌다.

"하지만 또 한편으로는, 나무와 꽃은 마치 주위에는 풀밖에 없는 벌판에서 유일하게 서로를 지탱해 주는 것처럼 보이기도 해요."

청중들은 고개를 끄덕였다.

"그래서 저는 꽃이 어떤 과정을 겪었건 간에, 결과적으로는 자기 운명을 받아들이고, 또 사랑하게 되었을 거라고 생각해요. 모든 일은 나무와 만나기 위해서로 귀결되었다고요. 저는 종교와 가까운 사람이 아니지만, 운명 결정론은 삶의 어느 면들을 받아들일 때 도움이 된다고 생각해요. 그러니 저는 이 둘의 모습을 '사랑'이라고 보았습니다."

마침내 은형이의 발표가 끝나자, 모두가 박수를 쳤다. 한편, 나는 조금 감동스런 마음마저 들었다. 은형이가 비유한 나무와 꽃이 각각 누구를 가리키는지, 너무도 잘 알고 있기 때문이었다.

그것은 동아리 사람들이 보기에도 꽤 명백해 보였는지, '결혼해!' 하는 소리가 여운을 비집고 튀어나왔다. 급기야 그 소리는 '그래, 너희 운명이다!'로까지 발전했다.

다들 허리를 구부리고 웃음을 터트리는 가운데, 은형이와 여령이만이 산뜻하고도 진지한 눈빛으로 서로를 응시했다. 보기만 해도 서로를 향한 신뢰가 느껴지는 눈빛이었다.

도대체 저런 신뢰를 쌓으려면 얼마만큼의 시간이 흘러야 할까? 애써 잊고 있었던 생각이 떠올라 다시 마음 한구석이 착잡해졌다. 그때, 드디어 내 차례가 되었다.

나는 허둥지둥 앞으로 나갔다. 그러면서 미련 가득한 눈으로 은지호를 보는 것도 잊지 않았다. 좋겠다, 필름 카메라. 부럽다, 필름 카메라. 현상 시간 때문에 오늘 발표 안 해서.

갑자기 내 시선을 받은 그는 당황한 듯했지만, 이윽고 힘내라는 듯 주먹을 들어 보였다.

그래도 그 모습을 보니 기운은 좀 났다. 나는 한숨을 내쉬며 사진을 공개했다.

잠시 흐르던 침묵은 곧 발작적인 웃음으로 변했다.

사실 그게 당연했다. 내 등 뒤는 온통, 찍히려다 만 나비 사진으로 가득했으니까.

날개가 한쪽만 찍힌 사진, 빛 번짐이 심해서 잘 보이지도 않는 사진, 초점을 잘못 맞춰서 나비는 안 보이고 코앞의 꽃만 잘 보이는 사진, 나비로 추정되는 흰 덩어리가 렌즈 앞을 막는 바람에 거의 심령사진처럼 보이는 사진, 아주 가지각색이었다.

모두 마음껏 웃게 내버려 둔 뒤, 어느 정도 진정되자 나는 입을 열었다.

"제 주제는 물론 다른 분들과 똑같이 '사랑'이고요, 제가 사진에서 표현하고자 했던 건…… '그게 뭐건 간에 사진부 들어온 지 두 달도 안 된 나한테 찍혀 줄 리는 없다'입니다."

겨우 잦아드나 했던 웃음소리가 다시 커졌다.

그야말로 눈물 날 지경까지 웃어 댄 형철 선배가 물었다.

"아니, 그래도 그렇지 야외 촬영 와서 한 장도 못 건졌어? 어떡하냐, 정말. 적당히 포기하고 멈춰 있는 거라도 찍지 그랬어."

"사실 울타리 찍고 '사랑은 구속이다' 같은 말이라도 해 볼까 했는데, 너무 가는 것 같아서 관뒀어요……."

내가 의기소침하게 꺼낸 말에 한 선배가 손을 번쩍 들며 외쳤다. '그거 내가 이미 찍었어!' 또다시 폭발적인 웃음이 터졌다.

그때, 한쪽 구석에 서 있던 민우 선배가 별안간 손뼉을 짝 치더니 외쳤다. 괜찮아! 그러자 다른 사람들이 모두 따라서 외치기 시작했다.

"괜찮아! 괜찮아!"

"감사합니다…… 다음에는 더 발전한 모습 보여 드리도록 하겠습니다……."

모두의 환호와 격려 속에 나는 터덜터덜 자리로 돌아왔다.

둘러보니 은형이랑 여령이는 애써 웃음을 참고 있고, 주인이는, 아니, 쟤 지금 눈물까지 흘리는 거야? 진짜로?

그리고 유천영은…… 아, 쟤도 두 손으로 얼굴 가리고 살짝 엎드려 있네. 되게 슬퍼 보인다. 물론 속으로는 엄청 즐겁겠지만. 근처에 앉은 선배 둘이 서로를 콕콕 찌르며 그를 손가락질하고 있었다.

마지막으로 나는 은지호를 보았다. 그는 한 손을 이마에 얹고 고개를 숙이고 있었는데, 무슨 감정의 표현인지 도무지 알 수가 없었다.

고뇌? 민망함? 그런데 솔직히 내 사진은 내가 봐도 좀 심하긴 했어. 공감성 수치 같은 건가?

그런 고민을 하는 사이 주인이의 발표가 시작되었다. 이슬이 걸린 거미줄 사진을 보여 준 그가 쾌활하게 말했다.

"사랑은 거미줄에 걸린 이슬 같은 거라고 생각해요! 거미가 원했던 것도 아니고, 거미줄의 용도에도 맞지 않지만, 아름답고, 또 스스로 떨쳐 낼 수 없다는 점에서요."

'거미줄의 용도에 맞지 않다'고 말할 때 사실 주인이가 정말로 하고 싶었던 말은 '쓸모없다'였을 것이다. 나는 그의 말투와 어조에서 그런 느낌을 강하게 받았다.

그 가운데 누군가 웃으며 물었다.

"아침이 되면 사라지는 것까지 포함인가요?"

"물론이죠."

주인이가 밝게 웃으며 대답했지만, 내가 보기엔 별로 즐거워 보이지 않았다.

평소와는 달리 제법 진심이 담긴 주인이의 발표가 끝난 후, 다음 순서는 예의 '그' 선배였다. 내가 어제 이후로 가장 신경 쓰고 있는, 은지호에게 상당히 관심을 기울이던.

하지만 내 기우일 뿐이겠지? 그래, 뭐. 내가 무슨 '내 남자 친구의 여자 친구' 여주인공도 아니고…… 그때 그녀가 방글방글 웃으며 말했다.

"발표를 시작하겠습니다. 저는 국어교육과 13학번 이희수입니다."

나는 눈을 크게 떴다. 저 사람, 국어교육과였구나. 그럼 졸업하면 주로 선생님이 되는 건가? 잘 어울리긴 한다, 애들한테 인기 많을 것 같고.

희수 선배가 등 뒤의 사진을 가리키며 말을 이었다. 여령이나 은형이가 찍었던 것과 비슷한 커다란 나무였다.

"제가 표현하고 싶었던 것은 '아낌없이 주는 나무'입니다. 좀 단순할지 몰라도, 좋은 얘기라고 생각하거든요."

그녀가 여전히 웃으며 말을 이었다.

"사랑은 결국 어느 정도는 자기만족을 위해 하는 부분이 있다고 생각해요. 하지만 상대에게 서운함을 느끼거나, 요구하고 싶은 게 있을 때는 자기만족을 위해서 한 일조차 상대방을 위해서 그런 것처럼 포장하는 일이 많죠. '내가 널 위해 이만큼 했으니 너도 날 위해 이만큼 해라.' 이런

식이죠."

그녀가 팔짱을 끼면서 말했다.

"제가 그런 걸 직접 하기도 하고, 당해 봐서 아는데, 그러면 그 사랑이라는 감정이 굉장히 쉽게 빛을 잃더라고요. 한때 윤이 나게 닦은 보석 같았던 감정이, 진흙밭에서 나뒹군 것처럼."

개인사를 말하면서도 그녀는 여전히 밝은 얼굴이었다.

"그래서 저는 사랑을 오랫동안 유지하려면, 무엇보다도 이런 자세가 가장 중요하다고 생각했어요. 뭐든 아낌없이 퍼 주라는 게 아니라, 적어도 상대방을 위해 이미 해 준 걸 아까워하지 않는 자세요. 준 것의 가치를 재고 따지고 있다는 데서부터 이미 자기에게 있어서 상대방이 얼마나 중요한지를 계산하고 있다는 뜻이거든요."

그건 확실히 생각해 볼 여지가 많은 말이었다. 나를 비롯해 많은 사람들이 턱을 쓰다듬으며 조용해졌다.

나는 생각했다. 하지만 민아는 한때 내게 '네 마음이 생각보다 넓지 않을 수 있으니, 스스로 한계에 몰리지 않게 잘 관찰하라.'고 했는데. 저게 옳은 말이라면, 그건 틀린 말인 걸까?

그 가운데, 빙긋 웃은 희수 선배가 발표를 마무리했다.

"그러니 여러분 모두 이 나무처럼 예쁜 사랑 무럭무럭 잘 키워 나가십시다. 이상입니다!"

"이희수! 이희수!"

우레와 같은 함성이 터졌다. 은형이가 발표했을 때와 비슷한 반응이었다. 그의 발표가 감성적인 부분을 자극했다면, 희수 선배의 발표는 지극히 현실적인 부분을 생각하게 했다.

어떤 남자 선배가 박수를 크게 치면서 말했다.

"와, 희수 되게 연애 고수 같다. 정현아, 너 희수한테 꼭 한번 상담 받아 봐라."

"형, 저 울어요 진짜."

"희수 말 너무 잘하는데? 재능 썩히지 말고 점집 같은 거 차려야 하는 거 아니야?"

누군가의 물음에 내 바로 옆에 있던 여자애가 목을 쑥 빼고 대답했다.

"작년 축제 때 희수 선배 타로 했어요. 희수 선배 덕에 국어교육과 실적 1위 했을걸요."

"진짜? 와, 대박이다."

"나도 연애운 좀 봐주라, 희수야. 카드를 핑계로 팩트로 막 패도 되니까."

마치 진짜 축제 때처럼 모두가 법석을 떠는 가운데, 여전히 사진을 보던 나는 눈을 크게 떴다.

어, 저기 아까 은지호가 앉아 있던 그 언덕 아니야? 은지호가 가기 전에 먼저 가서 찍은 건가? 하지만 잠깐…… 얼마 떨어지지 않은 곳에 바닥에 놓인 카메라가 얼핏 보이는 것 같은데.

나는 턱을 괴고 고민에 빠졌다. 그러면 은지호는 나무에 가려 사진엔 나오지 않은 건가?

숨겨졌다고? 숨겨져……. 내가 그 단어를 입속으로 되뇌는데, 형철 선배가 말했다.

"자, 다들 이제 나가자. 고기 먹어야지."

그 말에 사람들은 순식간에 우르르 달려 나가 버리고 말았다.

기기 관리를 맡았던 선배가 프로젝터를 끄자, 희수 선배의 사진 역시 더는 보이지 않았다.

나는 마음 한구석에 찝찝함을 간직한 채 모두를 따라 밖으로 나갔다.

군대에서 취사병이었던 데다가 고깃집 알바까지 했다고 알려진 민우 선배가 고기를 구웠다.

형철 선배는 '내가 얘 이것 때문에 부회장 시킨 거야.'라며 너스레를 떨었고, '형, 진짜 제가 착해서 형 곁에 남아 있는 거예요.'라고 민우 선배가 대꾸했다. 그러면서도 그의 손은 부지런히 불판 위를 오갔다.

가끔 불판 위로 불이 화르르 타오르면 대부분이 감탄을, 몇몇은 안타까운 탄성을 터트렸다. 그래도 온통 까매진 하늘을 배경으로 노랗고 동그란 전등 아래, 고기 굽는 풍경을 지켜보는 것은 꽤 좋았다.

아니, 역시 그냥 고기가 구워지는 게 좋은지도 모른다. 일단은 낮에 온종일 나비를 쫓아다녀서 배가 무척 고프니까. 나는 턱을 괴고 형철 선배와 민우 선배가 있는 쪽을 흐뭇하게 바라보았다.

그때, 누군가 옆에서 나를 툭 쳤다. 돌아보니 은지호가 내 바로 뒤에 서서 날 보고 있었다.

분명 내 맞은편에 앉아 있지 않았나? 그래서 생각할 시간이 필요하다는 말을 철저히 지킬 심산인 줄 알았는데.

내가 물었다.

"왜?"

그러다 테이블을 한창 세팅 중이란 걸 깨달은 내가 말했다.

"아, 종이컵 모자라? 가져올까? 아니면 뭐? 접시? 젓가락?"

"아니. 너 머리 위에 뭐 있는데."

"뭐?!"

나는 펄쩍 뛰었다. 안 그래도 야외에서 나무 데크 위에 주르르 앉아 있어서 벌레가 나오면 어쩌지 하고 몹시 걱정하던 참이었다.

내가 울상을 지으며 은지호의 팔을 붙잡자, 그가 말했다.

"좀 가만히 있어 봐."

"떼 줄 거야?"

"어."

"크, 크기는 어때? 커? 작아? 아, 근데 너 매, 맨손으로 만질 수 있어? 장갑 안 껴도 돼? 아, 나 진짜…… 아니다, 그냥 얼른 떼 줘."

바로 그때였다. 내가 구명줄처럼 은지호의 소매를 꽉 쥐고 있는 동안, 옆에서 나를 흘끔 본 반여령이 인상을 쓰더니 말했다.

"야, 은지호 너 애꿎은 단이 괴롭히지 마. 단이 머리에 있긴 뭐가 있어?"

"어?"

내가 두 눈을 동그랗게 뜨고 바라보자, 은지호는 순순히 내 머리에서 손을 떼더니 두어 걸음 물러났다.

그가 뻔뻔하리만치 태연한 목소리로 말했다.

"어, 아닌데. 진짜 있었는데. 날아갔나 봐."

"가까이에서 뭐가 날아가는 걸 본 적이 없는데 날아가긴 뭐가 날아가!"

내가 버럭 외쳤다. 아니, 나는 진짜 심장 떨어지는 줄 알았단 말이야.

내가 벌렁대는 심장께를 꾹 누르는데, 은지호가 다시 말했다.

"나비였나 보지, 뭐. 네가 아까 그렇게 찍어 준 게 서러워서 다시 왔나 봐."

"야!"

"나비란 게 원래 이 꽃 저 꽃 옮겨 다니는 줏대 없는 족속들이라."

은지호는 그렇게 말하곤 휑하니 갈 길 가 버렸다.

혼자 남은 나는 멍하니 앉아 생각했다. 저게 대체 무슨 뜻이지?

은지호가 우리끼리 있을 땐 실없는 농담을 잘하긴 하지만, 가끔 실없는 농담 속에 뼈를 섞는다는 사실도 알고 있었다. 그리고 나는 이제 뼈가 섞일 때의 어조를 그럭저럭 구분해 낼 수 있었었다.

저게 뭔가의 비유인 것은 분명한데, 무슨 뜻이람? 나는 인상을 찌푸렸다.

설마…… 이 꽃 저 꽃 줏대 없이 따라다니는 나비처럼 이제 나도 한번 본격적으로 놀아 보겠다? 아니, 그건 아니겠지. 은지호는 그럴 바에는 차라리 연애를 아예 안 하고 말 위인이니까.

어? 그런데 생각해 보니 쟤 중학교 때 잠깐 그런 시기 있지 않았나? 졸업하기 직전쯤에……. 그럼 설마 진짜로?

이런저런 상상을 하느라 깨작거리는 통에 고기를 많이 먹지 못했다.

그런데도 자꾸만 내 앞에 고기가 계속 쌓여서 뭔가 싶어 바라보니, 다들 한마음 한뜻으로 나에게만 고기를 퍼 주고 있었다. 아니, 진짜 뭐야.

주인이가 눈을 초롱거리며 말했다.

"엄마, 괜찮아. 까짓것 사랑을 사진에 담지 못할 수도 있지. 애초에 사랑 같은 무겁고 거대한 관념을 다루기엔 우린 너무 어리고 경험도 부족해. 안 그래?"

"주인아, 가만히 있으면 반이라도 간다는 말이 왜 있지?"

내 물음에 주인이가 얌전히 입을 다물었다. 한숨을 내쉰 나는 중앙에 놓인 접시를 들고 일어났다.

그러면서 내가 말했다.

"아무리 내가 안 먹어도 그렇지, 너희 먹을 것까지 나한테 다 퍼 주면 어떡해. 좀 넉넉히 달라고 할게."

"내가 더 가까워! 내가……."

여령이가 말했지만, 나는 이미 접시를 들고 걸음을 옮기고 있었다.

걸을 때마다 길게 자라난 풀이 양말 위로 드러난 발목을 간지럽혔다. 그 속에서 금방이라도 벌레가 튀어나올 것만 같아 심장이 조여 왔다.

나는 다시 빠르게 두근거리기 시작한 가슴께를 눌렀다. 은지호도 참, 밥 먹기 직전에 벌레 얘기는 왜 한담. 진짜 복수인가? 그렇게 생각하며 내가 인상을 쓰는데, 마침 고기 굽던 민우 선배가 나를 발견했다.

그런데 그는 나를 발견하고도 한동안 이름을 부르지 않

더니, 돌연 고개를 숙이며 웃음을 터트렸다.

응? 의미를 알 수 없는 선배의 행동에 내가 굳어 있는데, 다시 고개를 든 그가 말했다.

"아, 미안. 너만 보면 자꾸 아까 그 발표가 떠올라서……."

"민우 선배."

내가 섭섭함을 담아 불렀다. 진짜 너무하시네.

그때, 옆에서 의자를 꺼떡거리던 형철 선배가 민우 선배를 가리키며 말했다.

"단이 너 발표할 때 얘가 제일 심하게 웃었어. 아까 거실에 울리던 웃음소리 한 반쯤은 얘 거야."

"진짜요?"

"그렇다니까? 거기다 울기까지 했어. 진짜 너무하지 않냐? 새내기 후배가 발표하는데 진지하게 들어 주진 못할망정."

나는 형철 선배에게 재미로 맞장구치며 민우 선배에게는 원망 어린 시선을 보냈다.

그러자 그가 한 손을 내저으며 대답했다.

"아니야, 귀여워서 그랬어. 귀여워서."

"뭐라구우?! 민우, 단이 후배가 귀엽다구우?!"

그렇게 외친 것은 가장 가까이에서 술잔을 기울이던 솔이 선배였다. 민우 선배와는 형철 선배 다음으로 친한 사이인 것 같았다.

그녀가 다시 외쳤다.

"단이랑 썸 타고 싶다구우?!"

"이거 줄게, 제발 입 다물어."

그렇게 말하며 민우 선배가 냉큼 노릇노릇 구워진 소시지를 건넸다. 확실히 소시지가 사람 수에 비해 적긴 했으니, 제법 큰 뇌물을 받은 것은 틀림없었다. 그러나 이미 솔이 선배의 말은 사방팔방 확산되는 와중이었다.

"뭐? 민우, 단이가 귀여워? 단이를 민우 혼자 귀여워하게 할 수 없지."

"이제 우리 모두 다 같이 단이를 귀여워하자. 호칭은 '귀요미'로 하고 별명은…… 요미 어때."

아, 나왔다. 엠티 때 취해서 별명 막 갖다 붙이기. 피해자가 꽤 있다고는 들었지만…… 결과물이 이렇게까지 엉망진창일 줄이야.

내 안색이 창백해졌다. 애칭은 그냥 단이로 두면 안 되는 걸까? 일관성 있고, 헷갈리지도 않고, 얼마나 좋아.

내 바람에도 불구하고 분위기는 정반대로 흘러가고 있었다. 결국, 이렇게는 안 되겠다 싶어진 내가 외쳤다.

"그, 그치만!"

모두가 나를 쳐다보았다. 나는 머릿속에 있는 말을 토씨 하나 틀리지 않고 내뱉었다.

"은지호가 잘생겼다고 해서 호칭은 '잘생김'이라고 하고, 별명은 '생김'이라고 하지 않잖아요!"

그에 잠시 테이블의 분위기가 싸해졌다. 이윽고, 모두들 테이블을 두드리며 웃음을 토해 냈다.

형철 선배가 바로 옆에서 엄지를 척 치켜들었다.

"와, 단아, 너 진짜 대박이다. 너 아직 술 별로 안 마셨지."

"네? 네."

"술 마신 후가 더 기대된다. 와, 너희 관계 어떡하냐. 재밌다, 진짜……."

그제야 나는 사람들의 웃음 포인트를 깨달았다. 현미경을 들이대고 살펴봐도 흠결 하나 안 보일 것 같은 매끄러운 인간들이 묶어 두기만 하면 자꾸만 삐걱대며 불협화음을 토해 내니, 그 점이 재밌는 모양이었다.

한편, 반여령이 잔을 들며 무심히 말했다.

"은지호는 앞으로 생겨야 할 게 좀 많은데……."

"야, 반여령."

은지호가 경고성으로 말했다. 그러거나 말거나, 여령이의 중얼거림을 들은 주위 사람들은 웃어 대는 데 여념이 없었다.

한편, 은지호의 옆 테이블 가까운 자리에 앉아 있던 희수 선배는 깔깔 웃더니 나를 향해 외쳤다.

"요미야!"

"네?"

얼떨결에 대답하고 나는 내 입을 틀어막았다. 아, 어떡해. 이제 이걸로 최소 일주일은 놀림감이다. 아니나 다를까 선배들이 내게 웃으며 손가락질을 해 댔다.

그때, 턱을 괸 희수 선배가 고개를 비스듬히 기울이더니 전보다 은근한 어조로 말했다.

"생김아~"

"그만하지, 좀?"

은지호의 대꾸는 까칠했으나 희수 선배는 아랑곳 않고 웃어 댔다. 그리고 사실, 은지호의 저런 태도는 상대와 가까워지기 시작했을 때 나온다는 걸 나는 잘 알고 있었다.

희수 선배가 생글생글 웃으며 다시 말했다.

"왜, 나는 이제야 좀 친근하고 좋은데. 생김아."

"하……."

"너도 나 다르게 불러 보든가. '나무' 어때? '나무야~' 이것도 친근하지."

"네 건 안 이상하잖아. 양심이 있어야지."

"뭐라구? 날 '예쁜이'에서 따서 '쁜이'라고 부르고 싶다구? 지호 네가 정 그러고 싶다면야, 어쩔 수 없지."

"됐다, 내가 말을 말아야지, 진짜."

왠지 둘의 대화를 더 듣고 있기가 거북스러워 나는 고개를 돌렸다. 다행히 은지호가 정말 '말을 말아야지'란 말을 그대로 실천함으로써 대화는 끊겼다.

그때, 나는 불판 뒤에서 거의 잔디밭에 웅크리다시피 한

민우 선배를 발견했다.
내가 물었다.
"지금 뭐 하시는 거예요? 불티 눈에 들어갈 것 같은데."
"아, 아니. 와, 단아, 나는 진짜."
그제야 무릎을 펴고 일어난 그가 여전히 웃음기 고인 눈으로 나를 보았다.
"네 그런 농담이 잘 맞나 봐. 너무 좋다, 진짜."
"네?"
아무리 말투에 관한 것이라고 해도 '너무 좋다'는 말을 면전에서 들으니 부담스러웠다.
그, 그런데 여기서 당황하면 안 되는 거지? 그러면 새내기 티 내는 거지?
내가 말없이 눈을 내리까는 동안, 민우 선배가 집게로 고기를 한 움큼 집으며 말했다.
"많이 줄게, 많이 먹어. 알았지?"
"네? 네, 감사합니다."
"그래."
흐뭇하게 웃은 민우 선배가 손을 흔들었다. 나는 어색하게 고개를 꾸벅 숙이고 돌아섰다. 아, 진짜 별 의미 없겠지. 그런데 기분이 왜 이렇게 이상하지?
자리에 돌아와 고기 접시를 테이블 가운데에 턱 하고 내려놓는데, 유천영이 말했다.

"함단이."

"응?"

"잘했어."

잘했다니, 뭐가? 의아해하는 내게 유천영이 말했다.

"첫째 형한테 이거 꼭 말해야지."

"말하기만 해 봐, 유천영. 나도 네 사생활을 하나하나 정성스럽게 까발려 줄 테니."

은지호가 그렇게 으르렁대자 유천영은 눈 하나 깜짝 안 하고 대꾸했다.

"난 원래 가족한테 숨기는 거 없어."

"뭐?"

"넌 숨기는 거 많나 봐."

참고해야겠네. 표정 변화 없이 덧붙이는 유천영의 맞은편에서 주인이가 끅끅대며 테이블 위로 엎어졌다.

그 모습을 바라보며 나는 턱을 괴고 하하 웃었다. 여느 때처럼 평화로운 개판이네.

그리고 나는 노란 전등 불빛 아래 일견 따스하게 보이는 은지호의 옆얼굴을 바라보았다.

방금 그 말의 뜻도, 또 생각할 시간이 필요하다는 말의 뜻도 캐묻고 싶은데, 역시 아직은 때가 아닌 걸까? 기다린다면 언제까지지?

테이블 위로 올려놓았던 손에 나도 모르게 힘이 들어갔다.

바람이 초조한 내 마음을 모르는 것처럼 계속 불어 댔다.

어느 선선한 4월 밤이었다.

* * *

레크리에이션은 '몸으로 말해요'나 '고요 속의 외침'처럼 유명한 게임들이 주류를 이뤘다.

원래 이런 게임은 망가지는 맛이라고는 하지만 사대천왕의 이미지가 너무 무너질까 봐 좀 걱정했는데, 다행히 그런 일은 없었다.

운 좋게 동물 관련 키워드를 받은 은형이와 주인이는 귀여운 동작 하나만으로 바로 통과할 수 있었고, '소주'라는 키워드를 받은 유천영은 주류 광고 모델 못지않은 짧고 생생한 연기를 선보이고 바로 통과했다.

모두가 박수 치는 와중에 나 역시 박수를 치며 생각했다. 역시, 다른 길을 택했다고 해도 타고난 재능이 어디 안 간다니까. 본인이 마음만 있다면 지금이라도 연기자의 길을 걸을 수 있을 텐데. 다들 나와 같은 생각을 한 듯, '천영아, 데뷔해!' 하는 외침이 쏟아져 나왔다.

가장 운이 좋지 않았던 것은 은지호였다. 그의 키워드는 '남해원'이라는 이름의, 최근 시청률 무려 30퍼센트를 돌파한 실시간 진행형 국민 드라마의 남자 주인공이었는데, 물론 뉴스를 제외하고는 대중 매체를 접하지 않는 은지호가 그 사실을 알 리 없었다.

다만 거실 뒤를 우두커니 보며 굳어 버린 은지호를 향해 우리 조는 '무슨 말이라도 하라'며 성을 냈고, 시간이 다 끝난 뒤 키워드를 확인하고는 경악했다.

한 선배가 물었다.

"어떻게 저걸 몰라? 지호, 텔레비전 안 봐?"

"네. 가족 중에 아무도 보는 사람 없고, 저도 안 보는 게 습관이 돼서……."

"와, 그래도 그렇지 어떻게 저걸 모르지? 요즘 대한민국에서 유지혜랑 남해원, 성미리 모르면 첩잔데……."

"헉, 맞다. 지금 그거 할 시간 아니야? 티비 좀 틀어 봐, 얼른!"

누군가가 외치자 한 사람이 리모컨을 낚아채어 잽싸게 텔레비전을 틀었다. 과연, 화면 가득 아련한 눈으로 서로를 마주 보고 선 남해원과 성미리의 모습이 들어왔다.

"뭐야? 왜 갑자기 재네가 저러고 있어? 지난주에 유지혜 악행 밝혀지려는 데서 끊겼잖아. 나 그거 보려고 한 주 기다렸는데."

그들의 말에 나는 속으로 동의했다. 사실 저 드라마에서 가장 조명받은 것은 남자 주인공 '남해원'도, 여자 주인공 '성미리'도 아닌 악녀 역할의 '유지혜'로, 다들 그녀가 연기를 너무 잘해서 감탄하는 마음 반, 또 언제쯤 유지혜의 악행이 밝혀질지 기다리는 마음 반으로 보고 있다 해도 과언이 아니었다. 나? 나야 뭐, 매주 엄마랑 본방 사수 하는 중이고.

다른 선배가 말했다.

"맞아. 그런데 사실 유지혜 이번에도 안 무너질 것 같긴 해. 걔 약간 불사조 아니야? 무너져도 무너져도 계속 살아나."

"근데 솔직히 걔 안 나오면 드라마 무슨 재미로 봐? 이 드라마 유지혜가 다 했어."

"그건 진짜 그래. 다음 작품 잘됐으면 좋겠다."

그렇게 말하더니 다들 주섬주섬 소파 옆에 자리를 잡고, 누군가가 거실의 불을 껐다. 그럼으로써 거실은 때아닌 영화관 분위기로 접어들었다.

갑자기 레크리에이션이 끝나고 파장 분위기가 되자, 은지호는 어울리지 않게 다소 어리둥절한 얼굴로 서 있었다. 하긴, 본의 아니게 본인이 파장의 원인을 제공한 꼴이니 그렇기도 할 것이다.

멀뚱히 서 있는 모습이 우스워서 나는 그를 향해 이리 오라고 손짓하려 했다. 그런데 그러기도 전에 누군가가 그 옆에 털썩 주저앉았다.

희수 선배였다. 어디서 났는지 모를 쿠션을 품에 안은 그녀는 은지호 쪽으로 고개를 숙이더니 짓궂게 까르르 웃었다.

"어떻게 그걸 틀리니, 생김아. 거저 주는 거나 다름없는 문제였는데.”

희수 선배의 말을 기점으로 은지호를 향해 다시 한번 야유의 말이 쏟아졌다. 다들 흔치 않은 기회에 그를 어떻게든 놀려 보려 하는 것 같았다.

한숨을 푹 내쉰 은지호는 머리를 쓸어 넘기며 대답했다.

“텔레비전 보는 사람 기준으로 그렇겠지.”

그러더니 그가 문득 덧붙였다.

“저 문제 네가 낸 거야?”

희수 선배를 비롯한 몇몇 사람들은 레크리에이션 본 게임에는 참여하지 않았다. 스케치북의 내용을 그들이 작성했기에 답을 다 알고 있다는 것이 그 이유였다.

희수 선배가 빙긋 웃더니 대꾸했다.

“진짜 거저 주려고 낸 거 맞는데.”

“야.”

“아니, 그래도. 저 드라마 안 봐도 친구들끼리 얘기하다 보면 자연스레 들리는 게 있지 않아?”

그 말을 들은 나는 속으로 쓰게 웃었다. 은지호가 텔레비전을 아예 안 본다는 걸 알기에, 우리끼리 있을 땐 그 주제로는 얘기를 잘 꺼내지 않았다. 차라리 연예인 본인 얘기라면 모를까, 아예 가상일 뿐인 드라마 내용으로 들어가면 은지호가 지루해서 못 견디리라는 걸 알고 있기 때문이었다.

희수 선배가 다시 말했다.

"내 생각엔 너 남해원 대사 분명히 들어 본 적 있을걸? 걔 대사인 줄 모르고 넘어간 거지…… 아, 그래. 내가 가장 유명한 거 알려 줄게."

희수 선배가 갑자기 무릎걸음으로 일어나며 옷매무시를 가다듬자, 다른 사람들이 환호성을 질렀다. 때아닌 소란에 형철 선배가 뒤를 돌아보며 '무슨 일이야?' 하고 묻자, 누군가 외쳤다. '희수가 연기한대요!'

그리고 목소리를 착 내리깐 희수 선배가 말했다.

"'나는 진짜 이해가 안 가. 미리 씨, 혹시 발굴 욕심 같은 거 있어요? 그렇다고 해도 왜 그걸 굳이 연애 상대 고르는 데 발휘하지?'"

"이희수 완전 다재다능!"

"끼 제대로다!"

과연 그녀의 표정이나 눈빛은 물론이고 억양마저도 꽤 그럴듯해서, 모두의 감탄이 이해가 갔다.

하지만 나는 마냥 웃을 수만은 없었다.

그도 그럴 게 첫째, 희수 선배의 시선은 온전히 은지호를 향해 있었으며, 둘째, 나는 그 드라마를 봐 왔기에 이다음 대사까지 전부 알고 있었기 때문이다.

희수 선배가 다시 말했다.

"'고급 포장지에 싸인 초콜릿과 지퍼백에 아무렇게나 담긴 초콜릿, 어느 쪽이 더 맛있을지 짐작이 안 돼요? 그런데 왜 연애 상대는 굳이 상태 안 좋아 보이는 놈들만 골라 긴 시간 들여서 장점을 찾아 주려고 하지? 굳이 시간 투자 안 해도 장점이 잘 보이는 사람은 믿음이 안 가요? 독이라도 있어 보이고 그러나?'"

"'해원 씨, 그게 아니라…….'"

한 선배가 쿵짝을 맞춰 성미리 대사를 치자, 웃음이 온 거실을 휩쓸었다. 그 가운데 희수 선배가 말을 이었다.

"'알아요, 내가 첫 만남에서 별로 못 미덥게 군 거. 그런데 그때 빼고는 나 진짜 최선을 다했어요. 미리 씨 좋아한 다음이야 말할 것도 없고. 그런데도 굳이 다른 놈들, 미리 씨한테 잘 보일 기운도 정성도 없는 놈들한테만 기회를 주니까, 내가 너무 속상해서.'"

"'그건…….'"

"'미리 씨, 지금까지 일방적으로 대접하기만 했잖아요. 이제는 나랑 대접받는 연애 해요. 안 익숙하고 불편하게 느껴지면 바로 그만둬도 좋아요. 그러니까 한 번만 내게 기회를 줘요.'"

사방이 조용해진 가운데, 희수 선배가 그윽한 목소리로 말을 맺었다.

"'미리 씨, 그럴 가치 있는 사람이니까.'"

잠시 침묵이 흐르더니, 다시 한번 환호가 터졌다. 모두는 깔깔 웃거나 박수를 치거나 감동한 표정을 지어 보였고, 몇몇은 '네가 남해원보다 연기 잘한다'며 칭찬했다.

막상 틀어 둔 드라마에 관심을 가지는 이는 얼마 없었다. 유지혜가 안 나와서 그런 것도 있겠지만.

그 가운데, 여전히 시큰둥한 표정을 지키고 있는 건 은지호뿐이었다.

희수 선배가 다시 말했다.

"인상 깊지 않아? 잘 어울릴 것 같아서, 이거 너한테 꼭 시켜 보고 싶었는데."

"맞아! 지호 왠지 잘 어울린다, 저런 남해원 같은 대사."

사실 모두들 그 이유를 알고 있겠지만, 은지호의 심기를 위해선지 굳이 '왠지'라는 표현을 덧붙였다. 하지만 정작 당사자는 그저 시큰둥한 얼굴이었다.

누군가가 물었다.

"왜 그래?"

"제 기준으로는 잘 이해가 안 돼서요."

"그래? 나는 너 남해원이랑 좀 닮아 보인다고 생각했어."

그리고 누군가가 말했다. '고급 포장지 남주.' '그쵸, 좀 고급스런 싸가지.' '싸가지'라고 말한 누군가를 향해 은지호의 예리한 시선이 향했다.

그것도 잠시, 그가 한숨을 내쉬며 말했다.

"장점은 상대방 입장에서도 장점으로 보여야 장점이죠. 그걸 굳이 내 기준이랑 안 맞는다고 저렇게 말할 것까지 있나."

"아, 뭐. 그렇긴 한데."

"그것도 그렇고, 자길 안 받아 주는 이유를 자기가 아니라 상대방한테서 주로 찾고 있잖아요. 어쨌거나 지금 아쉬운 건 자기 쪽 아닌가?"

모두가 조용해진 가운데, 턱을 괸 은지호가 심드렁하게 말을 이었다.

"'먼저 좋아하는 게 지는 거다'란 말 괜히 있는 게 아니잖아요. 나는 이미 졌고, 그런데도 내가 원하는 게 여전히 상대방한테 있으면, 기어야죠. 저렇게 뻣뻣하게 굴 게 아니라."

"와, 너한테서 더 사랑하면 기어야 한다는 말이 나올 줄 몰랐다. 의문의 사랑꾼 발언……."

"그러게, 지호 진짜 은근히 사랑꾼이네. 왜 그걸 몰랐지?"

동아리 사람들이 의외란 얼굴로 수군대도 은지호는 여전히 태연했다.

그때 누군가가 말했다.

"그래도 꼭 기는 것만이 방법은 아니잖아. 네 말대로 그게 어떤 권력 구도로까지 이어진다면, 그렇게 솔직하게 아쉬움을 다 드러내는 게 좋은 태도는 아니야. 상대방이 부르는 대로 다 줘야 한다는 뜻이니까."

"저도 그냥 거래라면 그렇게 안 하죠. 그런데 저건 좋아하는 사람 상대로 하는 말이잖아요."

은지호가 여전히 턱을 괸 채 말했다.

"그럼 굳이 덜 좋아하는 척 굴 필요는 없는 것 같아요. 제가 그 사람 상대로 이득 보자고 그러는 게 아니니까."

"지호 여자 친구는 진짜 좋겠네."

"그러게."

수군거림이 오가는 가운데, 나는 조금 먹먹해진 눈으로 그를 보았다.

만약 그게 정말 그의 사랑에 대한 가치관이라면, 내가 지금 이렇게 두려워할 이유는 조금도 없는 것 같아서.

그러고 보면 그는 나와 사귀면서 자기 마음을 드러내 보이는 데 주저한 적이 한 번도 없었다. 한 번도.

너무 좋아하는 티가 나면 은지호가 부담스러워할까, 그도 아니면 뭔가 놀림이라도 당할까 자주 두려워했던 나와는 달리.

이제는 아무런 두려움 없이 그와 툭 터놓고 얘기할 수 있을 것 같았다.

그러나 내가 아직 어두운 틈을 타 그에게 다가가기 전, 갑자기 거실 불이 켜졌다.

사람들은 텔레비전을 끄고 소파를 다시 뒤로 밀며 술판을 벌일 준비를 했다. 때문에 더는 기회를 바랄 수 없었다.

나는 주머니 속으로 손을 말아 쥐며 중얼거렸다. 기회를 봐서 다시.

오늘 내로 꼭.

*　*　*

하지만 그 뒤에도 기회는 쉽게 오지 않았다. 술판에서는 왜인지 나를 향해서만 집중 공격이 쏟아졌다.

나는 울상을 지으며 생각했다. 내가 나도 모르게 무슨 실수 같은 걸 했나? 실은 사람들에게 은밀히 찍혀 있었던 걸까? 그 '귀요미' 어쩌고 소리가 나올 때부터?

유천영이나 주인이가 대신 마셔 주었지만 그것도 한두 번이지, 여령이도 몇 번인가 잔을 뺏으려 했지만 그건 내 쪽에서 거절했다. 여령이는 희한하게도 노래도 잘 부르고 춤도 잘 추지만 술 게임만 하면 족족 걸렸기 때문이다.

"랜덤 게임, 랜덤 게임. 단이가 좋아하는 랜덤 게임."

대학 들어오고 천 번도 더 들은 것 같은 문구를 들으며 게임을 고르고, 걸려서 마시고, 옆 사람이 걸리면 좋아하면서 따라 주고, 그러다 인과응보로 나도 또 걸리고, 사랑하는 만큼이라며 잔 한가득 받고…….

다시 정신을 차렸을 때는 2층 방이었다. 문틈으로 쏟아진 불빛이 벽에 얇은 세로 선을 새기고 있었다. 옆에서 곤히 웅크려 자고 있는 누군가가 있어 바라보니 세정이였다. 핸드폰 시계는 새벽 2시를 가리키고 있었다.

비척비척 일어나 앉은 나는 지금까지의 일을 머릿속으로

정리했다. 음, 다 같이 드라마 보고 정리한 게 10시, 술 마시기 시작한 건 10시 반쯤. 그 뒤로 벌써 네 시간이나 지났군…… 이 정도면 게임도 끝나고 다들 쉬고 있을 때였다.

그래도 은지호는 분명히 깨어 있겠지? 이 나이에도 왠지 잠이 없는 편이니까.

지금이야말로 기회다 싶어 나는 자리에서 일어났다.

조심조심 계단을 내려가 보니 과연 거실에는 고작 여섯 사람 정도밖에 남아 있지 않았다. 그 속에 주인이가 끼어 있는 것을 보고, 나는 여기가 강자만의 리그라는 것을 깨달았다.

주인이가 취기라고는 하나도 보이지 않는 얼굴로 물었다.

"엄마, 깼어? 와서 더 놀래?"

"아니, 나는 됐어. 어…… 그보다, 다른 애들은 어딨어?"

내가 '다른 애들'이라고 지칭한 것만으로 주인이는 내가 진짜 찾는 사람을 깨달은 것 같았다. 그가 손가락을 하나하나 접으며 대답했다.

"천영이는 진작 자러 갔고, 여령이랑 은형이는 산책, 은지호도 밖에 있을걸? 아마 멀리는 안 갔을 거야. 한번 찾아봐."

"응, 알았어. 고마워."

가볍게 대꾸한 내가 돌아서서 스니커즈에 발을 꿰었다. 그때, 등 뒤에서 주인이의 목소리가 다시 날아왔다.

"엄마."

"응?"

"무슨 일이든지, 너무 불안해하지는 마. 안 그래도 될 것 같아."

"뭐?"

내가 뒤돌며 묻자, 주인이는 그저 웃으며 얼버무렸다.

뭐야. 괜히 눈을 게슴츠레하게 뜨던 나는 이윽고 '고마워.'라고 말하고 다시 돌아섰다. 어쩌면 그가 한 말의 진의를 알 것도 같아서였다.

곳곳에 노란 등이 환히 켜져 있어서 밖은 별로 어둡지 않았다. 공기가 맑아서 별이 잘 보이는 데다 마당도 제법 넓고, 건물 구조상 둘만 숨을 곳도 많았다.

이 정도면 숨바꼭질이나 밀회에도 꽤 좋겠는데. 동아리에서 비밀 연애 하는 커플들, 우리 외에도 더 있지 않을까? 공개 연애는 부담스럽기도 하고, 꽤 오래된 동아리라고 하니까.

그러다 말고 나는 정신을 차렸다. 아차, 이젠 진짜로 은지호 찾아야지. 이러다 해가 떠서 돌아갈 채비를 하게 될 때까지도 못 찾겠어.

이슬진 풀잎 사이를 헤치며 터벅터벅 걷는데 누군가 나를 불렀다.

"어, 단아!"

"민우 선배?"

고개를 들어 바라보니 민우 선배와 형철 선배가 저녁에 고기를 먹었던 나무 데크에 앉아 있었다.

그들의 손가락 사이에서는 담뱃불이 빨갛게 타고 있었다.

담배 때문에 아주 가까이 갈 생각은 없었는데, 내가 어느 정도 다가가자 민우 선배가 담뱃불을 눌러 껐다.

형철 선배도 재빨리 바닥에 담뱃불을 비벼 껐다.

그리고 그들이 나를 향해 물었다.

"일찍 자러 가더니 왜 나왔어?"

"아, 저 애들 좀 찾아보려고요."

"여령이? 아마 데이트 중일걸?"

"아……."

실은 여령이를 찾으려 하는 게 아니었지만, 이 시간에 은지호를 찾으러 간다고 콕 집어 말하면 수상하게 보일까 봐 나는 얼굴만 쓸어내렸다.

그런 내 상태가 안 좋아 보였는지, 민우 선배가 갑자기 물었다.

"너 괜찮아?"

다시 고개를 든 내가 어리둥절하게 물었다.

"네?"

"아까 좀 많이 걸리는 것 같던데."

"아, 하하."

나는 입술 사이로 웃음을 흘렸다. 역시 그게 내 착각 같은 게 아니었단 말이지? 그러면 정말 나를 대상으로 어떤 거대한 공모 같은 게 진행되고 있단 말인가? 도대체 왜? 나보다는 다른 애들 취한 모습 보는 게 백 배는 더 재밌을 것 같은데.

그때 민우 선배가 다시 말했다.

"너무 원망스럽게 생각하진 마. 그거 다 애들이 너희랑 친해지고 싶어서 그런 거야."

엥? 나는 고개를 기울였다. 너희라니?

"여령이랑 다른 애들은 벌써 이 동아리에서 1년 넘게 활동했지 않아요?"

"그건 그런데 은지호랑 유천영은 활동이 거의 객원 멤버 수준이었어. 주인이야 뭐, 부르면 잘 나오긴 하지만 걘 원래 어디서든 부르면 다 나온다더라고. 걔가 자기네 부원인 줄 아는 동아리가 벌써 몇 개는 된다던데."

"허어."

주인이, 너 그러고 지냈니? 멋모르는 사람이 본다면 '굉장히 즐겁고 알찬 대학 시절을 보내는구나!' 했겠지만, 내가 보기에 그것은 찾을 수 없는 무언가에 대한 갈구 같았다.

아무리 헤매어도 그것을 찾긴커녕 그 대체품조차 찾을 수 없다는 것을 알고 있으니, 그 반향으로 그저 온갖 곳을 누비며 시간을 죽이게 된 것 같은.

아니, 하지만 그건 내 입장에서 바라본 선부른 짐작일 뿐이겠지. 재빨리 고개를 털어 낸 나는 다시 앞을 보았다.

형철 선배가 말을 이었다.

"그래도 원래부터 그런 식으로 활동하는 사람이 적진 않았고, 다들 스펙 쌓으랴 뭐 하랴 바쁘게 생활하는데 여기서나마 숨 좀 돌리라고 일부러 규율을 느슨하게 만든 것도 있어서, 걔네는 졸업할 때까지 저러려나 보다 했지. 그런데 너 오고 나서 애들이 좀 변하더라고."

잠자코 듣고 있던 내가 되물었다.

"변했다면, 어떤……."

"다들 모임에 꼬박꼬박 잘 나오기 시작했는데, 그거랑 별개로, 뭐라고 할까…… 지금까지 입간판만 있던 자리에 진짜 사람이 생겨난 느낌?"

형철 선배가 손을 내저었다.

"지금까지 걔네랑 같은 자리에 있어도 딱히 어울리고 있다는 느낌이 든 적은 없거든? 사람 간의 상호 작용…… 교류…… 이걸 뭐라고 하지…… 하여튼. 그런데 너만 있으면 네가 걔네랑 우리 사이의 막 같은 걸 물렁하게 해서 어울릴 수 있게 하는 느낌?"

"아."

나는 허공을 보며 곰곰이 생각했다.

그러고 보면 고등학교 3학년 때인가 몇몇이 나를 향해

그런 말을 했던 것도 같았다. 지금까지 사대천왕과 같은 반이어도 딱히 화합한다는 느낌을 받아 본 적은 없는데, 네 덕분에 처음으로 그런 느낌을 받아 본다고.

나는 그게 '너로 인해 사고가 많이 생겨서 그걸 해결하다 보니 자연스레 모두 친해지는 것 같다'라고 해석했지만, 어쩌면 그건 말 그대로의 의미였을지도 모른다.

형철 선배가 불쑥 내게 악수하자는 듯이 손을 내밀었다.

"아무튼, 앞으로도 우리 동아리 단합 좀 잘 부탁한다고. 나 졸업할 즈음이라도 다들 가까워져서 두루두루 어울리는 동아리 좀 만들고 싶으니까."

"아, 네, 네."

나도 허둥지둥 그의 손을 맞잡았다.

그 뒤에는 화제가 갑자기 딴 데로 흘렀다.

"그러고 보면 단이 너는 연애하기 되게 힘들었겠다. 재네랑 고등학교 때부터 친구였다고 했지?"

"네, 네."

"대시하는 사람 있었어? 나 같았으면 무서워서 절대 못 했을 텐데."

"하하."

나는 그저 웃으며 얼버무렸다. 그 말을 듣고 '어쩌면 이루다와 유천영, 은지호가 무서워서 고백도 못 하고 날 몰래 좋아한 사람이 있었을까?' 하는 생각이 들었지만, 역시 그런 사람은 없었을 것 같았다.

난 역시 그냥 그거지, 거창한 타이틀이 달린 사람한테만 인기가 많은 특이 체질……. 그게 아니라면 그 세 사람이 동시에 나를 좋아했을 리 없으니까. 여단 오빠에게 고백받아 사귄 것까지 포함해서.

그때 형철 선배가 다시 물었다.

“그래도 대학교는 고등학교보다 넓어서 좀 낫지? 요즘 썸 타는 사람은 있어?”

더는 이 화제로 대화를 이어 나갈 순 없었다. 나는 핸드폰을 들어 보이며 후다닥 물러섰다.

“아, 저는 다른 친구들 찾으러…… 이만 가 볼게요. 안녕히 주무세요!”

“그래, 그래.”

조금 당황할 거란 내 예상과는 달리, 그들은 나를 쉽게도 보내 주었다.

펜션 뒤로 빙 돌아가며 나는 생각했다.

그러고 보면 눈에 안 보이면 전화를 하면 되는 거였는데, 지금까지 그걸 잊고 있었잖아? 자고 일어나서 어느 정도 술이 깼다고 생각했는데, 다 착각이었는지도.

그리고 나는 단축 번호 1번을 누르려 했다.

그러나 내 계획은 실행에 옮겨지지 못했다. 모퉁이를 돈 순간, 가로등 아래에 앉아 있는 두 사람의 모습이 내 눈에 들어왔기 때문이다.

은지호와 희수 선배였다.

정확히 말하자면 은지호는 앉아 있지 않았다. 그는 희수 선배 근처에 꼿꼿이 서 있었고, 희수 선배는 돌 담벼락 위에 걸터앉아 한 다리를 다른 다리 위에 겹친 채 발을 까딱대고 있었다.

그녀는 몹시 편안해 보였고, 은지호 역시 표정이 보이지 않았지만 꽤 편안해 보이는 것은 마찬가지였다.

내게 어떤 사전 정보가 없었다면 저 둘의 사이를 오해했을지도 모른다. 그러니까, 나와 은지호가 사귀는 사이란 것을 내가 몰랐더라면.

나는 한동안 그 자리에 못 박힌 듯 서 있었다.

방금까지 다정하게 느껴졌던 노란 불빛이 싫었다.

유리 조각 같은 별이 콕콕 박혀 빛나는 하늘이 싫었고, 주위를 감싼 남색의 대기가 싫었다. 그게 저 둘 사이를 낭만적으로 채색해 주는 거라면 무엇이든.

그러다 나는 간신히 정신을 차렸다. 아직 제대로 밝혀진 건 아무것도 없고, 은지호와 희수 선배는 단지 잠깐 얘기를 나누고 있을 뿐이다.

그리고, 나는 원한다면 지금 은지호에게 전화를 걸어 이리로 오라고 할 수도 있다.

그건 내 권리였다. 짝사랑하는 남자를 빼앗긴 만화 속 여주인공처럼, 여기서 처량하게 입술만 물어뜯을 게 아니라.

눈앞에 닥쳐온 사태에 아무것도 못 하고 지켜만 봐야 했던 시간이 너무 길었던 나머지, 또 그때의 충격이 너무 컸던 나머지 아직도 비슷한 일이 생기면 머릿속이 하얗게 변하곤 한다.

한숨을 내쉰 나는 떨리는 손으로 핸드폰을 들었다.

그런데 그때, 말소리가 날아왔다.

"……시 얘기하면 얘기해 볼수록 알겠다. 처음 지호 널 봤을 때, 내가 받았던 첫인상이 맞았다는 거."

은지호는 아직 아무 말도 없었다. 희수 선배가 웃으며 덧붙였다.

"나, 사람 보는 눈이 좀 좋거든. 타로를 봐서 그런가? 나한테 어떤 신비한 능력 같은 게 있다는 게 아니라, 그런 걸 보다 보면 처음엔 카드를 보고 그 사람을 읽던 게 나중엔 그 사람을 보고 카드를 읽기도 하거든."

턱을 괸 그녀가 말을 이었다.

"그래서 널 처음 봤을 때, 네가 선 안에 들인 사람한테는 무척 잘해 줄 거란 걸 바로 알았어. 여친한테도 물론 그렇고."

그러더니 그녀가 작게 웃었다.

"아니면 내가 너랑 비슷한 사람이라 그런지도 모르겠다."

내 머릿속에 그녀가 아까 발표했던 사진이 떠올랐다.

초원 위에 서서 햇빛을 잔뜩 받던 거대한 나무…….

하지만 그게 '아낌없이 주는 나무'가 된다면 몇 년 내로 밑동밖에 남지 않겠지. 나머지 부분은 모두 다른 사람에게 줘 버려서.

그런 상상에 가슴 한편이 돌이 든 듯 무거워졌다.

그때, 희수 선배가 다시 말했다.

"아까 그 발표는 내 생각을 그대로 발표한 거긴 하지만, 너 들으라고 한 거기도 해. 그 '아낌없이 주는 나무' 얘기, 내 경험담이라고도 했지? 그러면 그 나무 역할이 된 사람은 너무 지친다는 거, 나는 잘 알고 있거든."

희수 선배가 눈을 내리깔며 말을 이었다.

"그렇잖아. 일방적으로 헌신하고, 일방적으로 소모하고…… 그런데 상대방은 그걸 전혀 몰라주거나 당연하게 생각하고."

그녀가 목소리를 낮췄다.

"아까는 그 해결책으로 '상대방에게 준 걸 계산해서 아쉬워하지 말라'고 했지만, 사실 그건 근본적인 해결책이 안 돼. 그렇잖아? 가장 좋은 해결책은, 나한테 아쉬운 생각이 들지 않게 하는 사람을 만나는 거야. 그러니까 비슷한 사람 말야."

"……."

"나무는 나무끼리 만나야 하고, 소년은 소년끼리 만나야지…… 안 그러면 소년은 괜찮을지 몰라도, 나무에게 남은 결말은 밑동만 남은 채 서서히 죽어 가는 것뿐이거든. 그런데 네가 하는 얘기를 들어 보면, 넌 딱히 그런 사람과 만나고 있진 않은 것 같아서."

나는 나도 모르게 벽에 대고 있던 손에 힘을 주었다. 꺼끌꺼끌한 표면에 세게 박힌 손끝이 아픔을 호소했지만 그걸 느낄 정신도 없었다.

나는 다만 입속으로 되뇌었다. 나무에게 허락된 결말은 서서히 죽어 가는 것뿐이라고…….

그때, 은지호가 마침내 입을 열었다.

나는 퍼뜩 다시 고개를 들었다.

"아까 그 발표는 사실 나 들으라고 한 건데, 네가 나한테 널 부르라고 한 별명은 '나무'고. 그리고 이제는 비참한 결말을 맞지 않기 위해선 서로 비슷한 사람끼리 만나야 한다고."

은지호의 목소리는 그저 담담했다.

희수 선배는 조금 당황한 듯 웃었다. 그녀가 여전히 산뜻한 태도로 말했다.

"나는 딱히 이상한 말을 한 적이 없는데 왜 그런 식으로 말해? 그러면 내가 되게 이상한 사람이 되잖아."

"그래? 그럼 나도 이상하게 들리는 말 하나 할까?"

이어진 말에 나는 숨을 멈췄다.

"나도 어제 여친이랑 싸웠다는 얘기, 다 있는 자리에서 말했지만 사실 너 들으라고 한 거야."

"뭐?"

희수 선배의 목소리에 당황이 묻어났다. 이윽고, 그녀가 살짝 웃으며 다시 말했다.

"그거 진짜 이상하게 들린다."

정신이 들었을 때, 나는 두 사람이 있는 곳과 정 반대 방향으로 뛰어가고 있었다.

* * *

"그거 진짜 이상하게 들린다."

그렇게 말하긴 했지만, 그녀의 눈 안에서 미약하게 반짝이는 어떤 기대감을 분명히 볼 수 있었다.

은지호는 속으로 한숨을 내쉬며 생각했다. 도대체 나는 왜 이런 쪽으로 눈치가 발달한 걸까? 애초에 연애 감정 같은 것과는 영 무관한 성격인데. 그렇다고 안 믿기에는 지금까지 빗나간 적이 한 번도 없으니.

그때 이희수가 다시 물었다.

"네 여자 친구하고 싸운 얘기를 왜 나한테 해?"

천천히 고개를 가로저은 은지호는 대답했다.

"아니, 그 부분 말고."

"그럼?"

"나한테 '여자 친구가 있다'는 부분."

이희수가 동그래진 눈으로 이쪽을 올려다보았다.

은지호가 다시 말했다.

“네가 나랑 친하게 지내려고 하는 건 고맙지만, 나는 이 동아리에서뿐만 아니라 다른 어떤 곳에서도 새로운 여사친은 만들 생각 없거든. 걔가 상관없다고 해도 괜히 불안하게 하긴 싫어서.”

당황한 듯 커진 눈에 대고 그는 마지막으로 못 박았다.

“그러니까, 앞으로는 다른 동아리 활동이나 봉사 활동 같은 질문을 포함해서, 신상에 대한 질문은 일절 안 했으면 좋겠다고. 또 지금처럼 따로 불러내서 대화하는 것도.”

이번이 마지막이란 생각으로 나왔으니까. 그렇게 말하자 이희수의 눈이 비바람 맞은 듯 거세게 흔들렸다.

이윽고, 어이없다는 듯 한쪽 입꼬리를 끌어 올린 그녀가 말했다.

“그래…… 나는 동아리 친구는 그런 거 상관없이 다 같이 친하게 지내는 게 좋다고 생각하지만, 네가 그렇게까지 말하니까 더는 할 말 없네. 그래도, 내 예전 경험이 생각나서 한마디 더 해 둘게.”

머리카락을 휙 쓸어 넘긴 그녀가 말을 이었다.

“내가 아까 그렇게까지 헌신적으로 굴 거면 최소한 비슷한 사람끼리 만나야 한다고 했지? 그런데 네가 친한 이성 친구 하나 사귀는 것도 이해 못 해 주는 거, 그게 어떻게 이해심 많고 헌신적인 여친이야? 그건 사실 헌신적이고 아니고를 떠나서, 정상적인 사람은 아니야. 안 그래? 그런 연애 상대야말로 인간관계 다 망치는 주범이잖아."

은지호는 눈살을 찌푸렸다. 물론 그가 이희수와 가까워지지 않기로 한 진짜 이유는 그녀의 본심을 짐작해서였지만, 그것을 대놓고 말했다간 평판을 망치는 것은 이쪽일 것이다.

그렇다고 해서, 그가 이희수와 친구가 되는 것을 거절했다는 이유로 저런 말을 얌전히 들어 넘길 필요는 없을 것이다.

더군다나 그 대상이 함단이임에야.

목소리를 낮춘 은지호가 말했다.

"걔가 나한테 친구 사귀지 말라고 한 게 아니라, 내가 걔 불안하게 만들기 싫어서 안 하는 거라니까. 애초에 네가 왜 그렇게 날 '아낌없이 주는 나무'일 거라고 단정하는지 모르겠어. 내가 어떻게 연애하는지, 너는 직접 본 적 없잖아."

은지호는 일부러 말끝에 빈정거림을 섞었다. 그것을 읽었는지, 전보다 얼굴이 굳어진 이희수가 대답했다.

"그래도 나는 네가 평소 하는 말을 알잖아."

"남들 앞에서 하는 말이잖아. 우리는 다들 남 앞에서는 스스로를 어느 정도 포장하곤 하지, 사회생활이란 게 있으니까."

"그리고 너란 사람을 알고."

"그리 오래 알았다고는 못 하지."

"……."

마침내 조용해진 이희수를 물끄러미 내려다보던 은지호가 말했다.

"……결정적으로, 너는 내가 사귀는 사람이 누군지도 아직 모르잖아."

이희수가 할 말이 떨어진 듯 입술을 지그시 깨물었다.

은지호는 그 모습을 바라보다가 다시 말했다.

"애초에 난 그 사람한테 '아낌없이 주는 나무' 같은 게 아니야. 그렇게 이롭기만 한 존재 같은 게……."

별생각 없이 말하던 그는 문득 입을 다물었다.

과거를 곱씹다 보니 생각이 많아져, 하마터면 이 자리에서 말할 필요 없는 것까지 말할 뻔했다. 그가 무슨 말을 하든, 이희수의 머릿속에서는 그를 두둔하고 상대를 비난할 이유로밖에 탈바꿈하지 않을 것이다.

그리고 설령 머릿속 생각을 그대로 털어놓아야 하는 순간이 온다면, 그 상대는 이미 정해져 있었다.

은지호가 말을 하다 멈추자 이희수는 잠시 기다리는 듯했지만, 곧 그가 더는 말할 기색이 없음을 알아차린 것 같았다.

이희수는 울분에 휩싸인 표정으로 자리에서 일어났다.

옆을 휙 지나쳐 어둠 속으로 걸어 들어가는 그녀에게 은지호는 아무런 인사도 건네지 않았다.

다만 그는 홀로 자리에 남은 채 잠시 생각에 잠겼다.

아낌없이 주는 나무가 소년이 돌아왔을 때도 살아 있을 수 있었던 건, 뿌리를 제외한 부분만을 줘서였겠지. 뿌리까지 파헤쳐지지 않는 한 몇 년 동안은 살아 있을 수 있으니까.

그런데 만약 뿌리까지 요구하는 상대가 나타난다면 어떻게 해야 할까?

만약 이희수가 들었다면 당장 대답했으리라.

'그럼 그건 진짜 안 맞는 거지. 당장 헤어져야지.'

하지만 헤어질 수가 없다면?

은지호는 주머니에 손을 집어넣은 채 땅을 내려다보았다. 풀 한 줄기가 가로등 불빛에 긴 그림자를 드리우고 있었다.

그는 중얼거렸다.

사실 내가 요구받은 건 뿌리 정도가 아니라, 그 뿌리마저 갈아치울 것이었지. 왜냐하면 함단이가 요구한 건 내 가지에선 아예 자라지 않는 꽃이었으니까.

애초에 남에게 자신을 맞출 생각 같은 건 해 본 적이 없었다.

나를 타인에게 맞추지 않고, 타인이 알아서 맞출 만한 사람으로 만들라는 것이 한때 은한수가 지지했던 철학이었으며, 은지호가 그대로 따랐던 철학이었다.

타인을 관찰하는 눈을 기른 것도 그들을 이해하기 위해서가 아니라 단지 철저히 이용하기 위해서였다.

그랬던 그에겐 함단이가 요구하는 덕목들을 갖추는 일이 그렇게 어려울 수가 없었다.

그럼에도 어떻게든 해내야만 했다. 남에게서 꺾어 온 가지를 접붙이고, 흙 속에서 자라던 뿌리를 물속으로 옮겨 심어 부평초의 삶을 살게 되더라도.

그녀가 원하는 꽃을 지닌 다른 나무들이 언제나 그녀 쪽으로 가지를 뻗고 선택받길 기다리고 있었으니까.

이윽고, 한쪽 입꼬리를 가만히 비틀어 올린 은지호가 중얼거렸다.

"아낌없이 주는 나무는 무슨…… 주위를 맴돌면서 예뻐해 달라고 꼬리로 툭툭 치는 고양이나 아니면 다행이지."

그토록 노력했는데도 함단이는 아직도 자신을 완전히 믿지 못해 의심하고, 경계하고, 간혹 불안해하는 듯한 눈빛을 보이지만, 그럼에도 그것조차 억울해하지 못하는 것은 애초에 그 모든 행동이 그녀를 위해서가 아니라, 그녀가 없으면 안 되는 자신을 위해서였기 때문이다.

바닥의 풀을 계속 바라보던 은지호가 중얼거렸다.

"나는 역시 내 주제를 꽤 잘 파악하고 있다고 생각하는데."

그리고 그는 돌아섰다.

MT 오고 나서부터 내내 걸리던 일을 드디어 해결했으니, 이제 함단이를 찾아 대화하는 일만 남았다.

몇 번 이쪽을 물끄러미 보는 것을 보아 따로 할 말이 있는 게 분명했는데, 어째선지 이 시간이 되도록 말을 걸지 않았다.

진작 자러 가긴 했지만, 이쯤 되면 깼을 것이다. 술에 취해 잠들면 한 번쯤 깨어 물을 마시고 바람 쐬는 게 함단이의 술버릇이니까.

첫 키스도 그러다 했었지. 갑자기 그때 일이 떠오르는 바람에 은지호는 작게 웃고 말았다.

기껏 사귀는 사이가 되고도 어떻게 한 지붕 아래에서 아무 일 없이 잘 수가 있냐고 아쉬워하던 마음을 읽은 것처럼, 그가 있던 베란다에 함단이가 거짓말처럼 잠옷 바람으로 나타나서.

함단이에겐 정작 양념 치킨을 먹질 말 걸 그랬네 주변이 시끄러웠네 어쨌네 했지만, 사실 그는 그런 건 아무 상관도 없었다.

어쩌면 그보다 덜 낭만적이고 덜 조용한 장소에서도 했어도 마찬가지로 별 신경 안 썼을 것이다.

둘이 함께 있는데, 어떻게 그 외의 다른 것이 신경 쓰일 수 있겠는가.

혹시 '생각할 시간을 달라'는 말을 심각하게 받아들인 건 아니겠지? 은지호는 문득 생각했다.

그거라면 함단이를 겁주려 한 게 아니라, 오히려 그녀를 더 긁지 않기 위해 한 말이었는데.

이곳저곳에서 잘라 오고 붙여 대서 어떻게든 그녀가 원하는 정답에 반 정도는 다가갔다고 생각하지만, 그럼에도 여전히 오답이다 못해 폭탄에 가까운 무언가를 내놓게 되는 경우가 종종 있었다.

그럴 때마다 싸해지는 함단이의 얼굴을 보며 은지호는 생각했다.

아, 더는 실수하면 안 되는데. 더는.

안 그래도 이미 남들보다 감점을 더 많이 끌어안고 시작한 상황이었다.

그러나 함단이가 재수 생활을 마치고 서울로 올라오자 그는 오답 검토를 할 시간도 없이 매일같이 그녀를 봐야 했고, 그 점이 문제였다.

그래서 결국 요즘처럼 매일 싸우는 사태가 온 게 아닌가…… 이런 일이 습관화되지 않게 하기 위해선 자숙의 시간을 가질 필요가 있었다.

그런데 함단이가 그런 자신의 말을 어떤 엄포 같은 것으로 받아들여서 저렇게 안절부절못하는 거라면, 좀 미안하긴 하지만 그래도 귀엽기는 한데.

은지호가 작게 웃던 그때, 가까운 곳에서 말소리가 들려왔다. 그 소리에 살짝 인상을 쓴 그는 그 자리에 잠시 멈춰 섰다.

김민우와 김형철이었다. 어쩌면 성씨마저 같아서, '사실은 사촌 아니야?' 하는 생각이 들게 하는. 둘이 상부상조하는 꼴을 보면 정말 그럴지도 모른다.

은지호가 저 둘을 일방적으로 마음에 안 들어 한 건 사실 얼마 되지 않았다. 이게 다…….

그때, 김민우의 목소리가 들려왔다.

"……역시 전 그만하면 괜찮은 것 같아요. 되게 귀엽고, 착하고, 성격도 좋은 것 같고."

이어 김형철의 달관한 듯한 목소리가 들려왔다.

"개들이랑 고등학교 때부터 동창이었으니까 고생 많이 했겠지. 설령 까칠한 성격이었다고 하더라도 알아서 마모될 수밖에 없었을 거다."

"그건 아닌 것 같아요. 그냥 원래부터 좀 받아 주는 성격이었던 것 같은 느낌? 단이가 외동이랬나? 동생 없댔죠?"

남의 가족 관계를 왜 궁금해해? 은지호가 속으로 빈정대는 찰나, 김형철이 대답했다.

"외동이라고 안 했나? 모르겠다, 나도 얘기를 많이 나눠 본 게 아니라서."

그러더니 그가 다시 말했다.

"다음에 그거 물어봐, 썸 타는 사람 있는지 없는지 다시 물어볼 때."

"그래야죠. 아, 진짜 없었으면 좋겠는데."

그 말을 들은 순간, 은지호는 멈춰 있던 걸음을 빨리했다.

그러면서 그는 생각했다. 함단이와 방금 얘기를 나눈 건가? 그렇다면 그녀도 이 근처에 와 있다는 뜻인데.

은지호가 최근 김민우를 싫어하게 된 이유는 바로 저것 때문이었다. 그가 함단이를 마음에 들어 하는 티가 꽤 눈에 띄게 났기 때문에.

이희수의 마음을 누구보다도 빨리 알아챈 것과 마찬가지로, 은지호는 함단이를 향한 김민우의 호감의 성격 또한 누구보다 빨리 눈치챘다.

더욱 어이없는 것은 김민우가 한 달 전만 해도 반여령을 좋아했다는 사실이었다. 그래서 함단이에게 그 점에 대해 충고하려 했는데, 잘 알아들었을지는…….

그때 은지호는 마침내 익숙한 뒷모습을 발견했다. 왜인지 어두운 곳에 홀로 서서 고개를 숙이고 있는 함단이의 모습이 보였다.

가로등도 많은데 왜 굳이 여기서? 그렇게 생각하며 은지호는 한 발짝 다가갔다.

재작년 일 때문인지, 그는 함단이가 어두운 곳에 혼자 있으면 그것만으로도 무척 싫은 기분이 들곤 했다. 얘기를 나누기 전에 어서 밝은 곳으로 데려가야…….

그때, 인기척을 느낀 듯 함단이가 이쪽을 돌아보았다.

은지호는 그녀의 두 볼이 눈물로 젖어 있는 것을 보았다.

퓨즈가 끊긴다는 게 이런 거구나 싶었다.

* * *

"단아, 우리 동아리 나가자."

숙소 뒷마당에서 나와 눈이 마주친 은지호가 꺼낸 첫말이었다.

나는 순간 상황도 잊고 멍하니 눈을 깜빡였다. 너와 내가 동아리를 나가자고? 너와 희수 선배가 아니라?

그러는 동안 내 어깨 위에 손이 올라왔다. 손길 자체는 상당히 조심스러웠지만, 손끝은 잘게 떨리고 있었다. 그 안에 담긴 감정이 두려움인지, 분노인지 나는 알 수 없었다.

여전히 눈만 깜빡이는 내 귀에 은지호의 말이 다시 들려왔다.

"아니, 나갈까? 너한테 강요하려는 게 아니라 나는…… 아니야, 일단 너 운 이유 듣고 나서 다시 생각하자. 그래서 대체 무슨 일인데?"

듣고 나서 생각하자고 했지만, 그의 눈에는 이미 어떤 확신이 담겨 있었다.

내가 입을 열기도 전에 그가 재차 물었다.

"김민우야?"

"뭐?"

"아니면 김형철? 그 사람이 너랑 누구를 엮으려고 했어? 김민우랑 잘해 보라며 억지로 떠민다든가……."

"대체 무슨 소릴 하는 거야?"

그의 헛소리를 더는 들어 넘길 수 없어진 내가 반박했다. 자기는 방금까지 다른 사람과 노닥거리다 왔으면서, 도대체 누가 누구 험담을…….

그렇게 생각하자 간신히 또렷해졌던 시야가 다시 뿌옇게 흐려지기 시작했다. 눈시울이 달아오르는 것을 느끼며 나는 그의 손을 내쳤다.

내가 말했다.

"너랑 얘기도 하기 싫어."

"뭐? 왜 갑자기……."

은지호는 내가 이러는 이유를 전혀 모르겠다는 표정이었다.

그가 다급히 말을 이었다.

"내가 이제야 와서 그래? 아니면 생각할 시간이 필요하다고 한 것 때문에? 그거라면 너한테 더 실수하기 싫어서……."

나는 그렇게 말하는 은지호의 얼굴을 뚫어져라 쳐다보았다.

도대체 뭘 근거로 그는 방금 그 장면을 내가 못 봤을 거라고 생각하는 걸까? 단둘이 여행 온 것도 아닌 동아리 엠티인 데다, 같은 숙소에 머무르기까지 하는데…….

내가 절대 못 볼 거라 믿어서 희수 선배를 붙잡고 그런 말이나 한 건가? 그렇게 생각하자 다시 눈물이 났다.

내가 기어이 눈물을 뚝뚝 떨구기 시작하자, 그는 답답하다는 표정으로 내 어깨를 붙들었다. 그가 빠르게 말했다.

"왜 울어? 제발 말 좀 해 줘. 무슨 일인지 전혀 모르겠으니까 나는 진짜…… 혹시 동아리 나가자고 한 것 때문에 그래?"

"……."

"그거라면 내 생각이 짧았어. 애초에 대학도 좁은데 동아리를 엎으려고 한 건 내 실수야. 너 안 그래도 주목받기 싫어하는데, 또 우리 평판을 생각해서도 그래선 안 되겠지. 그래, 이해했어. 그러니까……."

은지호가 끊임없이 뭔가를 말했지만, 귀가 웅웅거려서 잘 들리지도 않았다. 다만 나는 눈물을 훔치며 중얼거렸다.

전에도 그랬으면서, 전에도…….

너만큼은 절대 나를 평가하지 않을 거라 믿은 순간 나를 평가하고, 너만큼은 절대 나를 상처 주지 않을 거라 믿은 순간 나를 상처 주고.

그러고는 내가 다신 돌아올 수 없을 거라 생각한 바로 그 순간에 돌아와서…… 지금까지의 일들에 대해 화조차 낼 수 없게 만들더니.

내가 이제껏 의심한 것은 '희수 선배가 은지호에게 관심을 가졌을 것'이지, '은지호가 희수 선배에게 관심을 가질 것'이 아니었다.

나를 초조하게 한 사실도 '은지호는 다른 사람을 좋아하는 편이 더 나을지도 모른다'는 거였지, '은지호가 다른 사람을 좋아할지도 모른다'는 게 아니었다.

그런데 왜 이번에도…… 나는 두 손을 들어 눈가를 감쌌다. 이럴 거면 애초에 믿게 하지나 말지, 왜 믿게 해서 사람 더 비참하게 만들어?

내가 얼굴을 전혀 보여 주지 않자, 은지호는 더 초조해진 모양이었다.

그가 내 손을 더듬어 붙잡아 내리려 했다.

"아…… 제발, 함단이. 여기 좀 봐."

"내 손 잡지 마."

"왜……."

"잡지 말라니까."

뒤로 물러나 보기도 하고, 뿌리쳐도 봤지만 그는 쉽게 놓아줄 기색이 아니었다. 결국 고개를 든 나는 그의 표정이 상상 이상으로 처참한 데 놀랐다.

그러고 보면 '동아리 나갈까?'라는 갑작스러운 질문부터 지금에 이르기까지, 그가 그다운 화법을 구사한 적은 한 번도 없었다.

화가 나면 성급해지기보다 도리어 피가 차갑게 식는 그라면, 다짜고짜 동아리를 나가자고 할 게 아니라 지금까지 정황을 통해 추리하며 날 떠봤어야 했다.

그게 다 무슨 상관이지? 불현듯 그런 생각이 들었다.

결국 은지호를 뿌리치는 데 실패한 나는 울먹거리며 입을 열었다.

"내가…… 널 좋아하는 게 그렇게 잘못이야?"

"뭐?"

은지호는 내 입에서 이런 말이 나올 거라고는 상상도 못한 눈치였다.

이윽고 그가 더듬더듬 말했다.

"무슨 소리야, 그게. 우리는 사귀는 사이인데, 사귀는 사이끼리 서로 좋아하는 게 무슨 잘못이라고…… 누가 그렇게 말해?"

"너를 좋아한다는 이유로 누군가를 좋아할 때 겪을 수 있는 부정적인 감정은 다 겪는 것 같아."

그의 물음에 답하지 않고 내가 말했다. 그러자 그의 표정이 한층 더 일그러졌다.

마침내 그가 내 손을 놓아주자, 나는 비틀비틀 물러나 웅크려 앉았다.

그가 말없이 내려다보는 가운데, 두 손으로 눈가를 덮은 내가 중얼거렸다.

"너는…… 너를 좋아하는 많고 많은 사람들 중에서 나한테 제일 가혹한 것 같아."

"……."

"너를 좋아한다는 이유로 나만 벌 받는 것 같아. 왜 그러는 거야? 그때도 지금도, 나한테만 모질게……."

나는 마지막 말을 간신히 도로 삼켰다. 겨우 그제 재작년 얘기를 꺼냈다가 싸운 참인데, 이 상황에서 도로 꺼내 봐야 조금도 재미없을 것이다.

아니, 하지만 내가 여기서 좋게 해결하려고 노력한들 뭐가 달라질까?

방금 은지호와 희수 선배의 대화를 들어 보면 그가 희수 선배에게 호감을 가진 건, 설령 그렇지 않더라도 내가 아닌 다른 누군가를 만날 필요성을 느낀 건 확실했다.

지금 이렇게 나를 달래려 하는 건 연인으로서보다는 그저 친구로서의 마음이나, 습관 때문일 가능성이 컸다. 누가 자기 사람 건드리는 건 예전부터 못 참아 하는 그니까.

그리고 나는 더욱 몸을 웅크리며 손바닥에 얼굴을 깊숙이 묻었다.

마음은 이미 내게서 떠났으면서, 왜 굳이 그걸 숨기려고 하지? 숨기려 하면 그도 나도 불편해질 텐데, 왜 그걸 감수하면서까지?

우리가 이루어지기 위해 그만큼이나 나 역시 많은 희생을 치렀다는 걸 알기 때문에, 내가 더는 다른 사람을 찾아나설 여력이 없다고 생각해서? 아니면 그 역시 버리고 온 것들이 너무 많아서 이제 와서 돌아가긴 아깝다고 생각했다거나.

바보 아니야? 설령 그게 사실이라고 해도 내가 너와 함께 가라앉고 싶을 리 없잖아. 차라리 혼자 가라앉을지언정, 너와 그러고 싶을 리 없잖아. 이건 사랑 때문이라기보다는, 은지호가 그토록 운운하던 일종의 도의였다.

그가 결단 내리지 못하겠다면 나라도 할 수밖에 없다고 생각했다. 무거운 짐들과 함께 가라앉기보다는 차라리 빈손으로라도 탈출하는 게 더 나았다.

거기까지 생각한 내가 마침내 입을 열었다.

"우리, 헤어……."

하지만 나는 채 두 마디도 못 뱉고 다시 입을 다물고 말았다.

입을 다물고 울음을 삼키는 내 앞에서, 그때까지 꼿꼿이 서 있던 은지호가 창백해진 얼굴로 물었다.

"뭐라고? 방금 뭐라고 했어, 함단이?"

"……."

내가 아무 대답이 없자 은지호가 다시 말했다.

"아니다…… 그냥 못 들은 걸로 할게. 나 지금이라도 네가 우는 거 못 본 척하고 떠나면, 그러면 돼? 그러면 방금 네가 하려던 그 말, 없던 게 되는 거야?"

나는 입술을 깨물며 고개를 내저었다. 그러자 은지호가

바닥에서 끌어 올린 것 같은 깊은 한숨과 함께 내 앞에 한 쪽 무릎을 꿇고 앉았다.

그가 내 볼을 매만지며 말했다.

"너…… 지금 우는 거 나 때문이지."

"……."

나는 고개를 내저으려다가, 그냥 끄덕였다.

"왜 그러는지는, 말 못 해 줘?"

상황과는 어울리지 않게 나긋한 목소리였지만 쉽사리 입을 뗄 수 없었다.

애초에 은지호와 희수 선배의 대화 자체가 내 상상을 완전히 벗어난 일이었기 때문에, 내가 그걸 들었다고 말했을 때 은지호의 반응 역시 짐작도 되지 않았다.

이유가 뭐가 됐든, 이미 사실을 숨기기로 한 이상 그는 그 자세를 철저히 고수할 것이다. 잠시 침묵하다가 느긋하게 웃으며 '무슨 소리야? 잠 덜 깼어?' 하고 묻는다거나, 혹은 놀라운 연기력으로 '그런 말 한 적 없는데. 잘못 들은 거 아니야?' 하고 발뺌한다거나.

가장 두려운 상상은 그가 묘한 눈빛으로 나를 가늠하는 듯이 보다가 웃으며 '그래서, 들었으니 헤어질래?'라고 묻는 것이었다. 그리고 나 하나로는 만족할 수 없는 이유를 늘어놓는다거나.

그의 말을 듣다간 말도 안 되는 논리인데도 정말로 설득

되어 버릴 수도 있다는 점이 가장 무서웠다.

그럴 바엔 차라리 내가 먼저…… 입술을 깨물고 각오를 다지던 나는 갑자기 날아온 부름에 고개를 들었다.

"단아."

"……."

"너 내가 대학 와서도 평판 관리 꽤 열심히 한 거 알지."

심각하던 것도 잊고 나는 그를 의아하게 쳐다보았다.

평판? 네 평판이라면, 김혜힐이 이미 말해 준 바에 따르면 망한 것 같던데.

그런 내 표정에도 아랑곳 않고 은지호가 말을 이었다.

"평판이란 건 꽤 편리해. 다른 사람이 나한테 어느 정도 환상을 갖고 있다는 것과 같은 의미니까."

"……."

"이게 무슨 의미냐면, 내가 상식에서 벗어난 행동을 해도 '쟤 쉽게 저럴 애 아니야. 오죽했으면 저랬겠어?' 할 사람이 많다는 거야. 그 사람들은 나를 자기 환상에 끼워 맞추는 걸로도 모자라 그 환상이 사실에 가깝다고, 다시 말해 나와 '잘 아는 사이'라고 인정받고 싶어 하거든."

도대체……. 나는 게슴츠레하게 그를 보았다. 그런 나에게 씨익 웃어 준 은지호가 다시 말했다.

"내가 내 평판을 이용해 저지를 수 있는 수십 가지 일들이 떠올랐었는데, 네가 나 때문에 운다는 걸 몰랐을 때."

"그래서……?"

"그게 나 때문이란 걸 알았어도, 딱히 하지 말아야겠다는 생각은 안 들어."

나는 멍하니 눈을 깜빡였다. 뭐?

한쪽 무릎을 툭툭 털고 자리에서 일어난 은지호가 다시 말했다.

"네가 나 때문에 우는 거라고는 하지만, 그게 하필 지금 터졌다는 건 어쨌건 이 동아리하고 뭔가 관련이 있다는 거 아니야."

"……."

"그러니까, 이 동아리를 되는대로 터트리다 보면 그게 뭐든 해결되겠지…… 해결되지 않더라도 어차피 동아리가 해산되면 우리는 나오게 될 테니까, 원인이 뭐였든 간에 자연스럽게 사라질 테고."

"야, 너 그건 협박……."

내가 할 수 있는 거라고는 그 말밖에 없었다. 그마저도 너무 놀란 나머지 딸꾹질이 나와서 말끝이 이상해졌다.

갑자기 딸꾹거리기 시작한 내 코를 은지호가 잡아 흔들었다.

그가 으름장 놓듯이 가볍게 말했다.

"협박은 네가 나한테 먼저 헤어지자고 한 게 협박이고."

"……."

"갑자기 밧줄에 묶여서 바다 앞으로 떠밀렸는데, 얌전히 있을 사람이 어디 있어? 누가 뭐래도 이건 협박이 아니라 발버둥이야."

헤어지자는 말의 대답으로 동아리를 터트리겠다니, 누가 봐도 저쪽이 협박이었고 말도 안 되는 말이었지만 딸꾹질 때문에 대답을 할 수가 없었다.

내가 좀처럼 딸꾹질을 멈추지 못하자, 그는 한숨을 푹 쉬며 내 등을 한 손으로 쓸어내렸다.

방금 동아리를 폭파시키겠다고 선언한 무뢰한치곤 퍽 다정한 손길이었다.

* * *

결국 은지호의 협박, 아니, 발버둥에 못 이긴 나는 은지호에게 그와 희수 선배의 대화를 엿들었다는 사실을 털어놓았다.

그의 반응은 내 예상과는 전혀 달랐다. 그는 당황한 기색도, 낭패란 기색도 없이 다만 눈살을 찌푸리며 대꾸했다.

"들을 거면 차라리 끝까지 듣지."

"뭐?"

이게 그렇게 가볍게 말할 일이야, 지금? 어이없어하는 내게 그가 자초지종을 설명했다. 말인즉슨, 희수 선배는 엠티 전부터 은지호를 마음에 두고 있었고, 그걸 진작 눈치채고 있던 은지호는 단지 이번 기회에 확실히 정리할 생각으로 잠시 둘만 나갔다 왔다는 것이다. 이번 대화가 마지막이란 것도 확실히 못 박았다고.

나는 눈살을 찌푸리며 물었다.

"'나 여친이랑 싸웠다는 말, 너 들으라고 한 거야.' 어쩌고는 뭐야?"

거기의 대체 어디에 '나는 너와 가까워질 생각이 없으니 다가오지 마라.'는 뜻이 담겨 있다는 거야? 그 반대라면 모를까. 아니, 어딜 봐도 반대잖아.

그러자 어깨를 으쓱한 은지호가 대답했다.

"그거라면 내가 말하려고 한 건 '여친이랑 싸웠다'는 게 아니라 '내게 여친이 있다는 사실' 자체라고, 확실히 못 박았어. 이희수가 보통내기가 아니라서, 한 번 더 마음을 확인해 두려면 별수 없었어."

날 좋아하지 않는 사람한테 다가오지 말라고 선전 포고하는 건 우스운 노릇이잖아. 은지호가 덧붙인 말에 나는 고개를 기울였다. 보통내기가 아니라니?

"그 선배가 왜 보통내기가 아니야?"

"너 모르겠어? 이희수, 나랑 비슷한 부류인 거."

내 눈치를 살핀 그가 황급히 덧붙였다.

"아낌없이 주는 나무 어쩌고 얘기가 아니라, 걔도 평판 관리 쪽으로는 타고난 애라고. 걔가 나를 그 '생김'이란 웃기는 별명으로 부르기 전에 굳이 널 먼저 부른 이유, 뭐일 것 같아?"

그의 말뜻을 곱씹던 나는 뒤늦게 눈살을 찌푸렸다.

"그럼 설마 그게……."

은지호에게만 과하게 친한 척한다는 비난을 피하려고 일부러 날 이용했다는 거야?

따지고 보면 김형철 선배가 내게 했던 말, 동아리 사람들이 이들과 친해지기 위해 내게도 친근하게 군다는 것과 별다를 것 없는 얘기였지만, 은지호의 입에서 나오니 지나치게 비판적인 느낌은 피할 수 없었다.

내가 다시 말했다.

"그건 그냥 너랑 친해지고 싶어서 그런 거 아니야? 엠티 오기 전에 술자리에서 너랑 많이 얘기하기도 했고, 또 나보단 너랑 동기 간이니까……."

"그렇게 치자면 너랑은 동성이고, 학번만 다르지 나이는 같은데? 게다가 그렇게 친근하게 불러 놓고 정작 네가 돌아왔을 땐 전혀 말 안 걸었잖아. 숙소로 돌아왔을 때조차."

"……."

그 말을 들어도 여전히 아리송했다. 내가 여전히 모르겠다는 표정만 짓고 있자, 은지호는 한숨을 내쉬며 '네가 보기에 아니라면 어쩔 수 없지.' 하고 말했다.

그리고 그가 말을 이었다.

"사람마다 보는 기준이 다른 거니까. 어쩌면 내가 그 모두를 계산하고 행동하는 사람이라서 과정은 다를지언정, 결과는 같은 이희수를 보고 제 발 저린 걸 수도 있어. 혹시 알아, 걔가 정말 사람 좋고 날 때부터 부대끼는 게 천성이라 그러는 걸지."

그래도 난 의심할 거지만. 그렇게 덧붙이는 그를 향해 나는 어이없다는 눈빛을 보냈다.

이로써 그와 나 사이의 오해는 어떻게든 풀린 셈이었지만, 이대로 넘어가기엔 좀 억울한 면이 있었다. 희수 선배가 자길 좋아한다는 걸 정말로 미리 알고 있었다면, 둘이서만 나가기 전에 언질이라도 줘야 할 게 아닌가?

자기 남자 친구가 다른 여자와 오밤중에 단둘이 나가서 대화한다는데, 신경 쓰이지 않을 여자 친구가 어디 있어? 거기다 대화 내용까지 그 모양이니까, 당연히 나로서는 오해할 수밖에.

그때 은지호의 작은 중얼거림이 들려왔다.

나는 흠칫 고개를 들었다.

"그래서…… 그것 때문에 나한테 헤어지자고 했다고."

"아니, 그건."

당황하는 내게 그는 쓰게 웃으며 말했다.

"너는 아까 나를 좋아하는 사람들 중에서 네가 제일 괴로운 것 같다고 말했지만, 너도 너를 좋아하는 사람 중에 나를 가장 못 믿는 건 마찬가지인 것 같은데."

"……."

우리를 둘러싼 공기가 갑자기 무거워졌다. 별이 가득하던 하늘이 순식간에 물먹은 것처럼 흐려졌다. 내가 아무 말 없이 눈만 깜빡이자, 은지호는 가볍게 웃더니 화제를 돌리려 하는 것 같았다.

내가 그런 그를 붙잡았다.

"아니, 잠깐만. 내가 혼자 결론 내리고 헤어지자고 말한 건 잘못이지만, 이게 반드시 신뢰만의 문제는 아니야. 안 그래? 상황 자체가 오해할 수밖에 없는 상황이었잖아."

나는 다급히 말을 이었다.

"예를 들어서, 그래, 내가 민우 선배한테 '저, 아까 모두 앞에서 남자 친구랑 싸웠다고 한 말, 사실은 선배 들으라고 말한 거예요.' 하고 말하는 걸 네가 들었다고 쳐. 너라면 어떡할 건데?"

"나라면 어떡할 거냐고?"

은지호는 그런 일은 상상도 해 본 적 없다는 표정을 지었다.

잠시 팔짱을 끼고 눈을 굴리던 그가 가라앉은 눈빛으로 말했다.

"당장 끼어들어서 널 데려오기엔…… 너와 나 둘 다의 평판을 망칠 게 분명하니 안 되겠고."

"그래, 그렇지."
내가 즉각 호응했다.
"그렇다고 숨어서 계속 듣고 있자니…… 속에 천불이 나서 도저히 그렇게는 못 하겠는데."
"그래, 내가 그랬다니까."
그런데 '기왕 들을 거면 끝까지 듣지.'라는 무신경한 소리나 해 대고.
내가 그를 미미하게 째려보자, 은지호가 찔려 하는 표정으로 한발 뒤로 물러났다.
그리고 잠시 아래를 보던 그가 덧붙였다.
"일단 나중에 어떻게 된 일인지 물어보자고 생각하고 물러났는데, 나중에 날 찾아온 네가 아무 일 없었다는 표정으로 날 대한다면……."
나는 기대감 어린 눈으로 보았다.
그래, 거기에서 '방금 무슨 일이었어?' 하고 묻는 일 따위 가능할 리 없잖아. 그랬다간 '어디까지 들었어?'에 더해서 '헤어질까?'란 얘기까지 나올지도 모르는데.
이윽고 나는 쓰게 웃어 버렸다. 사실 일이 그 지경까지 가서도 그 말을 내 입으로 꺼내기 꺼렸다는 거야말로, 내가 그의 마음이 떠났다는 걸 확신하고 있었으면서도 그와 헤어지고 싶지 않았다는 증거겠지. 머릿속으로는 그를 끊어 내야 한다고 누구보다도 굳게 다짐하고 있었으면서도,

이런 모순된 언행이라니.

그때 마침내 은지호의 대답이 돌아왔다.

"넌 되도록 바람 안 피우는 게 좋겠다."

고개를 든 나는 은지호가 방금과는 비교도 안 될 정도로 어두운 안색을 하고 있는 것을 보고 흠칫 굳어 버렸다.

그가 씨익 웃으며 말을 이었다.

"방금 그 선배 인생에 생각만으로 미안한 짓 할 뻔했으니까."

잠시 굳어 있던 나는 겨우 정신을 되찾고 눈을 찡그리며 대꾸했다.

"너 이것도 협박이야."

은지호가 딱 잘라 말했다.

"아니, 발버둥인데."

"한 번 통하니까 계속 써먹지?"

내 으름장에도 은지호는 계속 웃기만 했다. 그것도 잠시, 그가 대뜸 두 팔을 뻗어 내 허리를 감쌌다.

뭐야? 당황하며 그의 얼굴을 쳐다본 나는 그의 안색이 창백한 것을 발견하고 놀랐다. 아직도 마음이 불안한 건가?

결국, 나는 얌전히 그의 포옹을 받아들였다.

은지호의 품에 순순히 몸을 기대면서 그의 어깨에 코를 박은 내가 중얼거렸다. 거봐, 자기는 상상만으로도 이렇게 불안해하면서, 나한테는 계속 듣지 그랬냐니 뭐라느니.

그래도 문제를 미연에 방지하려고 한 거였던 데다가, 확실히 거절하고 왔다니까 그냥 봐준다. 그렇게 생각하며 나는 그의 허리를 더욱 꼬옥 안았다.

한참 뒤에야 나를 놓아준 그가 다시 입을 열었다.

그는 아주 가까이에서 내 눈을 바라보며 말했다.

"그래도 너, 나한테 아무것도 설명해 주지도 않고 헤어지자고 한 건 평소답지 않잖아. 왜 그랬어?"

그와 눈을 맞춘 나는 머뭇머뭇 대답했다.

"그야…… 네가 엠티 전후로 계속 의미심장한 말을 했잖아. 엠티 전날 회식 때 모두 앞에서 '저 여자 친구랑 싸웠어요.' 하고 말한 것도 그렇고."

"그리고?"

"밥 먹을 때도, 네가 나한테 갑자기 와서 나비는 원래 이 꽃 저 꽃 옮겨 다니는 줏대 없는 족속이라고 말하고 갔잖아. 그래서 나는 그게 당연히……."

내 말을 자른 그가 물었다.

"잠깐, 너 그걸 대체 뭐로 받아들였는데?"

"너 스스로를 나비에 비유한 거 아니야?"

내 물음에 은지호가 한숨을 푹 내쉬며 머리칼을 쓸어 넘겼다.

그가 어이없다는 듯이 중얼거렸다.

"미치겠다. 내가 바람도 선전 포고하고 피울 것 같아?

그건 내가 아니라, 김민우 선배 두고 얘기한 거야. 그 선배 저번 달까지만 해도 반여령 좋아했는데, 이번엔 널 좋아하는 것 같으니까 조심하라고."

나는 눈살을 찌푸리며 대꾸했다.

"뭐? 그 선배가 왜 날 좋아해? 너야말로 창의적인 오해다, 그거. 그 선배는 그냥 부회장으로서 새내기인 날 챙겨주는 것뿐……."

"그래, 네 눈엔 이희수가 나한테 하는 것도 선심이고, 김민우가 너한테 하는 것도 그저 선심이지. 그래서 인류는 지금까지 도대체 사랑이 아닌 뭐로 존속해 왔대?"

내 말을 자른 은지호가 특유의 말투로 빈정댔다. 아, 나 그거 싫다고 몇 번이나 말했는데.

내가 가볍게 쏘아보자, 헛기침한 그가 곧바로 꼬리를 말았다.

"그래, 그렇다고 쳐…… 그래도 민우 선배가 단둘이 만나자고 하면 그 전에 꼭 나한테 말해. 내가 바로 갈 수 있는 곳 근처에서 만나고."

나는 입을 삐죽이며 대답했다.

"자기는 단둘이 얘기하고 왔으면서, 나한테만 뭐래."

"거절하러 간 거였다니까."

"나도 거절하러 가는 거면 둘이서만 만나도 돼?"

"아니."

"거봐."

얘기가 길어질 것 같자, 나는 주위를 두리번거리다 내 허리 높이의 돌담을 발견하고 그 위에 걸터앉았다.

은지호는 돌담 위를 더듬어 보더니, 반팔 위에 걸치고 있던 세로 줄무늬 남방을 벗어 내 어깨에 둘러 주었다.

나는 가까이 다가왔다 멀어지는 그의 얼굴을 물끄러미 보다가 불쑥 말했다.

"있잖아, 나는 네가 '생각할 시간이 필요하다'고 말하면 좀 무서워."

내 목소리가 밤이슬에 젖은 공기 위로 느리게 흩어졌다.

내게 남방을 벗어 주고 한 발 물러나 있던 은지호가 시선을 들었다. 긴 속눈썹이 그의 뺨 위로 그림자를 드리웠다.

그가 의아하게 물었다.

"왜? 내가 화난 건 아니라고 말했잖아. 그걸로는 안심이 안 돼?"

나는 잠시 머뭇거렸다. 내가 여단 오빠와 헤어지기 직전에 들은 말이 그것이었다고 얘기해야 할까?

아니, 그럴 필요까진 없겠지. 나는 고개를 내저었다. 무엇보다도, 내가 누구보다도 은지호의 그 말을 두려워하는 이유는 따로 있으니까.

그리고 내가 말했다.

"네가 혼자서 뭔가 생각해 보겠다고 하면, 그다음에는

항상 무시무시한 일이 일어났으니까."

"'무시무시한'?"

은지호가 눈살을 찌푸린 채 내 표현을 따라 했다.

나는 고개를 끄덕이고는 말했다.

"그래. 왜냐하면 봐, 내가 1학년 때 네가 초대했던 파티가 끝나고 납치당했을 때, 그때 너는 나를 만나자마자 '절교해 줄까?'란 말부터 했잖아."

"……."

은지호는 말없이 눈살만 찌푸렸다.

"알아, 너는 고민을 너무 많이 한 나머지 어떻게 해도 내가 받은 충격을 보상해 줄 수 없다고 생각한 거지. 그래서 나와 아예 연을 끊자는 결론이 나온 거고. 그래도 그렇지, 방금 납치당했다 온 친구한테 절교하자는 게 말이 돼?"

"……."

"그리고 고등학교 3학년 때, 내가 최유리에게 '다시 한 번' 납치당하고 나서, 네가 갑자기 병원에 모든 기억을 되찾고 나타났을 때."

그렇게 말한 나는 남몰래 살짝 주먹 쥐었다.

"그때 내가 너를 기다리면서 생각했던 건…… 지금까지 일들에 대해 변명을 듣거나 사과받은 다음, 앞으로는 절대 안 그러겠다고 다짐받는 거였어. 그런데 너는 너 자신을 위험에 빠뜨리면서까지 기억을 찾아오는 방법을 택했잖아."

"……."

"그래서 난 너한테 그때 일들에 관해 묻고 따질 어떤 기회도 갖지 못했지. 이미 네가 그보다 더한 대가를 스스로 치렀으니까."

"……그 방식이 싫어?"

내 말이 마침내 끝나자 은지호가 조심스럽게 물었다.

나는 고개를 작게 내저었다.

"그건 아니지만, 네가 또 어떤 결론을 들고 올지, 어떤 희생을 치르고 올지 무서워."

"……."

"그것도 그거지만, 요즘 네가 무슨 생각을 하는지도 잘 모르겠어. 사귀고 나서는 네가 하도 네 생각을 잘 말 안 해서."

내가 주제를 바꾸자, 은지호가 마치 바닥이 없는 것처럼 검은 눈으로 날 빤히 보았다.

나는 두 손을 무릎 위에 올리며 덧붙였다.

"나는 아무튼 싫은 거나 서운한 건 나중에 카톡으로라도 말하잖아. 그러다 저번처럼 말실수하고 그러긴 하는데……."

내가 말하다 말고 뺨을 멋쩍게 긁적였다.

"그런데 너는 그런 내 말에 항상 미안하다고, 알겠다고, 고치겠다고만 하고 마니까, 네가 내 말에 대해 실제로는 무슨 생각을 하고 있는지 잘 모르겠어."

그제야 은지호가 입을 열었다.

평소와는 달리 느릿느릿한 어조로 그가 말했다.

"내가 무슨 생각을 하는지 왜 고민해? 보이는 그대로인데. 네가 나한테 서운한 점을 말하면, 너는 그렇게 느끼는구나 하고 반성하고, 고쳐야겠다고 다짐하고, 머릿속에 입력해. 그게 다야."

"답답하지 않아? 네가 나한테 일방적으로 맞추는 거 말이야. 너도 네 기준이나 가치관이란 게 있잖아."

"그런 거 없어."

"무슨 소리야?"

나는 점점 답답해졌다. 다른 사람에 비해 실로 주관이 흐릿했던 여단 오빠라면 모를까, 은지호에게 그런 게 없을 리 없었다. 대부분의 수업에서 그는 논리적이고, 두뇌 회전이 빠르고, 공정하면서도 냉철한 비평가였으니까. 그런 그가 평소의 내 요구들에 어떠한 불편도 느끼지 않을 리 없다.

그런데 자꾸만 사실과는 다른 말을 하니까, 싸우기 싫어서 이러나 싶은 생각도 들고.

은지호가 여상한 투로 다시 말했다.

"나 원래 생각 없이 따라가는 거 좀 잘해."

"뭐?"

"주입식 능동형 인재 양성의 표본 같은 사람이잖아, 내가."

무슨 소리야? 그의 뚱딴지같은 말에 눈썹을 찌푸리던 나는 곧 깨달았다. 그는 지금 숨 쉴 틈도 안 주면서 능동적인 사람으로 자라길 바라는 자기 아버지의 교육 방식에 대해 비꼬고 있다는 걸.

그리고 나는 한숨을 내쉬었다. 과연, 그가 자란 환경을 생각해 보면 아무 생각 없이 따라오는 게 오히려 쉽다는 것도 이해는 간다. 하지만…….

"네가 아무 말 없이 따라오기보다는 나랑 얘기를 하면서 걸었으면 좋겠어. 그래야 같이 걷는 느낌이 들지."

"……."

"그래야 지치지도 않고."

깊이 한숨을 내쉰 내가 다시 중얼거렸다.

"내가 너한테 서운해하거나 화내는 건, 대부분 네가 행동을 잘못해서라기보단 이유를 설명 안 해 줘서야. 전에 팀프 건처럼."

"……."

그때였다. 한동안 침묵하던 은지호가 드디어 입을 열었다.

"내가 평소에 무슨 생각을 하는지, 그걸 말하면 돼?"

"어? 어."

뜻밖의 말에 나는 조금 당황하면서도 대답했다.

그러자 어두운 눈으로 아래를 바라보던 은지호가 말했다.

"더는 틀려선 안 되는데, 그런 생각을 해. 항상. 언제나."

그 말에 나는 눈을 크게 떴다. 틀리다니, 대체 뭘? 나는 그에게 어떤 문제도 낸 적이 없는데…….

그가 가라앉은 목소리로 말을 이었다.

"비유하자면, 다섯 문제를 틀리면 떨어지는 시험에서 이미 네 문제를 틀린 것 같은 기분이야. 그런데 내 앞에는 아직 수많은 문제가 남아 있고, 나는 이 시험에 반드시 붙어야만 하는 거지."

"……."

"그래서 차라리 앞으로 돌아가서 지금까지의 오답들을 차분히 되짚어 보자고 생각했어. 그러면 더는 틀리지 않을 수 있을까 해서. 최소한 탈락까지의 기간을 유예할 수 있을까 해서."

나는 그제야 떨리는 목소리로 그를 불렀다.

"지호야, 너……."

내가 물었다.

"내가 너를 시험하는 것처럼 느껴졌어? 나와 함께 있던 매시간, 매 순간."

"그건 아니야. 이건 그냥……."

머리칼을 쓸어 넘긴 그가 한숨 섞인 목소리로 말했다.

"……내 자격지심이야."

은지호의 입에서 '자격지심'이라는 말이 나왔단 게 믿어지지 않았다.

눈만 깜빡이는 내게 한숨 쉰 그가 다시 말했다.

"아까 네가 나 때문에 가장 괴로워하는 것 같다는 말에, 그러는 너도 날 가장 못 믿지 않냐고 대꾸하긴 했지만, 사실 알고 있어. 내가…… 네 앞에 나타났던 수많은 사람 중에, 가장 너와 안 어울릴지도 모른다는 건."

"……."

"생애 처음 오답투성이인 시험지를 받아 보고, 다른 사람의 점수를 훔쳐보고 싶다는 생각을 했어. 그 사람들은 널 얼마나 안심시켜 줄 수 있는지, 그 사람들이 널 얼마나 행복하게 해 줄 수 있는지."

마침내 그가 말을 맺었다.

"나는 그 사람들과 달리 네가 바라는 정답 같은 걸 미리 고를 지혜 따위는 없으니까, 너한테 아예 선택권을 줘야겠다고 생각한 거야. 네가 택하면 내가 그걸 따르는 게 차라리 훨씬 나으니까."

울 것 같은 눈으로 그를 바라보던 내가 한참 만에 입을 열었다.

"은지호, 이걸 왜 시험 같은 거로 생각해? 나는 네가 나랑 생각이나 가치관이 많이 다르다는 것도 알고, 그걸로 부딪친다고 해서 네가 그만큼 싫어진다거나 하지 않아."

"알아, 나도. 머리로는."

그럼 왜…… 그렇게 말하려던 나는 곧 입을 다물었다.

사실 은지호가 했던 생각은 내가 했던 것과도 거의 같았다. 오랜 시간을 함께한 만큼 서로가 지나친 선택지에 대해서도 지나치게 자세히 알고 있기 때문에, 내가 상대의 최선이 아니면서도 최우선이 되려 하는 게 아닌가 하는 의심이 들 수밖에 없는 것이다.

한참 만에 나는 다시 입을 열었다.

조금 흘러내린 남방 소매 아래로 손을 뻗어 그의 손을 붙잡은 내가 말했다.

"은지호, 너는…… 보통 사람하고는 갈등을 해결하는 방식이 좀 다르잖아. 평소엔 온갖 잡다한 물건들을 생각나서 샀다며 툭툭 안기다가, 네가 뭘 조금이라도 잘못하면 갑자기 뚝 끊는다든가."

"……."

아이처럼 무구하게 눈을 깜빡이는 그에게 나는 가볍게 웃어 보였다.

"보통은 안 그래, 평소엔 잘 안 주다가 잘못한 게 있으면 그제야 눈치 살살 보면서 바치지."

그제야 고개를 기울인 그가 대꾸했다.

"그야 잘못한 게 있을 때 뭘 주면 돈으로 해결하려는 것 같고, 뇌물 같으니까."

너는 내가 안 그랬으면 좋겠어? 그의 조심스러운 물음에 나는 재빨리 고개를 내저었다.

"아니, 나도 그건 네가 그래서 그러는 걸 거라고 짐작해서 불만은 없어. 그런데 너는…… 네가 돌이킬 수 없는 잘못을 저질렀다고 생각해 버리면, 그러니까 내가 아까 말했던 일들처럼, 그때부터 몹시 서툴러지는 것 같아."

대답 없는 그의 소매를 잡고 상체를 앞으로 숙이며 내가 말을 이었다.

"생각해 봐, 네가 나한테 저지른 잘못이 돌이킬 수 있는 잘못이건 그렇지 않건, 내가 너한테 바라는 건 항상 그에 대한 설명이야."

"……."

"그런데 너는 내가 입은 손해를 완전히 보상해야만 나한테서 용서받을 수 있다고 생각하는 것 같아. 그리고 내가 너에 의해 입은 손해를 보상할 수 없다면, 적어도 너도 그만큼의 손해를 감수해야 한다고."

나는 말하다 말고 가볍게 한숨을 내쉬었다.

"너는 나한테 선택권을 주고 싶다고 했지만, 네 그런 방식이 오히려 나한테서 선택권을 앗아 간다고 생각하지 않아?"

은지호의 굳어진 시선이 나를 향했다.

내가 말을 이었다.

"납치 사건 때 네가 나한테 '절교해 줄까?'라고 말한 건 너무 미안한 나머지 용서받길 포기하겠단 뜻이었지만, 오히려 그 때문에 난 너를 용서하거나, 아니면 완전히 잃거나 둘 중에 하나를 골라야만 했잖아."

"……."

"그 뒤의 일도 그래. 네가 그런 극단적인 희생을 택해 버리니까 나는…… 그저 너를 용서할 뿐, 그때의 행동들에 대해 따질 수도, 설명을 요구할 수도 없었어. 그렇게 그 시절에 대해 우리가 아무런 얘기도 안 하고 지나가니까, 이렇게 감정적이 될 때만 불쑥불쑥 튀어나오고……."

좀처럼 쉽게 전달되지 않는다는 생각에 눈살을 찌푸린 내가 다시 말했다.

"말하자면, 네가 실수로 내게 상처를 입혀서 피가 난다고 쳐."

그제야 고개를 든 그가 반박했다.

"왜 하필 그런 걸 예로 들어? 불길하게."

"아, 아무튼 들어 봐. 그때 내가 바라는 건 평소와 다름없이 '정말 미안해. 실수였어. 다시는 안 그럴게. 많이 아파?'인데, 너는 다짜고짜 너 스스로 똑같은 부위를 상처 내서 기어이 피를 본 다음 '너무 미안해서 나도 같은 상처를 만들었어. 그래도 네 분이 안 풀리면 어쩔 수 없지. 더 상처 내도 좋아. 대신 그다음엔 나를 용서해 줘야 해.' 하고 말하는 거야. 이 방식의 문제점이 뭔지 정말 모르겠어?"

"……."

여전히 말이 없는 그에게 내가 다시 물었다.

"왜 그럴 때 이유를 설명하거나 사과하길 싫어해? 그편이 훨씬 쉽잖아, 너한테도. 아니야?"

나한테 그토록 간절했던 은지호가 이제 와서 새삼 자존심 같은 걸 세울 것 같진 않은데. 그렇게 생각하는 내 앞에서 은지호가 잠시 입을 달싹였다.

"왜 그래?"

조금 더 머뭇거린 그가 마침내 대답을 꺼냈다.

"……'미안해'는 마음에 없어도 할 수 있는 말이고, '실수였어.'는 그냥 변명이고, '다시는 안 그럴게.'는 근거도 기약도 없는 약속이고, '많이 아파?'는 의미 없는 질문이잖아. 그걸 듣는다고 해서 네 아픔 같은 게 덜어지는 것도 아닌데."

"뭐?"

"고작 그런 걸로 어떻게 보상이 돼?"

아니, 저게 도대체 무슨 소리야? 나는 어이없어하며 물었다.

"고작 그런 거라니, 인류의 의사소통 발달의 정점을 왜 무시해? 사람이 살면서 가장 많이 하는 말이 '감사합니다'랑 '죄송합니다'인데."

"내가 애초에 잘못하지 않았으면 너는 그 말을 들을 필요도 없었던 거잖아. 사과는 당연한 보상이고 네가 치러야 하는 대가는 그보다 더 큰데, 고작 그런 거로 왜 화를 풀어?"

"내가 바라는 건 너보다 덜 손해 보는 게 아니라, 단지 네 생각을 아는 거라니까? 행동은 이미 충분하니까, 행동이 아닌 말을 원한다고.”

“그게 그냥 변명일 뿐이라도?”

“변명인지 설명인지는 내가 판단할 수 있게 해 주면 안 돼?”

내가 답답해하며 꺼낸 말에도 은지호는 끝끝내 대답하지 않았다.

내 눈을 피하며, 부자연스러울 정도로 오래 침묵을 지키는 그를 빤히 보던 내가 문득 말했다.

“지호야, 너…… 평소엔 그렇게나 요령 좋은 네가 내 앞에서만 그렇게 서툴러지는 이유.”

“…….”

“너, 그것도 결국 불안해서지? 아까 말했던 것처럼.”

내 말에도 은지호는 대답하지 않았다.

나는 비로소 한숨을 쉬며 고개를 숙였다.

사실 은지호도 말로 설명하려면 얼마든지 할 수 있었을 것이다. 아까도 말했듯이 그는 토론 수업에서 언제나 논리적이고 머리 회전이 빨랐고, 사실 그건 그가 대부분의 말싸움에서 강할 뿐만 아니라 자기 입장에 유리하게 말을 꾸며 내는 일 역시도 능하다는 것을 의미했다. 평판 관리 역시 그런 능력이 기반이 되지 않는 한 쉽지 않은 일이다.

그런데도 그가 나를 말로 설득하는 대신 스스로 희생하기로 했던 건, 나에 대해서만은 어떠한 불안 요소도 남겨두고 싶지 않았기 때문이었다. 즉, 말로 사과하고 내 반응을 살피며 성패를 가늠하느니, 차라리 확실히 용서받을 방법을 택하자고 생각했기 때문이었다. 내가 그를 '용서할 수밖에' 없도록 하자고.

납치 사건 직후에 나한테 대뜸 절교하자고 했던 것도, 자기 자신을 잃을 위기에 처하면서까지 기억을 되찾아 왔던 것도 결국 다…… 나는 이마를 가리며 한숨 쉬었다.

은지호의 서투름이 아무리 그의 불안에서 기인했다고 해도, 방식을 바꿔야 할 필요가 있는 것은 변치 않았다.

이대로라면 나는 또 내게 닥친 일들에 대해 아무것도 따지지 못하고, 그렇게 우리 사이의 감정도 해소되지 못하고 앙금처럼 남아 서로 간의 감정이 파도처럼 치솟을 때마다 불쑥불쑥 떠오를 텐데.

그때, 은지호의 목소리가 다시 날아왔다. 나는 고민하던 것을 멈추고 고개를 들었다.

그가 여전히 가라앉은 눈으로 날 보며 말했다.

"네 말이 맞아. 내가 실은 네가 말한 그런 이유로 먼저 강수를 두는지도 모른다는 거, 그게 오히려 네 선택지를 제한하는 걸지도 모른다는 거, 이해했어."

"그래……."

가만히 고개를 끄덕이는 내게 그가 말했다.

"내 방식에 문제가 있고, 그걸 고쳐야 한다는 것도 알겠어. 하지만…… 반드시 그런 이유로만 그런 것만은 아니라는 건 알아줬으면 좋겠어."

"그럼?"

그가 살짝 눈살을 찌푸리면서 말을 꺼냈다.

"나는, 네가 가진 습관 중에 좋아하면서도 안쓰러워하는 것 중의 하나가…… 네가 슬픈 일이 생겼을 때, 그걸 도리어 웃어넘긴다는 거거든."

갑자기? 나는 의아해하며 물었다.

"내가 언제?"

"자주 그래. 아까, 망친 사진들을 발표할 때도 그렇고."

"그게 슬퍼하기씩이나 해야 하는 일이야?"

"몇 시간 동안 사진을 찍으러 다녔는데 아무것도 못 건졌는데, 그럼 그게 슬프지 기뻐?"

"……."

몇 마디 말로 나를 조용하게 한 그는 눈을 내리깔며 말을 이었다.

"그런데 넌 그걸 웃으면서 말해서, 너는 물론이고 다른 사람들도 그 일을 아무렇지 않게 여기게 하잖아. 난 그걸 대단하게 여기지만, 한편으로는 좀 안쓰러워. 네가 네 슬픔을 가볍게 다루는 게 습관이 된 것 같아서."

"……."

"나는 말이야, 너도 알겠지만 내 자존심을 맘껏 휘두르며 살아왔어. 그래서인지 사람들은 내 감정에도 더 많은 무게를 부여해. 내가 감사를 표하거나 사과하면, 나를 싫어하던 사람들도 머쓱한 얼굴로 '이럴 필요까진 없다'고 말해. 웃기는 노릇이지."

나는 숨도 쉬지 않고 그의 말을 들었다.

"그런데 너는…… 네가 힘들다고 말해도 누구도 진지하게 받아들여 주지 않는 환경에 오래 있었잖아. 네 슬픔이 별 무게를 가지지 않는 환경에."

한숨을 내쉰 은지호가 손을 뻗어 내 손을 부여잡았다.

"그러니까, 나는 최소한 너와 나 사이에 오가는 감정의 무게만이라도 동일하길 바라는 거야."

침묵에 빠진 내게 그가 담담히 말을 이었다.

"나는 싫어하는 사람한테도, 관계없는 사람한테도 얼마든지 미안하다고 말할 수 있어. 그건 오히려 물적인 다른 것으로 보상하는 것보다는 훨씬 쉬운 일이니까. 하지만 너에게만은 그러기 싫어. 너한테서 그런 식으로 이득을 보고 싶진 않아."

"……."

"네가 내 가치 없는 말보다는, 다른 것으로 네 가치 있는 슬픔을 보상받길 원해. 그래서 내가 가진 가장 가치 있는 것으로 보상하려 하는 거야."

그제야 입을 연 내가 되물었다.

"그게 너 자신이고?"

"왜, 틀려?"

비로소 평소의 개구진 미소를 띤 은지호가 덧붙였다.

"최소한 나 자신만큼은, 내가 원하지 않는 이상 누구도 상처입히지 못하잖아."

그 점은 사실 그와 나 사이의 가장 다른 점이었다.

나는 가끔 내가 해변가에서 파도에 무력하게 휩쓸리는 자갈처럼 느껴질 때가 있었고, 퍼붓는 비나 따가운 햇살 속에서 나뒹구는 전단지처럼 느껴질 때가 있었다.

그 느낌이 가장 싫었다. 나에게 나 자신에 대해 통제력이 없다는 느낌이.

하지만 은지호는 달랐다. 그는 언제나 그 자신 외에는 누구도 자신을 상처 줄 수 없다는 자신감 속에 살았고, 실제로 누구도 자신을 함부로 상처입히게끔 허락하지 않았다. 어쩌면 앞으로도 그 점은 달라지지 않을 것이다.

그런데…….

내 손을 당겨 자기 뺨에 가져다 댄 그가 말을 이었다.

"나를 상처입힐 권리를 너에게만 준 거야."

"……."

"그러니까 아껴 써 줘."

거기까지 들은 나는 잠시 고개를 숙였다.

그의 말은 여전히 내가 요구한 것과 한참 동떨어져 있었다.

내가 바라는 건 그가 내게 자기가 그럴 수밖에 없었던 이유를 설명하고, 사과하고, 그리고 내 감정을 달래 주는 건데, 그가 원하는 방식은 내가 원하는 것과는 정반대였으니까.

과연, 이렇게까지 맞지 않으니까 그가 그동안 자기감정을 설명하길 꺼렸겠구나 하는 것도 짐작이 갔다.

하지만, 그럼에도 불구하고…… 나는 불현듯 아래에서 놀고 있던 두 다리를 뻗었다.

내가 두 발을 은지호의 종아리 뒤에 걸고 내 쪽으로 당기자, 그가 허둥거리며 내 쪽으로 쓰러졌다.

그는 한동안 균형을 잡지 못하다가, 겨우 내 어깨를 두 손으로 붙잡고 바로 섰다.

그가 당황해서 말했다.

"갑자기 뭐 하는 거야? 야, 방금 내가 넘어졌으면 너도 다쳤어."

나는 더 말할 틈을 주지 않고 그의 등을 꼭 껴안았다.

몹시 당황한 듯 귓가에 얼어붙은 숨이 느껴지는 가운데, 내가 말했다.

"너무 좋아, 은지호."

"……."

자라 온 환경도, 성격도, 가치관도, 모든 것이 완벽하게 다른 사람을 사랑하는 일이 도대체 어떻게 가능한 걸까? 그에 대한 답을 나는 이제야 찾는다.

엉겁결에 내게 안긴 은지호는 마네킹처럼 바짝 굳어 있

었다. 그러다 내가 계속 그의 목을 꼭 껴안고 놓아주지 않자, 마침내 그가 움직였다.

그가 내 관자놀이를 가린 머리카락에 입술을 눌러 찍으며 말했다.

"이젠 나도 모르겠다…… 동아리 엠티고 뭐고, 밖이고 뭐고."

"아, 잠깐만, 은지호, 야!"

일이 커질 것을 예감한 내가 외쳤지만 그는 날 껴안고 연신 입 맞추는 데 여념이 없었다. 내 눈썹에, 광대뼈 위에, 뺨에 연신 입을 맞춘 그가 내 목 뒤로 팔을 감으며 나를 열렬히 껴안았다.

바로 그 순간, 뒤쪽에서 누군가의 몸무게에 의해 나뭇가지가 부러지는 소리가 났다. 나보다 배는 귀가 밝은데도 전혀 듣지 못한 척하는 은지호를 내가 황급히 뜯어말렸다.

"야, 잠깐만, 은지호. 정신 좀 차려 봐."

은지호는 내 말이 들리지도 않는 체하다가, 내가 계속 입맞춤을 피하자 그제야 부스스하게 시선을 들었다. 그의 눈에서 '용건 있어?' 하는 뜻이 강렬하게 느껴졌다.

비로소 인기척이 난 곳을 돌아본 나는 어색하게 웃었다.

그곳엔 다름 아닌 형철 선배와 민우 선배가 나란히 서 있었다.

민우 선배가 더 벌어질 수 없을 것같이 벌어진 입을 뻐끔

댔다.

"너, 너희……."

"잠깐, 그러면 은지호랑 비밀리에 사귄다던 사람이……."

차마 말을 못 잇는 민우 선배를 대신해 형철 선배가 말을 이었다.

나는 뒤통수를 매만지며 어색하게 웃었다.

"하하, 네…… 뭐. 숨겨서 죄송해요."

그렇게 은지호와 내가 사귄다는 사실이 만천하에 밝혀졌다. 어떻게든 약속대로 동아리 엠티 날에 밝히게 되어서 다행이었다.

* * *

다음 날, 나는 여느 MT 날 아침과 다름없이 숙취와 두통 속에서 눈을 떴다. 그나마 어제 은지호와 무사히 화해했기 때문에 기분이라도 상쾌한 것이 위안이었다.

다른 사람이 화장실에서 나오길 기다려 세수와 양치질을 마친 나는, 같은 방 사람들이 힐끔힐끔 내 눈치를 살피고 있다는 것을 깨달았다.

아, 혹시…… 그들 중 하나가 입을 열기도 전에 내가 말했다.

"아, 죄송해요. 들으셨죠, 어제 일……."

새벽에 비몽사몽간에 저들끼리 '뭐? 진짜? 헐, 대박.', '애 깨겠다, 나가서 얘기하자.' 하고 얘기하는 것을 들은 기억이 있었다.

해명의 필요성을 느끼지 않은 건 아닌데, 너무 졸리다 보니 일어날 수도 없었고. 또, 내가 내 입으로 밝히기 전에 저들끼리 미리 얘기하는 게 오히려 쿠션이 되어 줄 것 같기도 했고.

미안해하는 얼굴로 나를 살피는 것을 보면 그리 부정적인 결론이 나진 않은 모양이었다.

머리카락을 매만진 내가 다시 말했다.

"사실 이번 MT에서 밝히기로 했었는데, 은지호한테 들으셨다시피 저랑 걔가 하필 MT 오기 전전날에 싸워 가지구요. 서로 말도 안 하는데 대뜸 가서 '야, 너랑 사귀는 거 나라고 동아리에 밝힌다?' 하기도 좀 그래서……."

"아아, 그렇게 된 거였구나. 아니야! 전혀 미안해할 필요 없어. 우리는 아침에 은지호랑 사귀는 게 너란 얘기 듣고, 어떡하지, 왜 하필 소문에 대한 걸 너한테 물어봐서, 큰일 났다 하고 있었지. 어제 우리가 물어본 거 기분 안 나빴어?"

"네, 은지호랑 저랑 중고등학교 동창인 건 널리 알려진 사실이고, 소문도 듣고 보니까 되게 개연성 있기도 했고요. 저 진짜 괜찮아요."

"다행이다."

안도의 한숨을 내쉰 선배들과 동기들이 자연스럽게 화제를 바꿨다. '그래서 MT 오기 전에 은지호랑은 왜 싸운 거야?' 음, 이 정돈 얘기해도 되겠지. 굳이 말하자면 은지호보단 내게 더 흑역사인 일이고.

내가 우리 단톡방의 유서 깊은 전통인(모두가 그렇겠지만) 흑역사 찍어 남기기에 관해 얘기하는 참인데, 문득 한 사람이 보이지 않는다는 게 떠올랐다.

여령이도 보이지 않는 건 마찬가지지만 그녀는 아침잠이 없으니 진작 산책하러 갔을 게 분명하고, 설마 희수 선배도 그런 타입인가?

내가 물었다.

"아, 그런데 희수 선배는 어디 가셨어요? 짐도 안 보이는 것 같은데."

"희수는 날 밝는 대로 택시 타고 갔어. 속이 많이 안 좋대. 어제 뭘 잘못 먹었나 봐."

"아."

그리고 내가 다시 물었다.

"아침이어도 위험하지 않아요? 산속이고, 차도 잘 안 다니는데."

"민우가 같이 갔어. 민우도 마침 몸 상태가 별로 안 좋았대."

"아아."

나는 고개를 끄덕이고는 어색하게 웃었다.

민우 선배의 몸이 별로 좋지 못한 이유, 나는 알 것 같은데. 어쩌면 희수 선배도 그와 비슷한 이유인지도 모르고…….

모르겠다, 이젠 나와 별 관계 없는 사람들이니까. 희수 선배가 은지호를 좋아한다고 해도 그가 흔들릴 리 없으니 난 전혀 불안하지 않고…… 또 은지호도 더는 민우 선배 때문에 불안해하진 않겠지?

어제의 대화가 떠오르자 다시금 어깨가 들썩이며 웃음이 나올 것 같았다. 앗, 안 돼. 두 사람이 몸이 안 좋아서 택시 타고 병원에 갔다는 슬픈 얘기를 듣는 중인데, 갑자기 웃어 버리면.

필사의 노력으로 웃음을 겨우겨우 참은 나는 그저께 있었던 일을 얘기했다.

"뭐야, 단이 너, 술주정 너무 웃기다."

다 함께 떠들썩하게 계단을 내려오는 참인데 거실 소파에 홀로 앉아 있는 은지호가 보였다. 정작 다른 사람들은 거실이나, 마당에 모여서 떠들고 있어서 그 주변에는 아무도 없었다.

주위에 아무도 없이 홀로 앉아 있는 은지호라니, 흔치 않은 모습인데? 쪼르르 달려간 내가 물었다.

"은지호, 너 여기서 혼자 뭐 해?"

그제야 시선을 들어 나를 본 그가 태연하게 말했다.

"아, 나 유배당했어."

"뭐?"

"같은 대학교에, 심지어 같은 동아리에 여친이 있었으면서 지금까지 아무도 안 사귀는 척, 고고한 척, 쓸쓸한 척 분위기 다 잡았다고, 소파에서 내려오지 말래. 바닥에 발 닿는 순간 사형이래."

가만히 앉아서 텔레비전이나 보면서 나한테 부족한 대중매체에 대한 지식이나 채워 넣으라더라. 조금 우울한 듯 덧붙이는 그의 말을 들으며 나는 까르르 웃었다.

은지호가 그런 나를 의아하게 보았다.

"너는 왜 아무 벌도 안 받아?"

"나? 나는 축하 받았는데?"

"뭐? 축하?"

나는 방금까지 방에서 헤드록이나 잔뜩 당하고 온 참인데, 억울하네, 이거. 답지 않게 투덜대는 은지호를 자세히 살피니, 과연 자고 일어나도 대체로 단정한 편인 머리칼이 부스스하게 헝클어져 있었다.

나는 안됐다는 표정을 지으며 말했다.

"저런, 이참에 내가 업어 줄까?"

"뭐?"

은지호가 눈에 띄게 당황한 표정을 짓는 가운데 내가 생각했다. 어, 잠깐. 처음에는 그냥 놀리려고 말한 거였는데, 이거 괜찮은데? 그러고 보니 나 은지호 업어 본 적 한 번도 없잖아.

내가 눈을 반짝이며 말했다.

"은지호, 말 나온 김에 나 진짜로 너 한 번만 업어 보면 안 돼?"

"뭐? 네가 날 어떻게 업어? 그러다 넘어지면 너도 죽고 나도 죽는 거야."

"아, 왜. 너 그렇게 안 무거워 보인단 말이야. 나 힘센 거 알잖아."

내가 계속 조르자, 내가 진심이란 걸 안 그가 당황한 표정을 지었다.

그는 어이없다는 투로 대꾸했다.

"야, 네가 언제부터 힘이 셌다고 그래? 네 주위 사람들이 전부 힘세니까 너도 잠깐 헷갈린 거 아니야? 늑대들 사이에 자라서 자기도 늑대라고 착각하는 양처럼. 그리고 나 그렇게 안 가벼워. 심심하면 너도 내 옆에 앉아서 드라마나 보든가."

그가 매정하게 말했지만 나는 그의 팔을 고집스레 잡아당겼다. 내가 결코 힘이 약하지 않다는 걸 증명하기 위해서였다.

그런데 웬걸, 내가 온 힘을 다하는데도 그의 몸은 꿈쩍도 하지 않았다.

그러다 그가 갑자기 한숨을 내쉬며 나를 끌어당겼다.

"꺅."

"네가 진짜 너를 반여령이나 이루다랑 헷갈리는 모양인데, 사람은 각자 잘하는 분야가 따로 있으니까 너무 상심하지 말고 드라마나 봐."

나를 끌어다 자기 옆에 앉힌 그가 내 어깨를 한 팔로 안으며 말했다.

아니, 상처를 주든 위로를 하든 하나만 하지. 누가 인터넷 소설 남자 주인공 아니랄까 봐, 까칠한 것도 다정한 것도 혼자 다 하네.

입을 삐죽이던 나는 문득 다시 옆을 보았다. 그가 내게 한쪽 팔을 걸친 채 소파에 앉아 텔레비전을 보는 이 구도가 어디에서 많이 본 구도라는 생각이 들어서였다.

과연, 커튼을 뚫고 들어온 어슴푸레한 빛 속에 떠오른 옆얼굴을 보고 있자니 떠오르는 것이 있었다. 오래전, 윤정인네 별장에 놀러 갔던 날 아침 함께 텔레비전을 보던 기억이었다.

아직 사귀는 사이가 아니었던 그는 내 머리카락을 쓰다듬으며 시답잖은 장난을 걸었고, 나는…….

내가 잠시 아련해진 찰나, 갑자기 내 옆머리에 입을 맞춘 은지호가 작게 속삭였다.

"여기에 우리 둘뿐이면 좋겠다."

그러고 보니 그때도 그는 이와 비슷한 말을 했다. 정확히는 '다음에는 우리 둘만 여행 가면 안 돼?'였나?

나는 가만히 얼굴을 붉혔다. 아니, 그러고 보면 그때는 정말 사귀지도 않았을 땐데, 무슨 정신으로 그런 말을 한 거야? 그걸 좋다고 듣고 있었던 나는 또 뭐고.

물론 그때도 그에게 마음이 있었기 때문에 그랬던 거겠지만.

그래도 어쩐지 내가 은지호가 짠 거대한 그물 안에서 움직이고 있다는 느낌을 지울 수가 없었다.

순식간에 기분이 찜찜해진 내가 은지호의 옆을 벗어나려 하자, 은지호는 아예 두 팔로 내 허리를 껴안고는 놓아주지 않았다.

때마침 거실로 들어온 형철 선배가 말했다.

"얘들아, 참 좋아 보인다만 여기에 우리도 있다는 걸 좀 유념해 주렴."

"아, 네."

곧바로 내 허리에서 팔을 떼어 낸 은지호가 무릎 위에 두 손을 붙이며 정중하게 말했다. '죄송합니다.' 뉘 집 자식인지는 몰라도 사과하는 법 하나는 제대로 배운 듯한 모습이었다.

그에 가볍게 고개를 가로저은 형철 선배가 말했다.

"아니야, 뭐. 이제 곧 있으면 돌아갈 거니까 빠진 짐 없는지 확인하고, 지호 너도 이제 소파에서 내려와도 돼."

"네."

그렇게 말하고 대번에 소파에서 내려오는 은지호를 보며 나는 황당한 표정을 지었다. 아니, 벌 받고 있다는 얘기가 농담이 아니었단 말이야?

웃음이 터지기 직전의 내 볼을 가볍게 꼬집은 은지호가 돌아섰다. 그 뒤로 '어떻게 된 게 쟤들이 반여령이랑 권은형보다 더해…….' 하는 형철 선배의 아련한 중얼거림이 들려왔다. 하하, 어색하게 웃던 나는 재빨리 뒤돌아 도망쳤다.

여느 MT처럼 평화로운 아침이 지나가고, 돌아오는 버스 안에서 나는 여령이에게 기대어 내리 잠을 잤다. 버스에서 내린 뒤에는 아직 졸린 눈을 비비며 모두에게 인사했다.

"안녕히 가세요. 조심히 들어가, 너희도."

"응, 단아. 월요일에 보자."

여느 때처럼 차분하게 웃으며 말하는 은형이의 뒤에서 튀어나온 여령이가 다시는 못 볼 것처럼 날 껴안았다. 사실 그러는 그 둘도 지금부터 일요일 막간을 이용해 데이트를 갈 참이었다.

주인이가 기지개를 켜며 말했다.

"흐아암, 나는 진짜 졸려서 아무것도 못 하겠는데. 그렇게 놀고도 더 놀겠다니, 대단들 하다."

"아무렴, 학교에서 종일 놀고 집에 가서 또 노는 네 정성만 할까."

은지호가 끼어들어 빈정거리자, 주인이는 묘한 눈으로 은지호를 바라보더니 '두고 봐.' 하고 어딘지 불길한 경고를 남기고 사라졌다. 마지막으로 유천영이 말했다.

"잘 가."

그러는 그야말로 이미 반쯤 자고 있어서 혼자 보내기 영 불안할 정도였다.

내가 걱정된다는 얼굴로 말했다.

"유천영 형들이 데리러 오는 거 맞지?"

"어, 걱정 마 걱정 마. 내가 천영이 가는 거 보고 갈게."

"부탁해, 주인아."

흔쾌히 말하는 주인이에게 기꺼이 유천영의 배웅을 맡긴 나는 은지호의 손을 깍지 껴 잡으며 돌아섰다. MT 전전날부터 계속 싸운 것 때문에 둘만의 시간을 갖지 못한 만큼, 오늘이라도 몰아서 데이트를 할 참이었다.

내가 생글거리며 말했다.

"은지호, 우리 어디 갈까? 오늘은 너 차도 없으니까 지하철 타고 학교 근처로 갈까? 이제 동아리에도 밝혔으니까 맘껏 다녀도 되잖아."

전에는 시선을 받을까 봐 그토록 두려워했는데, 지금은 이 기분으로 계속 있을 수 있다면 그깟 시선 따위 얼마든지 받아도 상관없다는 생각이 들 정도였다.

그에 미소를 지은 은지호가 어색하게 말했다.

"어, 그게."

"응?"

이윽고 모퉁이 너머에서 익숙한 차체를 발견한 나는 눈을 찡그리며 은지호를 돌아보았다. 그가 여전히 웃으며 말했다.

"우리 화해했으니까, 사람 없고 분위기 좋은 곳 가고 싶어서……."

"아, 뭐야."

솔직히 내 마음에 걸린 건 차를 탄다는 게 아니라 다른 거였다.

버스를 탔던 장소와 내린 장소가 다르니 차가 원래부터 여기에 주차되어 있었을 리는 없고, 주말에 기사님을 고생시켜서 이곳에 차를 대 두도록 했다는 얘기잖아.

가볍게 한숨 쉬는 내 손을 자기 뺨에 가져다 대며 은지호가 응석 부리듯 말했다.

"대신 전부 주차장 있는 곳으로 갈게. 그러면 되지? 응?"

역시나 은지호, 내가 그가 데이트할 때 차 끌고 나오는 것이 싫은 이유도 간파하고 있었군.

뭐, 이미 차가 여기 있는 이상 어쩔 수 없지. 우리가 이걸 안 탄다고 해 봐야 기사님이 다시 가지고 가느라 두 번 고생하실 뿐이고.

나는 한숨을 쉬며 대답했다.

"대신 오늘은 일찍 헤어져야 해. 주말 지하철 끊기는 시간에 맞춰서. 일요일까지 늦게 들어오면 부모님이 의심해."

"당연하지. 어차피 MT 끝난 날이라 나도 그렇게 늦게까지 못 있어."

그렇다면야. 내가 다시 그의 손에 손깍지를 끼자, 비로소 안심한 표정이 된 그가 걸음을 옮겨 차로 향했다.

그 뒤로 이어진 데이트는 여느 때와 같았다. 우리는 전망 좋은 산 중턱 카페 야외 자리에서 브런치를 먹었고, 꽃의 계절인 만큼 벌들의 공격에 못 이겨 실내로 자리를 옮겼다. 그 뒤에도 한참이나 떠들다 마침내 저녁 식사를 위해 자리를 옮겼다.

은지호가 고심해서 골랐다고 한 레스토랑은 과연 분위기가 무척 좋았다. 그리 밝지 않은 실내를 보조하려는 듯 벽마다 밝혀진 가짜 촛불이 주황색으로 타올랐고, 테이블 사이사이에 칸막이는 없었지만 간격이 충분해서 마음 편히 얘기할 수 있었다.

무엇보다 장애물이 아무것도 없어서 통째로 유리로 이루어진 둥근 벽 너머로 천천히 색을 바꾸어 가는 하늘을 감상할 수 있었다. 석양이 번쩍이며 질 때면 서로 잔을 부딪치며 얘기하기에 여념이 없던 사람들도 종종 그쪽을 보며 넋을 잃었다.

석양이 지고, 하늘이 주황색에서 자주색, 다시 보라색으로 차차 색을 바꾸어 가자, 창을 반쯤 가리고 있던 블라인드는 완전히 사라지고 가운데의 바를 중심으로 자그마한 별빛 같은 조명이 켜졌다. 그때쯤 레드 와인 한 병을 다 비우고 새로 주문하려던 나를 은지호가 말렸다.

"차라리 화이트 와인을 마셔, 그거 은근히 도수 세."

"아, 그런가? 나 원래 레드 와인 잘 안 마시는데 여기 건 맛있다."

"분위기 때문에 그런 거 아니야?"

"그런가?"

나는 살짝 발그레해진 뺨 위로 턱을 괴었다. 그런 나를 물끄러미 보던 은지호가 말했다.

"너 여기 되게 마음에 드는 것 같다."

"응? 응. 밖에 풍경 보이는 것도 좋고, 안에 조명도 좋고, 테이블 간격 넓은 것도 좋고. 사람들이 다 조용해서 좋아. 음식도 맛있고."

"이렇게 마음에 들어 할 줄 알았으면 진작 데려올 걸 그랬네."

그렇게 말하고 살짝 웃는 은지호를 바라보며 나는 '그리고 너도…….' 하고 말하려다 그만두었다. 살짝 고개를 기울인 그가 되물었다.

"응?"

"아니야, 아무것도."

그리고 나는 다시 시선을 내리깔며 생각했다. 사실 나를 그 무엇보다 들뜨게 한 것은 이 레스토랑의 음식이 맛있어서도, 분위기가 좋아서도 아니라, 은지호와의 대화가 오늘따라 즐거웠기 때문이었다.

술이 들어가기 전부터 그랬다. 밝은 야외에서 점심을 먹을 때부터 카페에서 얘기를 나눌 때까지, 우리 사이에 해선 안 되는 말을 했을 때처럼 침묵이 흐른 적이 단 한 번도 없었다.

마치 세상에서 서로의 마음을 가장 잘 아는 사람과 대화하고 있는 것처럼 느껴졌고, 농담이나 손짓 하나에도 자꾸만 웃음이 새어 나왔다.

어쩌면 이것도 은지호와 어제 대화하면서 쌓인 앙금을 털어 버렸기 때문일까? 나는 술이 들어가서 조금 더 넉넉해진 마음으로 은지호를 바라보았다. 어제의 대화를 통해 그와 내가 서로의 마음을 더 잘 알게 되었기 때문에.

서로 건드리면 터질까 두려워 내내 피해 다니던 것이 있었지만, 그것을 치워 내고서야 온전히 서로를 마주 보는 게 가능하다는 걸 또 한 번 깨닫는다.

그렇게 생각하며 빙글거리던 내 뺨을 은지호가 매만졌다.

"너 지금 졸리지."

"응, 조금. 어떻게 알았어?"

"넌 술 마시면 졸려 하니까."

그리고 그가 의자를 밀고 자리에서 일어났다.

"너 더 마시면 집에 못 가겠다. 일어나자. 데려다줄게."

"응."

나는 반박 없이 순순히 자리에서 일어났다. 안 그래도 술을 더 마시고 싶은 마음과 더 마시면 여기서 엎드려 자겠다는 생각에 갈등하고 있었다.

바깥에 나와 찬 바람을 쐬자 조금 술이 깼다. 그러면서 잠도 함께 깬 것 같았다.

은지호는 내가 바람을 쐬도록 잠시 기다려 주었다.

"잠 좀 깼어?"

"응."

"그럼 집에 들어가기 전에 나랑 잠깐 드라이브 안 갈래? 가고 싶었던 데가 이 근처에 있어서."

갑자기? 나는 의아했지만 순순히 고개를 끄덕였다. 취향이 까다로운 은지호가 같이 가자는 곳이면 그게 어디든 안 좋은 곳일 리는 없었다.

내가 조수석에 타자 그가 안전띠를 매 주었다. 그리고 그는 핸들을 돌리며 조심스레 후진하기 시작했다.

경사진 도로를 달려 주차장을 벗어날 때쯤 그가 차 지붕을 열었다. 나부끼는 머리칼을 붙잡으며 내가 작게 웃었다. 내가 말했다.

"와, 네 차 지붕 연 거 진짜 오랜만이다. 이거 컨버터블이란 거 잊고 있었어."

"나도 잘 안 여니까. 특히 이런 계절에는 꽃가루 떨어져서 더."

"그런데 왜 갑자기 연 거야?"

얼마 안 가 그 물음의 답을 스스로 깨달은 나는 입을 다물었다.

좁은 2차선 도로 양옆을 벚나무들이 빼곡 메우고 있었다. 가로등 불빛을 받은 하얀 꽃잎들이 점점이 흩날리는 광경은 너무 비현실적이라서, 마치 눈을 뜬 채로 꿈을 꾸고 있는 것 같았다.

오늘 내내 너무 감상적인 기분에 사로잡혀 있어선지, 왠지 눈물이 날 것 같았다.

그 풍경을 한동안 가만히 보던 내가 멍하니 내뱉었다.

"너무 예쁘다."

"여기가 전에 내가 오자고 했던 벚꽃 길이야."

"아."

잠시 할 말을 잃은 나를 흘낏 본 그가 웃으며 다시 말했다.

"너도 좋아할 것 같았어."

그렇게 말하는 걸 보니 그는 이미 이 길을 한 번 이상 와 본 눈치였다.

아, 하긴. 그는 나를 데려다주면서, 또 데리러 오면서 이 근처를 많이 다녀 봤을 테니까. 애초에 신중한 그가 인터넷에서 봤다는 이유만으로 이곳을 추천할 리 없지.

그리고 나는 다시금 코끝이 찡해졌다. 그럼에도 그가 이곳에 오자는 걸 내가 격렬히 반대했던 이유가 생각나서였다.

턱을 괴고 풍경을 하염없이 보던 내가 문득 불렀다.

"은지호."

"응?"

"우리 팀프 같이 하기로 한 거, 그거 그냥 너 혼자 할래?"

"나야 상관없지. 너만 괜찮으면."

내가 그 문제로 짜증 내기까지 해 놓고 갑자기 말을 바꾸는 게 우스울 법도 한데, 은지호는 그런 기색 하나 없이 대답했다.

그러다 문득, 내 목소리가 떨리고 있단 것을 알아차린 듯 그가 나를 힐끔 보았다.

운전 중이라 차마 대놓고 보진 못하고, 곁눈질로 계속 힐끗거리며 그가 물었다.

"갑자기 왜 그래? 울어?"

"아니? 그럴 리가 없잖아."

그렇게 말한 나는 표정을 감추려 턱을 괴고 있던 손에 아예 얼굴을 파묻었다. 하지만 그게 오히려 은지호에게 어떤 확신을 불러일으킨 모양이었다.

그가 누그러진 목소리로 다시 말했다.

"말해 봐, 갑자기 왜 우는데."

"아니라니까. 진짜로."

"아니긴 뭐가 아니야. 아……."

자괴감이 담긴 한숨을 내쉰 그는 때마침 갓길을 발견하고 차를 세웠다. 비로소 운전에서 벗어나 자유로워진 그가 나를 똑바로 보며 물었다.

"왜 그래?"

더는 도망칠 수 없어진 나는 머뭇거리다 말했다.

"너랑 같이 꽃구경 갔던 날, 그냥 네 말대로 여기로 왔으면 좋았을 걸 하는 생각을 했어."

그러자 떨떠름한 표정을 지은 은지호가 답했다.

"그게 울기까지 할 일이야?"

"아니, 사실 그날 내가 너 몰래 찾아봤었는데…… 여기엔 비가 안 왔었단 말이야."

"아……."

나는 두 손으로 안전띠를 매만지며 말을 이었다.

"그런데 내가 괜히 뚝섬 쪽에 가자고 고집부려서 옷도 다 젖고, 아는 사람 있을까 봐 전전긍긍하면서 맨날 다니는 거리 돌아다니고, 룸카페 갔다가 너 때리기까지 한 거 생각나서…… 네 말대로 했다면 이렇게 차 타고 예쁜 벚꽃 볼 수 있었을 텐데."

"왜 이미 지나간 일에 그렇게까지 신경 써. 나는 그날 다 좋았다고 이미 말했잖아."

"그래도."

"아까 팀프 나 혼자 하라는 말은 뭐야? 그것도 이거랑 관련 있지?"

그의 확신 담긴 말에 나는 쉽사리 입을 떼지 못했다.

입술을 달싹이던 내가 한참 만에 말했다.

"너는 항상 옳은데, 난 항상 틀리는 것 같아."

"그게 무슨 소리야?"

나는 고개를 푹 숙인 채로 말을 이었다.

"사실 나, 네 말대로 바쁜 와중에 팀프까지 잘할 자신 없어. 그래도 내가 하고 싶으니까, 또 해야 한다고 생각하니까 고집부려서 하겠다고 한 거야."

"……."

"그런데 이번에도 네 말이 옳으면, 너 혼자 더 좋은 결과를 낼 수 있었던 일을 괜히 내가 끼어서 망치고, 피해 입히는 게 되는 거니까……."

내가 그의 곁에 있을 수 없는 것보다도 더 겁나는 건, 내가 그의 곁에 없는 게 차라리 더 나았을지도 모른다는 상상이었다.

나는 손등으로 벌게진 눈가를 문지르며 중얼거렸다.

"은지호 네가 다른 사람이 나한테 더 좋은 선택지가 될 수 있었을까 봐 겁내는 것처럼, 나도 그래. 내가 네가 했던 옳은 판단들을 망쳐 놓는 꼴이 될까 봐 겁나. 그래서 네 곁에 내가 없는 게 더 나을까 봐……."

그러던 나는 은지호의 말을 듣고 고개를 들었다.

"함단이, 내가 말했잖아. 항상 나는 다른 거 생각 안 한다고, 그저 내 대답이 네 기준에 옳을지, 아닐지, 그것만 생각한다고."

눈을 휘둥그레 뜨고 그를 올려다보는 내게 그가 답지 않게 조바심 내는 어조로 계속 말했다.

"내 대답이 네 마음에 들면 옳은 거고, 안 들면 틀린 거야. 내가 여기로 오자고 한 것도, 팀프를 그냥 나 혼자 하겠다고 한 것도, 다 네 마음에 들 거라고 생각해서 그런 거야. 그런데 너는 다 싫다고 했잖아. 그럼 내가 정답을 못 맞힌 거지."

"…… 너는 정말 아쉽지 않겠어?"

그를 여전히 물기 어린 눈으로 바라보던 내가 물었다.

"앞으로도 나 때문에 쉽게 갈 수 있었던 길을 굳이 돌아갈지도 모르는데, 어쩌면 길을 잃을지도 모르는데, 그래서 너보다 못한 다른 사람들이 앞서가는 모습을 봐야 할지도 모르는데. 너는 정말 그래도 괜찮아? 너와 같은 정답을 고르거나 네 말을 잠자코 들을 사람이 아니라, 내가 네 옆에 있어도."

그러자 확신이 담긴 대답이 돌아왔다.

"난 너랑 함께라면 길을 잃고 좀 헤매도 괜찮아."

"……."

"비를 맞아도 괜찮고, 맛없는 음식을 먹어도 괜찮고, 계획대로 되는 게 없어도 괜찮아. 너랑 함께라면 뭐든 다 좋았어."

그렇게 말한 은지호가 내 손바닥에 입맞춤을 떨어뜨리자, 나는 더는 참지 못하고 고개를 숙였다.

그런 나를 부드러운 눈길로 보던 은지호가 다시 말했다.

"이제 안 울 거지."

"응."

"기운 없던 것도 다 풀렸지."

"응."

"그럼 다시 차 타자."

나는 말없이 그가 이끄는 대로 조수석에 올라탔다.

그가 사이드 미러 위에 엉겨 붙은 꽃잎을 털어 내는 것을 가만히 바라보던 내가 불쑥 물었다.

"지호야."

"왜?"

"너 운전하면서도 내 모습 보여?"

그러자 나를 돌아본 그는 알 수 없는 소리를 한다는 듯이 웃으며 대답했다.

"너 내가 백미러는 어떻게 본다고 생각해?"

"아."

그야말로 할 말 없게 하는 대답이었다.

내가 말없이 입을 삐죽거리는 사이, 운전석에 들어와 앉은 그가 시동을 걸었다.

나는 그가 차를 운전하는 내내 그의 옆얼굴만 바라보았다.

가로등 불빛에 희끗희끗하게 번지고 뒤로는 하얀 꽃잎이 눈처럼 흩날리는, 그래서 더욱 환상처럼 보이는 그의 얼굴을.

그러다 나는 문득 중얼거렸다.

내가 너와 차를 타고 꽃을 보는 대신 나란히 걷고 싶었던 건, 내가 꽃 속에 있는 너의 모습을 기억하는 것만큼이나 너도 꽃 속에 있는 내 모습을 기억하길 바랐기 때문이야.

그래서 네가 다른 사람과 벚꽃을 보게 되더라도 그 위에 나를 떠올리지 않을 수 없도록.

나는 네 모든 사물과 장소에 대한 기억을 갖고 싶은 걸지도 몰라. 그래서 이미 찍힌 발자국 위에 새로운 발자국을 찍으려 할 때 온전히 새겨지지 않는 것처럼, 이미 찍힌 발자국의 존재를 결코 지울 수 없는 것처럼, 네가 새로운 누군가를 만나는 걸 방해하고 싶은지도.

나는 네게 모든 걸 주고 싶으면서도 더는 뺏기고 싶지 않고, 또 모든 걸 갖고 싶으면서도 더는 뺏고 싶지 않기도 해.

네가 원한다면 너를 다른 사람에게 보내야 한다고 생각하면서도, 네가 나와의 추억에서 결코 자유롭지 않길 바라는 이 마음을 정말 사랑이라고 불러도 좋을까?

나는 가만히 눈을 감았다 떴다. 그때, 백미러로 뒷좌석에 얌전히 올려진 필름 카메라의 모습이 내 눈에 들어왔다. 긴 목줄이 카메라 주위를 마치 뱀이 똬리 튼 듯이 돌돌 감고 있었다.

그 모습을 물끄러미 보던 내가 말했다.

"지호야, 나 또 물어볼 거 있는데."

"너 오늘따라 궁금한 게 많다."

그렇게 말하면서도 은지호는 '뭔데?'라고 물었다.

나는 뒷좌석의 카메라를 턱짓했다.

"너 사진, 결국 뭐 찍었는지는 안 알려 줬잖아. 뭘 찍은 거야?"

"아, 그거?"

그리고 그가 태연히 대답하는 말에 나는 잠시 숨을 멈추었다.

"당연히 아무것도 안 찍었지."

"……."

"그 주제로 너 외의 것은 떠오르지 않는다고 했잖아. 그렇다고 해서 널 몰래 찍은 것 때문에 너랑 싸운 참인데, 다시 찍어 제출해서 사달을 낼 수는 없고……. 더군다나 우리 사귀는 거 동아리에 밝힐지 말지도 불확실한 상태였는데."

잠시 굳어 있던 나는 간신히 티 내지 않고 대답했다.

"그럼 그냥 다른 거 찍지. 풍경도 좋고 날씨도 좋아서 아무거나 찍어도 잘 나왔을 텐데."

"내가 왜 굳이 널 두고 다른 걸 찍겠어?"

은지호가 날 돌아보지도 않고 던진 말에 나는 입술만 깨물었다.

그때, 그가 내 마음을 읽은 것처럼 나직한 목소리로 다시 말했다.

"그리고 네가 방금 말했던 것도 그래. 너는 정말로 다른 사람이 아니라 네가 내 옆에 있어도 괜찮겠냐고 물었지만."

그가 여전히 앞을 보며 말했다.

"지금 네가 내 옆에 있는데, 내가 왜 다른 시간, 다른 장소에 다른 사람과 함께 있는 내 모습을 상상하겠어."

"……."

다시금 가로등이 우리 옆을 스치고 가며 흰빛이 그의 이마와 코, 뺨을 빠르게 훑고 사라졌다.

또 한 번 바람이 불어 꽃잎이 휘날렸다.

그 모습을 물끄러미 보던 내가 말했다.

"은지호."

"응."

"나 이대로 너희 집에 갈래."

내 딴에는 꽤 각오하고 던진 말이었는데, 대답이 없었다.

뭐가 잘못됐나 싶어 가방을 안고 힐끔힐끔 옆을 보던 내가 조심스레 물었다.

"은지호……?"

"나 방금 직진 도로 아니었으면 사고 냈어."

"아……."

"우리의 안전을 위해 잠시 아무 말도 하지 말아 봐."

그의 말대로 나는 가방을 안고 정물처럼 얌전히 있었다.

한참 만에 그가 겨우 입을 열었다.

마치 큰 고비를 앞둔 사람처럼, 나직이 후 하고 한숨을 쉰 그가 물었다.

"후회 안 하겠어?"

"안 해."

선뜻 돌아온 대답에도 그는 도통 믿지 못하겠다는 표정이었다.

나는 그의 옆얼굴을 보며 힘주어 말했다.

"우리가 사귀고 나서 네가 나 후회하게 한 적, 단 한 번도 없어."

"……그래."

침묵 끝에 은지호가 무겁게 대답했다.

그리고 그는 차의 방향을 바꾸었다. 긴장으로 굳어진 그의 옆얼굴을 바라보던 나는 다시 창에 뺨을 기대고 눈을 감았다.

* * *

동아리 과제로는 필름을 찍어서 제출했다. 누군가가 의미를 묻기에 '사랑은 추억이니까요.' 하고 둘러댔지만, 사실 그 필름이 텅 비어 있다는 것은 나만이 알고 있었다.

내가 아니고선 아무와도 추억을 쌓지 않겠다는 그의 마음을 사랑이라고 칭하는 나야말로 이기적인 사람이겠지만, 그의 필름 하나를 전부 갖지 않으면 안 될 만큼 목마름이 깊어서.

하지만 내 필름도 이미 전부 그의 차지인 것 같으니, 그것으로 괜찮지 않냐고 생각했다.

그리고 우리가 새 필름을 찾을 일은 없을 것이다.

〈대학교 MT 외전 마침〉

인소의 법칙 16

1판 1쇄 발행 2021년 6월 30일
1판 4쇄 발행 2023년 5월 19일

지은이 | 유한려
펴낸이 | 신현호
편집장 | 예숙영
편집 | 최은지
편집디자인 | 한방울
영업 | 김민원
물류 | 이순우 박찬수

펴낸곳 ㈜디앤씨미디어
출판등록 2002년 5월 1일 제117-90-51792호
주소 서울시 구로구 디지털로 26길 111 JnK디지털타워 503호
대표전화 (02)333-2513 팩스 (02)333-2514
전자우편 dncbooks@dncmedia.co.kr
디앤씨북스 블로그 http://blog.naver.com/dncbooks

ISBN 978-89-267-1866-7 04810
ISBN 978-89-267-1819-3 (SET)